Mark Fahnert

ECHO DES VERRATS

Mark Fahnert

ECHO DES VERRATS

Thriller

PIPER

Mehr über unsere Autoren und Bücher:
www.piper.de

Wenn Ihnen dieser Thriller gefallen hat, schreiben Sie uns unter Nennung des Titels »Echo des Verrats« an *empfehlungen@piper.de*, und wir empfehlen Ihnen gerne vergleichbare Bücher.

Von Mark Fahnert liegen im Piper Verlag vor:
Die Wiebke-Meinert-Trilogie:
Band 1: Lied des Zorns
Band 2: Klang des Feuers
Band 3: Echo des Verrats

Unser Versprechen für mehr Nachhaltigkeit
Klimaneutrales Produkt
FSC®-zertifiziertes Papier
Hergestellt in Europa

FSC
www.fsc.org
MIX
Papier aus verantwortungsvollen Quellen
FSC® C083411

ISBN 978-3-492 06228-2

Dieses Werk wurde vermittelt durch die
AVA international GmbH Autoren- und Verlagsagentur
www.ava-international.de
Satz: Satz für Satz, Wangen im Allgäu
Gesetzt aus der Freight
Druck und Bindung: CPI books GmbH, Leck
Printed in the EU

PROLOG

Berlin, zwei Wochen zuvor

HAT DAS KLEINE KÄTZCHEN dich gekratzt?« Helena Petrova zeichnete mit dem Mittelfinger die Narben auf David Teitelbaums Brust nach. Eine Berührung, die normalerweise ein Kribbeln auslösen würde. Doch Helena war die letzte Person, von der er sich streicheln lassen wollte. Sie nahm sich immer, was sie wollte, ohne Rücksicht auf andere. Damit musste jetzt Schluss sein. Er schlug ihre Hand weg.

Helena war schnell, verdammt schnell sogar. Sie packte Davids Hals und drückte brutal zu. »Stillhalten!«, herrschte sie ihn an. Sie ließ ihm gerade genug Luft zum Atmen. »Machst du das noch einmal, bist du tot. Verstanden?«

David nickte. Als sie ihn losließ, umspielte ein Lächeln ihre Lippen.

»Schön, dass wir uns verstehen.«

Wie sehr hatte er dieses Spiel satt. Und trotzdem hatte er mitgemacht. Anfangs, weil er Helena begehrenswert fand. Sie war eine kühle Schönheit, wie die Eiskönigin aus dem Märchen. Später, weil es ihm nützte. Er musste dieses Spiel nur noch ein einziges Mal spielen, und Helena durfte nicht merken, was er vorhatte. Heute würde es enden. Auf die eine oder andere Weise.

Helena streichelte ihn wieder. Dieses Mal umkreiste ihr Finger seine Brustwarzen.

»Du hast bekommen, was du wolltest«, sagte er.

»Vielleicht will ich ja mehr.«

»Was denn noch?«

Sie setzte sich im Schneidersitz auf die Matratze. David betrachtete ihren nackten Körper. Die festen Brüste, das Spiel der Muskeln unter ihrer makellosen Haut, die rasierte Scham und die perfekt lackierten Zehennägel. David kannte viele Männer, die alles für eine Nacht mit einer solchen Frau geben würden. Und ehe sie sichs versahen, hatte Helena ihnen alles genommen.

»Wie war sie?«, fragte Helena.

»Ich weiß nicht, wen du meinst«, antwortete David.

»Diese Wiebke Meinert. Dein Kätzchen. Wie war sie?«

Er setzte sich auf. Er wollte nicht mehr von Helena berührt werden. »Wie kommst du darauf, dass wir was miteinander hatten? Ich habe sie angeschossen.«

»Und du hast es nicht zu Ende gebracht. Warum?«

Er wischte sich mit dem Daumen über den Mund. »Du weißt, was da los war. Es zählte jede Sekunde. Die Bullen waren unterwegs.«

»Ich habe dich in Bolivien erlebt. Das war ein ganz anderer David Teitelbaum.«

Er wollte sich aus dem Bett schälen, aber sie hielt ihn am Arm fest. »Gib mir einfach eine Antwort«, sagte sie.

»Ich weiß nicht, was du hören willst.«

»Was lief zwischen euch?«

»Beinahe könnte man denken, du spielst die Eifersüchtige. Das steht dir nicht, du kennst das Gefühl doch gar nicht. Eifersüchtig kann nur sein, wer auch Liebe in sich trägt. Also was soll die Fragerei? Oder misstraut mir Fitzgerald?«

Sie lächelte. »Wenn er das täte, hätte ich dich schon längst umgebracht.«

»Beruhigend zu wissen. Merke ich mir, wenn du das nächste

Mal ungefragt in mein Zimmer kommst und mich ficken willst.«

David stand auf. Er fühlte sich dreckig. Aber diesen Schmutz konnte er nicht mit Wasser abwaschen.

»Weißt du, warum sie so ist?«

»Du meinst Wiebke?«

Helena nickte. »Sie glaubt, dass ihre Schwester Saskia ermordet wurde.«

»Die Autoexplosion in Hamburg?«

»Genau. Aber sie ist nicht tot. Diese Saskia meine ich. Sie lebt.«

»Aber ...« Er legte den Kopf schief und versuchte, in ihrem Gesicht irgendetwas zu lesen. »Wo ist Wiebkes Schwester?«

Jetzt schälte sich auch Helena aus dem Bett. Sie griff nach ihrer Anzughose, die achtlos hingeworfen auf dem Parkett lag, und zog sich schweigend an.

»Du weißt doch etwas«, sagte er.

Helena knöpfte ihre bronzefarbene Bluse zu. »Was soll ich wissen?«

»Wo sie ist.«

»Warum interessiert dich das?« Sie stemmte die Hände in die Hüften und blickte ihn abschätzig an. David war immer noch nackt.

»Dann lass es. Ich gehe duschen.«

Sein Mobiltelefon begann auf dem Nachttisch zu vibrieren, Helenas kurz darauf ebenfalls. Sie blickte aufs Display. »Die Dusche muss warten.«

»Was haben wir?«

»Einen Code Omega Red Nine.«

Omega bedeutete, dass die Zielperson endgültig beseitigt werden sollte. Ohne Kompromisse. Der sofortige Einsatz sämtlicher verfügbaren Kräfte. David war klar, dass es nur um eine einzige Person gehen konnte.

»Wie es scheint, ist dein Wildkätzchen den Old Men einmal zu viel auf die Füße getreten.«

Helena setzte sich auf die Bettkante und zog ihre weißen Sneakers an. Das Handy steckte sie in die Tasche.

»Sehen wir uns später?«

»Fahren wir nicht zusammen?«

Sie schüttelte den Kopf. »Ich habe meinen Teil erfüllt. Jetzt wartet ein Glas Sekt mit einem alten Bekannten auf mich.«

Bevor sie das Hotelzimmer verließ, hauchte sie ihm spielerisch einen Kuss zu. Er wartete, bis ihre Schritte verklungen waren. Ob sie etwas bemerkt hatte? Sie war nicht nur gnadenlos effektiv, wenn es ums Töten ging, sondern trotz ihrer offensichtlichen Gefühlskälte mitunter beängstigend feinfühlig. Das Echo des Verrats spürte sie wie eine Katze, die feinste Berührungen über die Vibrissen wahrnahm. Und David hatte sie verraten. Für Wiebke. Die Frau, die ihn verstoßen hatte. Hoffte er, sie mit Verrat zurückzubekommen? Vielleicht.

Kraftlos ließ er sich auf der Bettkante nieder. Er starrte das Mobiltelefon an. Das uralte Nokia hatte kein GPS und war damit so gut wie gar nicht zu orten. David öffnete die Nachttischschublade. Neben einem Schreibblock und einem Stift mit Adressaufdruck des Hotels lag ein USB-Stick. Auch ein altes Modell. Gerade mal fünfhundert Megabyte Speicherkapazität, aber mehr als genug Platz für die eine Datei, die sich darauf befand. Er nahm den Stick und wog ihn in der Hand, als würde er das Gewicht prüfen wollen. Gewicht war nicht das Gleiche wie gewichtig.

Er musste sich bald entscheiden. Sehr bald sogar. Sein Mobiltelefon vibrierte wieder. Dieses Mal war die Nachricht nur für ihn.

»Wo bleibst du?« Sein Teamkollege stand offenbar schon in den Startlöchern.

David zog Jeans, Bomberjacke und Militärstiefel an. Die P99 und eine Taschenlampe steckte er auf dem Weg zur Zimmertür in den Hosenbund. Er hielt inne. Der Stick lag noch auf dem zerwühlten Bettlaken.

Die Zeit der Entscheidung war gekommen.

»Verdammter Mist!«

Der Speicherstick glitt in die Gesäßtasche seiner Jeans. Auf dem Weg in die Lobby nahm er zwei Stufen auf einmal. Der fette Portier blickte nicht einmal vom Fernseher auf. Davids Kollege hatte direkt vor dem Hoteleingang geparkt, der Motor des SUV lief. David nahm auf dem Beifahrersitz Platz. Die Luft war nikotingeschwängert.

»Nervös?«, fragte David.

Der Südländer lachte und ließ dann den Motor brutal aufheulen. David blickte auf das Navigationsgerät in der Mittelkonsole. Das Ziel war irgendeine Straße in Berlin Zehlendorf. Dieser Ortsteil kam ihm irgendwie bekannt vor. In welchem Zusammenhang hatte er diesen Namen gelesen?

Der SUV jagte durch den Verkehr. Die berechnete Ankunftszeit am Zielort verlagerte sich immer weiter nach vorn. David zog seine Pistole aus dem Hosenbund und überprüfte den Ladezustand. Er ließ das Magazin aus dem Griffstück gleiten und zählte vierzehn Patronen.

»Wer ist Einsatzleiter?«, fragte er den Fahrer.

»Der Portugiese.«

»Haben wir einen speziellen Auftrag?«

»Es ist ein Omega-Einsatz. Um was wird es dabei wohl gehen?« Der Südländer lachte dreckig.

David starrte auf die schwarze Pistole in seiner Hand. Wiebke war wieder in seinen Gedanken. Er dachte an das, was sie miteinander gehabt hatten, und an den Grund, warum er es nicht zu Ende gebracht hatte.

»Betest du, oder was?« Die Stimme des Südländers holte

David wieder in die Gegenwart. Zurück blieb ein Gefühl von Traurigkeit, das wie Schweiß seine Haut benetzte.

»Was meinst du?«

»Du starrst deine Waffe an.«

»Musst du nicht auf den Verkehr achten?«

»Es gibt nur einen Gott«, sagte der Fahrer.

»Fängst du jetzt an, mit mir über Religion zu diskutieren? Bist du Moslem?«

»Allah?« Der Fahrer lachte wieder. »Fick dich doch, Alter. Der einzig wahre Gott ist das Geld.«

Hatte David gerade noch gedacht, einen Profi neben sich zu haben, zweifelte er nun an der Fähigkeit seines Partners. Selbst der hinterletzte Geheimdienst des hinterletzten Scheißlandes würde niemals solche Männer einstellen. Niemals.

»Wo kommst du her?«, fragte David.

»Libanon.«

Ein Land voller Konflikte. Regiert von einem Mann der Hisbollah, unterstützt vom Iran. Der Vize-Regierungschef gehörte der pro-westlichen Allianz 14. März an, unterstützt von Saudi-Arabien. Dazwischen Familienclans, die ihre eigenen Gesetze machten. Und das schon lange, Jahre, bevor der erste Arabische Frühling die Region erschütterte. Lange bevor die Jugend den Glauben in die Politiker verlor. Die Clans waren und sind noch heute Getriebene. Gierig nach Geld und Macht. Alles andere war ihnen egal, und das ließen sie jeden spüren.

»Du bist nicht vom Geheimdienst. Nicht mal von einer militärischen Spezialeinheit«, sagte David.

»Hast du ein Problem damit?«

»Ich muss das nur wissen.«

»Für gleich?« Der Südländer lachte wieder. »Es ist doch nur eine dämliche Schlampe.«

»Du hast keine Ahnung, mit wem du dich da anlegst.«

»Der Tussi jage ich eine Kugel rein. Erst in ihre Fotze, dann in den Kopf.« Er präsentierte David seine Pistole. Tanfoglio, Kaliber .45. Damit konnte niemand danebenschießen. Aber David wusste, dass dies für Wiebke nicht reichen würde. Die Tanfoglio war verchromt. Nur Schwachköpfe trugen silbrig glänzende Kurzwaffen.

»Wir sind gleich da«, sagte der Fahrer.

Nachdem der SUV eine Kuppe überwunden hatte, führte die Straße leicht abschüssig zu einer Autobahnunterführung. Bogenlampen leuchteten die Szene aus, die sich vor David ausbreitete. Er erkannte Wiebke sofort, wie sie zusammen mit einem Mann in Richtung Böschung rannte. Hinter ihnen blitzte Mündungsfeuer. Der Südländer hielt direkt auf die beiden zu.

»Die mach ich platt!«, schrie er.

Wiebke hatte keine Chance.

David musste sich entscheiden. Jetzt! Er griff im letzten Moment ins Lenkrad. Wiebke kam davon, der Mann neben ihr nicht. David spürte die Kollision. Der Körper wurde hochgeschleudert, schlug auf die Motorhaube und prallte dann gegen die Windschutzscheibe. Das Glas splitterte. Der Fahrer bremste, aber es war zu spät. Der SUV krachte gegen eine Straßenlaterne. Kurz wurde David schwarz vor Augen.

Er durfte nicht ohnmächtig werden.

»Motherfucker!« Der Südländer hob seine Pistole.

David schnellte vor, packte die Haare des Libanesen und rammte seinen Kopf dreimal gegen das Lenkrad. Er hörte ein dumpfes Knacken, wahrscheinlich das Nasenbein. Er riss den Kopf des Mannes zurück. Blut lief aus dessen Nase, er musste höllische Schmerzen haben, die ihn jedoch nur noch weiter antrieben. Wut brannte in seinen Augen.

David brach ihm das Genick.

Jetzt erst spürte er das Stechen in seiner Brust. Das Taubheitsgefühl breitete sich von dort bis in die Knöchel aus. Er musste die Zähne zusammenbeißen, als er sich abschnallte.

Die Tür klemmte, also rammte er die Schulter dagegen, bis sie nachgab. Der Schwung ließ ihn auf den Asphalt stürzen. Kurz blieb er liegen und gab sich dem Schmerz hin. Doch dann hörte er Schritte, die sich schnell näherten.

Ein Mann in Jeans und Lederjacke.

Einer von ihnen.

Einer von den Old Men.

Mit einer Pistole in der Hand.

»Deus Vult«, sagte David. »Deus Vult.«

Der Erkennungssatz. Der Bewaffnete blieb trotzdem skeptisch und blickte in den Wagen zu dem Toten.

»Was ist passiert?«

»Hat verrissen. Ist mit dem Kopf aufs Lenkrad. Ich hatte Glück.« David drückte sich hoch. Sein Körper schrie auf. Mindestens eine Rippe war gebrochen. In der Ferne heulten Sirenen.

»Wir müssen weg«, sagte David. »Schnell!«

Sie erklommen die Böschung. Dahinter waren Baumreihen zu erkennen, die sich vom nachtgrauen Himmel abhoben. Dorthin war auch Wiebke geflohen.

Aber wo war sie jetzt?

David lehnte sich gegen einen Baumstamm. Seine Beine fühlten sich noch immer schwach an, aber er merkte, dass sein langes Kampftraining sich ausgezahlt hatte. Die Kraft kehrte langsam in seinen Körper zurück. Er blickte vom Boden auf und sah in die Mündung einer Pistole.

»Was soll der Scheiß?«, fragte er.

»Jamal hat nicht verrissen.«

»Woher willst du das wissen?«

»Ich kenne keinen besseren Fahrer.«

»Jeder macht mal einen Fehler, weißt du?«

Blitzendes blaues Licht erhellte die Nacht. Der Wind trug hektische Funksprüche in den Wald.

»Merkst du es? Die Bullen sind da«, sagte David.

»Na und?«

David schüttelte den Kopf. »Glaubst du nicht, dass sie den Schuss hören würden?«

»Und was interessiert mich das? Er gehörte zu uns. Und wir vom Al-Marabi-Clan rächen einander.«

»Dann mach es leise, Arschloch.«

Hoffentlich schluckte er den Köder. Im Nahkampf hatte David zumindest den Hauch einer Chance. Aber die schmolz, als der Typ ein Messer zog. War ja klar. Was hatte David von einem schmierigen Gangster erwartet? Und schon schlug die Klinge gegen den Baumstamm. David wirbelte im letzten Moment zur Seite. Die Schmerzen lähmten ihn. Lange hielt er den Kampf nicht durch. Der Typ umkreiste ihn geduckt und breitbeinig. Das brachte keinen Vorteil. Mit dieser Kampfhaltung konnte man höchstens die Liebste beeindrucken.

»Bist du ein Gockel?«, fragte David.

»Was soll das?«

»Wenn du kein Gockel bist, dann kämpf auch nicht so, sonst sterbe ich gleich an einem Lachanfall.«

»Du Wichser!« Er schnellte vor.

Genau das, was David provozieren wollte. Ein kleiner Ausfallschritt reichte. Davids Ellenbogen explodierte im Gesicht seines Angreifers. Mit der anderen Hand wand er ihm das Messer aus der Faust, und eine schnelle Bewegung später ragte der Griff aus dessen Brust.

»So macht man das. Schnell. Effektiv. Keine Sperenzchen.« David zog das Messer heraus. In schneller Abfolge stach er wieder und wieder in den Oberkörper seines Feindes. Innerhalb von Minuten hatte David zwei Angehörige des Al-Marabi-Clans getötet. Er und diese Libanesen würden keine Freunde werden. Während David den Leichnam vorsichtig ins Unterholz gleiten ließ, überlegte er, warum Fitzgerald sich eines kriminellen

Familienclans bediente. Gewaltbereite oppositionelle Kräfte in Peru oder Paramilitärs im Kongo waren andere Kaliber. Sie übernahmen die Staatsmacht mithilfe der Old Men, einer Organisation alter Männer, die es nicht lassen konnten, durch brutale Einflussnahme die Geschicke der Weltgeschichte nach ihrem Gusto zu verändern. Ihr Ziel war die Macht. Und ihr Bestreben galt dem Geld.

Vor nicht allzu langer Zeit hatten die Old Men private Milizen in den USA unterstützt, weil sich der Präsident dieser Rassisten bediente, um seine Politik durchzusetzen. Aber warum nun eine libanesische Großfamilie? Vielleicht, weil es den Familienclans egal war, unter welcher Regierung sie ihren illegalen Geschäften nachgingen? Die Clanchefs interessierten sich nicht für Religion oder Politik. Jamal, der Fahrer, hatte es treffend ausgedrückt: Es gab nur einen Gott, das Geld.

Und wer genug Geld hatte, kontrollierte die Clans.

Jamal war tot. Genau wie das arme Schwein, das zu Davids Füßen im Unterholz lag. Und David hatte etwas anderes zu tun, als über weltumspannende Intrigen nachzudenken. Er konnte es nicht ändern. Er wollte es auch nicht. Was er wollte, war Wiebke retten. Sie hatten schon einmal über ein gemeinsames Leben irgendwo zwischen Schnee, Eis, Felsen und Bäumen gesprochen.

Wiebke hatte das nicht gewollt, weil ihr klar war, dass man sie beide niemals in Ruhe lassen würde. Blut klebte an ihren Händen. Viel Blut. Die Schuldigen, die durch ihre Hand gestorben waren, waren nicht das Problem. Es waren die Unschuldigen. Wiebke und Davids Leben war der Krieg. Und im Krieg starb die Unschuld zuerst.

Doch nun hatte sich scheinbar alles geändert. Die Old Men machten Jagd auf Wiebke, und diese Jagd konnte nur auf eine Art enden: mit Toten. Entweder die Old Men oder Wiebke. Aber die Old Men waren unsterblich, denn sie waren keine Organisation, deren Kopf man einfach abschlagen konnte. Sie waren nicht wie die Hydra, die von Herakles und Iolaos getötet wurde. Die Old Men hatten keine Köpfe, die nachwuchsen, sie waren eine Ideologie. Eine Idee in den Köpfen vieler Menschen. Deswegen würde Wiebke wahrscheinlich sterben. Ihre einzige Überlebenschance war, sich irgendwo im Nirgendwo zu verstecken. Und David würde ihr helfen. Aber erst einmal musste er sie finden. Aber wie?

Warum kam ihm das Wort Zehlendorf so bekannt vor? Er hatte es vor einiger Zeit gele... Genau! Er massierte sich die Stirn. Wiebkes Schwester war auf dem Friedhof Zehlendorf beigesetzt worden. Jedenfalls die sterblichen Überreste, von denen man glaubte, es sei Saskia. Davids Hand glitt beinahe automatisch an die Gesäßtasche seiner Jeans. Das war sein Beweis für Wiebke, dass sie nicht verrückt war. Denn als niemand sonst daran geglaubt hatte, dass Saskia noch lebte, war es alleine Wiebke gewesen, die für diese Überzeugung wie eine Löwin gekämpft hatte. Wiebke hatte Saskias Schmerz gespürt und ihre Angst gefühlt. Aber was waren Gefühle gegen harte Fakten, gegen eindeutige Beweise? So musste Wiebke irgendwann zu dem Schluss gekommen sein, dass sie umsonst gekämpft hatte. Dass sie falschlag.

Saskia war tot.

Aber Saskia war nicht tot.

David hatte den Beweis. Und er hatte noch mehr für Wiebke. Er wusste von dem Schlüssel, den Professor Liebknecht vor sechs Monaten in Stockholm an Saskia weitergegeben hatte. Und er wusste, wo das Schließfach war, zu dem der Schlüssel passte.

Jetzt wurde ihm klar, wo er Wiebke finden würde: an Saskias Grab. Er musste schnell dorthin. Als er am Friedhof ankam, war alles ruhig. Nur Geister und Erinnerungen spukten als Nebelstreifen zwischen den Grabsteinen umher. In der Ferne war das Heulen von Polizeisirenen zu vernehmen, aber sie wurden leiser und bewegten sich weg vom Friedhof.

David schaltete die Taschenlampe ein. Wenn er sich im Dunkel näherte, würde Wiebke zuschlagen, weil sie glauben würde, er sei ein gedungener Killer. Sicherheitshalber zog er auch seine P99. David blieb stehen. War da nicht ein Geräusch? Ein huschender Schatten, der sich zwischen dem Gehölz versteckte? Er hielt den Atem an. Wahrscheinlich hatte er Saskias Grab und damit Wiebke gefunden.

»Deine Zeit läuft ab«, sagte er. »Komm raus, und bring es hinter dich.«

Aus der Ferne hörte er Motorengeräusche, die sich dem Friedhof näherten. Die Schlinge zog sich zu. Wiebke und er hatten jetzt schon kaum eine Chance, den Verfolgern zu entkommen. Sie waren in die Enge getrieben.

Jede Sekunde zählte.

Wie eine einsame Wölfin kam Wiebke hinter einem der Grabsteine hervor. David war klar, dass sie bis zum Schluss kämpfen würde. Sie wusste offenbar, dass sie nur eine Chance hatte. Nur einen Schlag, der tödlich sein musste.

»Was machst du hier?«, fragte sie.

»Bitte, hör mir zu!«

Sie schüttelte den Kopf. »Ich bereue jede Sekunde, die ich mit dir verbracht habe.«

Die Worte taten ihm weh. Vielleicht hätte es zwischen ihnen was werden können. Nicht so etwas, was man in der Werbung für Bausparverträge oder Babynahrung sah, aber vielleicht etwas ähnlich Wertvolles. Ein Zusammensein, das sich wie ein neutraler Tempel anfühlte, in dem Feinde wider Willen einander die Wunden leckten und das wahre Leben spüren konnten.

Die Motorengeräusche verstummten, Autotüren wurden zugeschlagen. Die Old Men waren da. Jetzt endete es.

»Die sind uns dicht auf den Fersen. Los jetzt!«, sagte David. Er wollte noch so viel mehr sagen, aber dafür war keine Zeit.

»Was willst du von mir?«

»Dir den Arsch retten! Wir haben keine Zeit für Erklärungen.« Er deutete in Richtung Straße. Dort war ein hoher Zaun. Wiebke zog sich hoch. Er war schon halb drüber, als die Verfolger ins Sichtfeld kamen. Sie rannten auf die beiden Gestalten am Zaun zu.

»Beeil dich!«, trieb Wiebke ihn an.

Schüsse peitschten durch die Nacht. David spürte die Einschläge, seine Beine versagten. Er fiel zurück ins Gras. Mit letzter Kraft richtete er sich auf und reichte ihr den USB-Stick.

»Deine Schwester ...« Er hustete. »Sie lebt.«

Wieder ertönten Schüsse. Die Treffer erschütterten seinen Körper. Er spürte keinen Schmerz mehr. Sein letzter Blick galt Wiebke.

Willkommen im Haus der Ewigkeit.

1

Mannheim, 10:36 Uhr MEZ

AUSGERECHNET JETZT, wo seine Aufmerksamkeit viel wichtigeren Dingen gelten musste, vibrierte sein Handy. Ein kleiner Blick würde nicht schaden, dachte er. Das Geschwafel der anderen Anwesenden im Raum langweilte ihn so oder so, daher legte er sein Mobiltelefon auf den Oberschenkel und entsperrte es. Das Vibrieren hatte den Eingang einer E-Mail markiert. Von rzpg34rutcv@mail.ru? Wahrscheinlich Spam, dachte Christian. Doch dann las er den Betreff, und es raubte ihm den Atem. Das konnte, das durfte nicht sein! Christian las den Text immer und immer wieder, als ob dadurch die Zeilen und damit das Problem einfach verschwinden würden. Das, was dort stand, ließ ihm keine Wahl. Egal, was verlangt wurde, Christian musste es tun. Und das alles nur wegen seiner Fantasien, die niemals hätten an die Oberfläche gelangen dürfen.

Manchmal, in Zeiten, in denen die Selbstreflexion die Überhand gewann, hatte er vor sich selbst Angst. Zu monströs war das, was vor seinem inneren Auge ablief. Wie ein Film. Wenn er sich ängstigte, nahm er sich vor, in eine Therapie zu gehen, mit Experten zu reden und nach einer Möglichkeit zu suchen, sein Verlangen verschwinden zu lassen. Oder zumindest auf ein erträgliches Maß zu schmälern, auch wenn das nicht reichen würde. Es gab nur Sekt oder Selters, ganz oder gar nicht. Ein

Raucher hörte nicht auf, wenn er sich ab und zu doch wieder einen Glimmstängel zwischen die Lippen schob, und ein Alkoholiker, selbst nach Jahren der Abstinenz, fing nach einer alkoholversetzten Praline sofort mit exzessivem Saufen an. Aber Rauchen und Saufen waren nicht seine Probleme. Er wäre froh, wenn es nur das wäre. Dann könnte er einfach ins nächste Geschäft gehen, eine Schachtel Zigaretten und eine Flasche Weinbrand kaufen, nach Hause laufen und ungestört seine Sucht befriedigen. Nikotin und Alkohol zerstörten nur sein Leben. Aber das, wonach sein Verlangen strebte, zerstörte nicht ihn. Es zerstörte das Leben unschuldiger Menschen. Das war ihm zutiefst bewusst.

Er war weder blind noch bescheuert. Er glaubte nicht daran, dass es den Jungen gefiel, wenn ein vor Geilheit hart gewordener Schwanz in sie eindrang. Irgendwo auf einer Bahnhofstoilette oder im vollgepissten Treppenhaus einer Tiefgarage. Manche Männer mit ähnlichem Verlangen glaubten an die Liebe. Was hatte es mit Liebe zu tun, wenn der Knabe vor ihm auf die Knie ging, den Reißverschluss der Hose öffnete und ... Nein, mahnte er sich, denn die Gedanken übermannten ihn. Nicht jetzt!

Die Knaben taten das in der Hoffnung, genug Geld für den nächsten Schuss zusammenzubekommen. Ein Teufelskreis. Die Stricher erniedrigten sich für Drogen. Und sie brauchten mehr, um die Situation auszuhalten, in der sie waren, mit heruntergelassener Hose mitten im Dreck. Niemand konnte hier ernsthaft an Liebe glauben. Und das wollte Christian auch gar nicht. In seiner Fantasie durfte es den Strichern nicht gefallen. Es war sein Wunderland, und er war der Zauberer. Ihm mussten alle zu Diensten sein, er musste die Macht spüren. Unbändige, grenzenlose Macht. Absolute Macht, die dazu führte, dass ein junges Leben zerstört wurde. Christian hinterließ auf seinem Weg menschliche Wracks. Und genau diese Vorstellung machte ihn geil. Ihm reichte das Betrachten eines nackten Körpers schon lange nicht mehr, um in Fahrt zu kommen. Auch sanfte Berührungen oder Küsse brachten ihn nicht in Wallung. Er brauchte Macht und Gewalt. Zwei Pole, die am Anfang und Ende von allem standen, die sich gegenseitig ausschlossen und gleichzeitig einander bedingten. Wer Macht hatte, brauchte keine Gewalt. Wer Gewalt ausübte, wollte Macht. Dazwischen gab es unendlich viele Nuancen.

Natürlich gab es welche, die nach einem Leben als drogenabhängiger Stricher wieder auf die Beine kamen, erfolgreich ihr Leben führten und sich gegen all diejenigen stellten, deren Handeln dazu führte, andere Süchtige auf die gleiche Reise in die Nacht zu schicken. Diese Opfer schrieben Bücher, klagten an oder stellten sich offen gegen Täter, wie er einer war. Täter, die sich feige im Schatten zwischen Macht und Gewalt versteckten. Daran wollte Christian gar nicht denken. Er wollte nicht aus den Schatten gezerrt werden. Dort fühlte er sich wohl. Diese starken Menschen bedrohten sein Wunderland.

Es stand einfach zu viel auf dem Spiel.

Sein Leben, und das seiner Familie.

Und seine Karriere.

»Herr Vorsitzender?« Die Stimme der Staatsanwältin riss ihn aus seinen Gedanken. Er legte beinahe schuldbewusst das Mobiltelefon auf das Pult und wischte sich über die Stirn. Seine Finger fühlten sich nass an.

»Geht es Ihnen nicht gut?«

Er blickte sie an. Ein junges Ding, vielleicht Ende zwanzig? Lange blonde Haare zu einem strengen Dutt gebunden. Selbstbewusster Blick. Den konnte sie auch haben. Sie war schön und intelligent.

»Alles in Ordnung.« Wie zur Bestätigung schob Christian das Mobiltelefon ein Stück von sich weg und blickte zur Anklagebank. Dort saß der Beschuldigte zusammengesunken neben seinem Rechtsanwalt, der so fett und schmierig war, dass ihm die schwarze Robe nicht passen wollte. Die Schweinsaugen des Anwalts schienen Christian durchbohren zu wollen. Und es war ihm auch nicht zu verdenken. Ein Strafrichter, der mitten in der Verhandlung auf sein Smartphone starrte und plötzlich zu schwitzen anfing, gab kein gutes Bild ab.

»Können wir das endlich hinter uns bringen?«, fragte der Anwalt mit einem genervten Unterton. »Ich könnte auch einen Befangenheitsantrag stellen. Offenbar sind Ihnen private Konversationen wichtiger als die Wahrheitsfindung.«

Was wusste der schon von Wahrheit? Christian blickte erst den Anwalt und dann den Angeklagten an, auf dessen Festplatte die Polizei Bilder und Filme gefunden hatte, die hart an der Grenze zur Strafbarkeit waren. Es war immer dasselbe: Zwei Jungs spielten Strip-Poker, bis einer nackt war. Der nächste Einsatz war dann sein Körper. Alle, die diese Filme konsumierten, wussten, dass die gezeigten Jungs nicht volljährig waren. Fast so, als wäre Kinderschokolade in einer Packung Zartbitterschokolade versteckt. Bilder und Filme waren der Einstieg. Jedenfalls waren sie sein Einstieg gewesen. Solche Dinge erleben zu können, ohne selbst Nähe zu einem Knaben aufzubauen. Dass allein für die Aufnahmen der Bilder schon Seelen von Jugendlichen zerstört worden waren, schob man gerne beiseite.

Er kannte sich damit aus, und er wusste, dass der Angeklagte schuldig war. Schuldig, sich kinderpornografisches Material beschafft zu haben. Schuldig am Leid unzähliger Jugendlicher. Dies alles funktionierte nur, weil es Menschen gab, die solche Pornografie konsumierten. Ohne Kunden keine Hersteller. Ohne Hersteller kein Leid. Aber irgendwann reichten Bilder nicht mehr. Es war unvermeidlich. Man wollte junges Fleisch auf der Haut spüren.

Christian wischte sich wieder über die Stirn.

»Sollen wir vielleicht doch eine kurze Pause machen?«, fragte die Staatsanwältin. »Ich könnte einen Kaffee gebrauchen.«

Er wusste, dass sie log. Und es ging ihr nicht um sein Wohlbefinden. Es ging ihr darum, dem Rechtsanwalt so wenig Futter wie möglich für einen Befangenheitsantrag zu liefern. Sie wollte ihn als Richter behalten, denn er war bekannt dafür, Angeklagte hart zu bestrafen. Seine Urteile schöpften das Höchstmaß dessen aus, was per Gesetz vorgesehen war. Niemand aber konnte wissen, dass er die Angeklagten für seine eigenen Sünden brennen ließ. Sie trugen seine Schuld, weil sie so waren wie er. Er wusch sich rein, indem er andere für lange Zeit ins Gefängnis steckte. Das funktionierte prima.

Bis heute.

Bis er die Mail gelesen hatte.

Demonstrativ blickte er auf die Uhr und nickte. »Eine Pause wäre gut. Halbe Stunde?«

Er erhob sich. Hinter ihm befand sich eine Tür zum Richterzimmer. Dort ließ ihn ein kleines Fenster auf die Parkgarage der angrenzenden Universität blicken. Früher, vor fast zwanzig Jahren, durften die Richter in diesem Raum noch rauchen. Der Nikotingestank war noch immer da, als wäre er tief ins Mauerwerk eingedrungen. Wie Krebs, der einen menschlichen Körper befällt.

Christian ließ sich auf einem alten Bürostuhl nieder. Beinahe wäre er dabei gestürzt. Eine der Rollen hakte und ließ den Stuhl kippen. Es war nicht alles Gold, was glänzte. Die einschüchternde Imposanz, die Justitia ausstrahlen sollte, gehörte der Vergangenheit an. Ob das gut oder schlecht war, wollte er nicht beurteilen. Alles hatte immer zwei Seiten.

Das Mobiltelefon legte er auf den Tisch und starrte es an. Unfassbar viele Gedanken schlugen auf ihn ein. Was? Wie? Wo? Warum? Einige konnte er sich selbst beantworten, andere nicht. Mit zitternden Fingern nahm er das Gerät und entsperrte es. Die Mail war noch geöffnet.

Du warst unanständig. Sehr sogar. Gestern Abend. Deine Frau war im Bett. Du hast noch gearbeitet. Angeblich. Wir wissen beide, was du gemacht hast. Auf welchen Seiten du gesurft bist. Wie du dich stimuliert hast. Mir ist egal, was für Bilder du dir dabei anguckst. Aber ist es den anderen egal? Deiner Familie? Deinen Kollegen? Ist es nicht sogar strafbar? Vielleicht nicht, aber moralisch verwerflich ist es auf jeden Fall. Ein Richter, der Drogensüchtige unterstützt, indem er sie fickt! Wir haben Videos davon. Nicht nur, wie du im Internet surfst und deine Lust befriedigst. Wir haben auch Fotos von dir. Im Parkhaus. Letzte Woche. Wie alt war der Junge? All das werden wir veröffentlichen, falls du nicht tust, was wir wollen. Du wirst den Zeitpunkt erkennen.

Diese Schweine hatten recht, verdammt recht sogar. Aber hatten sie wirklich Bilder und Videos? Wie er ... Beschämt blickte er zu Boden. Warum er? Warum hatte sich jemand die Mühe gemacht, so tief in seinen intimsten Lebensbereich einzudringen? Normalerweise drückten sich Hacker auch nicht so gewählt aus. Sie wollten meist Geld in Bitcoins, die man auf ein Wallet einzahlen sollte. Nichts davon stand in der Mail. Er sollte tun, was sie verlangten. Aber was war das? Er war Strafrichter am Amtsgericht Mannheim. Hier wurden keine großen Sachen verhandelt.

Warum jetzt?

Warum er?

Es klopfte an der Tür. Wahrscheinlich die junge Staatsanwältin. An den Namen konnte er sich nicht erinnern. War auch egal. Solche Menschen verschwanden schnell. Die fühlten sich zu Höherem berufen, wollten Karriere machen. Die Staatsanwaltschaft Mannheim war eher eine Sackgasse oder ein Abstellgleis. Je nachdem, ob man am Anfang oder am Ende der beruflichen Laufbahn stand.

»Herein«, sagte er.

Im Türrahmen stand nicht die Staatsanwältin, sondern seine Sekretärin. Eine alte Schachtel mit kurzen grauen Locken und einer Brille mit Goldrand, die an einer Kette hing. Eine Lavalampe war moderner.

»Ein Telefonat für Sie, Herr Vorsitzender.«

»Ich bin mitten in einer Verhandlung. Schreiben Sie die Nummer auf. Ich rufe zurück.«

Sie schüttelte den Kopf. »Es ist wichtig.«

»Meine Verhandlung ist wichtig. Machen Sie, was ich gesagt habe!« Er hatte jetzt wirklich keine Lust, mit irgendjemandem zu telefonieren.

»Aber ...«

Er schnitt ihr mit einer Handbewegung das Wort ab. Sie zuckte mit den Schultern und hob das Mobilteil des Telefons ans Ohr.

»Ist ein Rückruf möglich, Herr Minister?«

Minister? Christian sprang auf, machte sich bemerkbar und formte dann tonlos mit den Lippen »Justizminister?«.

Die Sekretärin nickte und reichte ihm das Mobilteil.

»Herr Minister. Wie geht es Ihnen?«, fragte Christian.

»Herr Bruckmann. Beschäftigt wie immer.« Ein Lachen drang aus dem Lautsprecher. »Da haben wir ja genau den richtigen Mann ausgesucht.«

Wie viele andere auch fand Christian, dass der baden-württembergische Justizminister ein grobschlächtiger Mann war. Und er redete keinesfalls um den heißen Brei herum.

»Was meinen Sie?«, fragte Christian.

»Hat man Ihnen das noch nicht gesagt? Sie sind auf der Liste.« Er betonte das Wort, als gäbe es nur eine auf der Welt, und Christian musste deswegen wissen, welche gemeint war.

»Liste?«

»Eine tragische Sache. Wirklich eine tragische Sache.«

»Was meinen Sie?«

Der Minister atmete durch. »Das müssen Sie doch aus den Medien mitbekommen haben. Diese grausame Sache in Karlsruhe.«

»Im botanischen Garten?«

Der Minister brummte zustimmend, und Christian meinte, sich zu erinnern. Es war vor etwa einer Woche passiert, allerhöchstens vor anderthalb. Eine Frau war gezielt getötet worden. Da war irgendwas mit einem Mann auf einem Fahrrad, der an ihr vorbeigefahren war. Drei gezielte Schüsse, zwei in den Oberkörper und ein Kopftreffer. Der Täter, ein Flüchtling aus dem Libanon, konnte ein paar Stunden später im Rahmen der polizeilichen Fahndungsmaßnahmen gestellt werden. Bisher lagen keine Hinweise auf das Tatmotiv vor.

»Was hat das mit mir zu tun?«, wollte Christian wissen.

»Das Opfer, die Frau, war Richterin am Bundesverfassungsgericht.«

Das war nicht durch die Medien gegangen.

»So traurig es ist«, sagte der Minister, »das Leben muss weitergehen. Die Welt dreht sich unaufhörlich. Und das ist auch der Grund für meinen Anruf. Sie stehen zur Wahl. Als Richter am Bundesverfassungsgericht in Karlsruhe.«

Der Minister fragte nicht, wollte überhaupt nicht wissen, ob sich Christian dazu bereit fühlte. Ob er das überhaupt wollte. Zwischen Mannheim und Karlsruhe lagen nur siebzig Kilometer, aber er fuhr jetzt schon fast hundert Kilometer bis zur Arbeit am Amtsgericht. Da blieb nicht mehr viel vom stattlichen Richtergehalt. Ganz zu schweigen von der Zeit, die er auf der Autobahn verbrachte. Christian wusste also nicht, was er von der Ankündigung des Justizministers halten sollte.

»Ich?«, fragte er deshalb nur.

»Es ist eine Ehre, ausgesucht zu werden. Und es ist eine verantwortungsvolle Tätigkeit, die dazu noch bestens dotiert ist.«

Christian fragte sich, wie es dazu kommen konnte. Klar, per Gesetz konnte jeder Richter, der die notwendige Qualifikation besaß und mindestens vierzig Jahre alt war, in einen Senat des Bundesverfassungsgerichts gewählt werden. Das war aber die graue Theorie. Die Realität sah so aus, dass nur die drei vorgeschriebenen Bundesrichter pro Senat Praktiker waren. Alle restlichen dreizehn Plätze wurden von Professoren bekleidet, die vorher jahrzehntelang an Universitäten gelehrt hatten.

Christian Bruckmann war Praktiker. Er hatte nie einen Lehrstuhl haben wollen. Er blickte zu seinem Mobiltelefon auf dem Tisch. Hatte es etwas mit der Mail zu tun? Mit der Erpressung und der Ankündigung, dass er tun sollte, was sie verlangten? Wahrscheinlich nicht. Wahrscheinlich hatte es nicht einmal mit seinem Richteramt zu tun. Irgendwelche Hacker hatten sein Sicherheitssystem umgangen und ihn dabei gefilmt, wie er sich einen runterholte. Viele solcher Erpressermails waren Fakes, aufgebaut auf der These, dass alle Internetuser irgendwann einmal auf Pornoseiten gelangten. Solche Mails waren eine billige Masche, um an Bitcoins zu kommen.

Er schob diese Gedanken und das Handy von sich weg. »Wann ist die Wahl?«

»Der Bundesrat entscheidet nächste Woche.«

»Was kann ich bis dahin tun, um gewählt zu werden?«

Es dauerte, bis der Minister antwortete. »Leisten Sie sich keinen Skandal.«

Der Minister beendete das Gespräch. Christian hörte aus dem Gerichtssaal gedämpfte Stimmen. Die halbe Stunde war vorbei.

2

Unbekannt, später

IHRE WELT WAR BLAU. Nicht so ein schönes Himmelblau, das man mit einem sonnigen Tag verband, mit Picknick oder einem Tag im Zoo. Es war ein anderes Blau, von der eher unangenehmen Sorte. Jeder ihrer Schritte schmerzte. Die Schuhe versanken im Schnee. Das Leder war schon lange durchnässt. Ihre Socken klebten an den Füßen. Der Wind heulte zwischen den dunklen Baumstämmen wie ein Geist auf der Suche nach ihr. Die erbarmungslose Kälte zerrte an der Jacke, durchdrang den Stoff und legte sich auf ihre Haut. Sie fror, wie sie niemals zuvor gefroren hatte. Der einzige Trost war, dass es bald vorbei sein würde.

Lange hielt sie den Naturgewalten nicht mehr stand.

Nur der Mond schaute zu und tauchte die Welt in sein silbrig kaltes Licht, das an alte Vampirfilme erinnerte. Nur war das hier kein Film. Es war bittere Realität.

Keuchend schleppte sie sich den Hügel hinauf. Bei jedem Schritt musste sie sich an den Baumstämmen festhalten, um sich hochziehen zu können. Keuchend lehnte sie sich gegen einen Stamm. Sie spürte die raue Rinde an ihrer Wange. Der Wind heulte auf und peitsche ihr scharfe Schneeflocken entgegen. Sie suchte nach etwas, was ihr Schutz bieten konnte. Im Freien würde sie keine weitere Stunde überleben. Das war ihr klar, änderte aber nichts an der Situation. Sie war mitten im Nirgendwo. Warum sollte es hier eine Hütte geben? Ein wärmendes Feuer? Und selbst wenn es hier Jäger gab, oder Nomaden oder sonst wen, würde niemand zu dieser Zeit und bei diesem Wetter draußen sein. Sie könnte zwei Meter vor der rettenden Tür einer Hütte zusammenbrechen, die Bewohner würden es nicht merken.

Sie schleppte sich weiter. Warum eigentlich? Es wäre so viel einfacher, hier liegen zu bleiben, bis sie einschlief. Für immer.

Aber sie hatte nicht so lange durchgehalten, um jetzt zu sterben. Ihre Erinnerungen waren wie diese Schneeflocken. Sie flogen vorbei, blitzten kurz im Mondlicht auf und verschwanden in der Dunkelheit oder schmolzen auf der Haut und hinterließen dabei das Gefühl, dass die Erinnerung greifbar nah war.

Sie stolperte, versuchte, sich an einem dünnen Stamm festzuhalten. Ihre Finger glitten ab. Der Schnee fing ihren Sturz ab, doch sie rutschte einen Abhang hinunter. Unten stoppte eine Wurzel ihren Fall. Der stechende Schmerz im Knöchel raubte ihr den Atem. Verdammte Scheiße! Auch das noch. Obwohl ihre Finger von der Kälte ganz taub waren, befühlte sie ihren Knöchel. Die Berührung schmerzte, aber die Knochen schienen intakt zu sein. Hoffentlich. Vorsichtig versuchte sie aufzustehen, aber der Knöchel hielt der Belastung nicht stand. Sofort spürte sie wieder diesen schrillen Schmerz. Ihr Bein knickte weg, und sie landete auf dem Boden. Keuchend lehnte sie sich gegen die Wurzel. Verzweifelt blickte sie sich um. Schnee rieselte ihr in den Nacken. Im silbrigen Licht des Mondes war nicht viel zu erkennen. Aber da lag etwas, was aussah wie ein halbwegs gerader Stock. Eine Krücke. Sie griff danach.

Der Wind trug Geräusche an ihr Ohr. Stimmen. Mehrere Personen unterhielten sich miteinander. Sie biss sich auf die Unterlippe. Jetzt war vielleicht ihre letzte Chance, diese Eishölle zu überleben. Sie schrie, aber mehr als ein Krächzen kam nicht aus ihrer Kehle. Die Stimmen verklangen. Sie rief erneut, und wieder brachte sie nur einen jämmerlichen Laut zustande, den man hier im Wald auch für das Geräusch eines Tieres halten konnte. Sie lauschte. Der Wind trug wieder Stimmen an ihr Ohr. Sie wurden leiser, entfernten sich. Nein, verdammt! Ich bin hier, nicht dort! Ihr war zum Heulen zumute.

Ein Knirschen. Schritte im Schnee. Sie blickte auf. Da standen zwei Gestalten, komplett in Felle gehüllt, Schale verdeckten die Gesichter.

Sie wollte lächeln, aber der Versuch gefror auf ihren Lippen. Die Gestalten hatten Gewehre in den Händen. Fühlte sich so eine Rettung an? Ihre Welt änderte die Farbe und wurde schwarz. Aber es war nicht still. Sie hörte weiter Stimmen. Unverständliche Worte. Manchmal riss der schwarze Schleier auf, und ein Kopf kam zum Vorschein. Ein Mann mit Warzen im Gesicht und besorgtem Blick. Manchmal auch eine wunderschöne Frau mit grauen Haaren. Waren das Engel? Nein. Sie glaubte nicht an ein Leben nach dem Tod. Und selbst wenn es so wäre, würden Engel nicht nach Desinfektionsmittel riechen.

Und dann wurde ihre Welt weiß. Sie wachte in einem Bett auf. Die helle Wintersonne schien durch die trübe Fensterscheibe. Sofort spürte sie die Wärme, hörte das Knistern von brennendem Holz in einem Kamin. Irgendwo tickte eine Uhr.

Die Blumentapete blätterte von den Wänden. Darunter war Schimmel zu erkennen. Es roch nach gekochtem Gemüse.

Dann erst spürte sie ihren Körper. Er war ein einziger Schmerz, und sie wünschte sich, nie aufgewacht zu sein.

Der Mann, der neben ihrem Bett auf einem wackeligen Holzstuhl saß, lächelte sie an und entblößte faulige Zähne. Er trug einen schmutzig grauen Kittel. Wahrscheinlich Überbleibsel einer Arztkarriere. Dann sah sie die Warzen auf der Nase.

»Wo bin ich?«, fragte sie.

Sein Lächeln wurde breiter. »Ich bin froh, dass Sie endlich aufwachen. Manchmal dachten wir, dass wir Sie verlieren.«

Er sprach Russisch mit einem harten Dialekt. Naretschije. Nordrussisch. Aber warum verstand sie ihn? Gehörte sie hierher? Nein. Ihre Gedanken formte sie in Deutsch. Sie war keine Russin.

»Können Sie sich an etwas erinnern?«

Sie dachte krampfhaft nach. Der Wald. Die gnadenlose Kälte. Die Angst. Aber wie war sie in den Wald gekommen? Was hatte sie in die Nacht getrieben? Da war etwas, ein Gefühl hinter einem undurchdringlichen Nebelschleier. Das Bewusstsein eines Lebens vor den Geschehnissen, die sie hierhergebracht hatten.

Sie schüttelte den Kopf.

Er gab ihr eine geblümte Tasse. Eine Ecke war herausgebrochen. Der Tee roch mild würzig. Dazu reichte er ihr ein Marmeladenglas, in dem ein Löffel steckte.

»Hier, trinken Sie«, sagte er. »Ich mache mir gleich einen neuen Tee.«

Sie nippte vorsichtig, doch das Getränk war nur lauwarm. Es schmeckte nach Nelken, Zimt und Waldbeeren.

»Ich muss Ihnen dankbar sein, oder?« Sie stellte die Tasse auf den Nachttisch.

Er schüttelte den Kopf. »Sie waren in Not. Wer würde da nicht helfen?«

»Die beiden Männer, die mich gerettet haben, gehören zu Ihnen?«

»Sie meinen Piotr und Iwanka? Das sind Jäger hier aus dem Dorf. Zu Ihrem Glück die besten, die wir haben.«

»Wo bin ich hier?«

Er lachte und wischte sich mit der Hand über den Mund. »Wenn ich es Ihnen sage, könnten Sie damit nichts anfangen. Bei Ihnen sagt man, glaube ich, ›am Arsch der Welt‹. Belassen wir es dabei, ja?«

Bei Ihnen sagt man. Er wusste, dass sie nicht hierhergehörte. Aber woher? Hatte sie im Schlaf gesprochen? Sie wollte ihn fragen, doch es klopfte an der Tür, und die wunderschöne Frau mit den grauen Haaren betrat das Zimmer. Unter ihren Schritten quietschten die Dielen.

»Das ist meine Tochter Anastasia. Sie hat sich die ganze Zeit um Sie gekümmert. Nicht wahr, mein Täubchen?«

Anastasia nickte. Wie alt mochte sie sein? Fünfundzwanzig? Vielleicht dreißig? Höchstens. Sie hatte aber die grauen Haare einer alten Frau. Und einen traurigen Gesichtsausdruck. Als wäre sie gefangen, als gehöre sie nicht hierher. Die zerschlissene bunte Kleidung wollte ihr nicht passen.

»Wie komme ich hierher?«

Der Mann reagierte nicht und wandte sich an seine Tochter. »Sei so lieb und gib Zoja etwas von unserer Suppe ab. Sie muss zu Kräften kommen.«

»Zoja? Ist das mein Name?«

Er blickte ihr tief in die Augen. So tief, dass es beinahe unangenehm wurde. »Wir mussten Ihnen einen Namen geben. Gefällt er Ihnen?«

»Warum haben Sie gerade den ausgewählt?«

»Zur Unterstützung unserer Hoffnung, dass Sie das überstehen, was Ihnen zugestoßen ist. Zoja bedeutet Leben.«

Sie lehnte sich zurück in die Kissen.

»Ein schöner Name«, sagte sie. »Wirklich ein schöner Name.« Dann schlief Zoja ein.

Als sie wieder aufwachte, war die Sonne nicht mehr als ein silberner Streifen am bergigen Horizont. Auf dem Nachttisch stand noch die Tasse mit dem halb ausgetrunkenen Tee. Auch das Marmeladenglas stand noch dort. Aber der Holzstuhl war nicht mehr besetzt. Der schmutzig graue Kittel hing über der Lehne.

Zoja fühlte sich kräftig genug, um aufzustehen. Wahrscheinlich war sie den Menschen hier schon genug zur Last gefallen. Sie wollte aus dem Bett, denn sie verspürte Hunger. Und der Mann hatte was von Gemüsesuppe gesagt. Zojas Knöchel schmerzte bei jedem Schritt.

Anastasia und ihr Vater saßen in der Küche, oder besser gesagt in dem Raum mit der Kochgelegenheit. Mehr als ein Gaskocher und ein Regal mit Geschirr war nicht auszumachen. Das Licht der nackten Glühbirne flackerte. Nur ganz leicht, aber merklich. Der Strom wurde durch einen Generator erzeugt, entschied Zoja. Sie setzte sich an den Tisch.

»Willkommen«, sagte der Vater. »Wie ich sehe, sind Sie kräftig genug, um herumzulaufen. Das ist gut, sehr gut. Nicht wahr, mein Täubchen?«

Anastasia nickte. Sie stand auf und holte einen tiefen Teller aus dem Regal. Mit einer Kelle schöpfte sie Suppe aus dem großen Topf. Wortlos stellte sie Zoja den Teller hin. Die Suppe war kalt.

»Danke.«

Anastasia nickte knapp und setzte sich wieder neben ihren Vater. Sie wirkte verschüchtert.

Das Gesicht des Vaters behielt den fröhlichen Ausdruck, aber dafür wirkten seine Augen umso trauriger. »Sie spricht nicht mehr«, sagte er, »schon seit Jahren.«

Die Suppe schmeckte etwas fad. »Darf ich fragen, warum?«

»Es ist etwas passiert ...« Er brach ab und biss sich in die geballte Hand. Erinnerungen konnten manchmal mehr schmerzen als das Erlebte. Und trotzdem war Zoja beinahe neidisch, denn sie hatte keine Erinnerungen an die Zeit vor ihrem Aufwachen hier. Aber sie spürte den Schmerz der Erinnerung.

»Wir kommen nicht von hier, müssen Sie wissen. Wir lebten vorher in Moskau. Ich hatte eine gut gehende Praxis.«

Zoja löffelte weiter. »Wie heißen Sie eigentlich?«

»Vladosch, aber Sie können mich ruhig Vlad nennen. Wie alle hier.« Er lächelte schief.

»Vlad. Auch ein schöner Name.«

»Mehr fällt Ihnen dazu nicht ein?«

»Sollte es?«

»Haben Sie vorher viel gelesen?«

Sie blickte in die Suppe, sah Kartoffelstücke, rote Bete und Weißkohl. Warum erkannte sie das Gemüse? Warum wusste sie aber nicht, ob sie viel gelesen hatte? Sie zuckte mit den Schultern. Anastasia erhob sich und blickte ihren Vater an.

»Möchtest du ins Bett, Täubchen?«

Sie nickte und schenke auch Zoja einen kurzen Blick. Da war sie wieder, diese Traurigkeit.

»Gute Nacht«, sagte Zoja.

Vlad wartete, bis seine Tochter die Küche verlassen hatte, bevor er sagte: »Wollen wir ins Wohnzimmer gehen? Sie haben sicher viele Fragen.«

Das Wohnzimmer verdiente nicht wirklich diesen Namen. Drei aufeinandergestapelte Europaletten dienten als Tisch. Daneben waren zwei durchgesessene Sessel und eine Couch gruppiert. An der Wand hing ein Regal, in dem sich Schnapsflaschen befanden. Im Kamin prasselte ein Feuer. Es roch nach verbranntem Holz.

»Es ist ein einfaches Leben«, sagte Vlad, »aber es reicht. Wir sind glücklich.«

»Wo schläft Ihre Tochter eigentlich?«

Er nahm eine halb leere Flasche Wodka aus dem Regal. »Wollen Sie auch etwas trinken?«

»Sie sind der Arzt. Ich weiß nicht, ob ich Alkohol trinken sollte.«

»Ein Schluck Kartoffelschnaps schadet nicht.«

Er goss zwei Gläser halb voll und reichte ihr eines. Der Wodka schmeckte scharf. Zoja verzog das Gesicht.

»Selbst gebrannt«, sagte er. »Wie gesagt, hier leben einfache Leute, die stolz darauf sind, dass ihre Vorfahren Nomaden waren. Das Umherziehen gaben sie irgendwann auf, geblieben sind ihre Schlittenhunde. Große, weiße, stolze Hunde, die immer kläffen, egal ob sie Hunger haben, ihnen langweilig ist, sie sich freuen oder ärgern. Haben Sie das Gebell gehört?«

Zoja schüttelte den Kopf. Sie war froh, nur am Wodka genippt zu haben. Selbst der kleine Schluck zeigte bereits Wirkung.

Vlad setzte sich auf einen der Sessel. »Warum wollen Sie wissen, wo mein Täubchen schläft?«

»Als ich aufgestanden bin, habe ich im Flur nur die Haustür und drei Zimmertüren gesehen.«

»Sie sind sehr aufmerksam. Wie fühlt es sich an?«

»Was meinen Sie?«

»Es muss etwas mit dem zu tun haben, was Sie vorher gemacht haben. Überlegen Sie mal. Wie viele Menschen achten auf den Grundriss eines Hauses? Ich bin Arzt. Ich achte auf Anzeichen von Krankheiten. Da kann ich mich gar nicht gegen wehren. Das mache ich auch in meiner Freizeit.«

»Ich verstehe immer noch nicht.«

»Ein Dachdecker sieht ein Haus und weiß sofort, ob das Dach neu gemacht werden müsste. Ein Schuster kann im Vorbeigehen einen italienischen Designerschuh von einem aus dem Supermarkt unterscheiden. Die Abläufe des Berufslebens gehen uns sprichwörtlich in Fleisch und Blut über, sie bestimmen unser Unterbewusstsein. In Moskau kannte ich mal eine Lektorin, die in einem großen Verlag arbeitete. Sie konnte keinen Text lesen, ohne ihn sofort zu analysieren. Und jetzt frage ich Sie, welche Berufsgruppe direkt ihre Umgebung analysiert, um daraus im Fall der Fälle taktische Vorteile ziehen zu können.«

»Ich verstehe, worauf Sie hinauswollen. Aber mein Verhalten könnte auch darauf hindeuten, dass ich Architektin bin. Oder Inneneinrichterin.«

Er schüttelte den Kopf und trank das Glas Wodka aus. Mit der Flasche in der Hand deutete er auf Zojas Glas. »Trinken Sie aus, damit ich nachschenken kann.«

»Nein, danke«, sagte sie. »Ich habe jetzt schon beinahe genug.«

Vlad lachte. »Eine Russin sind Sie nicht.«

»Weil ich keinen Wodka vertrage?«

»Weil Sie im Schlaf gesprochen haben.«

Das fühlte sich wie ein Stück Seil an, das zu dem Anker gehörte, der in ihrem alten Leben hing. Ein Lichtblick, ein kleiner Pfad zum großen Ganzen.

»Was habe ich gesagt?«

»Ich weiß nicht, ich verstehe die deutsche Sprache nicht. Es war unverständlich aber gleichzeitig auch bedrohlich. Bevor Sie fragen, es war Ihre Klangfarbe, die mich darauf brachte, dass Sie von einer Bedrohung sprechen. Und natürlich auch die Gesamtumstände, wie wir Sie im Wald fanden.«

Zoja konnte ihre Enttäuschung nicht verbergen, aber zumindest erklärte es, dass sie auf Deutsch dachte.

»Sie müssen geduldig mit sich sein«, sagte er. »Irgendwann kommen Ihre Erinnerungen sicher zurück, aber erzwingen können Sie das nicht.«

»Warum kann ich mich nicht erinnern?«

»Das kann viele Gründe haben. Angefangen von Drogenkonsum über eine psychische Erkrankung bis hin zu einer Reaktion auf extreme Belastung durch traumatische Erlebnisse. Das ist es wahrscheinlich bei Ihnen.«

»Geht das wieder weg?«

Er zuckte nur mit den Schultern. »Ich weiß es nicht.«

»In mir fühlt sich alles so leer an.«

»Füllen Sie die Leere«, sagte Vladosch.

»Ich bin kein Glas, in das man Wasser füllt.«

Er lächelte. »Ich kann mir gut vorstellen, wie es Ihnen geht. Für mich wäre der Gedächtnisverlust eine Horrorvorstellung, aber vielleicht ist es eine Chance, Ihre Persönlichkeit neu zu entdecken, andere Seiten Ihres Charakters stärker zu machen, während Sie ungeliebte Züge in den Hintergrund treten lassen können.«

»Ich verstehe nicht, was Sie meinen.«

»Vielleicht waren Sie früher eine Auftragskillerin irgendeiner Regierung. Und wenn Sie das Töten satthaben, hätten Sie jetzt die Chance, einen neuen Weg einzuschlagen.«

»Weil ich mich nicht mehr an mein früheres Ich erinnere?«

»Das menschliche Gehirn und seine unermessliche Leistung sind kompliziert. Es ist auch nicht mein Fachgebiet, aber ich möchte Ihnen Mut machen. Mut, mit dem Horror, den sie gerade durchmachen, umgehen zu können.«

»Also bin ich keine Architektin?«

»Und auch keine Inneneinrichterin. Die werden nämlich selten in der Nähe eines Militärfahrzeugs mitten im Nirgendwo gefunden.«

Militär? Unzusammenhängende Bilder und Gefühle flackerten auf. Wie unter Stroboskoplicht. Eine Bildergeschichte, die ein besoffener Künstler zusammengebastelt hatte. Zoja spürte wieder diese Kälte. Die Angst. Die Enge, die einen beschleicht, wenn man mit mehreren Personen auf der Ladefläche eines Lkws zusammengepfercht ist. Sie hörte das Dröhnen des Dieselmotors, spürte das Wackeln des Fahrzeugs, fühlte jedes Schlagloch. Und es gab viele davon auf dieser Piste. Zoja sah Männer in Soldatenuniformen, bewaffnet mit Sturmgewehren aber ohne Hoheitsabzeichen. Söldner? Eine Privatarmee? Bevor sie darüber nachdenken konnte, passierte es. Projektile durchschlugen die Lkw-Plane. Dem ersten Soldaten platzte förmlich der Schädel. Zoja duckte sich. Der Laster kippte auf die Seite und überschlug sich. Dann war da Stille. Dicke Äste hatten das Chassis durchdrungen. Sie sah das Gesicht des alten Mannes, der neben ihr gesessen hatte. Sein Lächeln wirkte wie ein Abschied.

Vlad hatte sie anscheinend beobachtet. Er wirkte aufgeregt. »Erinnern Sie sich?«

»Wie haben Sie mich gefunden?«, fragte sie.

»Wir leben von dem, was der Wald uns bietet. Piotr und Iwanka waren auf der Jagd, als sie plötzlich Schüsse hörten. Ist nicht ungewöhnlich hier in der Gegend, seit die Russen gekommen sind.«

»Die Russen? Sind Sie nicht auch Russe?«

Er blickte zu Boden. »Vielleicht war ich das einmal. Aber niemand hier fühlt diesen Nationalstolz, der einen Russen ergreift, wenn der Präsident eine Rede hält. Wer hier lebt, lebt als Nomade, als Samojede. Wir sind frei. Es gibt keine Grenzen, die Nationen voneinander trennen. Alle Menschen sind Schwestern und Brüder.«

»Klingt beinahe wie ein Paradies.«

»Wenn es ein Paradies gäbe, sind Sie hier am weitesten davon entfernt.« Er lachte rau. »Piotr wollte weiter, aber Iwanka wollte nachsehen, was es mit den Schüssen auf sich hatte. Sie fanden den Truck und all die Leichen. Und Ihre Fußspuren im Schnee, die langsam verweht wurden. Unseren Jägern wurde klar, dass jemand diesen Angriff überlebt haben musste. Und dass die Zeit davonlief.«

Zoja schloss die Augen. Ihr wurde bewusst, wie viel Glück sie gehabt hatte.

»Sie waren halb tot, als wir Sie gefunden haben.«

»Wie lange ist das her?«

»Vier Tage, vielleicht auch fünf.«

»Ich habe mich erinnert. Da war ein alter Mann. Was ist mit ihm?«

Vlad antwortete nicht.

»Hat noch irgendjemand überlebt?«

Es dauerte, bis Vlad den Kopf schüttelte.

Zoja trank den Wodka in einem Zug aus. »Schenken Sie mir nach?«

Vlad füllte beide Gläser.

»Wie soll es weitergehen?«, fragte sie. »Ich kann nicht ewig hierbleiben.«

»Man sucht nach Ihnen«, sagte Vlad. »Es patrouillieren zu viele Soldaten. Wie müssen warten, bis sich die Sache beruhigt hat. Danach bringe ich Sie nach Westen. Ich kenne da jemanden, der ein Boot hat. Von dort schaffen Sie es vielleicht nach Skandinavien.«

»Vielleicht? Hört sich nicht verlockend an.«

»Hier ist nichts einfach, und ein Vielleicht ist besser als nichts.«

»Es tut mir leid«, sagte sie. »Ich wollte nicht ...«

Er unterbrach sie mit einer ruckartigen Handbewegung. Zuerst fragte sie sich nach dem Warum, aber kurz darauf hörte sie das Dröhnen von Dieselmotoren. Vlad musste es viel früher vernommen haben. Und dann kläfften die weißen, stolzen Hunde.

»Sie kommen«, sagte er. Vlad ging zum Fenster und spähte durch die Gardine. »Verstecken Sie sich! Die dürfen Sie hier nicht finden.«

»Russische Soldaten?«

Er nickte knapp, zog die Europaletten zur Seite und klappte den darunterliegenden Teppich weg. Eine Falltür kam zum Vorschein. Sie verbarg eine Aussparung, die grob aus dem Fels gehauen und nicht größer als ein Sarg war.

»Das muss reichen«, sagte er.

Und schon hämmerte es an der Tür. Zoja hatte keine Wahl. Sie schlüpfte in die Aussparung.

»Sollten wir getrennt werden, gehen Sie nach Beluschja Guba. Fragen Sie im Tschum nach Rebrov. Haben Sie das verstanden?«

Sie wollte noch etwas fragen, aber Vlad schloss die Falltür. Nur kurz darauf hörte sie das Trampeln schwerer Stiefelsohlen. Die Soldaten waren offenbar in das Haus des Arztes eingedrungen. Zoja hielt den Atem an. Sie spürte, wie ihr Herz hämmerte. So schnell, wie der Lärm entstanden war, verstummte er.

»Oberst Sadonova«, hörte sie Vlad sagen. »Was verschafft mir die Ehre Ihres Besuchs?«

»Wo ist sie?« Sadonova war eine Frau. Ihre Stimme klang, als ob sie es gewöhnt war, Befehle zu empfangen und weiterzugeben. Es war eine unbarmherzige Stimme.

»Ich weiß nicht, wen Sie ...«

»Lügen Sie mich nicht an! Wir wissen, dass Sie eine ausländische Spionin beherbergen.«

»Eine was?« Vlad lachte gekünstelt. »Hier ist niemand außer meinem Täubchen und mir.«

Was hatte Sadonova über sie gesagt? Sie wäre eine ausländische Spionin? Niemals. Das war unmöglich! Zoja versuchte, sich zu erinnern. Aber dort, wo die Erinnerungen waren, tobte ein Orkan, der alles durcheinanderwirbelte. Alles war möglich. Sie erinnerte sich an Ereignisse. Aber waren diese real? Oder stammten sie aus Filmen und Büchern, aus Wünschen und Hoffnungen, aus Fantasie und Wahnsinn? Sie konnte niemals im Cockpit des Rasenden Falken gesessen haben. Aber ein Abendessen mit Don Corleone lag im Bereich des Möglichen. Oder andersrum? Aus diesem Chaos heraus entstand das Gefühl, dass Oberst Sadonova die Wahrheit gesagt hatte. Zoja war eine Spionin.

»Treiben Sie keine Spielchen!« Die Stimme der Soldatin holte Zoja zurück in die Wirklichkeit. Das Gefühl, eine Spionin zu sein, perlte wieder von ihr ab, wie Regen von der Blüte eines Lotusblatts.

»Ich würde es niemals wagen«, sagte Vlad.

»Einer eurer Jäger hat es uns erzählt.«

Eine kurze Stille entstand, dann ertönte ein triumphierendes Lachen. »Wie naiv Sie sind, Vladosch. Sie glauben wirklich an Loyalität. Ich sage Ihnen, was diese Loyalität wert ist: nicht mehr als ein Hundenapf voll mit Haferbrei. Das ist das Problem mit euch Wilden. Ihr habt den Instinkt eines Tieres. Überleben, das könnt ihr gut. Wirklich gut. Aber glauben Sie bloß nicht, dass ich Sie dafür bewundere. Sie und Ihresgleichen ekeln mich an. Ich hätte fast gekotzt, als Piotr den Schleim mit seinen Händen aus dem Napf gefressen hat. Hab ihm sogar gesagt, dass meine Hunde vorher gefressen haben. Im Austausch gab er uns die Information, die wir brauchten. Also, wo ist sie?«

Zoja hielt den Atem an. Der Wert eines Menschen zeigte sich nicht in friedlichen und ruhigen Zeiten, sondern dann, wenn es eng wurde. Warum sollte Vlad sein Leben und das seiner Tochter aufs Spiel setzen, um eine Unbekannte zu retten? Eine Unbekannte, die darüber hinaus noch eine feindliche Spionin sein könnte.

»Piotr lügt«, sagte Vlad mit Trotz in der Stimme. »Ich weiß nicht, warum er das tut, aber er tut es.«

Einen Atemzug lang herrschte Stille. Dann war ein dumpfer Schlag zu hören, gefolgt von dem Geräusch, das ein Körper macht, wenn er auf den Boden schlägt.

»Haltet ihn fest!«, befahl Sadonova.

Vlad stöhnte schmerzerfüllt.

Zoja konnte sich vorstellen, was sich über ihr abspielte. Vlad kniete. Sadonova stand hinter ihm und presste den Lauf ihrer Pistole in seinen Nacken.

»Ich gebe dir noch eine Chance. Wo ist sie?«

Der Wert eines Menschen zeigte sich in Extremsituationen.

Vlad hatte seinen Wert bewiesen. Er beugte sich nicht der Gewalt. Zoja dankte ihm dafür. Schritte waren zu hören.

»Frau Oberst?« Die unterwürfige Stimme eines Soldaten. »Wir haben seine Tochter. Sie lag in seinem Bett. Das Bett in ihrem Zimmer ist zerwühlt.«

»Und auf dem Tisch stehen zwei Wodkagläser. Sie ist hier. Nehmen Sie das Haus auseinander, bis Sie die Spionin haben.«

Es war an der Zeit, dass Zoja ihren Wert bewies. Sie atmete ein, hielt die Luft so lange in der Lunge, bis es beinahe schmerzte. War es das Richtige, was sie vorhatte? Warum sollten andere für sie leiden? Sie stemmte sich gegen die Bodenklappe. Sie zu öffnen war schwerer als gedacht. Doch dann wurde sie ihr förmlich aus der Hand gerissen. Zoja blickte in den Lauf einer Maschinenpistole. »Frau Oberst, wir haben die Spionin«, sagte einer der Soldaten.

Oberst Sadonova blickte auf Zoja herab, die noch immer in der Bodenaussparung lag. Die Soldatin hatte die Statur einer russischen Schwimmerin und das Gesicht eines Mannes, der sich geschminkt hatte, um weiblich zu wirken.

»Holt sie da raus«, befahl sie.

Hände packten Zoja grob und rissen sie aus der Kuhle. Die Soldaten pressten sie gegen die Wand und begannen, sie zu durchsuchen.

»Hört auf, ich hab mich doch freiwillig gestellt«, schrie Zoja. Aus dem Augenwinkel sah sie Vlad und Anastasia. Sie knieten nebeneinander. Vlad schaute Zoja an, als hätte sie gerade sein Todesurteil unterschrieben.

»Keine Waffen, Frau Oberst«, meldete ein Soldat.

»Schafft sie weg!«

Jemand drehte Zoja den Arm auf den Rücken. Sie musste nach vorne gebeugt laufen und wurde an Vlad und Anastasia vorbeigeführt. Sadonova ging triumphierend vorweg.

»Es wird alles gut«, sagte Zoja zu ihm. »Für dich wird alles gut.«

Er lächelte gequält. Eine Träne lief ihm die Wange hinab. Er schloss die Augen und nickte knapp.

Draußen schlug Zoja die Kälte entgegen. Die russischen Soldaten hatten die Dorfbewohner vor Vladoschs Haus zusammengetrieben. Sie standen in einer Traube, teilweise nur mit Schlafanzügen bekleidet. Piotr stand von zwei Soldaten flankiert etwas abseits. Zoja wurde zu einem Lkw geführt.

»Hören Sie das?«, fragte Sadonova.

»Was soll ich hören?«

Aus Vladoschs Haus hallten zwei Schüsse.

»Das Echo des Verrats.« Oberst Sadonova lachte.

Viele der Dorfbewohner schlugen vor Entsetzen die Hände vors Gesicht. Einige fielen auf die Knie und rissen flehend die Hände zum Himmel. Wahrscheinlich beteten sie zu irgendwelchen Göttern. Und auch Zoja packten das Grauen und die Schuldgefühle. Vladosch hatte ihr das Leben gerettet und jetzt dafür mit seinem und dem Leben seiner Tochter bezahlt. Ein Leben gegen zwei. Ein schlechtes Geschäft.

»Aber warum? Ich habe mich gestellt.«

Oberst Sadonova blickte sie lange an, bevor sie antwortete. »Für Kollaborateure gibt es nur eine Strafe.«

»Und was ist mit ihm?« Zoja blickte zu Piotr.

»Was soll mit ihm sein?« Sadonova bedeutete einem Soldaten, dass er Piotr ein Bündel Geldscheine geben sollte. »Wenn er Glück hat, wird er flüchten können. Wenn nicht …« Sie zuckte mit den Schultern. »Niemand mag Verräter.«

3

Berlin, 16:21 Uhr MEZ

WIEBKE HATTE ÜBER alles nachgedacht. Immer und immer wieder. Es gab Fragen. Viele Fragen. Und wenn es doch mal eine Antwort gab, führte diese nicht zur Erkenntnis, sondern zu weiteren Fragen. Je mehr sie also die Lücken zu füllen versuchte, desto größer wurden diese. Was hatte Saskia, ihre Zwillingsschwester, in Hamburg gemacht? Warum hatte sie gelogen und selbst ihrem Mann erzählt, sie sei ganz woanders? Was war so wichtig daran, dass er nichts von Hamburg erfuhr?

Und warum die Autobombe?

Allein der Gedanke daran schmerzte, als wäre das Erlebte frisch. Dabei waren gut sieben Monate vergangen. Und alles dazwischen fühlte sich an, als wäre Wiebke auf einer Straße direkt in die Hölle. Sie fuhr sich mit der Hand durchs Haar. Bellheim saß ihr gegenüber. Es war ein milder Herbsttag. Sie waren in einem dieser Straßencafés, die mit italienischer Röstung und Fairtrade warben. Der Kaffee wurde in Emaillebechern gereicht und die Milch in kleinen Glasflaschen. Dazu gab es veganen Kuchen oder auf Wunsch Salatbowls mit Powerfood.

Nicht Wiebkes Ding. Nichts davon. Aber Bellheim kam gerne her und redete davon, dass es äußerst wichtig sei, die Umwelt mit Respekt zu behandeln. Manchmal redete er auch über die Auswirkungen der Massentierhaltung oder über die Arbeitsumstände in großen Schlachtbetrieben. Nichts davon interessierte Wiebke. Und trotzdem saß sie mit ihm hier. Er war der einzige Mensch, der ihr geblieben war. Mit Ausnahme ihrer Schwester. Und die war es, die Wiebke interessierte. Sie wollte Saskia zurück. Manchmal fragte sie sich, warum sie all das tat. Warum sie ihr Leben aufs Spiel setzte, um Saskia zu retten.

Das Verhältnis der Schwestern war nicht gut gewesen. In den letzten Jahren faktisch gar nicht vorhanden. Aber mal ehrlich: Welchem normal denkenden Menschen ging das Schicksal der eigenen Schwester am Arsch vorbei? Blut ist dicker als Wasser. Ein Sprichwort aus dem Alten Testament, wenn auch damals mit anderer Bedeutung als heute. Egal, was zwischen den Schwestern passiert war, wie tief die Gräben zwischen ihnen waren, sie waren immer noch Schwestern. Zwillinge. Und Zwillingen sagte man eine magische Verbindung nach. Aberglaube? Vielleicht. Einbildung? Nein. Wiebke hatte Saskias Leid gespürt. Die ganze Zeit. Alle hatten gesagt, dass ihre Schwester tot sei, dass sie bei dem Autobombenattentat ums Leben gekommen war. Selbst die ermittelnden Kriminalbeamten. Die hatten sogar untrügliche Beweise: DNA-Spuren. Noch einzigartiger als Fingerabdrücke. Und trotzdem hatte Wiebke nie geglaubt, dass Saskia tot war. Natürlich gab es Tage, an denen diese Überzeugung wackeliger war als ein Bierdeckelturm, den ein Betrunkener erbaut hatte. Manchmal wäre dieser Turm beinahe eingestürzt. Zum Beispiel, als Saskias Mann erzählte, dass sie die Asche beerdigen würden, die letzten Überreste einer geliebten Mutter und Ehefrau. Oder am Ende ihrer Flucht, als Wiebke sich am Grab ihrer Schwester auf das Sterben vorbereitet hatte. Diese Erinnerung schmerzte und ließ einen Namen erklingen.

David.

»Hören Sie mir überhaupt zu?«, fragte Bellheim.

Wiebke schreckte auf, als wäre sie aus einem Sekundenschlaf erwacht. »Klar«, sagte sie. »Natürlich.«

Offenbar klang sie nicht überzeugend. Bellheim legte den Kopf schief. Wie ein Vater, der seine Tochter betrachtete, nachdem er ihr zum x-ten Mal vergebens den Satz des Pythagoras erklärt hatte.

»Was habe ich denn gerade gesagt?«

Er hätte auch nach den Lottozahlen der nächsten Woche fragen können. Wiebke lehnte sich zurück und zuckte mit den Schultern. »Irgendwas über verlogene Politiker, die Tierschutzgesetze verhindern, weil sie selbst Mastbetriebe haben?« Sie spielte mit der Blumenvase, die auf dem Metalltisch stand.

»Sie denken wieder an Saskia, stimmt's?« Er schwieg. Offenbar erwartete er eine Antwort, die aber nicht kam. »Hören Sie, Wiebke. Meine Leute sind dran. Die lassen nichts unversucht, Ihre Schwester zu finden. Die Daten auf dem Stick helfen uns derzeit aber noch nicht weiter.«

Vor gut zwei Wochen hatte David ihr den Stick zugespielt, auf dem ein Video gespeichert war. Es zeigte Saskia Meinert, wie sie zusammen mit einem Mann auf der Dachterrasse einer Villa mit Meerblick saß. Sie war gut zu erkennen. Wiebke hatte es die Tränen in die Augen getrieben, als sie ihre Schwester auf dem Bildschirm sah. In diesem Moment war für einen Wimpernschlag alle Last von ihren Schultern gefallen. Saskia lebte! Und Wiebke hatte es die ganze Zeit gespürt, gewusst, gehofft. Doch dann kamen wieder die Zweifel. Wann war das Video aufgenommen worden? Und warum? Wenn Saskia nicht ermordet worden war, konnte es nur eine Entführung sein. Oder war sie freiwillig mitgegangen? Tranken Entführte gemeinsam mit ihrem Entführer auf einer Dachterrasse entspannt eine Tasse Kaffee? Und wer war der Mann? Er saß mit dem Rücken zur Kamera. Sein Jackett lag auf einem Stuhl, er hatte die Hemdsärmel hochgekrempelt. Als er sich vorbeugte, erkannte Wiebke eine Tätowierung auf seinem Unterarm. Die Auflösung war jedoch zu schwach, um Einzelheiten erkennen zu können. Doch als er sich wieder zurücklehnte, war etwas zu sehen, was Hoffnung machte. Ein Beweis, dass dieses Video eindeutig nach dem Anschlag aufgenommen worden war: Auf dem Tisch lag eine Tageszeitung. Das Titelblatt zeigte den brennenden Öltanker, der vor der somalischen Küste eine Naturkatastrophe ausgelöst hatte. Und dieses Ereignis war erst sechs oder sieben Wochen her.

Saskia lebte. Und trotzdem warf das Video mehr Fragen auf, als es Antworten gab.

Wiebke schob die Blumenvase zur Seite und beugte sich vor zu Bellheim.

»Ich kann nicht nur tatenlos rumsitzen.«

»Sie können nichts tun. Oder wollen Sie ziellos durch die Welt reisen und jeden Stein umdrehen?«

»Wenn es sein muss.«

»Haben Sie etwas Vertrauen in meine Leute.«

Bellheims Organisation, die Gruppe 64, war etwas, was im Deutschland der Nachkriegszeit eigentlich gar nicht existieren durfte. Die Gruppe 64 war ein deutscher Geheimdienst und bestand aus Männern und Frauen, die im In- und Ausland geheimdienstliche Operationen durchführten, um Gefahren für die Bundesrepublik abzuwehren. Die bereits bestehenden Nachrichtendienste hatten zwar das gleiche Ziel, versuchten es aber dadurch zu erreichen, dass sie mit geheimen Maßnahmen Informationen sammelten, die andere staatliche Stellen in die Lage versetzten, die Gefahr abzuwehren. Die Gruppe 64 tat dies direkt selbst und hatte Eingriffsbefugnisse. Diese Gruppe war eine geheime Staatspolizei, die es in Deutschland nicht geben durfte.

»Wie hieß Saskias Partner noch mal?«, fragte Wiebke.

»Sie meinen Dogan? Warum fragen Sie?«

Sie antwortete nicht.

»Wie häufig haben wir darüber gesprochen?« Bellheims Stimme klang ungeduldig. »Er ist einer meiner Männer. Einer der Besten. Zweifeln Sie daran?«

Wiebke erinnerte sich, wie sie Dogan vor Monaten locker abgehängt hatte. »Nein, natürlich nicht.«

»Ich habe ihn überprüft. Mehrfach. Es liegen keine Hinweise vor, an seiner Integrität zu zweifeln. Dogan ist sauber.«

»Ich möchte nur mit ihm reden. Mehr nicht. Vielleicht gibt es da etwas, was uns weiterbringt.«

»Wenn Sie mit jemandem reden, endet das meist in einer Katastrophe. So etwas lasse ich nicht zu, verstanden?«

Wiebke nickte. Sie trank wieder von ihrem Kaffee, der mittlerweile kalt geworden war. Bellheim schwieg, anscheinend in Gedanken versunken.

Irgendwann blickte sie auf ihre Armbanduhr. Eine Tactical Core Black. Das letzte Überbleibsel ihrer Zeit bei der Division *Schnelle Krisenintervention*. Ihre Einsatztasche, in die jahrelang ihr gesamtes Leben gepasst hatte, hatte sie zurücklassen müssen. Nur diese Uhr war ihr noch geblieben. Eine letzte Erinnerung an vergangene Zeiten, an ein Leben, dem sie aus gutem Grund den Rücken gekehrt hatte.

In das sie aber wieder zurückgekehrt war, um ihre Schwester zu finden.

»Ich muss los«, sagte Wiebke.

»Was haben Sie denn Wichtiges zu tun?«

»Manche Dinge gehen Sie nichts an.« Sie schob den Stuhl zurück und wollte gehen.

Er hielt sie am Arm fest. »Hat es was mit Dogan zu tun?«

»Warum sollte es?«

»Nur so ein Gefühl.«

»Selbst wenn ich wollte, ich wüsste nicht einmal, wo ich ihn suchen muss. Er gehört zu Ihren Leuten. Und die stehen nicht einfach so im Telefonbuch.«

Bellheim lächelte. »Schon gut. Ich zahle Ihren Kaffee.«

Wiebke nickte ihm zum Dank zu. Sie hatte es eilig, denn natürlich hatte ihr plötzlicher Aufbruch mit Dogan zu tun. Und natürlich wusste sie, wo er war. Sie war gut darin, Menschen aufzuspüren und ihre Gewohnheiten zu studieren, um einen Angriffspunkt zu finden.

Vielleicht war die Uhr doch nicht das einzige Überbleibsel aus der Zeit bei der militärischen Sondereinheit. Wahrscheinlich waren die erworbenen Fähigkeiten doch um ein Vielfaches wertvoller. Dazu gehörten auch Kenntnisse gruppenpsychologischer Prozesse. Eine Gruppe bestand immer aus Individuen, die Rollen einnahmen. Es gab die Führungspersönlichkeiten, die Mitläufer, die Sündenböcke, den Clown und diejenigen, die zwar Mitglieder der Gruppe waren, aber gar nicht dazugehören wollten. Die Omegas. Wiebkes Lieblingsrolle. Und dann gab es noch diejenigen, die sie »die Gleichen« nannte: Individuen, die sich um einen informellen Führer scharten und sich anglichen, sowohl vom Aussehen als auch von der Einstellung. Die Gleichen verfolgten gleiche Interessen, beispielsweise etwas so Wichtiges wie Muskelaufbau durch exzessives Krafttraining. Und genau so sah Dogan aus.

Um Muskeln zu stählen, benötigte man professionelle Geräte. Dogan hatte keinen Job mit festen Anfangszeiten, und das Ende eines Auftrags war auch nie absehbar. Wiebke hatte also alle durchgängig geöffneten Fitnessstudios der Stadt überprüft und dabei auch etwas Glück gehabt. Er besuchte eines dieser hochmodernen Studios in der Innenstadt. Er kam mit dem Auto, das er abseits in einer Tiefgarage abstellte. Eine von der Art, in die sich Frauen nie alleine trauen würden. Verwinkelt, dunkel, unübersichtlich. Genau der richtige Ort für ein Aufeinandertreffen der beiden. Sie wollte mit ihm reden, wirklich nur reden. Ihr war bewusst, was Bellheim vorhin gemeint hatte, als er sagte, dass dies in einer Katastrophe enden würde. Sie wollte keine Eskalation, aber das lag nicht nur an ihr. Und für diesen Fall hatte sie schon einen Plan B.

Wiebke hatte immer einen Ausweichplan. Das hatte ihr schon so manches Mal den Hintern gerettet. Sie lehnte sich gegen die schmucklose Säule, spürte den kalten Beton. In der Tiefgarage stank es nach Abgasen und Pisse. Das Parkhaus war alt, die aufgemalten Parkbuchten mittlerweile für die meisten Pkw zu schmal. Deswegen brauchten viele Fahrzeuge zwei Parkplätze.

Dogan fuhr einen SUV. Natürlich tat er das. Was auch sonst? Er öffnete die Kofferraumklappe und warf seine Sporttasche hinein. Dann griff er zu einer Wasserflasche und trank. Dabei wirkte er wie der Cola-light-Mann, lässig und cool. Hier gab es keine Überwachungskameras. Das hatte Wiebke überprüft. Warum also benahm sich Dogan so? Weil er so war oder weil er eine Instastory machte? Wiebke wusste zwar, was das bedeutete, aber den tieferen Sinn dahinter verstand sie nicht. Vielleicht gab es auch keinen. Aber sie musste vorsichtig sein. Wenn Dogan ein Live-Handyvideo drehte, musste sie warten, bis er fertig war. Sollte es zum Ausweichplan kommen, wollte sie nicht auf Sendung sein.

Er hatte kein Smartphone in der Hand. Er war einfach so. Das machte es zwar nicht besser, aber leichter. Sie näherte sich in seinem Rücken. Offenbar bemerkte er etwas und wirbelte auf dem Absatz herum.

»Hallo«, sagte Wiebke.

»Sie haben mich erschreckt.« Er wechselte von der Angriffshaltung zurück in die Cola-light-Pose. Vielleicht ließ er ein wenig zu deutlich seine Muskeln spielen. Konnte er sich nicht an sie erinnern? In sein Gesicht schlich sich Unsicherheit. Oder war es, weil er in ihr seine alte Partnerin erkannte?

»Kennen wir uns?«, fragte er.
»Wie kommen Sie darauf?«
»Es ist nur ... Sie sehen aus wie jemand, den ich mal kannte.«
»Das kann sein. Sie kannten meine Schwester.«
Es dauerte einen Moment, doch dann spannte er alle Muskeln an.
»Sachte«, sagte sie. »Ich will nur mit Ihnen reden.«
»Was wollen Sie?«
»Ich will nur ein paar Antworten. Und ich bin überzeugt davon, dass Sie mir die geben können.«
»Ich weiß nicht, wovon Sie sprechen.«
»Können Sie sich nicht an mich erinnern? Ich bin diejenige, die Sie im Park nass gemacht hat.«
»Darum also.«
»Genau. Darum.«
Er war schnell wie eine Katze. Der erste Schlag saß, traf sie mitten zwischen die Brüste und presste die Luft aus ihrer Lunge. Sie taumelte zurück. Er setzte nach. Den Fausthieb parierte sie. Halbwegs. Sie prallte gegen ein Auto. Seine Faust sauste nieder. Wiebke ließ sich fallen, sodass sein Schlag auf das Fahrzeugdach hämmerte. Der ohrenbetäubende Lärm der Alarmanlage schallte von den kahlen Betonwänden zurück. Der Warnblinker tauchte alles in ein wechselhaftes Licht. Wiebke trat zu und traf sein Knie. Er schrie, knickte zur Seite und hielt sich am Auto fest. Der Außenspiegel gab knackend nach. Dogan fiel zu Boden.
»Verdammte Schlampe!« Er spuckte auf den Boden.
Wiebke war flink auf den Beinen, trotz der Schmerzen im Brustkorb. Sie setzte nach und rammte ihm den Schuh ins Gesicht. Er drückte sie zurück, rollte zur Seite und gab einen heulenden Schmerzenslaut von sich. Wiebke stieß sich von einer Säule ab. Der Schwung reichte aber nicht. Dogan konterte mit einem Tritt in den Unterleib. Schmerzwellen gingen durch ih-

ren Körper, ihr wurde schwindelig. Und immer noch heulte die Alarmanlage. Dogan kam schwerfällig auf die Beine. Dieses Mal spuckte er Blut auf den Boden.

Sie wich zurück. »Was ist mit dir nicht richtig?«

Er antwortete nicht. Dafür legte er sein ganzes Gewicht in den nächsten Angriff. Wiebke wartete. Schon roch sie seinen Schweiß. Dann zuckte sie zur Seite, packte das Muskelshirt und schleuderte ihn gegen seinen SUV. Dogan taumelte. Sie war sofort bei ihm und rammte ihr Knie zwischen seine Beine. Er ging zu Boden. Der Handkantenschlag gegen die Schläfe knockte ihn aus. Ihr blieb wenig Zeit, und Dogan war verdammt schwer. Sie kam ins Schwitzen, als sie ihn in den Kofferraum hievte. Den Autoschlüssel fand sie in der Tasche seiner Jogginghose. Bevor sie den Motor startete, wischte sie sich den Schweiß von der Stirn. Blödes Arschloch, dachte sie. Ich wollte doch nur reden.

Sie setzte den SUV aus der Parklücke und verdammte Bellheim. Er hatte recht behalten. Jeder ihrer Versuche, einfach nur zu reden, endete in einer Katastrophe. Aber das hier war nicht ihre Schuld.

Sie fuhr die Rampe zur Ausfahrt hoch und lenkte den SUV auf die Hauptstraße. Sie fuhr etwas schneller, aber nicht auffällig. Dogan würde bald wieder aufwachen. Bis dahin musste sie alles erledigt haben.

Eine halbe Stunde später hockte sie in einem Kellerraum und wartete darauf, dass ihr Gast das Bewusstsein wiedererlangte.

»Wie konnte ich nur so dämlich sein?« Sie spürte, wie der Zorn in ihr brannte. Sie blickte zu dem nackten Mann, der gefesselt auf dem stabilen Holzstuhl saß und gerade die Augen langsam öffnete. Seine Arme waren an die Lehne gebunden, die Unterschenkel an die Stuhlbeine. Sein Kinn lag auf der Brust, Blut tropfte ihm aus der Nase.

»Was sollte das gerade? Warum hast du mich angegriffen?«

Dogan antwortete nicht. Wiebke stand neben ihm und rammte ihre Faust in sein Gesicht. Die Wucht des Schlages ließ beinahe den Stuhl umkippen.

»Ich habe dich was gefragt!«

»Was willst du?« Seine Stimme klang, als würde man eine Schallplatte zu langsam abspielen.

Wiebke rammte Dogan ihren Stiefel zwischen die Beine. Der Druck, den sie auf seine Genitalien ausübte, ließ ihn schreien. Was für ein jämmerliches Weichei, dachte sie.

»Hier hört dich niemand.«

Sie befanden sich in einem Kellerraum in der alten irakischen Botschaft, den Wiebke für ihren Ausweichplan gewählt hatte. Die Wände waren mit ehemals weißen Fliesen gekachelt. Die Zeit und sogenannte Urban Explorer hatten jedoch einzelne Fliesen herausgebrochen. Dämmmaterial quoll aus den Beschädigungen. Vielleicht wurden hier früher irakische Oppositionelle gefoltert, die vom Geheimdienst aus West-Berlin entführt worden waren. 1991 hatten die Iraker das Gebäude aufgegeben. Seitdem gehörte es zu den Lost Places in Berlin. Der Zutritt war strengstens verboten, hohe Sicherheitszäune umgaben das Gelände. Als ob das Wiebke aufhalten würde.

Sie nahm den Druck von Dogans Genitalien.

»Fangen wir von vorne an. Und strapazier nicht meine Geduld! Ich bin ab jetzt nicht mehr zimperlich.« Wiebke ließ Dogan noch einmal aufheulen. Als er ihr ins Gesicht blickte, sah sie pure Angst in seinen Augen. Sie hatte bereits seinen Willen gebrochen.

»Zuerst eine einfache Frage. Okay?«

Dogans Nicken war kaum wahrnehmbar.

»Du warst Saskias Partner, richtig?«

Sein Kopf sackte wieder auf die Brust. Er hatte die Augen geschlossen. Wiebke schlug zu.

»Ich erklär dir die Regeln: Ich frage, du antwortest. Tust du das nicht oder lügst mich an, zeige ich dir, was Schmerzen sind.«

»Warum, verdammt? Was soll die Scheiße?« So etwas wie Trotz schwang in seinen Worten mit. Schwach zwar, aber vorhanden. Dogans Stimme klang, als käme sie von ganz weit weg: »Saskia ist tot. Ermordet von irgendwelchen Extremisten, denen sie auf der Spur war.«

Wusste er es nicht? War ihm nicht klar, dass alles eine Lüge war? Die Explosion in der Tiefgarage, die polizeilichen Ermittlungen, Saskias Tod? Oder glaubte er immer noch, dass Wiebke darauf reinfallen würde? Sie wischte sich die Kapuze ihres Pullis vom Kopf. Die Haare klebten an ihrer Stirn. Wie ein Schatten überlagerte Wut ihren Verstand. Wut wurde zu Hass. Hass wurde zu Gewalt. Gewalt führte zum Tod. Aber sie brauchte Dogan, denn Tote reden nicht.

Sie brauchte Besonnenheit, musste mit ihm reden, um ans Ziel zu kommen.

Aber die Zeit des Redens war vorbei. Blind vor Wut schlug Wiebke zu. Sie ignorierte die eigenen Schmerzen, die bei jedem Schlag durch ihren Körper brandeten. Nach dem dritten Fausthieb bluteten ihre Knöchel. Sie machte weiter, schlug besinnungslos zu. Die Wut ließ langsam nach. Schwer atmend stand sie da, wischte sich mit dem Handrücken über den Mund, schmeckte wieder Blut.

Dogan starrte erst sie an und dann die Stelle an der Wand, auf die Wiebke eingeprügelt hatte.

»Aber ...«

»Reiz mich nicht!«, schnitt sie ihm das Wort ab.

In der Ecke stand eine Flasche Wasser. Sie drehte den Deckel ab und nahm einen Schluck. Sie musste runterkommen, sich beruhigen. Es ging um Saskia, ihre Schwester lebte. Bellheim hatte das bestätigt, hatte ihr gesagt, dass der DNA-Test manipuliert worden war. Die Tote in Saskias Auto war eine Journalistikstudentin aus Hamburg gewesen, die zur falschen Zeit am falschen Ort war. Armes Mädchen.

Wiebke zog den Kapuzenpulli aus. Darunter trug sie nur ein graues Tanktop. Schweiß glänzte auf ihrer Haut, ihre Arme waren voller Tattoos. Irgendwelche Motive. Was sie schön fand. Ohne Grund oder Begründung.

»Hey!« Dogans Stimme riss sie aus den Gedanken. »Kriege ich auch was?« Er deutete mit dem Kopf auf die Flasche.

»Warum sollte ich dir was abgeben?«

»Ich weiß nicht, was ich dir getan habe. Ich weiß nicht, warum ich das hier verdiene. Wir stehen doch auf derselben Seite.«

»Tun wir nicht.« Wiebke drückte sich von der Wand ab. »Celine Kleinmann.«

»Wer soll das sein?«

»Die Tote in Saskias Auto. Celine Kleinmann. Ein hübsches Mädchen. Hatte was im Kopf und wahrscheinlich eine glänzende Zukunft. Eine Zukunft, die ihr zerstört habt.«

»Ich weiß nicht, wovon du redest. Ehrlich!«

Wiebke packte Dogans Haare und riss seinen Kopf in den Nacken. »Lüg mich nicht an!«

»Bitte«, sagte er. »Ich weiß wirklich nichts.«

»Was ist in Stockholm passiert?« Sie ließ die Haare los. »Und keine Märchen.«

Dogan zog die Augenbrauen zusammen. Wiebke spürte wieder diese Wut, doch sie zügelte sich. Betont langsam ließ sie sich in den Schneidersitz gleiten.

»Okay«, sagte er. »Wir, ich meine Saskia und ich, hatten den Auftrag, einen Informanten zu kontaktieren. Aber es lief nicht wie geplant. Es war ein geheimer Auftrag, aber irgendwer außerhalb unseres Teams wusste davon.«

»Wer gehörte zum Team?«

»Unser Auslandsführungsoffizier Böhm, Saskia und ich. Sonst niemand.«

»Also hat jemand geplaudert.« Mehr eine Feststellung als eine Frage. »Und ich kann mir sehr gut vorstellen, wer das war.«

Es dauerte einen Moment, bis Dogan die Andeutung begriff. Er schüttelte heftig den Kopf. »Nein, ich war das nicht! Ich habe Saskia nicht verraten.«

»Saskia wird sich nicht selbst verraten haben. Was ist mit diesem Böhm?«

»Kann ich mir nicht vorstellen. Er ist loyal. Wenn Bellheim sagen würde, dass er von einer Brücke springen soll, würde er nur fragen, von welcher.«

»Dann hast du dir die Frage selbst beantwortet.« Wiebke stellte die Wasserflasche auf den Boden und stand auf. Je näher sie Dogan kam, desto kleiner machte er sich.

»Bitte«, flehte er. »Ich war es nicht. Jedenfalls nicht in Stockholm.«

»Aber später? Wann?«

»Die bringen mich um.«

»Entweder die oder ich. Du kannst es dir aussuchen.«

Dogan taxierte sie. Offenbar suchte er etwas in ihrem Gesicht. Eine Regung, ein Anzeichen, dass sie bluffte. Aber er konnte nichts finden, weil sie nicht bluffte. Sie hatte es satt, immer wieder nur Fragen zu stellen. Sie hatte die Zeit des Redens satt. Nun war die Zeit des Handelns gekommen. Wiebke schlug zu. Dogans Kopf schnellte zur Seite. Blut spritzte gegen die Fliesen.

»Ich werde es langsam tun.«

Er spuckte Blut auf den Boden. »Wenn du mich umbringst, erfährst du nichts.«

»Wenn du nichts sagst, auch nicht.«

»Also gut«, sagte Dogan. »Saskia und ich waren in Stockholm. Es gab einen Zwischenfall.«

»Was für einen Zwischenfall?«

»Da war so ein Typ. Kaukasisches Aussehen. Jeans. Lederjacke. Kampfstiefel. Hatte Saskia aufgelauert, sich ihr eindeutig gezeigt. Als wolle er ihr Angst machen.«

»Das war sicher nicht der einzige Grund. Was wollte er noch von Saskia?«

Dogan zuckte mit den Schultern, soweit es seine Fesselung zuließ. »Keine Ahnung. Hab nicht gefragt.«

»Du hast ihn erwischt?«

»Natürlich habe ich das.« Als er grinste, zeigte er blutbeschmierte Zähne.

Wiebke erinnerte sich an das erste Zusammentreffen mit Dogan. Er hatte sie verfolgt, sie hatte mit ihm gespielt. Auch wenn er nicht so gut war, wie er glaubte, spielte er in der Champions League. Er hatte ihr einen Brief von Saskia gegeben. *Es sind Kirschen im Kühlschrank.* Saskias Hilferuf. Hätte Wiebke ihre Schwester noch retten können, wenn sie sofort reagiert hätte? Ganz sicher. Und vielleicht wäre all das hier nicht passiert. Mit zusammengepressten Lippen schob sie die Gedanken beiseite. Sie hatte Fehler gemacht. Viele Fehler. Nun war es an der Zeit, endlich etwas richtig zu machen.

»Du hast den Typen umgebracht?«

Dogan nickte. »Schnell und effizient. Ich ahnte zwar, dass mehr Agenten auf uns angesetzt waren, aber wissen konnte ich es nicht.«

»Saskia hätte dein Vorgehen niemals gutgeheißen.«

Dogan senkte den Blick.

»Du hast es ihr nicht gesagt?«

Kopfschütteln. »Es war eine miese Scheiße. Er hatte mich gecheckt und war zum Angriff übergegangen. Ich war halt schneller als er.«

»Aber warum hast du das nicht gemeldet? Wenn nicht Saskia, dann wenigstens deinem Vorgesetzten?«

»Hätte ich mal besser«, sagte er. »Dann wären viele Dinge anders gelaufen.«

»Inwiefern?«

»Wir sind von Stockholm aus direkt nach Deutschland. Saskia wollte sofort zurück nach Berlin. Sie wusste, wo du wohnst. Sie hat immer nach dir geschaut. Heimlich, weil sie wusste, dass es dir nicht recht war.«

Die Worte waren kleine Dolche. Jedes einzelne stach in ihre Seele. Saskia hatte sich für Wiebkes Leben interessiert. Das hätte Wiebke niemals gedacht. Sie war immer der Meinung gewesen, Saskia säße in ihrem Elfenbeinturm. Unerreichbar. Unnahbar. Deshalb hatte sich Wiebke nur sporadisch und aus reiner Neugier für das interessiert, was in Saskias Leben passierte. Ebenfalls heimlich, weil sie kein Teil vom Leben ihrer Schwester sein wollte.

»Wenn sie zu mir wollte, warum hat sie dich dann geschickt und einen dämlichen Zettel geschrieben?«

»Kaum in Deutschland angekommen, bekam sie einen dringenden Auftrag und fuhr nach Hamburg. Irgendein Islamist wollte Waffen kaufen.« Dogan streckte sich wieder. »So langsam wird's echt unangenehm.«

»Die Fesseln?«

Er nickte. »Machst du mich los? Ich erzähl dir alles, was du willst.«

»Bequemlichkeit hast du Stück Scheiße nicht verdient. Wann kommt der Punkt, an dem du Saskia verraten hast?«

»Hey, ich erzähle dir doch alles.«

»Du kannst froh sein, dass ich die Worte nicht aus dir herausprügel.«

Dogan sackte wie ein nasser Sack auf dem Stuhl zusammen. Er überlegte. Und wenn Menschen wie er überlegten, planten sie Lügen oder Schlimmeres. Und Lügen hatte Wiebke in ihrem Leben schon genug gehört. Blitzschnell war sie bei ihm, packte sein Kinn und quetschte ihm den Kiefer zusammen.

»Lügst du mich an, bringe ich dich um.«

Sie stieß seinen Kopf in den Nacken.

»Schon gut«, sagte er. »Saskia gab mir den Brief. Ich bin dann mit dem Zug nach Berlin. Und da hat mich dieser schleimige Typ angesprochen.«

»Stefan?«

»Keine Ahnung. Namen interessieren in unserem Geschäft doch niemanden. Jedenfalls wusste er von meinem Auftrag. Er wollte wissen, was in dem Brief stand, der für dich bestimmt war.«

»Und was hast du gemacht?«

»Ihm gesagt, dass es ihn einen feuchten Dreck angeht. Aber er wusste von Stockholm. Er wusste von dem Toten.«

»Das bedeutet ja, dass ...«

»Bellheims Organisation gibt es auf dem Papier nicht«, unterbrach Dogan. »Weil sie gar nicht existieren darf. Sie ist ein klarer Verstoß gegen die deutsche Verfassung. Was glaubst du, würde passieren, wenn die Öffentlichkeit davon erfährt? Und das gleich in Verbindung mit einem Mord in Stockholm? Deutscher Agent tötet Mann bei Geheimoperation im Ausland. Eine geile Überschrift, oder? Allein die Verbindung der Wörter ›deutscher Agent‹ und ›Geheimoperation‹ würde die Linken auf den Plan rufen. Und die Aluhutträger, die schon immer wussten, dass der deutsche Staat alle überwacht.«

»Das hat er dir erzählt?«

Dogan nickte.

»Du hättest es besser wissen müssen.«

»Jeder macht Fehler. Jedenfalls wollte er den Brief im Austausch für sein Schweigen. Er hat ihn abfotografiert und ihn mir zurückgegeben. Ich sollte meinen Auftrag ausführen und nie ein Wort über diese Begegnung verlieren.«

»Also hat er ihn gefälscht.«

Wie hatte sie nur so dumm sein können? Stefan hatte sich durch den gleichen Brief als Saskias Verbündeter legitimiert. Wiebke war auf einen gefälschten Brief hereingefallen. Einer der ältesten Tricks der Welt. Aber weswegen hatte Stefan sie angeheuert? Möglicherweise, um Wiebke von Saskia fernzuhalten, damit die Entführung funktionieren konnte? Das würde bedeuten, dass Stefan die ganze Zeit für diejenigen arbeitete, die Saskia entführt haben. Und das waren dann auch diejenigen, die Saskia verfolgt hatte.

Aber wer waren die? Und was hatten die vor?

Sie blickte Dogan an. Ob er etwas wusste? Wahrscheinlich nicht mehr, als er schon verraten hatte. Trotzdem war es einen Versuch wert.

»Ist das eigentlich normal in eurer Organisation?«

»Was?«

»Dass man direkt von einem Auslandseinsatz zum nächsten Auftrag geschickt wird?«

Wiebke kannte das aus ihrer Zeit bei der Eliteeinheit Division *Schnelle Krisenintervention* anders. Gerade nach einem Einsatz im Ausland wurden die Soldatinnen und Soldaten geschont. Geistige und körperliche Erholung waren wichtig. Aber es gab noch einen anderen Grund, einen geheimen, den nicht jeder kennen sollte: Alle wurden überprüft. Es wurde nach Hinweisen gesucht, ob sie sich nicht doch für die andere Seite entschieden hatten, ob sie nicht doch kompromittiert worden waren. Was bei Soldatinnen und Soldaten wichtig war, war bei Agentinnen und Agenten eines verfassungswidrigen Geheimdienstes erst recht unverzichtbar. Warum also wurde Saskia sofort zum nächsten Einsatz geschickt? Und warum alleine? Offensichtlich bildeten die Agentinnen und Agenten von Bellheims Organisation Teams. Die Realität war eben nicht wie bei James Bond, der die Welt im Alleingang rettete.

»Normalerweise nicht«, sagte Dogan. »Eigentlich müssen wir immer zuerst zurück nach Berlin.«

»Und was hat die Normalität durchbrochen? Nicht nur, dass Saskia direkt nach Hamburg geschickt wurde, sie hat den Einsatz auch ohne dich durchgeführt.«

»Das hat mich auch stutzig gemacht.«

»Und?«

Er blickte sie an. Es dauerte etwas, bis er begriff, was sie meinte. Ein Nachteil von Folter war, dass sie nicht nur körperliche Schmerzen verursachte, sondern dadurch bedingt auch eine tiefe Erschöpfung der geistigen Leistungsfähigkeit.

»Ich habe Frau und Kind, verdammt!«

»Interessiert mich nicht.«

»Niemand interessiert sich dafür. Die auch nicht.«

»Die? Wer ist das?«

»Keine Ahnung. Irgendwelche Leute. Kennst du das Buch *Momo?*«

Natürlich kannte sie *Momo*. Aber was das mit dem Hier und Jetzt zu tun hatte, erschloss sich ihr nicht.

Dogan sprach einfach weiter. »Die sind wie die grauen Herren aus dem Buch. Sie kommen und manipulieren dich. Danach vergisst du, dass sie da waren, aber sie haben dich in der Hand. Das Zucken des kleinen Zeigefingers reicht, um dein Leben zu zerstören. Und denen ist es egal, ob Unschuldige mit draufgehen, selbst wenn es Kinder sind. Es gibt nur einen erheblichen Unterschied.«

»Und der wäre?«

»Die Schweine sterben nicht, wenn man denen die Zigarre aus der Fresse schlägt.« Er lachte rau.

»Hast du die nach dem Anschlag noch einmal getroffen?«

»Einmal? Die haben mich gestalkt!«

»Und warum?«

»Der Kontakt in Schweden, Professor Liebknecht, hatte Saskia einen Schlüssel zu einem Schließfach gegeben. Darin sind wohl wichtige Daten. Der Schlüssel ist aber seitdem verschollen. Und niemand weiß, wo das Schließfach ist.«

Wiebke blickte zu Boden. Dogan sagte die Wahrheit. Sämtliche Informationen deckten sich mit denen, die Uwe Templer ihr vor Monaten gegeben hatte. Und damit war auch klar, dass die geheimdienstliche Operation von den Old Men ausging. Trotzdem blieb die Frage, wer hinter diesem Namen steckte. Wer gehörte zu den Old Men?

Wiebke ging zur Tür. Sie blickte sich nicht einmal zu Dogan um. Alles, was sie wissen wollte, hatte er ihr gesagt. Sie brauchte ihn nicht mehr.

»Hey! Was soll das?«, rief er. »Du kannst mich nicht einfach hierlassen!«

Sie hatte die Türklinke schon in der Hand, hielt aber noch einmal kurz inne. »Kann ich nicht? Wie willst du mich daran hindern?«

»Hör auf mit dem Scheiß!«

»Ich kümmere mich darum, dass du abgeholt wirst.«

Sie verließ den Kellerraum, begleitet von Dogans Geschrei. Doch als sie die Tür ins Schloss drückte herrschte Stille. Man konnte viel über die Iraker sagen, aber sie verstanden es, schalldichte Räume zu bauen. Die ausgetretene Steintreppe führte nach oben in die große Empfangshalle. Hier wurden früher wahrscheinlich die Repräsentanten der Bundesrepublik Deutschland empfangen, die eine Verbalnote der Regierung bezüglich illegaler Entführungen von oppositionellen Irakern aus West-Berlin überbrachten. Während die Iraker im Beisein von Stasi-Vertretern ihre Unschuld beteuerten, wurden nur ein paar Treppenstufen entfernt genau diese Entführten gefoltert. Was für eine perverse Genugtuung für den irakischen Botschafter Ost-Berlins.

Draußen ging die Sonne gerade auf. Ihr Licht spiegelte sich

im Morgentau und erhellte Nebelfetzen, die im Gras und zwischen dem bunten Laub umherschlichen.

Ihr Mobiltelefon vibrierte. Zwölf Anrufe in Abwesenheit von Bellheim. Wiebke nutzte ein altes Klapphandy ohne GPS. So war sie nur über die Funkmasten zu orten, und diese hatten einen undefinierten Abstrahlwinkel. Dadurch entstand eine Standortbestimmung auf sechs Kilometer. Wiebke war somit eine Nadel im Heuhaufen. Jedoch zweifelte sie nicht daran, dass ein Mann mit einem messerscharfen Verstand, wie Bellheim ihn besaß, ihren Standort innerhalb von einer Minute lokalisiert haben würde. Die ehemalige irakische Botschaft war ein zu exponiertes Versteck.

Sie wählte Bellheims Nummer. Nach dem zweiten Freizeichen hob er ab. »Wo sind Sie?«, schrie er ins Telefon. Offenbar war Dogans Verschwinden bemerkt worden. »Und wo ist er?«

»Ich weiß, dass er ein Verräter ist.«

»Einen Scheiß wissen Sie! Was haben Sie mit ihm gemacht?«

»Ich wollte nur mit ihm reden.«

»In der ehemaligen irakischen Botschaft? Wohl kaum.«

Wiebke war beeindruckt. Bellheim hatte sie innerhalb von Sekunden orten können und ihren genauen Standort geschlussfolgert. Dabei gab es im Umkreis einige verlassene Gebäude. Allerdings hatte das ehemalige Hotel ein paar Hundert Meter entfernt vermutlich keinen schalldichten Keller.

»Es ist nicht alles so gelaufen, wie ich es mir vorgestellt hatte, aber trotzdem hat Dogan mir etwas verraten. Über meine Schwester.«

»Geht es nicht immer um sie?« Bellheim konnte die Wut in seiner Stimme kaum verbergen, wollte es vielleicht auch gar nicht. »Verraten Sie mir, was Sie jetzt machen wollen?«

Wiebke überlegte. Bellheim hatte sie vor dem sicheren Tod bewahrt. Er hatte ihr eine kleine Wohnung besorgt und etwas

Startkapital. Sie hatte alles verloren und nur das besessen, was sie am Leib trug. Kleidung, die von einem Mann bezahlt worden war, der für sie sein Leben gelassen hatte.

Wenn sie so darüber nachdachte, waren in ihrer Nähe im letzten halben Jahr viele Menschen ums Leben gekommen. Lag es an ihr oder an den Kreisen, in denen sie sich bewegte?

»Ich weiß nicht«, sagte sie.

»Wenn Sie nicht mit mir reden, kann ich Ihnen nicht helfen. Und Sie werden meine Hilfe benötigen. Ganz sicher!«

Konnte sie ihm vertrauen? Trotz all dem, was Bellheim getan hatte, blieben Zweifel. Ihr Leben drehte sich im Kreis und lief immer wieder auf die gleiche Frage hinaus. War es also jetzt nicht mal an der Zeit, Vertrauen zu schenken, damit die Zahl der Toten in ihrem Umfeld nicht weiter stieg? Sie atmete tief ein.

»André Böhm«, sagte sie schließlich. »Ich glaube, dass André Böhm etwas mit der Entführung meiner Schwester zu tun hat.«

»Das hat Dogan gesagt?«

»Nicht direkt, aber zwischen den Zeilen.«

Es rauschte in der Leitung. Bellheims Sprechpause fühlte sich wahrscheinlich länger an, als sie tatsächlich war.

»Na gut. Kümmern Sie sich darum.«

Es hörte sich beinahe so an, als wäre schon jemand mit dieser Aufgabe befasst, der nun allerdings durch Wiebke ersetzt werden würde.

»Wissen Sie das schon? Mit Böhm, meine ich.«

»Nicht am Telefon. Lassen Sie uns später darüber reden.«

Er beendete das Gespräch, ohne ihr einen Hinweis darauf zu geben, wo dieser Böhm wohnte. Wahrscheinlich wusste oder ahnte Bellheim, dass Wiebke all diese Informationen in der letzten Zeit längst zusammengetragen hatte. Saskia war Verrätern auf der Spur gewesen, Doppelagenten in den Reihen der Gruppe 64. Und Wiebke wurde das Gefühl nicht los, dass Bellheim mehr darüber wusste, als er zugab.

Und es gab nicht viele Gründe dafür, warum er trotz dieses Wissens nichts unternahm.

4

Berlin, sieben Monate zuvor

JEMAND KLOPFTE AN Josef Bellheims Bürotür. Er blickte von den Papieren auf, die auf dem Tisch lagen, als Theresa den Raum betrat. Seine Assistentin trug eine weiße Bluse und dazu einen grauen Hosenanzug mit modern knöchelfreier Hose. Die Füße steckten in weißen Sneakern. Die hellen Farben betonten Theresas braun gebrannte Haut. Bellheim war beinahe froh über die Störung. Papierkram langweilte ihn.

»Haben Sie es schon mitbekommen?« Theresa kam wie immer direkt zur Sache. Das mochte er an ihr, sie war schnell und effizient, vertrödelte keine Zeit mit überflüssigen Dingen wie Höflichkeitsfloskeln.

»Was meinen Sie?«

»Es läuft gerade in den Nachrichten.«

Er schaltete den Fernseher ein. Auf dem Bildschirm lief eine Eilmeldung. Schwarzer Rauch quoll aus einer Tiefgarageneinfahrt. Offenbar ein Unglücksort. Überall standen Polizisten und Feuerwehrleute. Zuckendes Blaulicht reflektierte in Fensterscheiben. Im Ticker hieß es: *Explosion in Hamburg – mindestens eine Tote – handelt es sich um einen terroristischen Anschlag?*

Der Reporter blickte in die Kamera. »... ungeklärten Gründen kam es zu einer Explosion. Angeblich soll mindestens eine Frau dabei ums Leben gekommen sein. In Folge der Explosion kam es zu einem Brand. Die Löscharbeiten dauern an. Wir sprechen jetzt mit einem Zeugen.«

Der Blickwinkel der Kamera veränderte sich. Nun konnte Bellheim weitere Einzelheiten erkennen. Schaulustige bildeten an der Polizeiabsperrung eine Menschentraube. Die Häuserfassaden waren alt, über den Fenstern gab es Stuck, verdunkelte Scheiben oder Balkongeländer aus Ankerketten setzten jedoch moderne Akzente. Bellheim war darauf trainiert, aus ihm vorliegendem Material zu erkennen, wo ungefähr die Bilder aufgenommen wurden. Je mehr Informationen vorlagen, desto einfacher wurde es. Hamburg war die drittgrößte Stadt Deutschlands, und trotzdem erkannte er sofort die Gegend im Hafenviertel.

Der angekündigte Zeuge wirkte verunsichert. Sein falsch zugeknöpftes Hemd war rußig und verdreckt.

»Sie waren in der Tiefgarage?«

Der Zeuge nickte und wischte sich mit der Hand übers Gesicht. Immer wieder blickte er zur Tiefgaragenausfahrt, aus der immer noch Rauch drang.

»Können Sie uns erzählen, was genau passiert ist?«

»Ich weiß es nicht«, sagte der Zeuge. »Ich ging zur Garage. Da kam ein schwarzer Mercedes die Auffahrt hochgerast. Dann weiß ich noch, dass da ein VW war. Eine Frau am Steuer. Blond.«

Der Reporter wartete kurz, bevor er nachfragte. »Was ist dann passiert?«

»Feuer«, sagte der Zeuge. »Dann war da Feuer.«

Die Kamera fokussierte nun auf den Reporter. »Angeblich soll bei der Explosion eine Mitarbeiterin des Entwicklungsministeriums ums Leben gekommen sein.«

Bellheim hielt den Atem an. Als er die Gruppe 64 ins Leben gerufen hatte, musste er dem Bundesinnenminister versprechen, dass eine solche Meldung niemals über die Bildschirme laufen würde. Normalerweise starben in Deutschland keine Ministeriumsmitarbeiter eines gewaltsamen Todes. Erst recht nicht die Mitarbeiter des Entwicklungsministeriums.

»Wer ist es?«, fragte Bellheim seine Assistentin.

»Nach bisherigen Informationen müssen wir davon ausgehen, dass es Frau Meinert ist. Saskia Meinert.«

Bellheim vernahm in Theresas Stimme einen Unterton, als ob der Name Meinert ihr mehr bedeutete. Er neigte den Kopf. Mit Saskia Meinert hatte Theresa nie etwas zu tun gehabt. Darauf achtete Bellheim bei der Auswahl seiner Mitarbeiter. Aber da gab es noch die Schwester, diese Wiebke. Ehemalige Elitesoldatin. Unehrenhaft entlassen. Er nahm sich vor, später darüber nachzudenken. Jetzt war keine Zeit.

»Was sollen wir tun?«, fragte Theresa.

»Wir fahren nach Hamburg.«

Die Gruppe 64 war eine Organisation, die geheimdienstliche Missionen durchführte. Sie füllte die Lücke zwischen der nachrichtendienstlichen Tätigkeit vom Bundesnachrichtendienst und den Verfassungsschutzämtern und der hoheitlichen Aufgabe, die durch die Staatsschutzdienststellen des Bundes und der Länder ausgeübt wurde. Die Gruppe 64 war ein Geheimdienst im Verborgenen, was nicht nur in der Natur der Sache lag, sondern auch daran, dass Deutschland aus den schrecklichen Jahren von 1933 bis 1945 gelernt hatte. So etwas wie eine geheime Staatspolizei durfte es nicht geben.

Aber genau das war die Gruppe 64.

Und niemand sollte von ihrer Existenz erfahren. Erst recht nicht im Zusammenhang mit einer bei einem Einsatz getöteten Mitarbeiterin.

»Wir müssen die polizeilichen Ermittlungen zu unseren Gunsten beeinflussen«, sagte Bellheim schließlich.

»Frau Meinert ist tot. Sie kann nichts verraten. Wäre es in diesem Fall nicht klüger, wenn wir im Hintergrund blieben?«

»Sie vergessen da etwas«, sagte Bellheim.

»Und das wäre?«

»Der Zeuge. Haben Sie gesehen, dass sein Hemd falsch zugeknöpft war?«

Theresa nickte. »Sie meinen doch nicht ... Natürlich meinen Sie das.«

»Er hatte auch keine Schuhe an.«

»Nicht mal Socken«, sagte Theresa.

»Und deshalb müssen wir nach Hamburg.«

Bellheim griff nach dem Holzbügel, auf dem sein Jackett hing.

»Und was ist, wenn Saskia Meinert doch nicht tot ist?«

Bellheim drehte sich zu Theresa um. »Wie kommen Sie darauf?«

»Vielleicht dürfen wir den schwarzen Mercedes nicht vergessen, der kurz vor der Explosion aus der Tiefgarage fuhr. Unbewusst war es dem Zeugen wichtig, sonst hätte er es nicht erwähnt.«

Eine als Mordanschlag getarnte Entführung. Etwas zu laut für seinen Geschmack. Äußerst unüblich. Und trotzdem denkbar. Bellheim musste immer wieder feststellen, dass er einen merkwürdigen Beruf ausübte. So etwas als denkbar anzusehen war beinahe Irrsinn.

»Spione wie wir«, sagte er.

5

Unbekannt, später

VOR ZOJA VERSCHWAMMEN die Farben. Erst war da wieder dieses Blau, das sich nach und nach verdunkelte, bis es das tiefste Schwarz war, das sie je gesehen hatte. Und dieses Schwarz wurde zu einem Mitternachtsgrau, bevor es heller und heller wurde, bis es zu einem reinen Weiß verblasste.

Sah so das Vergessen aus?

Oder kehrten die Erinnerungen zurück?

Alles fühlte sich so gleich an, so beliebig. Sadonovas Soldaten hatten sie in einen Lkw gezerrt. Nun saß Zoja zwischen Männern, die nicht besonders aufmerksam waren. Sie hatten Zoja nicht einmal gefesselt, denn eine Flucht war unmöglich. Selbst wenn sie den Kugeln der Soldaten entkäme, wäre da draußen nur die lebensfeindliche Tundra der Nordpolarregion. Zoja war ziemlich sicher, dass sie sich auf einer Insel befand. Und nach der Stärkedemonstration der russischen Soldaten im Dorf würde niemand es mehr wagen, ihr zu helfen.

Manchmal war die Realität eine stärkere Fessel, als es die härtesten Ketten sein konnten.

»Wo fahren wir hin?«, fragte sie einen der Soldaten.

»Halt die Fresse!«

Zojas Blick wanderte über den rostigen und feuchten Boden der Ladefläche zur Heckklappe, deren wahre Farbe sich im hellen Grau der dahinterliegenden Landschaft verbarg. Niedrige Sträucher, die zwischen dem Schnee und den dunklen Steinen ums Überleben kämpften, flogen nur so vorbei und verschwanden innerhalb eines Wimpernschlags im Nebel. Sie saß zwischen Soldaten in schwarzen Uniformen ohne Hoheitsabzeichen. Eine Privatarmee also, oder Schlimmeres. Und sie war nicht Zoja. Sie war ... ihr Name ... beinahe war die Erinnerung greifbar.

Der Lkw hielt abrupt an. Sie stieß gegen den alten Mann, der neben ihr saß.

»Es wird alles gut«, sagte er. »Wir stehen das gemeinsam durch.«

Was stehen wir gemeinsam durch? Verdammt, wenn sie sich bloß erinnern könnte!

»Alle mal herhören.« Ein Soldat erschien am Ende der Ladefläche. Er trug ein Barett auf dem Kopf, auf der Vorderseite prangte ein Abzeichen. Was war das für ein Emblem? Eine Hand, die eine Schwertklinge hielt? Umrahmt von Eichenlaub?

»Wir nähern uns den Zielkoordinaten Gamma Delta 731. Ab jetzt höchste Vorsicht. Verstanden?«

»Jawohl!« Die Soldaten auf der Ladefläche antworteten wie aus einer Kehle.

»Waffen schussbereit. Wir rechnen zwar nicht mit Feindkontakt, aber sicher ist sicher. Vers...«

Blut und Gehirnmasse spritzten seitlich aus seinem Kopf. Das halbe Gesicht explodierte. Erst dann war der Schuss zu hören. Ein Scharfschütze mit einem Hochgeschwindigkeitsgeschoss. Diese Schlagworte gingen Zoja durch den Kopf, noch bevor der Tote zur Seite kippte. Sofort beschleunigte der Lkw. Ein weiterer Schuss durchbohrte die Brust des jungen Mannes, der ihr schräg gegenübersaß. Er blickte ungläubig an sich hinunter und beobachtete, wie das Blut sich ausbreitete, bevor er tot in sich zusammensackte.

»Die wissen, dass wir kommen.« Das Gesicht des alten Mannes wirkte grau.

Das Rattern von Maschinengewehrsalven übertönte das Brummen des Dieselmotors. Das war eine verdammte Falle! Sie krallte sich an der Plane des Lkw fest und fühlte die nasse Kälte. Die Vorankündigung des Todes. Der Lkw schlingerte und kippte. Äste zerrissen die Plane.

Zoja schreckte auf. Im ersten Moment wusste sie nicht, was real war und was ihrer Erinnerung entsprang. Oder waren es gar keine Erinnerungen? Vieles fühlte sich an, als wäre es aus einem anderen Leben. Gamma Delta 731. Waren das nicht Koordinaten aus einem Lied, das sie als Kind gerne gehört hatte? Und das Emblem am Barett des Soldaten, stammte es nicht aus einem Computerspiel? Die Realität mutierte zur Erinnerung, die Erinnerung zu Fiktion und die Fiktion zur Realität. Ein Kreislauf, aus dem sie ausbrechen musste, wollte sie nicht den Verstand verlieren.

Wenn das nicht schon längst passiert war.

Der Lkw hielt. Die Soldaten wurden unruhig. Jedoch war es nicht die Unruhe einer drohenden Gefahr, sondern die der freudigen Art, etwas geschafft zu haben und nun wieder in Sicherheit zu sein. Zoja wusste instinktiv, dass sie angekommen waren.

Wo immer das auch war.

Ein metallisches Geräusch ertönte. Kurz darauf fuhr der Lkw langsam weiter. Ein hoher Zaun kam in ihr Blickfeld. Und als der Lkw eine Kurve fuhr, sah Zoja einfache Baracken. Das Fahrzeug stoppte wieder, der Motor erstarb.

»Aussteigen!« Der Soldat deutete zur Ladeklappe, die von außen geöffnet wurde.

Sie waren auf einer Militärbasis. Mehrere Baracken schmiegten sich an die grauen Felsen. Männer patrouillierten mit Hunden, die sie an der kurzen Leine hielten. Etwas oberhalb, auf einem Felsen thronend, stand eine riesige Kugel bestehend aus Dreiecken mit sechseckiger Struktur. Eine Radaranlage.

Zoja wusste, dass dies nicht alles war. Aber warum glaubte sie zu wissen, dass die Basis unterirdische Anlagen besaß? War dies hier vielleicht Ziel Gamma Delta 731? Und wenn das so war, hatte Oberst Sadonova vielleicht recht? War Zoja eine feindliche Spionin?

»Ist unser Gast schon da?«, fragte Oberst Sadonova einen Soldaten. Trotz ihres Körperbaus bewegte sie sich leise wie eine Katze. Zoja hatte die Offizierin jedenfalls nicht bemerkt. Der Soldat deutete zu einem breiten Metallkonstrukt mit großer Plattform.

»Der Hubschrauber ist noch nicht gelandet«, sagte er.

»Wie lange dauert es noch?«

»Ein Sturm zieht auf. Fliegen ist sehr gefährlich.«

Sadonova lachte. »Als ob ihn das abhalten würde.«

»Ihn nicht, aber den Piloten vielleicht.«

Der Wind wurde plötzlich stärker. Die Kälte schnitt durch die Kleidung. Der angekündigte Sturm nahte.

»Gehen wir besser rein«, sagte Sadonova.

Zoja wurde an den Baracken vorbei zu einem großen Tor geführt, das sich perfekt im Felsen einpasste. Trotz der Größe blieb es wahrscheinlich selbst gezielt darüberfliegenden Drohnen verborgen. Zoja war sicher, dass es sich um die Zufahrt zu einer geheimen Militärbasis handelte. Der Soldat gab eine lange Zahlenreihe in einen Terminal ein, woraufhin sich eine Tür zu einer riesigen Halle öffnete, in der locker dreißig Fahrzeuge parkten. Darunter auch mehrere Panzer.

»Willkommen in Nochnoi«, sagte Sadonova zu Zoja.

»Was ist das hier?«

»Wonach sieht es denn aus?«

Zoja antwortete nicht, sie zuckte nur mit den Schultern.

»Sei es drum. Vielleicht erfahren Sie das noch früh genug. Vielleicht aber auch nicht.«

Die Soldaten führten Zoja durch ein Gewirr von Gängen und Treppen zu einem karg eingerichteten Raum. Bis auf ein Feldbett und eine abgetrennte Toilette war der Raum leer. Eine vergitterte Leuchtstoffröhre spendete kaltes Licht. Kaum hatte Zoja den Raum betreten, da wurde die Tür hinter ihr ins Schloss gezogen. Es gab von innen keine Türklinke. Offensichtlich sollte sie hier auf den Mann warten, der mit dem Hubschrauber kommen würde.

Was war so wichtig an ihr, dass er sich selbst durch einen Polarsturm nicht aufhalten ließ?

Ihr blieb nichts anderes übrig, als sich auf dem Feldbett auszustrecken. Die Beine schmerzten und fühlten sich taub an, kraftlos, als wäre sie einen Marathon gelaufen. Die Neonröhre brummte monoton. Sonst waren keine Geräusche zu hören. Nicht einmal die Schritte der Wachen, die zweifelsohne vor der Zelle patrouillierten. Obwohl die Situation mehr als beunruhigend war, fühlte Zoja eine innere Ruhe, was aber nicht bedeutete, dass sie nicht angespannt war. Sie war konzentriert und versuchte, sich an jedes Detail zu erinnern, das sie vielleicht retten konnte.

Beluschja Guba hatte Vlad ihr gesagt. Dort sollte sie ins Tschum gehen. Aber was hatte das zu bedeuten? Beluschja Guba war offensichtlich eine Stadt. Aber wo befand sie sich? Vlad hatte sie nach Westen bringen wollen. Eine grobe Richtung hatte Zoja also, aber eben nicht mehr. Tschum. Mit dem Begriff konnte sie etwas anfangen. Das war eine Spitzjurte, die traditionelle Behausung der sibirischen Ureinwohner. Ein Zeltgerüst aus Zirbelkiefer, abgedeckt mit Fellen. Das hatte Vlad sicher nicht gemeint. Es musste etwas anderes sein. Ein Treffpunkt in der Stadt? Vielleicht eine Kneipe? Diese Überlegungen führten Zoja zu der Annahme, dass sie irgendwo in

Sibirien sein musste. Die Erkenntnis half jedoch nicht viel, Sibirien war riesig. Aber hatte Vlad nicht gesagt, dass sie jemand mit dem Schiff nach Schweden bringen könnte?

Und plötzlich wusste Zoja, wo sie war. Nowaja Semlja, eine Insel an der Nordküste Sibiriens, nördlich des Polarkreises. Das erklärte die kurzen Tage.

Was um alles in der Welt machte sie hier? Außer der Tundra, Schuttwüsten, kleineren Wäldchen, Polarfüchsen und Eisbären gab es hier nicht viel. Nur ein russisches Atomtestgelände. Zoja schreckte hoch. War das der Grund? War sie deswegen hier?

Und wenn es so war, hatte Sadonova recht.

Zoja war eine Spionin.

6

Berlin, 10:29 Uhr MEZ

ER GEHÖRTE NICHT zu ihren liebsten Gesprächspartnern, aber als Felix zu Breitenberg sie eingeladen hatte, war Kristine Stiller neugierig geworden, was er wollte. Nun saßen sie gemeinsam an einem Tisch in der Bundestagskantine und tranken Kaffee. Kristine musterte ihr Gegenüber. Er war Mitte dreißig, trug eine Nickelbrille mit Goldrand und hatte weiche Gesichtszüge, die ihn erheblich jünger aussehen ließen. Aber unterschätzen durfte man Felix nicht. Innerhalb von nur dreizehn Jahren hatte er eine glänzende Politikerkarriere hingelegt, war jüngster Parteivorsitzender der Christlichen Partei Deutschlands im Saarland gewesen, bevor er bei der letzten Bundestagswahl vor vier Jahren ins Parlament einzog. Man munkelte, dass er beim nächsten Wahlsieg der CPD ins Kabinett gewählt werden würde, und zwar als Minister des neu gegründeten Ministeriums für Informationstechnik und künstliche Intelligenz. Das war sein Metier. Seine Eltern führten das größte deutsche Unternehmen dieser Branche. Hinzu kamen seine überdurchschnittliche Intelligenz und zwei Doktortitel in Weltraumtechnik und Robotik. Die trug er gerne zur Schau und zeigte damit, was privilegierten und hochbegabten Menschen in dieser Kombination oft fehlte: Taktgefühl und soziale Kompetenz.

»Ich hätte nie gedacht, dass wir mal zusammen einen Kaffee trinken, Kristine.« Er stopfte sich eine mit Käsekuchen überfüllte Gabel in den Mund und kaute wie ein Hamster. Allein davon wurde Kristine beinahe schlecht. Aber sie lächelte ihn an. Das hatte sie gelernt: Immer lächeln, auch wenn man sich lieber angewidert abwenden wollte.

»Essen Sie immer Kuchen zum Frühstück?«

»Nenn mich doch einfach Felix.«

Lieber nicht, dachte Kristine. So nah wollte sie ihm nicht kommen. Sie schluckte ihre Antwort herunter und nickte.

»Sag mal, Kristine«, er deutete mit der Kuchengabel auf sie, »woher bekommst du eigentlich die ganzen Kopftücher? Aus dem Internet? Mundgeklöppelt von Kindern des Islamischen Staats?«

Der Spruch sollte wohl witzig sein. Kristine war vor acht Jahren konvertiert. Seither begleiteten sie solche Kommentare, und sie hatte schon bessere gehört. Felix lachte und spuckte Kuchenkrümel auf die Tischplatte, machte aber keine Anstalten, sie wieder wegzuwischen. Er zuckte mit den Schultern und aß weiter. Kristine ballte unter dem Tisch ihre Hände. Der Islam gehörte zu Deutschland wie Hamburger und Pommes vom Fast-Food-Restaurant. Niemand musste sich rechtfertigen, wenn er sich einen Burger holte, warum aber sie wegen des Kopftuchs? Am liebsten wäre sie ... aber dann fragte sie ihn, wie um sich zu beruhigen: »Brauchen Sie ein Taschentuch?«

»Das können die Putzfrauen wegmachen, schließlich bekommen die Geld dafür.«

»Ja, einen Mindestlohn, der nicht zum Leben reicht.«

»Was?«

»Weniger als zehn Euro die Stunde. Aber deswegen sitzen wir doch nicht hier, oder?« Sie neigte den Kopf zur Seite und taxierte ihn mit ihrem Blick. »Um über soziale Missstände zu reden, meine ich.«

Kristine fühlte plötzlich Unsicherheit und fragte sich, ob es klug gewesen war, die Einladung zum Kaffee anzunehmen. Felix rieb sich die Hände und wischte dann mit den Fingern über seine Lippen. Sie fragte sich, ob er unverhohlen mit sich haderte, das Richtige zu tun, oder ob es zur Show gehörte.

»Ich fand es beeindruckend«, sagte er.

»Was?« Sie ahnte, was gleich kam.

»Dass du die Beteiligung am Khartum-Skandal öffentlich gemacht hast.«

»Böse Zungen behaupten, dass mir gar nichts anderes übrig geblieben ist, um meine Haut zu retten. Ich säße sonst vermutlich mit den anderen in Untersuchungshaft.«

»Glaubst du das, was die bösen Zungen behaupten?«

»Ich glaube, dass ich den Menschen gegeben habe, was sie schon lange in der Politik vermissen, was für sie jedoch essenziell ist.«

»Und was soll das sein?«, fragte er.

Kristine lehnte sich zurück. »Ehrlichkeit und Reue. Jeder macht Fehler. Die Größe besteht darin, dies zuzugeben und daraus zu lernen.«

Kristine hatte damals geglaubt, einen terroristischen Anschlag zu verhindern, indem sie der Lieferung illegaler Waffen in den Sudan zustimmte. Deutschland lieferte Waffen und bekam dafür Informationen über den Terroristen. So war das Geschäft mit dem Tod.

»Größe besteht darin, daraus noch etwas Größeres zu machen«, sagte Felix. »Innerhalb der letzten zwei Wochen sind deine Umfragewerte explosionsartig in die Höhe geschnellt.«

»Deswegen sind wir hier? Damit Sie mir das sagen können?«

»Wir sind hier, weil ich dir eine Chance biete.«

»Und was für eine Chance ist das?«

Er griff in die Innentasche seines Jacketts und schob ihr eine Visitenkarte hinüber.

»Was ist das?«, fragte Kristine.

»Deine Chance, etwas Großes zu erreichen.«

Sie drehte die Visitenkarte um. *Alpha Intelligence Marketing* stand dort in schnörkellosen Lettern. Und Schnörkel brauchte diese Marketingfirma wirklich nicht, gehörte sie doch zu den größten und renommiertesten der Welt. Ihr erlesener Kundenstamm reichte vom amtierenden amerikanischen Präsidenten über Global Player der Weltwirtschaft bis hin zu Weltstars aus Hollywood und der Musikindustrie. Soweit Kristine wusste, wurde man nicht einfach Kunde. Der CEO von *Alpha Intelligence* suchte sich die Klienten selbst aus.

»Woher haben Sie die?«, fragte Kristine.

Ein Lächeln huschte Felix übers Gesicht. »Was, glaubst du, hat meine Karriere beschleunigt?«

»Sie sind deren Klient?«

Felix nickte.

»Und warum geben Sie mir diese Karte?«

»Vielleicht hast du deren Interesse geweckt? Immerhin hast du ganz alleine dafür gesorgt, dass ein illegales Waffengeschäft mit dem Sudan geplatzt ist. Damit hast du einen Bürgerkrieg verhindert.«

Ganz alleine hatte sie das nicht geschafft. Kristine dachte an Bellheim und an Wiebke Meinert. Der Gedanke an Uwe Templer trieb ihr beinahe Tränen in die Augen. Niemals geht man so ganz, dachte sie, etwas bleibt immer hier. Auch wenn es nur der Hauch der Idee ist, für die man starb.

Uwe Templer hatte nicht nur einen Hauch hinterlassen.

»Geht es dir nicht gut?« Felix machte wirklich einen besorgten Gesichtsausdruck.

Bei der ganzen Sache hatte Kristine die Beteiligung der Nachrichtendienste und der Gruppe 64 verschwiegen. Die Frage war jedoch, wie lange das noch gut ging. Der laufende parlamentarische Untersuchungsausschuss stellte schon Fragen, doch bisher hatte sie ausweichend antworten können. Und selbst Herbert Menger, ihr Gegenspieler in der ganzen Geschichte, ließ sich zu keiner Provokation herab. Lag vielleicht daran, dass er selbst viel zu verlieren hatte.

»Ich bin nur nachdenklich«, sagte Kristine. Sie kämpfte um ihre Fassung und schob die Gedanken an Templer beiseite.

»Und worüber denkst du nach?«

Wie sie diese zur Schau gestellte Überheblichkeit hasste. Warum hielten die Menschen nur so viel von Felix zu Breitenberg? Für Kristine war er nicht mehr als ein verwöhntes Kind, ein von Machtgeilheit getriebener Snob. In der Politik war er völlig deplatziert, oder hatte er gerade deswegen Erfolg?

»Darüber, dass die Begründung ziemlich dünn ist. Ich meine, was habe ich mehr getan, als einen Fehler zuzugeben?«

»Du hast mehr getan. Viel mehr«, sagte er, und Kristine glaubte, tatsächlich in seiner Stimme so etwas wie Bewunderung zu hören. »Du hast in einer extremen Situation eine richtige Entscheidung getroffen.«

Kristine lachte und schüttelte den Kopf.

»Was ist daran so lustig?«

»Nichts«, sagte sie. »In dem Moment, als ich erfuhr, dass ein terroristischer Anschlag kurz bevorstand und die Sicherheitsbehörden ihn nur dann verhindern können, wenn wir Waffen in die Hände eines Mörders geben, gab es nicht wirklich viele Optionen. Es war gar nicht möglich, eine richtige Entscheidung zu treffen.«

Sie erinnerte sich an Wiebkes Worte. *Woher nehmt ihr die Arroganz, über Leben zu entscheiden? Ist das Leben eines Sudanesen weniger wert als das Leben eines Deutschen?*

Wie recht sie damit hatte. Der sudanesische General Nasir war durch Gewalt an die Macht gekommen, und er hatte vor, diese Macht mit Gewalt zu sichern. Um das zu erreichen, hatte er seine Truppen aus der saudischen Allianz abgezogen, die im

Jemen einen Stellvertreterkrieg um die Vormachtstellung in der Region gegen den Iran führte. Nicht, um den Krieg zu beenden, sondern um gegen sein Volk zu kämpfen.

»Aber zumindest hast du eine Entscheidung getroffen.«

Kristine drehte die Visitenkarte zwischen ihren Fingern.

»Was haben Sie davon?« Sie misstraute Felix nach wie vor.

»Wie meinst du?«

»Ich meine, dass wir aus unterschiedlichen politischen Lagern kommen. Und die derzeitigen Umfragen deuten nicht auf eine Regierungskoalition zwischen der CPD und dem Bündnis hin. Warum also geben Sie mir die Chance, mit einer Marketingkampagne meine politische Karriere weiter zu fördern?«

Er lachte. »So ist das also. Du vertraust mir nicht.«

»Kann ich das denn?«

»Wohl eine der meistgestellten Fragen in der heutigen Zeit. Ganz ehrlich, ich weiß nicht, wie ich es dir beweisen soll.« Er strich mit der Hand über seine Stirn. »Aber eine Koalition sollte man vor der Bundestagswahl nie ausschließen. In drei Wochen wissen wir mehr.«

»Auch keine Koalition mit der KfD-dP?«, fragte Kristine.

Kompromisslos für Deutschland – die Partei. Angeblich eine bürgerlich-konservative Partei, aber aus Kristines Sicht nur ein Sammelbecken von rechtsradikalen Wutbürgern, geführt von Faschisten und Nazis.

Ihre verbale Spitze zeigte Wirkung, Felix zuckte kurz zusammen. Seine Lippen waren nur noch ein dünner Strich. Aber nur für einen Atemzug, dann hatte er sein Pokerface wieder aufgesetzt. Doch Kristine hatte ihre Antwort, und zwar die, die sie befürchtet hatte.

In etwas mehr als drei Wochen war Wahlsonntag. Die bisherigen Prognosen deuteten zwar auf einen Sieg der Christlichen Partei Deutschlands hin, doch diese hatte Verluste hinnehmen müssen. Die große Koalition mit der Deutschen Sozialen Partei stand nicht nur deswegen, sondern vor allem wegen der aktuellen Flüchtlingspolitik auf der Kippe. Hinzu kam, dass die Rechtspopulisten von der Partei Kompromisslos für Deutschland an Wählerstimmen gewannen und nun schon im zweistelligen Prozentbereich lagen. Es waren vor allem die Wähler der CPD und DSP, die zur KfD abgewandert waren. Und dabei stellten sich die Rechtspopulisten geschickt an. In den Landtagen, in denen sie schon vertreten waren, blockierten sie dringend notwendiges politisches Handeln, indem sie immer wieder neue Sitzungen zu einem Thema beantragten und Abstimmungen verzögerten. Auf Bundesebene kritisierten die Populisten dann die politische Unfähigkeit der etablierten Parteien in den Ländern. Und das Konzept, komplexe Zusammenhänge in einfache Sätze fürs einfache Volk zu kleiden, funktionierte.

Nun war es an Kristine, ihre Lippen aufeinanderzupressen. Eine solche Partei durfte niemals in Regierungsverantwortung kommen. Auch nicht als Koalitionspartner.

»Wir werden sehen«, sagte Felix betont ruhig. Er schob den Stuhl nach hinten und stand auf. »Es war mir eine Ehre. Meldest du dich bei denen?«

»Bei *Alpha Intelligence Marketing*?«

Er nickte.

»Ich weiß nicht, vielleicht. Ich finde es immer noch komisch, dass die ausgerechnet an mir Interesse zu haben scheinen.«

»Ehre, wem Ehre gebührt.« Felix deutete auf das orangefarbene Tablett mit dem Geschirr. »Soll ich das wegräumen?«

»Alles gut.« Kristine hatte mit diesem Anstand gar nicht gerechnet.

Sie wartete, bis er gegangen war, dann stellte sie das Tablett in den Servierwagen. Draußen schob sie sich an den Touristen vorbei, die das Reichstagsgebäude betrachteten und die Inschrift »Dem deutschen Volke« über dem Westportal fotografierten. Kristine blieb stehen und blickte hoch. Die wenigsten wussten, dass »das deutsche Volk« ein Pleonasmus war. Zwei Begriffe, die im Grunde das Gleiche bezeichneten. Das Wort »Deutsch« leitete sich vom althochdeutschen Wort Diutisc ab, was ursprünglich »dem Volk zugehörig« bedeutete. Genug Klugscheißerei für heute, entschied sie. Ihr stand der Sinn nach einem richtigen Kaffee. Und den bekam man ihrer Meinung nach nur im *Krupps*, einem Café im Industrie-Style. Grob belassene Wände. Cappuccino aus Emailletassen. Neonröhren an der Decke. Am liebsten saß sie dort, wo die alten Werbeschilder den Backstein verdeckten.

Sie lief über den Platz der Republik, aber dann spürte sie ein Kribbeln im Nacken. Als ob sie jemand beobachten würde. Kristine drehte sich um, doch zwischen den Touristengruppen und Fußgängern, die über den Platz hetzten, konnte sie niemanden ausmachen, der sie beobachtete. Sie ging weiter, aber das Gefühl blieb. Immer wieder wagte sie einen Blick über die Schulter. Je weiter sie sich vom Bundestag entfernte, desto weniger Touristen sah sie und desto mehr gehetzte Berliner waren unterwegs.

Das *Krupps* lag in einer Seitenstraße, die mit Hofeinfahrten und Hinterhöfen gespickt war. Kristine drängelte sich an einer Gruppe Jugendlicher vorbei, die eher auf ihr Handy starrten, statt auf die Umgebung zu achten. Dann spürte sie, wie sich eine Hand um ihren Oberarm schloss. Jemand zog sie ruckartig in einen der Höfe. Bevor sie schreien konnte, erkannte sie den Mann: Herbert Menger. Mit Dreitagebart und in legerer Kleidung bot er einen völlig unerwarteten Anblick.

»Was soll das?«, fuhr sie ihn an. »Was machen Sie hier?«

Wegen seiner Beteiligung am illegalen Waffengeschäft mit dem Sudan sollte er eigentlich in Untersuchungshaft sitzen, denn der Haftrichter hatte Fluchtgefahr erkannt. Bei der Wohnungsdurchsuchung hatte die Polizei ein One-Way-Ticket nach Brasilien gefunden, und zwischen Deutschland und Brasilien gab es kein Auslieferungsabkommen. Wäre Menger einmal dort, könnte er sich der deutschen Justiz und damit dem Strafverfahren entziehen.

Menger ließ ihren Arm los und hob die Hände. »Bevor Sie fragen, ich bin auf Kaution raus.«

»Nach so kurzer Zeit schon?«

Er wirkte auf sie so anders, völlig ungewohnt. Nicht im Ansatz arrogant oder selbstsicher, eher verletzlich. Und trotzdem nicht wie jemand, der seine Lektion gelernt hat.

»Ich sollte die Polizei rufen.« Kristine öffnete ihre Handtasche und holte ihr Mobiltelefon hervor.

»Bitte nicht«, sagte er leise. »Ich will nur reden.«

»Worüber?« Sie funkelte ihn an. »Aus meiner Sicht ist alles gesagt.«

»Was habe ich denn anderes getan als Sie?« Er machte einen Schritt zurück, als wolle er ihr zeigen, dass sie jederzeit gehen konnte. »Wir wollten beide einen Terroranschlag verhindern.«

»Mit dem Unterschied, dass Sie im Team Rocket gespielt haben.«

»Was?«

Ihr wurde bewusst, dass Menger sich nicht unbedingt mit Themen der Popkultur auskennen musste. »Ist nicht so wichtig«, sagte sie. »Sie wollen mit mir reden? Warum machen Sie nicht einen Termin mit meiner Sekretärin?«

»Ich habe Sie beobachtet. Im Reichstag. Was wollte er von Ihnen?«

»Wen meinen Sie?«

»Sie wissen genau, wen ich meine. Felix zu Breitenberg.«

»Geht Sie das etwas an?« Warum hörte sie sich Mengers Worte an, statt einfach wegzugehen?

»Nein«, sagte er. »Es geht mich nichts an. Aber ich möchte Sie warnen: Unterschätzen Sie ihn nicht! Man klettert nicht so schnell die politische Karriereleiter hoch, ohne Leichen zu hinterlassen.«

»Wissen Sie das aus eigener Erfahrung?«

Er schwieg für einen Moment, bevor er antwortete. »Es geht mir nicht um Sie. Ehrlich gesagt ist es mir egal, was Ihnen passiert.«

»Sie sind nicht mehr im Geschäft, Menger.« Kristine schüttelte den Kopf. »Sie brauchen also keine Leichen mehr zu hinterlassen, um an die Spitze zu kommen.«

»Sie können ihm gefährlich werden. Nach ihrer zur Schau gestellten Reue sind Sie plötzlich im Fokus der Öffentlichkeit. Und deswegen wird Felix zu Breitenberg Sie zur Freundin haben wollen. Was hat er Ihnen angeboten? Im Vorfeld der Bundestagswahl eine Koalition?«

»Als ob er das zu entscheiden hätte. Er gehört nicht zur Parteispitze der CPD.«

»Sind Sie sich da wirklich sicher?«

Kristine blickte auf ihre Armbanduhr. Den Kaffee im *Krupps* konnte sie vergessen. Der nächste Termin rückte näher.

»Was wollen Sie hiermit erreichen, Menger? Eigentlich sollten Sie gelernt haben, wohin Ihre Manipulationsversuche Sie bringen. Hat die Zeit im Gefängnis nicht gereicht?«

»Wissen Sie was? Es ist mir egal. Ich habe es versucht. Sagen Sie hinterher nicht, Sie hätten nichts gewusst.«

»Was soll ich denn wissen?«

Menger blickte sie an. Seine Augenlider zuckten. Er versenkte die Hände in den Hosentaschen. »Ich habe mich mit den Leuten getroffen, die hinter der ganzen Sache steckten. Jedenfalls mit einer Frau. In einer Pizzeria in Hamburg.«

»Die Leute? Ist das eine dieser Verschwörungstheorien?«

»Es ist keine Theorie. Ich habe der Dame gegenübergesessen. Später ist sie in mein Auto eingebrochen und hat mich bedroht. Ich habe mich nach der Frau erkundigt.«

»Ich weiß immer noch nicht, was Sie mir sagen wollen.«

»Die Waffenlieferung in den Sudan war nicht der Anfang, aber auch nicht der große Coup. Der kommt erst noch. Und zwar in drei Wochen.«

»Die Bundestagswahlen?« Kristine spürte ein flaues Gefühl im Magen. Kaum wahrnehmbar, aber vorhanden. Vor ein paar Wochen hätte sie dieses Gefühl abgetan, doch dann hatte sie Uwe Templer kennengelernt und damit Einblick in eine Welt bekommen, die sie sonst nur aus Romanen und Filmen kannte. In der letzten Zeit hatte sie sich häufig gefragt, wer von der Gruppe 64 wusste. Die Kanzlerin? Der Bundesinnenminister? Vielleicht. Vielleicht aber auch nicht. Jedenfalls wussten es nicht die Nachrichtendienste der Bundesrepublik Deutschland. Templer hatte nur etwas geahnt und ein Spiel getrieben, um mehr zu erfahren. Und sie war der Spielball gewesen.

»Wie?«, fragte sie. »Wie soll die Manipulation ablaufen?«

»Glauben Sie, es ist so einfach? Glauben Sie, man bekommt die Informationen auf einem Silbertablett serviert?« Menger schüttelte den Kopf. »Und glauben Sie mir, die Manipulation hat schon längst begonnen. Von innen heraus, ganz subtil.«

»Warum erzählen Sie mir das alles?«

»Es ist ja nicht so, als ob Sie mir nicht zugehört haben.« Er wischte sich mit dem Handrücken die Nase. »Haben Sie noch Kontakte?«

Kristine blickte ihn fragend an.

»Bellheim. Meinert. Solche Kontakte.«

»Man läuft sich manchmal über den Weg.«

»Solchen Menschen läuft man nicht einfach mal so über den Weg. Solche Menschen bleiben entweder im Schatten oder entscheiden sich, gesehen zu werden.«

»Was wollen Sie mir damit sagen?« Kristine stemmte die Hände in die Hüften.

»Ich will, dass Sie einen Kontakt herstellen.«

»Wie gesagt ...«

»Ich wohne im Austin Hotel«, unterbrach er sie. »Zimmer 317. Sagen Sie Bellheim, dass ich Informationen habe. Wichtige Informationen. Wenn er selbst kommt, ist es gut. Schickt er die Meinert, ist es besser.«

»Das Austin Hotel? Eine ziemlich feine Adresse. Können Sie sich das Zimmer überhaupt leisten? Soweit ich weiß, wurden Ihre Konten eingefroren.«

Er schaute sie lange und intensiv an. Beinahe wurde es Kristine unangenehm.

»Wissen Sie, Frau Stiller«, sagte er. »Rechnungen werden immer erst zum Schluss bezahlt. Austin Hotel. Zimmer 317. Acht Uhr morgen früh.«

Menger verabschiedete sich mit einem kurzen Nicken. Es dauerte nicht lange, bis er zwischen den Passanten verschwunden war.

7

Berlin, 13:41 Uhr MEZ

DAS HAUS, IN DEM André Böhm wohnte, lag mitten in einer dieser seelenlosen Siedlungen. Schier endlos aneinandergereihte Wohnhausklone, Reihe um Reihe, akkurat im Winkel. Gnadenlose Effizienz bei der Wohnraumausnutzung. Sogar die Vorgärten sahen ähnlich aus. Sie bestanden aus traurig wirkenden Grasbüscheln oder winterhartem Gehölz zwischen hellgrauen Kieselsteinchen. Ab und zu hatte sich eine Hobbygärtnerin dazu entschieden, noch eine betongraue Statue vor die Haustür zu stellen.

Wiebke war überrascht, denn der Vorgarten der Böhms war anders. Sie hatten sich offenbar entschieden, Individualität zu beweisen. Etwas ungewöhnlich für einen Mann, dessen Beruf Unauffälligkeit war. Aber vielleicht, dachte Wiebke, brauchte jeder einen Ausgleich. Manche Menschen, die beruflich viel Macht und Kontrolle hatten, suchten den Ausgleich als unterwürfiger Sklave bei einer Domina. Warum also sollte ein Geheimagent in seiner Freizeit nicht eine Clownsschule für Kinder betreiben? Oder wie im Fall von André Böhm es wagen, den Vorgarten anders zu gestalten? Statt eines Metallzäunchens stand hier der gute alte Jägerzaun. Und statt Kieselsteinen bedeckte echtes Gras die Erde. Dazwischen, in wunderschöner Unordnung, standen Blumen verschiedenster Farben. In der

Mitte war ein Olivenbaum. Wiebke liebte Oliven. Die grünen, ohne Füllung. Sie hatte schon immer davon geträumt, einen kleinen Olivenhain zu besitzen. Beinahe beneidete sie Böhm um das Bäumchen. Und sie würde trotzdem dafür sorgen, dass er bezahlte. Er war ein Verräter. Sie konnte es nicht beweisen, aber sie war sicher, dass er für all das Unglück der letzten Monate verantwortlich war.

Plötzlich hielt ein dunkler BMW vor dem Haus. Die Frau, die ausstieg, war hübsch. Sehr hübsch sogar. Die schulterlangen rotblonden Haare lagen wie ein Seidentuch auf ihren Schultern. Sie hatte ein schmales Gesicht, und sogar aus der Entfernung konnte Wiebke Lachfältchen erkennen. Ein heller Trenchcoat, schwarze Hose und Schuhe mit Blockabsatz. Typisch erfolgreiche Anwältin. Wiebke hatte sich vorbereitet. Anka Shogdaev-Böhm, etwa zehn Jahre jünger als ihr Mann, leitete eine Anwaltskanzlei, die sich auf Asylangelegenheiten von Zentralasiaten und Kaukasiern spezialisiert hatte. Sie selbst kam aus Usbekistan.

Zwei Mädchen stiegen hinten aus. Sie waren höchstens acht Jahre alt, wahrscheinlich Zwillinge. Wiebke biss sich auf die Unterlippe. Genau wie Saskia und sie. Die Mädchen waren laut, diskutierten über Einhörner und Ninjas. Offenbar wurden sie von der Mutter ermahnt, leise zu sein, denn plötzlich verstummten sie.

Ein normales Familienleben. Zwei Kinder, die zur Schule gingen. Eine erfolgreiche Ehefrau, die ganz offenbar den richtigen Weg der Vereinbarkeit von Familie und Beruf gefunden hatte. Die perfekte Fassade. Und nichts davon hatte André Böhm verdient. Nichts! Wiebke blickte zu den beiden Mädchen, die schon wieder lauter wurden.

Nein, dachte sie sich, um der Kinder willen reichen Intuition und Glauben nicht aus. Sie brauchte Beweise für Böhms Schuld. Um die Frau machte Wiebke sich keine Sorgen. Sollte es nötig sein, die Beweise aus André Böhm herauszupressen, würde Anka das Druckmittel sein.

»Entschuldigung. Was machen Sie hier?«

Wiebkes Blick schnellte hoch. Sie war kurz unaufmerksam gewesen und hatte deshalb nicht wahrgenommen, dass Anka sich genähert hatte. Ihre Stimme hatte einen süßen Klang, der durch den versteckten Akzent noch verstärkt wurde.

Vielleicht würde es sogar Spaß machen, sie als Druckmittel einzusetzen. Wiebke streifte die Kapuze ihres Hoodies ab. »Wie bitte?«

»Warum stehen Sie hier herum? Beobachten Sie mich? Oder mein Haus?«, fragte Anka Böhm.

»Warum sollte ich das tun?«

»So was kommt vor, wissen Sie. Es gibt ja auch Menschen, die ihren Lebensunterhalt mit Einbrüchen verdienen.«

Wie sehr Wiebke dieses Kleinbürgertum hasste. Egal, wie anonym dieses Viertel wirkte, mit all dem grauen Beton und den langweiligen Vorgärten, das ungeschriebene Gesetz hatte auch hier Bestand: Jeder wusste, was der andere machte. Fremde wurden sofort erkannt und kritisch beäugt. Und wenn sie, wie im Fall von Wiebke, dann auch noch die »typische« Kleidung – Chucks, Jeans, Hoodie mit Aufdruck – trugen, waren sie sofort Verbrecher. Dabei stand doch *Welcome to Hogwarts. Learn to fly* auf ihrer Brust.

»Sie sind sehr direkt«, sagte Wiebke. »Aber weil Sie so neugierig sind, sage ich Ihnen die Wahrheit. Ich warte auf mein Date. Eine halbe Stunde schon.«

Anka zuckte mit den Schultern. »Dann wird er Sie wohl versetzt haben.«

»Sie.«

»Was?«

»Es ist eine Frau. Haben Sie ein Problem damit?«

Anka Böhms Gesichtszüge wurden zuerst überrascht und

dann angewidert. »Natürlich nicht. Jeder so, wie er mag. Ich wünsche Ihnen viel Glück bei der nächsten Verabredung.«

Wiebkes Plan ging auf. Anka drehte sich um und überquerte die Straße. Bevor sie ins Haus ging, blickte sie jedoch noch einmal zu Wiebke. Vielleicht hatte Anka die Geschichte doch nicht ganz geschluckt. Wahrscheinlich würde also bald ein Streifenwagen auf der Suche nach einer unbekannten Frau im Hoodie durch die Straßen fahren. Wiebke ärgerte sich. Sie hätte aufmerksam bleiben und sich nicht in Gedanken verlieren dürfen. Jetzt war es zu spät. Den Vordereingang des Hauses im Blick zu haben war optimal gewesen, doch vielleicht wäre die Rückseite von nun an besser.

Dort grenzte ein kleines Wäldchen direkt an den Garten der Familie Böhm. Wiebke versteckte sich zwischen den Baumstämmen und hatte nun einen guten Blick über den englisch gepflegten Rasen, vorbei am großen Klettergerüst für die Kinder und über die mondän ausgestattete Terrasse bis ins Wohnzimmer. Sie konnte durch die große Glasfront einen breiten Tisch im Kolonialstil erkennen, an dem die Kinder ihre Hausaufgaben machten. Offenbar war dies das Zentrum des Familienlebens. Anka saß ebenfalls am Tisch. Sie hatte ein Buch in der Hand und half ihren Töchtern. Wirklich eine Vorzeigefamilie, wie aus einer Broschüre des Bundesfamilienministeriums.

Wiebke beobachtete, wie Anka aufstand und aus ihrem Blickfeld verschwand. Kurz darauf kam sie in Begleitung einer Polizeibeamtin zurück ins Wohnzimmer. Anhand von Ankas Gesten erkannte Wiebke, dass sie der Beamtin gerade verdeutlichte, dass die verdächtige Frau einen Kapuzenpulli mit Aufdruck trug. Die Polizistin notierte alles in einem Notizbuch. Als Anka zu Ende berichtet hatte, nahm die Beamtin ein Funkgerät zur Hand und gab die Beschreibung weiter. Ein zweiter Streifenwagen war unterwegs. Wiebke hatte nichts zu verbergen und auch keine Angst vor der Polizei, aber ärgerlich war es trotzdem. Sie hatte keine Lust, von Beamten kontrolliert zu werden und damit wertvolle Zeit zu verlieren. Sie musste sich voll auf ihr Ziel konzentrieren.

Hoffentlich kam André Böhm erst nach Hause, nachdem die Polizei die Fahndung eingestellt hatte. In dem Moment, als sie den Gedanken zu Ende gedacht hatte, kam Bewegung ins Wohnzimmer. Die Kinder sprangen von ihren Stühlen und rannten einem Anzugträger entgegen. André Böhm hatte das Jackett geöffnet und den Krawattenknoten gelöst. Er stellte die Aktentasche ab und umarmte seine Kinder. Seine Aufmerksamkeit war jedoch auf Anka und die Polizistin gerichtet. Wiebke konnte sich gut vorstellen, was gerade besprochen wurde. Dann verließ die Beamtin in Begleitung von Anka das Wohnzimmer. Wiebke war klar, dass Böhm sich nicht auf die Arbeit der Polizei verlassen würde. Er schob die Terrassentür auf und ging nach draußen, das Handy am Ohr. Leider hörte Wiebke nicht, was er sagte. Ob er wusste, wer vor seiner Tür gestanden hatte? Oder es zumindest ahnte? Mittlerweile musste das, was sie Dogan angetan hatte, durchgesickert sein. Zumindest wirkte Böhm nervös, blickte auch immer wieder zu dem Wäldchen, in dem Wiebke sich versteckte. Aber er konnte sie nicht sehen, und sie machte nicht den Fehler, sich zu bewegen.

Es war ein kurzes Telefonat. Böhm steckte das Telefon in die Innentasche und fuhr sich mehrfach durchs Haar. Anka betrat ebenfalls die Terrasse. Sie hatte eine Strickjacke übergezogen, die sich eng an ihren Körper schmiegte. Worte wurden gewechselt, wilde Worte. Böhm gestikulierte, Anka wich zurück. Als die Kinder die Terrassentür öffneten, schickte ihre Mutter sie sofort wieder rein. Böhm lief auf der Terrasse hin und her. Das Klingeln des Mobiltelefons erklang bis zu Wiebke. Böhm blickte aufs Display. Bevor er annahm, schickte er Anka rein. Dann hielt er das Gerät ans Ohr.

In ihrer Nähe hörte Wiebke ein Geräusch. Reifen, die über Steinchen rollen. Einer der Streifenpolizisten musste auf die Idee gekommen sein, dass die verdächtige Person sich im Wald versteckt haben könnte. Der Streifenwagen hielt keine fünf Meter von Wiebke entfernt. Das Motorengeräusch erstarb, eine Autotür wurde geöffnet. Wiebke beobachtete, wie der Polizist sich dort umschaute, wo sie die ganze Zeit gestanden hatte. Er grüßte lautstark und wild winkend André Böhm, der noch immer telefonierte. Das war verdammt knapp. Wiebke hatte sich bewegen müssen, ohne Böhms Aufmerksamkeit auf sich zu lenken.

Hatte er etwas bemerkt? Wenn ja, ließ er es sich nicht anmerken. Böhm grüßte den Polizisten zurück, indem er kurz den Arm hob, doch dann wanderte sein Blick dorthin, wo Wiebke ihr neues Versteck gefunden hatte. Sie hielt den Atem an. Er brauchte dem Beamten nur die ungefähre Richtung zu zeigen. Hier gab es keine weiteren Versteckmöglichkeiten.

Aber Böhm tat nichts, außer zu starren. Er sagte etwas ins Telefon, dann legte er auf und steckte das Handy weg.

Etwas oberhalb von Wiebke suchte der Polizist tatsächlich weiter den Wald ab. Der junge Uniformierte war hartnäckig und verfolgte Spuren, die nur er sah. Ein Rascheln und Schlagen war zu hören. Offenbar hatte der Beamte einen Stock genommen und schlug damit das Gestrüpp zur Seite. Wie ein Kind, das im Wald spielte. Aber das hier war kein Spiel. Das hier war Krieg. Wiebkes persönlicher Krieg.

8

Nowaja Semlja, später

ZOJA WUSSTE NICHT, ob es die Angst vor dem war, was sie im Traum erlebt hatte, oder ob das Geräusch sie weckte. Schon kurz nachdem sie die Augen geöffnet hatte, verblasste die Erinnerung. Die Traumbilder verschwammen und verwoben sich mit der Erinnerung an das Geräusch. Sie konnte nicht einmal mehr bestimmen, ob sie das Geräusch tatsächlich wahrgenommen hatte oder ob es doch im Traum erklungen war. Und dann war da wieder das Gesicht des alten Mannes. Blut rann ihm aus Nase und Mund. Aber er lächelte, als ginge es ihm gut. Worte kamen über seine Lippen, wie gefrorene Wut. Zoja wusste instinktiv, dass es wichtig war, was der alte Mann zu sagen hatte. Die Worte waren eindringlich, als ob er vor einer kommenden Gefahr warnen wollte. Doch Zoja verstand ihn nicht. Er sprach zu leise. Sie musste also wieder tiefer in den Traum gleiten. Um die Gefahr bannen zu können, musste sie dem alten Mann beim Sterben zusehen.

Und Zoja wollte die Gefahr bannen.

Aber die Realität schlug brutal zu. Jemand riss sie von der Pritsche. Soldaten. Schlagartig war sie wach, das Herz schlug ihr bis zum Hals.

»Lass mich los, Arschloch!«, schrie sie.

Der Soldat packte ihre Haare und schleuderte sie Richtung Ausgang. »Halt die Fresse!«

Zoja bäumt sich auf. Zwei andere Soldaten kamen ganz dicht heran, sie konnte deren Schweiß riechen.

»Schon gut«, sagte sie und hob beschwichtigend die Hände. »Ich mache, was ihr sagt.«

Ein Soldat schubste sie den Gang entlang, dann ging es eine Treppe hoch. Drei Abzweigungen später hatte sie die Orientierung verloren. Es musste eine gewaltige unterirdische Bunkeranlage sein. Aber welchem Zweck diente sie? Atomwaffen? Wahrscheinlich. Schon seit Beginn des Kalten Krieges war Nowaja Semlja das zentrale Kernwaffenzentrum der Russischen Föderation. Das geheime Objekt 700. Nowaja Semlja war nicht mehr als ein gottverdammter, neunhundert Kilometer langer Felsbrocken im Arktischen Ozean. Kein Ort für einen Pauschalurlaub. Aber warum war sie hier? Was war passiert?

»Stehen bleiben!«, befahl ein Soldat.

Sie standen vor einer grauen Stahltür. Früher hatte auf der Tür gestanden, zu welchem Zweck der Raum dahinter diente, aber die roten kyrillischen Buchstaben waren verblasst. Offenbar hatten sie ihr Ziel erreicht. Ob der Mann, der extra wegen ihr hierherkommen wollte, hinter der Tür auf sie wartete? In ihrer Erinnerung musste sich Wichtiges verstecken, wenn jemand trotz des Sturms einen Hubschrauberflug riskierte, um hierherzukommen.

Aber Zojas Erinnerungen waren wie die Gänge dieser unterirdischen Bunkeranlage: unübersichtlich, wie ein Labyrinth, verblasst. Bis vor ein paar Tagen hätte Zoja gewusst, in welchem Raum sich welche Erinnerungen verbargen. Oder war es schon Wochen her?

»Dawai!« Der Soldat hatte die Tür geöffnet und trieb sie an, über die Schwelle zu treten.

Sie hatte ein mulmiges Gefühl in der Magengegend. Angst

war auch dabei. Definitiv aber auch Neugier und Aufregung. Bei dem, was gleich hinter dieser Tür passieren würde, gab es keinen vorherbestimmten Ausgang. Alles konnte passieren. Aber der Weg dorthin führte ganz sicher über das Erinnern. Wie häufig sagte man leichtfertig, dass man am liebsten alles vergessen würde? Doch mit dem Vergessen verlor man einen Teil dessen, was einen als Mensch ausmachte. Man verlor seine Identität.

Und sie war nicht Zoja. Das wusste sie.

Aber wer war sie dann?

Die Tür fiel ins Schloss.

Der Raum hinter der Stahltür war anders, als Zoja es erwartet hatte. Er war spartanisch eingerichtet. An einem einfachen Metalltisch standen zwei Stühle. Boden und Wände waren weiß gekachelt, in einer Ecke stand das Metallgestell eines Bettes. An Fuß- und Kopfende waren Fesseln angebracht. Und die Kabel, die vom Gestell zu einer Autobatterie führten, ließen keinen Zweifel an der Funktion dieser Konstruktion.

Neben dem Tisch stand kein unbekannter Mann, sondern eine bekannte Frau. Oberst Sadonova. Sie trug Kampfstiefel, eine Camouflagehose und ein braunes T-Shirt.

»Sie?«, fragte Zoja verwundert. »Aber ich dachte …«

»Er wird nicht kommen. Draußen tobt ein Sturm. Setzen Sie sich.« Sie deutete auf einen der Stühle.

Das war keine Bitte, das war ein Befehl. Die Stuhlbeine waren am Boden festgeschraubt, ebenso wie die Tischbeine. Nur der Stuhl, auf den sich Sadonova setzte, war verschiebbar. Er kratzte über den Boden. Das Geräusch drang bis in ihre Zähne, eine Gänsehaut huschte über Zojas Rücken. Sadonovas Präsenz war regelrecht fühlbar, und sie war alles andere als angenehm. Sie legte sich wie eine Mischung aus Schmieröl und Gülle auf die Seele. Zoja schüttelte sich noch einmal. Sadonova grinste. Sie wusste um ihre Wirkung auf andere Menschen. Zoja konnte erstmals in Ruhe das Gesicht des Obersts betrachten. Sie war höchstens Anfang dreißig. Vielleicht wäre sie hübsch gewesen, aber Grausamkeit und Machtgier hatten ihre Gesichtszüge hart und ihre Augen kalt werden lassen. Zoja war überzeugt, dass Sadonova eine Tötungsmaschine war. Eine Frau, der es Spaß bereitete zuzusehen, wie das Leben aus ihren Opfern wich.

Und jetzt war Zoja ihr Opfer. Sie zitterte, als Sadonova hinter sie trat und wie zufällig ihre Hand über Zojas Nacken streifen ließ.

»Was wollen Sie von mir?«, fragte Zoja.

»Reden. Mehr nicht. Ist doch beinahe wie ein gemütlicher Plausch unter Freundinnen. Wir wollen doch, dass es so bleibt, oder?«

Zoja hatte sich vollkommen versteift. Sie saß kerzengerade auf dem Stuhl, ihr Atem kam stoßweise.

»Wir sind keine Freundinnen.«

Sadonova lachte. »In Ihrem Interesse würde ich alles dafür tun, dass wir Freundinnen werden. So schnell wie möglich.«

Zoja musste schlucken. Ihre Kehle war wie zugeschnürt. Sie schwitzte. Fast automatisch drückte sie ihre Arme fest an den Körper und faltete die Hände im Schoß. Ihr verstohlener Blick ging zu dem Bettgestell.

»Das ist die Alternative«, sagte Sadonova, die den Blick bemerkt hatte. »Wenn wir keine Freundinnen werden, finde ich einen anderen Weg. Wir verstehen uns?«

Alles, aber auch wirklich alles in ihrer Stimme verriet, dass ihr die Alternative unglaublich viel Spaß machen würde. Wahrscheinlich war Sadonova versiert im Umgang mit solchen Befragungsmethoden.

»Sie würden mich foltern?«

»Dieser Ort«, sagte Sadonova, »ist auf den ersten Blick ein dreckiges Loch. Aber blickt man hinter die Kulissen, ist er das Paradies. Und wissen Sie, wieso?«

Zoja schüttelte den Kopf. Sadonova stützte sich auf den Armlehnen ab und kam mit dem Gesicht bedrohlich nahe. Die Nasenspitzen der beiden Frauen berührten sich beinahe. Nur Herzschläge später blickte Zoja zu Boden. Sadonova hatte das erste Duell gewonnen. Die Soldatin stieß sich ab und lief dann im Raum umher.

»Das Szenario mit der Angst«, fabulierte sie. »Alle glauben nur das eine. Dabei ist der kleine Bruder viel schrecklicher.«

Zoja kam zu dem Schluss, dass Sadonova nicht mehr alle Tassen im Schrank hatte. Das machte diese Frau unberechenbar und um ein Vielfaches gefährlicher.

»Ich weiß nicht, was Sie mir damit sagen wollen.«

»Hier hört dich niemand schreien. So beginnt die Angst, deinem Mörder ausgeliefert zu sein.« Sadonova blickte Zoja an. »Aber es gibt ein noch viel schlimmeres Szenario.«

»Hören Sie auf damit. Hören Sie verdammt noch mal auf!« Die Angst stieg in Zoja auf und erfüllte ihren Körper mit unangenehmer Hitze. Aber sie fühlte auch, dass diese Angst falsch war, dass sie so etwas sonst nicht spürte.

»Hier, an diesem Ort, wird jeder deine Schreie hören. Alle bekommen mit, wie du leidest, aber niemanden interessiert es. Niemand interessiert sich für dich. Macht das nicht einsam? Viel einsamer, als du es wärest, wenn du und ich alleine diese Unterhaltung führen würden.«

»Sie machen mir Angst.« Zoja flüsterte. Zu mehr war sie nicht fähig.

»Was glaubst du, was mein Ziel ist? Ich will dir so viel Angst machen, dass du freiwillig die Wahrheit sagst. Wir haben keine Zeit. Nicht für einen Plausch unter Freundinnen und leider auch nicht dafür.« Sie deutete zu dem Metallgestell. »Es ist Krieg.«

»Krieg? So schnell entwickelt sich keine militärische Intervention zwischen westlichen Staaten.«

»Militärische Intervention? Nein. Darum geht es nicht. Moderne Kriege werden nicht mehr ausschließlich mit Soldaten und Raketen geführt.«

»Wovon reden Sie?«

»Vom Krieg in der Dunkelheit. Computerviren sind die neuen Soldaten. Trojaner sind die neuen Raketen.«

»Und warum erzählen Sie mir das alles?«

Sadonova hörte auf, im Raum herumzulaufen. Sie blieb stehen und blickte zur Decke. Dann starrte sie Zoja direkt an. »Ganz einfach«, sagte sie. »Sie haben die Russische Föderation angegriffen. Sie sind die Überbringerin der Viren und Trojaner. Sie haben einen Krieg ausgelöst.«

»Ich habe was?« Zojas Gedanken rasten. Lüge oder Wahrheit? Fragen und Antworten schossen ihr durch den Kopf, die wieder zu neuen Fragen führten. Lüge. Wahrheit. Realität. Fiktion. In ihrem Kopf ging es drunter und drüber. Erinnerungen tauchten auf und verfestigten sich, wurden zu Gerüchen von gebratenem Fleisch und gekochtem Gemüse auf Reis. Plov, das Nationalgericht aus Kirgisistan. Zoja und der alte Mann aßen traditionell mit den Fingern. Es war eines dieser kleinen Hinterhofrestaurants, die vor einiger Zeit in Mode gekommen waren. Hier zu essen fühlte sich an, als säße man im Wohnzimmer der Großmutter. Aus einem Lautsprecher säuselte Musik.

»Hören Sie das?«, fragte der alte Mann.

»Was soll ich hören?« Zoja lauschte. Durch das halb geöffnete Fenster drang der Moskauer Straßenlärm.

»Nicht das. Die Musik.«

»Ähnlich einer Gitarre? Nur irgendwie ...« Zoja dachte nach. »Orientalischer?«

»Das ist eine Komuz. Man nennt sie auch das Musikinstrument der Nomaden. Zwei Jahre braucht der Akyn für den Bau eines einzigen Instruments.«

»Der Akyn?«

»Das ist der Komuzmeister. Kennen Sie die Legende vom Akyn?« Der Alte kaute auf einem Stück gebratenem Ziegenfleisch herum.

»Erzählen Sie mir die Geschichte«, sagte Zoja. »Wir haben noch Zeit.«

»Sie hören zu. Das gefällt mir.« Er lächelte. »Man erzählt sich von Manas, dem glorreichen General, der schon als neunjähriger Krieger sein Volk beschützte. Ihm unterstanden vierzig Ritter. Sie errangen Sieg um Sieg, was dazu führte, dass immer mehr verstreute Männer kamen, um sich Manas anzuschließen. Dieses Heer stellte sich schlussendlich den Uiguren. Niemand glaubte daran, dass Manas den Sieg davontragen könnte, doch er tat es. So entstand Kirgisistan.« Der alte Mann beugte sich vor. »Aber bei dem Kampf kam der Sohn des weisen Generals Bakay ums Leben. Niemand traute sich, dem großen Krieger vom Tod des Sohnes zu berichten. Alle hatten Angst, als Überbringer dieser Nachricht hingerichtet zu werden. Nur ein Akyn erklärte sich bereit. Er ging zum General und spielte eine Melodie auf seiner Komuz. Syngan Bugu, was so viel wie der Tod des Hirschs bedeutet. Ein trauriges Lied voller heroischer Züge. General Bakay verstand die Botschaft.«

»Woher wissen Sie das alles?«

Er zuckte mit den Schultern. »Ich komme viel rum und höre viel zu. Die Welt ist spannend.«

Draußen erklang der Ruf des Muezzins.

»Hajja 'alal-falah.« Eine kurze, erhabene Stille folgte. Der Geistliche wartete, bis seine Worte in den Straßenschluchten verklungen waren. »Hajja 'alal-falah.«

Auf zum Erfolg. Zoja blickte zu dem alten Mann, der sie anlächelte. Auch er verstand, was der Muezzin rief.

»Wir müssen los«, sagte er und wischte sich die Finger an der Stoffserviette ab. »Abu Fatima wartet nicht gerne.«

»Wird es funktionieren?«

»Je nachdem, wie schnell der FSB ist. Die sind nicht zu unterschätzen, erst recht nicht, wenn sie wie jetzt gewarnt sind, was die Sache komplizierter macht.«

»Egal wie schnell, wir müssen schneller sein.«

Sie traten hinaus auf die Straße. Von hier hatten sie einen guten Blick auf die Gasse, die zur Moschee in der Prospekt Mira führte. Die Moschee fungierte als Sammelpunkt für Gastarbeiter aus der Kaukasusregion und Zentralasien. Hier trafen Usbeken, Tschetschenen, Tadschiken und Aserbaidschaner auf Anwerber unterschiedlichster islamistischer Organisationen. Neue Krieger wurden immer gebraucht, aktuell in Badachschan. Dort sammelten sich die Überbleibsel des Islamischen Staats, um irgendwo ein neues Kalifat zu gründen. Um wieder Schrecken zu verbreiten. Der Oberbefehlshaber Gulmorod Chalimov sagte, dass es die Aufgabe jedes Muslims sei, den Ungläubigen das Messer ins Herz zu rammen. Dies sei Allahs Wille. Und die Massen der jungen und desillusionierten Männer folgten ihm.

Aber was in den nördlichen Bergen Afghanistans passierte, interessierte weder Zoja noch den alten Mann. Sie hatten einen anderen Krieg zu führen.

Von allen Seiten strömten die Gläubigen zur Gasse. Der Muezzin hatte gerufen, sie kamen, um zu beten.

»Ist das der einzige Weg?«, fragte Zoja.

Sie hatten einen guten Beobachtungsposten eingenommen, zwischen einem alten Pick-up und einem Mercedes. Von hier aus konnten sie die Gläubigen sehen, ohne selbst leicht gesehen zu werden. Nur fast perfekt, aber besser ging es nicht.

»Da ist er.« Der alte Mann deutete auf eine Gruppe von fünf Männern. »Der in Schwarz.«

Abu Fatima trug eine komplett schwarze Djellaba und Takke. Sein Bart, der fast bis zur Brust reichte, war an manchen Stellen grau. Offenbar hatte Abu Fatima den Respekt der vier anderen Männer, die in Jeans und abgetragenen Lederjacken beinahe profan aussahen. Und trotzdem strahlten diese Männer etwas aus, was Zoja nur als aggressiv gefährlich beschreiben konnte. Solche Menschen kannte sie zur Genüge. Es waren Männer, die bei der Verteidigung ihres Heimatlandes versagt hatten und desillusioniert gestrauchelt waren. Sie fielen in die Hände religiöser Extremisten, die vorgaukelten, das Heimatland retten zu wollen. Aber nicht um der Menschen willen, die durch den großen Mann im Kreml brutal unterdrückt wurden, sondern um ein eigenes Kalifat zu gründen.

Solche Männer wie Abu Fatima.

»Was machen wir?«, fragte Zoja.

»Warten. Es sei denn, Sie wollen die Moschee besuchen.«

»Dafür trage ich wohl kaum die richtige Kleidung.«

»Also warten wir«, sagte der alte Mann.

Bevor Abu Fatima die Gasse betrat, schaute sich einer seiner Begleiter um. Sein Blick blieb für den Bruchteil einer Sekunde zwischen dem Pick-up und dem Mercedes hängen. Dann beugte er sich zu dem schwarz gekleideten Mann und flüsterte ihm etwas ins Ohr. Abu Fatima nickte. Ohne sich umzusehen, verschwand er in der Moschee.

»Die haben uns gesehen«, sagte Zoja. »Sind Sie sicher, dass Abu Fatima der richtige Kontakt ist?«

»Warum sollte er das nicht sein?«

»Weil Sie gerade gesagt haben, dass Ihr Kontakt nicht gerne wartet. Jetzt ist er in der Moschee.«

»Er weiß, dass wir da sind. Das genügt.«

»Das genügt? Der FSB ist uns auf den Fersen. Und was tun wir? Wir gucken zu, wie Ihr angeblicher Kontaktmann zum Beten geht.«

»Sie müssen geduldig sein.«

Zoja blickte auf ihre Armbanduhr. Ihre Geduld wurde schon fast eine halbe Stunde strapaziert. Sie war kurz davor, dem alten Mann zu sagen, was er sie alles konnte, doch dann verließen die ersten Muslime die Moschee. Manche blieben stehen und unterhielten sich, während andere direkt den Schutz der vorbeigehenden Passanten suchten. Sie verschwanden in der anonymen Menschenmenge, als hätten sie etwas zu verbergen oder Angst. Abu Fatima kam allein. Seine Begleiter waren nirgends zu sehen. Er blickte nicht zu ihnen herüber, sondern zögerte kurz, bevor er weiterging.

»Er möchte, dass wir ihm folgen«, sagte der alte Mann.

»Das Zögern? Das war das Zeichen?«

Der alte Mann nickte. »Unauffällig, aber effektiv. Und nicht so offensichtlich wie eine kryptisch geschriebene Nachricht.«

»Das Zögern kann alles bedeuten. Alles oder nichts.«

»Eben.«

Der alte Mann folge Abu Fatima in einigem Abstand auf der anderen Straßenseite. Manchmal fürchtete Zoja, den Kontakt zu ihrer Zielperson zu verlieren, aber Abu Fatima verzögerte dann geschickt sein Vorankommen. Manchmal blieb er an einem Schaufenster stehen oder grüßte jemanden, der ihm entgegenkam, und verlangsamte so unauffällig sein Tempo. Dann blieb er vor einem Haus stehen. Abu Fatima drehte sich einmal kurz um und betrat den Hausflur. Offenbar hatten sie ihr Ziel erreicht.

Zoja packte den alten Mann am Arm. »Ihnen ist klar, dass wir die ganze Zeit keinen der Begleiter gesehen haben?«

»Er ist vorsichtig. Warum sonst hat er so lange überlebt?«

»Wer ist dieser Abu Fatima eigentlich?«

Der alte Mann antwortete nicht. Er überquerte die Straße.

Ein Schmerz flammte auf Zojas Wange auf. Es dauerte einen Moment, bis sie erkannte, dass dies nicht mehr ihre Erinnerung war. Sie war wieder im Hier und Jetzt, in diesem weiß gekachelten Raum.

Oberst Sadonova stand vor ihr.

»Ich rede mit dir«, sagte die Russin.

Zojas Wange brannte.

Die Soldatin lehnte sich gegen den Tischrand. »Was hast du in Moskau gemacht?«

»Moskau? Da war ich nie.«

»Unsere Quellen berichten etwas anderes.«

»Ich war noch nie in Moskau.«

Sadonova war schnell, verdammt schnell sogar. Sie zuckte vor, packte Zojas Kehle und drückte zu. Zoja wehrte sich. Ihre Fingernägel krallten sich in die Haut der Russin, aber deren Griff blieb eisenhart. Die Luft wurde knapp. Zoja spürte ein beklemmendes Gefühl in der Lunge. Sadonova wuchtete sie hoch und stieß sie von sich weg. Röchelnd ging Zoja auf die Knie. Ihr Hals brannte, Speichel lief ihr aus dem Mund und tropfte auf den Boden. Aus dem Augenwinkel sah sie die Russin auf sich zukommen.

»Hören Sie auf. Bitte!« Zoja rutschte auf den Knien weg.

»Dann lüg nicht!«

»Bitte. Ich weiß nichts.«

Sadonova packte ihre Haare und riss den Kopf in den Nacken. »Ich werde dir helfen, dich zu erinnern. Das kann ich gut.«

Sie schleifte Zoja zu dem Bettgestell.

»Was ist hier los?« Eine männliche Stimme voller Autorität durchschnitt den Raum. »Hören Sie auf!«

Sadonova ließ Zoja los. »Ivan.« Ihre Stimme war pures Eis.

Der alte Mann trug einen schwarzen Wollmantel, auf dessen Schultern die Schneeflocken schmolzen. Er knöpfte den Mantel auf, und Zoja sah, dass er einen eleganten Zweireiher darunter trug. Das musste der Mann sein, der durch den Sturm geflogen war, um Zoja zu sprechen. Er war tatsächlich gekommen, und er hatte sie vor der Folter bewahrt.

Zoja war noch unschlüssig, ob das gut oder schlecht war. Im

Moment war es gut, aber das konnte sich schnell ändern. Ihre Knie fühlten sich weich an. Sie stützte sich mit der Hand an der kalten Wand ab und stand auf.

»Sie müssen Zoja sein, richtig?«, fragte Ivan.

Mehr als ein Nicken konnte sie nicht erwidern. Noch immer hatte sie das Gefühl, Rasierklingen würden ihre Kehle zerschneiden.

»Aber das ist nicht Ihr richtiger Name, oder?«

»Ich weiß es nicht«, sagte Zoja. »Ich kann mich nicht erinnern.«

»Dann bleiben wir für den Moment dabei.« Ivan humpelte zum Stuhl und setzte sich. Offenbar hatte er ihren Blick bemerkt. Er lächelte und klopfte sich auf das ausgestreckte Bein. »Prothese. Kriegsverletzung oder die Folge meines langen und exzessiven Nikotinkonsums. Je nachdem, wem ich die Geschichte erzähle.«

»Und keine davon entspricht der Wahrheit«, stellte Zoja trocken fest.

»Ich sehe, wir verstehen uns.« Ivan deutete auf den anderen Stuhl. »Setzen Sie sich.«

Zoja zögerte. Sie blickte Sadonova an, die bewegungslos neben dem Bettgestell stand. Mit den herunterhängenden Armen wirkte sie entspannt, aber die Wut im Gesicht war deutlich zu erkennen.

»Sie tut Ihnen nichts mehr«, sagte Ivan. »Ist es nicht so, Frau Oberst?«

Sadonova wirbelte zu ihm herum. »Sie ist eine ...«

Ivan hob die Hand. »Ich weiß. Aber nicht so.«

Zoja biss sich auf die Unterlippe. Ich bin eine was? Wahrscheinlich waren Ivan und Sadonova der Meinung, sie sei eine Agentin. Niemals, dachte Zoja. Dafür gab es keine Anhaltspunkte. Außer diesem miesen Gefühl in der Magengegend. Die Russin starrte sie an, und dieser Blick verriet Mordlust. Wenn

Sadonova könnte, würde sie Zoja lange leiden lassen. Das zwischen ihnen war jetzt persönlich. Aber die Russin war keine gewalttätige Mörderin, sie war ein Profi. Und so schaffte sie es, ihre Gefühle zu verbergen, wie ein Scharfschütze, der sich unter einer Tarndecke verbarg, um bei günstiger Gelegenheit gnadenlos zuschlagen zu können.

»Soll ich alles vorbereiten?« Die Unterwürfigkeit nahm man ihr beinahe ab.

Ivan nickte. Aus einer zerknitterten Zigarettenschachtel fischte er eine Filterlose heraus und klemmte sie zwischen die Lippen. Mit der anderen Hand tastete er seine Kleidung ab, als würde er etwas suchen.

»Hier ist das Rauchen verboten«, sagte Sadonova.

»Ich sehe kein Schild.« Ivan hatte sein Feuerzeug gefunden.

»Es muss nicht immer ein Schild vorhanden sein. Manchmal hilft etwas Anstand.«

»Hier werden Menschen gefoltert, und Sie sprechen von Anstand? Ein schlechter Scherz.« Er zündete die Zigarette an und stieß genüsslich den graublauen Dunst aus.

Sadonova schüttelte den Kopf. Es sah beinahe so aus, als wollte sie etwas erwidern, blickte dann aber Zoja an. Die Russin presste die Lippen aufeinander. Zwei Atemzüge später entspannte sie sich. »Ich werde in der Halle auf Sie warten, Ivan.«

Nachdem Sadonova den Raum verlassen hatte, setzte Zoja sich auf den Stuhl. Ivan drückte die Zigarette in einen Reiseaschenbecher.

»Wer sind Sie?«, fragte Zoja.

»Die Frage ist eher, wer Sie sind.«

»Ich erinnere mich nicht.«

»Sie kommen mir bekannt vor.« Er neigte den Kopf zur Seite. »Haben Sie eine Schwester?«

Zoja schüttelte den Kopf.

»Sie wissen nicht, wie Sie heißen, aber Sie sind sicher, keine Schwester zu haben?«

»Ich weiß es nicht.«

Ivan zündete sich eine neue Zigarette an. Langsam glaubte Zoja die Geschichte mit dem Raucherbein.

»Wissen Sie, wo Sie hier sind?«, fragte Ivan.

»Woher soll ich das wissen?«

»Kommen Sie schon. Enttäuschen Sie mich nicht.«

Sie blickte auf grauen Betonboden. »Nowaja Semlja«, sagte sie schließlich. »Auf der Südinsel, würde ich sagen.«

»Was macht Sie so sicher? Die Landschaft hier ist nicht gerade exponiert. Wir könnten überall sein. Sibirien ist groß.«

Sollte sie ihm erzählen, dass sie es aus Vladoschs Erzählung geschlossen hatte? Gehen Sie nach Beluschja Guba. Fragen Sie im Tschum nach Rebrov. Das waren seine letzten Worte, kurz bevor er erschossen worden war.

»Ich weiß es halt.« Zoja merkte selbst, dass sie wie ein trotziges Kind klang.

»Sie wissen es, weil Sie hierhergeschickt wurden.«

»Warum sollte ich mich gerade daran erinnern?«

»Was haben Sie in Moskau gemacht?«

»Das wurde ich schon gefragt. Ich war nie in Moskau.«

»Ganz sicher?«

Zoja nickte. Er griff in die Innentasche seines Mantels. Mittlerweile waren alle Schneeflocken geschmolzen und nur noch dunkle Flecken auf den Schultern erkennbar. Alles ist eben vergänglich. Ivan schob Zoja eine Fotografie herüber. Sie erkannte sich sofort, weil sie auf dem Bild direkt in die Kameralinse blickte. Ihr Begleiter, ein alter Mann, drehte dem Fotografen den Rücken zu.

»Das haben meine Kollegen vor sieben Tagen in Moskau aufgenommen. Ganz in der Nähe ist eine Moschee. Prospekt Mira. Sagt Ihnen das was?«

»Ich kann mich nicht erinnern, dort gewesen zu sein.«

»Der alte Mann ist tot. Er war mit Ihnen und ein paar Söldnern auf der Insel unterwegs.«

»Wer ist er?« Trotz der fehlenden Erinnerung spürte Zoja so etwas wie Trauer. Sie hatte den alten Mann wohl gekannt, wenn auch nicht gut. Die Trauer saß zwar wie ein Stachel im Fleisch, berührte jedoch nicht ihr Herz. Und sie spürte noch etwas anderes: Grauen. Wenn es stimmte, was Ivan gerade zu ihr gesagt hatte, mussten die Erinnerungen an den Angriff der Wahrheit entsprechen. Lag darin der Grund ihres Gedächtnisverlustes? Posttraumatischer Stress nach einer lebensbedrohlichen Situation?

»Eigentlich ist es unwichtig, wer er ist.« Ivan steckte das Foto wieder ein. »Wichtig ist aber, was Sie hierhergebracht hat, der Grund Ihrer Anwesenheit auf der Insel. Wir sind uns beide einig, dass es bessere Urlaubsziele gibt, oder?«

»Ich kann mich nur wiederholen«, sagte Zoja lahm.

»Sagt Ihnen der Name Abu Fatima etwas?«

»Ich erinnere mich ni...« Zoja blickte wieder zu Boden. Aus dem Nebel der Erinnerung kristallisierte sich ein Bild heraus.

Sie stand neben dem alten Mann auf dem Gehweg, vor dem Haus, in dem der Schwarzgekleidete verschwunden war. Sie hielt den alten Mann am Arm fest.

»Ich habe Sie was gefragt!«, sagte Zoja.

»Und ich habe Sie gehört.«

»Wer ist Abu Fatima?«

Der alte Mann blickte sich um. »Nicht hier auf der Straße. Zu viele Ohren.«

Er zog sie in den Hausflur. Es roch nach Mittagessen, nach Kohl und kräftigen Gewürzen. Wahrscheinlich Golubtsi, russische Kohlrouladen, gedünstet in Gemüsebrühe. Böse Zungen behaupteten, dass viele Russen einen gehörigen Schuss Wodka in die Brühe gossen.

»Sein richtiger Name ist Basman Dogazoev.«

»Dogazoev?« Es dauerte, bis Zoja sich erinnerte. »Der Tschetschene?«

Der Alte nickte. »Genau. Stockholm 2017. Fünf Tote ...«

»Vierzehn zum Teil schwer verletzte Menschen.«

»Abu Fatima leitete den Attentäter bei der Todesfahrt an. Angeblich hat er für ihn ein Naschid gesungen. Um ihm Mut zu machen, den Lastkraftwagen in die Menschenmenge zu lenken.«

»Aber warum?«

»Besondere Umstände erfordern besondere Maßnahmen.« Er blickte die Treppe hoch. Oben war eine angelehnte Tür zu erkennen. »Kommen Sie, wir sollten weiter.«

Abu Fatima war ein Terrorist. Dieses Wissen ließ jeden Schritt schwer erscheinen. Zoja packte das Geländer und zog sich eher hoch, als dass sie die Stufen erklomm. Jede Faser ihres Körper sträubte sich, die Wohnung eines Terroristen zu betreten. Und sie wollte erst recht nicht mit ihm zusammenarbeiten. Egal, um was es ging.

Die Tür quietschte, als der alte Mann sie so weit aufschob, dass er durch den Spalt in den Flur gleiten konnte. Zoja tat es ihm nach. Der Flur war karg. An den Wänden war grober Putz, der teilweise abblätterte. Auf dem Boden lagen bunte Teppiche, die kaum den grünen Betonboden bedeckten. Irgendwo im Eingangsbereich lag ein Paar achtlos hingeworfener Schuhe.

»Wohin?«, fragte Zoja.

Der Alte deutete zum Türrahmen am Ende des Flurs. Es war das Wohnzimmer, das ähnlich karg wie der Flur eingerichtet war, nur dass auf einem prächtigen Teppich ein rundes Tischchen stand, auf dem eine silbrig glänzende Teekanne dampfte. Abu Fatima hatte sich im Schneidersitz neben dem Tischchen niedergelassen.

»Was wollen Sie von mir?«, fragte er.

Der Alte wischte sich mit der Hand übers Gesicht.

»Lange nicht gesehen«, sagte er. »Wie geht es Ihnen?«

Abu Fatima runzelte die Stirn. »Ich vergesse nie ein Gesicht. Aber Ihres …«

Zoja hatte mal gehört, dass viele Terroristen als kleine Kinder von den Eltern in Koranschulen geschickt worden waren. Für viele Tschetschenen war das die einzige Möglichkeit, der Armut und Willkür der russischen Soldaten zu entfliehen. Aber sie flohen nicht vor der Gewalt, ganz im Gegenteil. In den Schulen nahm diese sie mit offenen Armen auf. Dort lernten die Jungen den wahren Glauben, und gleichzeitig wurde ihre Gedächtnisleistung trainiert. Terroristen führten nämlich kein Adressbuch. Alles, vom Namen über die Adresse bis zur Telefonnummer, war in ihren Köpfen. Und in den Koranschulen wurden sie zu wahren Löwen des Islam erzogen.

»Wir trafen uns vor acht Jahren in Grozny.«

»Dann sind Sie …?«

»Der Sachbuchautor.« Der Alte blickte sich um, als würde er etwas suchen. »Ich nehme an, Sie haben die Nachricht erhalten?«

»Natürlich. Sonst wären Sie längst tot.« Abu Fatimas Blick ruhte einen Wimpernschlag zu lang auf Zoja.

»Wir brauchen Ihre Hilfe«, sagte der alte Mann. »Eine Überfahrt nach Nowaja Semlja. Für mich, meine Partnerin und einen Lkw voller Soldaten.«

»Sie wissen, um was Sie da bitten?«

»Wir wissen, dass Sie Kontakte zu den Nenzen haben.«

»Und Sie glauben, das wird Ihnen die Überfahrt zu einer der bestbewachten Inseln der Welt sichern? Dort gibt es mehr als nur Felsen und Polarbären.«

»Wir sind uns bewusst, welches Risiko auf uns wartet.«

Abu Fatima schwieg. Er schien die Optionen abzuwägen,

die sich ihm boten. »Und was springt für mich dabei heraus?«, fragte er schließlich.

»Wir können Ihnen Sicherheit bieten. Einen Rückzugsort, an dem Sie leben können, ohne ständig den Atem des FSB im Nacken zu spüren.«

Der Terrorist lachte freudlos. »Was ist aus Ihnen nur geworden? Vor acht Jahren haben Sie anders geklungen.«

»Wir leben in stürmischen Zeiten, die uns zwingen, eine Seite zu wählen.«

»Und Sie haben sich für die Seite entschieden, die Sie vorher bekämpft haben?«

Das Satellitentelefon piepste leise. Es lag neben der Teekanne auf dem runden Tisch. Zoja hatte das Gerät vorher nicht wahrgenommen. Und auch nicht die kleine Pistole, die dort ebenfalls lag und nach der Abu Fatima nun griff. Zoja versteifte sich. Sie war überzeugt, dass der Terrorist sie erschießen würde.

»Wir bekommen Besuch«, sagte Abu Fatima trocken.

»Federalnaja sluschba?«, fragte der Alte.

»Wer sonst?« Abu Fatima runzelte die Stirn. »Aber nur zwei Männer. Das ist ungewöhnlich.«

»Woher wissen Sie das?«, fragte Zoja.

»Ich habe immer mehr als einen Schatten.«

Zoja erinnerte sich an die Männer, die Abu Fatima zur Moschee begleitet hatten. Wahrscheinlich Kämpfer des kaukasischen Emirats und nun Schutzengel.

»Und was jetzt?«, fragte der Alte.

»Die suchen mich, nicht Sie. Sie können also völlig entspannt das Haus verlassen. Ich habe meinen Fluchtweg. Wir sehen uns morgen Nacht hier.« Er schrieb hastig Zahlen und Buchstaben auf einen Zettel, den er dem Alten reichte. Es waren Koordinaten. »Einprägen und vernichten.«

Der Alte nickte.

Die Erinnerung verblasste, Zoja kehrte zurück in die Realität. Sie blickte Ivan an und schüttelte den Kopf. »Ich erinnere mich nicht. Wirklich nicht. Wer soll dieser Abu Fatima sein?«

Es dauerte, bis Ivan antwortete. »Sagen wir mal, dass dieser Mann unser Problem ist.«

»Und warum fragen Sie mich nach ihm?«

Ivan presste die Lippen aufeinander. »Wir müssen davon ausgehen, dass es zwischen Ihnen und Abu Fatima Kontakt gab. Und damit sind Sie Teil des Problems.«

»Ich kenne weder Ihr Problem, noch kenne ich Abu Fatima.«

»Aber Sie waren in Moskau in der Nähe der Moschee Prospekt Mira. Das ist keine gute Moschee, müssen Sie wissen.« Er steckte sich eine neue Zigarette an. »Nicht falsch verstehen, ich habe nichts gegen Muslime. Auch nichts gegen Muslime hier in Russland. Jeder darf glauben, was er will. Was ich jedoch zutiefst verabscheue, sind Menschen, die mit Gewalt ihre Überzeugung auf andere Menschen übertragen wollen. Und die Gastarbeiter aus Tadschikistan und Usbekistan und sonst woher sind anfällig für hasserfüllte Predigten. Wissen Sie, warum?«

Zoja schüttelte den Kopf.

»Nehmen wir Tadschikistan. Das ist das ärmste Land Zentralasiens. Regiert wird es von einem Mann, den sie Führer der Nation nennen. Waren Sie mal in Duschanbe?«

Wieder schüttelte Zoja den Kopf.

»Da gibt es lange Zufahrtsstraßen durch eine wunderschöne Landschaft. Aber alle paar Meter steht ein riesiges Werbeplakat, auf dem das Gesicht des Präsidenten zu sehen ist, wie er mit einer Geste die Ernte zu spenden scheint. Gleichzeitig verhungern aber viele Menschen. Das Wirtschaftssystem ist nach fast einem halben Jahrhundert der Unabhängigkeit von Russland noch immer nicht leistungsfähig, die Armut ist allgegenwärtig. Und der Präsident ist dazu gezwungen, eine Politik zwischen Skylla und Charybdis zu machen, in Abhängigkeit von Russland und angewiesen auf die westlichen Mächte. Trotzdem darf man nicht vergessen, dass Tadschikistan ein muslimisches Land ist.«

»Ich verstehe nicht, was das mit mir zu tun hat.«

Ivan lächelte milde, wie ein Lehrer gegenüber einer Schülerin, die fragt, warum sie gezwungen wird, zur Schule zu gehen. »Das ist eine Blaupause, wissen Sie? Eine Vorlage für die Radikalisierung, egal in welche Richtung. Zentralasiatische Nationen mögen mit dem Islamismus Probleme haben. Vielleicht vergleichbar mit Deutschen, die zum Teil anfällig für rassistisches Gedankengut sind.«

»Komisch, dass Sie gerade Deutschland erwähnen.«

Wieder dieses Lächeln. »Es war ein Versuch. Sie kommen mir wirklich bekannt vor. Und irgendwie verknüpfe ich Sie mit Deutschland.«

»Da liegen Sie falsch.« Aber seine Anmerkung wirkte, Zoja dachte darüber nach. Sie formulierte Gedanken und Erinnerungen auf Deutsch, auch wenn sie Russisch sprach. Könnte Ivan richtigliegen? Hatte sie doch eine Schwester? Wenn sie in sich hineinhorchte, fühlte sie allerdings nichts. Keine Verbundenheit, die man eigentlich fühlen müsste, wenn man Geschwister hätte.

»Wir hatten ein anderes Thema.«

»Ja, richtig.« Ivan lehnte sich zurück. »Die meisten Gastarbeiter kommen aus ländlichen Gegenden. Und wer ist dort der Imam? Ein Nachbar oder ein Bauer. Und egal, wer es ist, es sind Menschen, die keine religiöse Legitimation haben. Dann treffen die Gastarbeiter auf Prediger, die den Weltislam mit der Muttermilch aufgesogen zu haben scheinen. Diese Prediger lassen die Gastarbeiter dann auf eine Reise gehen. Eine lange Reise, an deren Ende Tod und Zerstörung liegen.«

»Was wollen Sie mir damit sagen?« Zoja kannte die Antwort bereits, und das beschäftigte sie. Warum hatte sie mit dem alten Mann genau darüber geredet, als sie vor sieben Tagen in Moskau vor der Moschee gestanden hatten?

»Diese Menschen reisen über Georgien und Aserbaidschan bis nach Afghanistan. Dort rotten sie sich in den Bergen zu einer Armee zusammen, die wahrscheinlich schlagkräftiger ist als die erste Armee. Diese Menschen wollen ein neues Kalifat, einen Islamischen Staat 2.0. Es ist nur eine Frage der Zeit, bis sich Gulmorod Chalimov zum Herrscher ausrufen lässt.«

Der Krieg in den Bergen interessierte sie nicht. Zoja hatte einen anderen Krieg zu führen, deswegen war sie hier. Jetzt musste sie sich nur noch an die Details erinnern.

Ivan zog an der Zigarette. »Sie glauben, dass Sie das nichts angeht. Afghanistan ist weit weg, Tadschikistan ein Furunkel am Arsch der Welt. Warum sich also Gedanken über einen religiösen Fanatiker wie Chalimov machen, der zusammen mit seinen Spinnern zwischen Felsen, Sand und traurigen Pflanzen ein Kalifat gründen will. Das sind Ihre Gedanken, stimmt's?«

»Ich werde ihn nicht aufhalten können.«

»Belt and Road Initiative. Sagt Ihnen das was?«

»Die neue Seidenstraße?«

»Genau. Das Vorzeigeprojekt der Volksrepublik China. Der Transport von Gütern auf dem Landweg ist für die Regionen, die im Versorgungsbereich sind, sehr lukrativ. Darunter tatsächlich auch die USA. Aber wissen Sie was? Die profitieren davon weniger, als sie erhofft hatten. Deshalb sind sie insgeheim gegen das Projekt.«

»Sie wollen mir doch nicht erzählen, dass die Amerikaner diesen Chalimov unterstützen?« Zoja studierte Ivans Gesichtsausdruck. Nichts deutete auf eine Lüge hin, er meinte es ernst.

»Das ist doch der reine Wahnwitz.« Sie schüttelte den Kopf. »Und selbst wenn, was habe ich damit zu tun? Gehen wir mal davon aus, dass ich tatsächlich Abu Fatima getroffen habe, was ich nicht habe, aber gehen wir mal davon aus. Der war Tschetschene, richtig?«

Ivan nickte.

»Dieser Chalimov sammelt aber Kämpfer an der Grenze zu Tadschikistan. Wie hängt das zusammen?«

Ivan schob die Unterlippe nach vorne. »Da haben Sie mich erst beeindruckt, und nun enttäuschen Sie mich. Der Weltislam kennt nun mal keine Grenzen. Er erkennt keine Nationen neben dem Kalifat an. Und Gulmorod Chalimov hat wahrlich das Zeug, ein starker Anführer und ein grausamer Kalif zu werden. Leute wie Abu Fatima werden angezogen wie Fliegen von einem Scheißhaufen.«

»Anscheinend glauben Sie, dass ich im Auftrag der Amerikaner hier bin, um eine Geheimdienstaktion gegen die Initiative Belt and Road durchzuführen. Können Sie mir erklären, wie das alles zusammenhängen soll?«

»China hat zwei starke Partner«, fuhr Ivan fort. »Die Europäische Union und die Russische Föderation. Ohne diese Partner wird die neue Seidenstraße nicht wie geplant 2049 fertig. Vielleicht wird sie nie fertig. Wer weiß das schon?« Nun klang er nachdenklich. »Und seien wir mal ehrlich: Das Wort Freundschaft wirkt zwischen Russland und Europa eher fehl am Platz. Unsere Nationen sind eine Zweckgemeinschaft, so fragil wie ein rohes Ei. Es reicht ein kleiner Schubser, und alles zerplatzt.«

»Und ich sollte diesen Schubser auslösen?«

»Sagen Sie es mir.«

Ivan kramte ein Mobiltelefon aus der Innentasche seines grauen Zweireihers und tippte darauf herum. Noch bevor er das Gerät wieder eingesteckt hatte, klopfte es an der Tür. Ein Mann mit einem Karton unter dem Arm kam herein. Er sah gar nicht so schlecht aus. Kantiges Gesicht, osteuropäisches

Aussehen, geschmeidige Bewegungen, ein muskulöser Körper. Aber Mister November hatte auch etwas Raubtierhaftes, etwas Gefährliches an sich. Irgendetwas sagte Zoja, dass dieser Mann absolut tödlich war.

Ivan hatte offenbar ihre Blicke bemerkt. So etwas wie ein Lächeln umspielte seine Mundwinkel. »Man nennt ihn Helados.«

Helados stellte den Karton auf den Tisch und holte einen Laptop heraus. Das Gerät war fast komplett zerstört, Kabel hingen heraus.

»Das ist ein handelsüblicher Laptop«, sagte Zoja. »Warum zeigen Sie mir den?«

»Sosehr ich Oberst Sadonovas Vorgehen schätze«, antwortete Ivan, »ich hätte hier doch etwas mehr Feingefühl erwartet.«

Helados holte ein zweites Gerät aus dem Karton. Es sah aus wie ein Würfel, auf dem eine Satellitenschüssel installiert war.

»Sieht unspektakulär aus, oder?«, fragte Ivan.

»Was ist das?«

»Eine Satellitenantenne. Hat eine ziemliche Leistung. Selbst in der Einöde bekommt man Kontakt. Das runde Teil kann noch zusammengeklappt werden. So passt das Gerät in jeden Rucksack.«

»So was habe ich noch nie gesehen.«

»Ich schon«, sagte Ivan. »Vor allem in letzter Zeit. Die werden häufig von Terroristen benutzt, die sich in unwegsamem Gelände bewegen. In Nordafghanistan zum Beispiel.«

Bin ich eine Terroristin? »Was wollen Sie mir damit sagen?«

Ivan zuckte mit den Schultern. »Gar nichts, meine Liebe. Ich hoffte nur, dass Ihre Erinnerungen zurückkehren.«

»Woher haben Sie die Geräte?« Ihr schlug das Herz bis zum Hals. Die Erinnerungen an den Lkw kamen zurück. Die Schüsse, das viele Blut, der sterbende alte Mann. Zoja wurde schwindelig. Obwohl sie saß, musste sie sich am Tisch festhalten. Ich bin eine Spionin. Eine Terroristin. Sie schloss die Augen.

»Ich denke, wir kommen der Sache näher.« Ivans Stimme drang nur vage zu ihr durch.

Es ist nicht wahr. Nichts davon. Es darf nicht wahr sein! Das ganze Leid. Der Tod. Ich war nicht in Moskau. Nicht in diesem Lkw.

9

Berlin, 16:14 Uhr MEZ

DER NACHMITTAG NEIGTE sich, und langsam näherte sich der Abend der Stadt, und mit dem Schwinden des Lichts kroch die Kälte hervor. Wiebke zog den Kragen ihres Pullis fester. Sie hatte einen Beobachtungsposten gefunden, von dem aus sie die Haustür von André Böhm sehen konnte. Die Polizei hatte mittlerweile die Suche nach ihr aufgegeben. Sie glaubte jedoch nicht, dass Böhm alleine oder wehrlos war, schließlich gehörte er zur Gruppe 64. Höchstwahrscheinlich hatte er andere Agenten kontaktiert. Doch wie schnell konnten die hier sein? Ihr war niemand aufgefallen, und sie war gut darin, potenzielle Gefahren zu erkennen und auszuschalten.

Was hatte David zu ihr gesagt? »Sie haben dich nicht gemacht. Du bist, was du bist, und warst es schon immer. Ein Diamant, den sie freigelegt haben.« Wiebke fühlte sich überhaupt nicht wie ein Diamant, eher wie ein Raubtier. Sie spürte den Jagdinstinkt. Böhm konnte nicht ewig im Haus bleiben, sie jedoch konnte ewig hier warten und im Zweifelsfall seine Fährte aufnehmen.

Im Flur des Hauses wurde das Licht eingeschaltet, kurz darauf die Tür geöffnet. Anka trat heraus. Sie hatte eine dünne Decke über die Schultern gelegt, hielt den Stoff krampfhaft im

Halsbereich fest und schüttelte den Kopf. Nun kam auch André Böhm in Wiebkes Blickfeld. Er hatte einen Mantel über den Arm gelegt. Offenbar stritten die beiden, sie bat ihn inständig, nicht zu gehen. Wiebke hoffte nur, dass André nicht das Auto nehmen würde. Als er den Mantel überzog und sich vorbeugte, um seine Ehefrau zu küssen, wich diese zurück. Er blieb kurz stehen, durchquerte dann aber den Vorgarten und ließ dabei aufmerksam seinen Blick umherschweifen. André war gewarnt. Das würde seine Verfolgung schwieriger machen, aber nicht unmöglich.

Wiebke hielt den Atem an, als er zu seinem Auto ging. Wegen des Polizeieinsatzes hatte Wiebke für sich noch kein neues Auto organisieren können. Der letzte Wagen, den sie sich gegen den Willen des Besitzers ausgeliehen hatte, stand zehn Straßen entfernt. André Böhm öffnete die Fahrertür.

Nun gab es für Wiebke zwei Möglichkeiten, und beide waren nicht gut.

Möglichkeit eins: das Fahrzeug zu kapern. Dafür musste sie den Moment abpassen, wenn der Motor gestartet, aber der Wagen noch nicht losgefahren war. Ein Zeitfenster von nicht mehr als zwei Sekunden und schwierig zu timen, zumal zwischen Beobachtungsposten und Ziel keine Deckung lag. Sah Böhm sie auf ihn zurennen, würde er schnell losfahren oder aussteigen. Und ein Gerangel auf der Straße erregte Aufmerksamkeit. Etwas, was Wiebke nicht brauchte.

Die zweite Möglichkeit war, Anka zu fragen, wohin ihr Ehemann gefahren war. Es machte sicher Spaß, ihr die Informationen zu entlocken. Aber die Kinder …

Wiebke machte sich bereit loszusprinten. Böhm lehnte sich ins Fahrzeug, stieg aber nicht ein. Kurz darauf stand er wieder neben dem Wagen und hatte eine kleine Umhängetasche in der Hand, die er sich quer über die Brust hängte. Dabei blickte er immer wieder zum Haus. Sollte Anka nicht sehen, dass er eine versteckte Tasche mitnahm? Wusste sie, wohin er wollte? Was sich darin befand?

Die Tasche war groß genug, um eine Pistole zu verstecken. Wiebke schaute genau hin. Es musste etwas Schweres darin sein, denn der Tragegurt verlief straff über Böhms Brust. Kein Beweis, aber es erhöhte die Wahrscheinlichkeit, dass in der Tasche eine Waffe versteckt war. Wiebke brauchte aber auch keine Beweise. Ihr reichten Indizien, die sie näher an ihr Ziel brachten. Zu Saskia.

Böhm schloss die Fahrertür, blickte noch einmal zum Haus und machte sich dann zu Fuß auf den Weg. Wiebkes Blick ging auch noch einmal zu dem Gebäude. Sie sah, wie sich eine Gardine bewegte. Aber da sie sich beeilen musste, um Böhm nicht zu verlieren, schenkte sie dem keine weitere Aufmerksamkeit. Sie lief ihm nach und sah, wie er in den kleinen Fußweg hinter dem Haus abbog, der zu dem kleinen Wäldchen führte. War es Zufall, dass er diesen Weg wählte, oder wollte er sie verspotten? Er blieb genau an der Stelle stehen, wo Wiebke vor ein paar Stunden Posten bezogen hatte. Sein Blick wanderte zu seinem Haus. Nach kurzer Zeit ging er weiter. Wiebke folgte ihm im größtmöglichen Abstand.

Und dann hatte Böhm sein Ziel erreicht: ein einsamer Gasthof an der Landstraße. Das Gebäude wirkte etwas verfallen und strahlte DDR-Charme aus. Die weiße Farbe blätterte schon von den Rahmen der Holzfenster, ebenso der graue Putz. Das Emailleschild mit der Bierwerbung hatte auch schon bessere Zeiten gesehen. Trotzdem wurde es von Lichtstrahlern in Szene gesetzt.

Der Gasthof hatte geöffnet. Drinnen brannte Licht, und auf dem gepflasterten und von Bogenlampen beleuchteten Parkplatz vor dem Haus standen mehrere Autos. Zu viele, um sie auf die Schnelle zählen zu können. Vielleicht zwölf oder dreizehn? Böhm betrat das Gebäude. Wiebke näherte sich und blickte durch ein Fenster. Sie sah gerade noch, wie Böhm eine Treppe nach oben ging. Das erhärtete ihren Verdacht, dass es hier zu einem konspirativen Treffen kam. Mit wem, das musste Wiebke schnellstmöglich herausfinden.

Sie schlenderte zum Eingang. An der Wand neben der Tür war ein Messingschild mit klarer Botschaft angebracht: »Eintritt nur für Mitglieder des *Club Frivol*«. Alles hier roch nach einem Rotlicht-Etablissement. Zweifelsohne saß hinter der Tür im Flur ein armes Schwein, das den gesamten Abend nichts anderes zu tun hatte, als Mitgliedsausweise zu kontrollieren. Wiebke kam also nicht hinein, jedenfalls nicht auf dem normalen Weg. Es musste eine andere Möglichkeit geben.

Sie blickte die Fassade hoch und stellte fest, dass die erste Etage in der Grundfläche kleiner war als das Erdgeschoss. Dafür gab es eine L-förmige Terrasse. Wiebke umrundete das Gebäude und entdecke ein Fallrohr, das zur Abflussrinne der ersten Etage führte. Von dort könnte sie sich auf die Terrasse ziehen. Sie rüttelte vorsichtig daran. Es schien fest in der Wand verankert. Die Abflussrinne jedoch wirkte instabil, aber sie musste reichen.

Wiebke packte das Fallrohr und zog sich hoch. Von da bekam sie die Rinne zu packen, doch das Metall gab nach. Sie griff schnell hoch und bekam gerade so eine Metallstrebe des Terrassengeländers zu fassen. Der Ruck des abgefangenen Sturzes riss ihr beinahe die Schulter aus dem Gelenk. Sie hielt sich mit den Fingerspitzen fest und fasste vorsichtig nach, um besseren Halt zu kriegen. Als sie sich gerade weiter hochziehen wollte, hörte sie, wie eine Balkontür geöffnet wurde.

»Da war was!« André Böhms Stimme.

»Du siehst Gespenster.« Die Stimme eines jungen Mannes, der fast perfektes Deutsch mit dem Hauch eines Akzents sprach. Wiebke tippte auf den Mittleren Osten.

»Ich täusche mich nicht«, sagte Böhm.

»Vielleicht ein Vogel?«

»Vögel fliegen abends nicht.«

Wiebkes Unterarm brannte wie Feuer. Lange konnte sie sich nicht mehr mit einer Hand festhalten. Sie hörte nervöse Schritte auf der Dachterrasse. Meine Fresse, dachte sie. Können die nicht einfach wieder reingehen?

»Woher willst du wissen, dass Vögel nachts nicht fliegen?«

»Ich weiß es halt.«

»Komm wieder rein, wir haben noch etwas zu besprechen.«

Böhm blieb stehen, ging in die andere Richtung, blieb wieder stehen und bewegte sich erneut auf Wiebke zu.

»Kommst du jetzt wieder rein? Ich habe nicht ewig Zeit«, sagte der junge Mann.

»Da war etwas. Ich bin ganz sicher!« Böhm spuckte.

»Du bist nervös. Was ist? Du wirkst, als wäre der Teufel hinter dir her.«

Wiebke hielt den Atem an. Je nach Antwort könnte sich die Lage dramatisch verändern. Das war ein konspiratives Treffen. Hier wurde sicher etwas Wichtiges besprochen. Wenn Böhm verriet, dass er glaubte, tatsächlich verfolgt zu werden, würde dieses wichtige Gespräch wahrscheinlich nicht stattfinden.

»Nein, alles in Ordnung.«

Sie spürte, wie ihr langsam die Metallstange entglitt. Von oben hörte sie sich entfernende Schritte. Jetzt musste sie mit der anderen Hand greifen, sonst würde sie abstürzen. Im letzten Moment bekam sie die Terrassenkante zu fassen. Die Balkontür wurde wieder geschlossen.

Wiebke glitt auf die Terrasse und duckte sich sofort, während sie ihre Hände und Unterarme ausschüttelte, um die Sauerstoffversorgung der Muskeln wieder anzukurbeln. Mehrere Türen waren zu sehen. Das Licht zeichnete klare Linien auf den Fliesenboden. Sie schlich zur ersten Tür und blickte durch das Fensterglas. Dort saß ein Mann, beinahe nackt. Nur ein dünner Bademantel hing ihm über die Schultern. Eine Frau kniete vor ihm und hatte den Kopf in seinem Schoß. Das hier musste ein Bordell sein. Keine Frau würde sich ohne Bezahlung solch widerlichen Kerlen hingeben. Wiebke huschte zur nächsten Tür. Nun konnte sie die Stimmen von Böhm und dem jungen Mann hören.

»Ich kann das nicht«, sagte Böhm.

»Danach wird nicht gefragt. Der Befehl kommt von ganz oben«, sagte der junge Mann.

»Alpha One?«, fragte Böhm ungläubig. »Und warum wirst du dann geschickt?«

»Manche Dinge haben dich nicht zu interessieren. Und mich auch nicht. Wäre es dir lieber, wenn sie zu dir gekommen wäre? Oder Papa?«

Schweigen. Wiebke blickte durch die Glasscheibe. Der junge Mann saß auf der Bettkante. Böhm hatte sich abgewandt und schien zu überlegen. Dann schüttelte er den Kopf.

»Sie kommt nur, wenn ...«

»Dann doch besser ich, oder?«

Böhm nickte. »Gib mir den Umschlag. Ich werde sehen, was ich machen kann.«

Der junge Mann griff in die Innentasche seiner Lederjacke und holte einen zerknickten Umschlag hervor, den er André Böhm reichte. Der riss das Papier sofort auf. Selbst aus der Entfernung konnte Wiebke erkennen, dass er blass wurde.

»Aber ...« Böhm wischte sich mit der Hand über den Mund.

»Was steht drin?«

Böhm knickte den Umschlag und ließ ihn in seiner Manteltasche verschwinden. »Geht dich nichts an, wenn man es dir nicht gesagt hat.«

»Warum bist du so gereizt?«

»Willst du das wirklich wissen? Ich sage es dir. Es war gut. Am Anfang. Wirklich gut. Endlich jemand, der meine wahren

Talente gesehen und gewürdigt hat, der mir Macht gab. Doch dann kamen die ersten Schatten. Die erste Gefälligkeit, die ich nicht gewähren wollte. Aber was sollte ich tun?« Böhm fuhr sich mit der Hand durch die Haare. »Was sollte ich denn tun? Ich habe so viel zu verlieren. Danach wollte ich aufhören. Ich wollte sogar alles zurückgeben, was die mir gegeben haben. Aber was glaubst du, haben die gesagt?«

Der junge Mann zuckte mit den Schultern.

»Gelacht haben die. Einfach nur gelacht. Sie hatten, was sie wollten. Die haben mich an den Eiern!«

Wiebke verspürte kein Mitleid. Sie hatte viele Menschen wie André Böhm kennenlernen müssen. Machtgeil, gierig, egoistisch. Und wenn jemand ihnen das gab, wonach sie gierten, waren sie berauscht, wurden süchtig. Doch nichts auf dieser Welt gab es umsonst, irgendwann kam die Rechnung. Mit mehr Macht stieg der Preis. Es war wie ein Strudel, aus dem niemand entkam. Es sei denn, man vernichtete sich selbst. Doch das tat kaum jemand. So funktionierten auch Demokratien, die auf Kapitalismus aufgebaut waren. Da gab es eine Landwirtschaftsministerin, die entgegen den Ratschlägen von Umweltverbänden entschied, obwohl dies ökologisch von Vorteil wäre. Aber was ökologisch war, nutzte nicht dem Geldbeutel der Massenindustrie und Großproduzenten. Und genau solche Unternehmer saßen der Ministerin im Nacken, denn sie war von ihnen abhängig, bewirtschaftete sie doch selbst einen großen Landwirtschaftsbetrieb. Es war ein Geben und Nehmen. Es wurde gelogen und betrogen. Machterlangung und Machterhalt waren die einzigen Ziele. Es ging nicht um das Wohl der Menschen, nicht um das Wohl der Tiere und auch nicht um das Wohl des Staates. Es ging darum, die Reichen noch reicher zu machen.

Und so, wie André Böhm aussah, musste er einen ziemlich hohen Preis zahlen. Wiebke hoffte inständig, dass dieses

Schwein litt. So sehr, dass er die Macht auskotzte, die er konsumiert hatte.

Wie ich euch alle hasse, dachte Wiebke. Da fiel ihr dieser bekannte Spruch ein:

Lächle, du kannst sie nicht alle töten.

Was für ein blöder Scheißspruch.

Töte, du kannst nicht immer lächeln.

Das war die passendere Formulierung.

»Ich kann Papa sagen, dass die Sache so gut wie erledigt ist«, sagte der junge Mann.

Böhm nickte, dann blickte er auf die Uhr. »Ich brauche dein Auto.«

»Was?«

»Quatsch nicht und gib mir die Schlüssel. Wenn ich die Sache in der vorgegebenen Zeit erledigen soll, muss ich schnell in die Stadt. Nimm dir ein Taxi. Wir treffen uns später im *Al Nabiu*. Dann bekommst du deinen Wagen zurück.«

Al Nabiu? Noch nie gehört. Wiebke zog sich langsam zurück. Im Raum nebenan lutschte die Frau dem widerlichen Typen immer noch den Schwanz. Entweder war sie nicht gut darin, oder er war ein impotentes Arschloch. Wiebke tippte auf die zweite Alternative. Männer, die in Bordelle gingen, waren nicht besser als Männer wie André Böhm. Die Machtgeilheit fand hier nur auf einer anderen Ebene statt.

Während Wiebke nach einer guten Möglichkeit zum Runterklettern suchte, sah sie, wie Böhm mit einem Audi R8 vom Parkplatz fuhr. Dunkelblaumetallic mit goldenen Felgen, eine Protzkarre für Kriminelle. Oder für Menschen mit schlechtem Geschmack.

Sie wartete ein paar Minuten, aber es fuhr weder ein Taxi vor noch kam der junge Mann nach draußen. Wahrscheinlich hatte er sich kurzfristig für ein ganz besonderes Vergnügen entschieden. Wenn er schon mal hier war.

Auf dem Parkplatz standen noch ein paar Autos. Wiebke wählte einen BMW Touring. Es dauerte nicht lange, bis sie die Fahrertür geöffnet und die Zündung kurzgeschlossen hatte. Als sie beschleunigte, prallten aufgewirbelte Steine gegen die geparkten Autos. Es war ihr vollkommen bewusst, dass dies zutiefst infantil war, aber es bereitete ihr diebische Freude, den Bordellbesuchern den Lack zu beschädigen.

Während der Fahrt in die Innenstadt zog sie ihr Mobiltelefon hervor und rief Bellheim an.

»Wo sind Sie, verdammt?«, meldete er sich.

»Keine Ahnung. Irgendwo zwischen hier und dort.«

»Geht es etwas genauer?«

»*Club Frivol.*«

»*Club Frivol*? Was haben Sie denn da gemacht?«

»Zugesehen, wie eine schöne Frau einem schmierigen Typen den Schwanz lutscht. Und was machen Sie so?«

»Dogan ist im Krankenhaus. Sie haben ihn übel zugerichtet.«

»Na und? Er ist ein Verräter.«

»Hören Sie, Wiebke. Das sind einige Straftaten, die Sie begangen haben. Entführung. Freiheitsberaubung. Gefährliche Körperverletzung. Das kann mit bis zu zehn Jahren Freiheitsstrafe geahndet werden.«

»Dann zeigen Sie mich doch an.«

Die Leitung rauschte. Bellheim erwiderte kein Wort.

»Dann hätten wir das ja geklärt«, sagte Wiebke trocken.

»Sie schlagen einen falschen Weg ein.«

»Ganz im Gegenteil. Ich habe den richtigen Pfad gefunden. Sagt Ihnen ein Ort mit dem Namen *Al Nabiu* etwas?«

»Wie kommen Sie darauf, dass es ein Ort ist?«

»Sagen wir es mal so, zwei Männer, die beide um die Krone im Arschlochsein kämpfen, wollen sich dort treffen.«

Wieder rauschte die Leitung. Dieses Mal sagte Bellheim etwas, bevor Wiebke weitersprach.

»Wer?«

»Ein junger Mann mit schlechtem Sinn für teure Autos.«

»Und der andere?«

Dieses Mal war es Wiebke, die nicht sofort antwortete. Sie starrte auf ihre Hände am Lenkrad.

»Das wollen Sie nicht wirklich wissen«, sagte sie schließlich. »Ist besser so.«

»Böhm.« Eher eine Feststellung als eine Frage.

»Das haben Sie jetzt gesagt.«

»Ich muss es wissen.«

»Warum? Was ist das für ein Ort? Was ist das *Al Nabiu?*«

»Offiziell ein gehobenes libanesisches Restaurant. Ein beliebter Treffpunkt für die Reichen und Schönen. Auch gerne Station für ein Abendessen nach einer parlamentarischen Sitzung für die Abgeordneten des Bundestages.«

»Ist das Steak da mit Blattgold umwickelt?«

Bellheim ließ sich nicht weiter provozieren. »Laut nicht gesicherten Quellen ist das *Al Nabiu* jedoch noch etwas anderes. Es soll nämlich dem Paten des Al-Marabi-Clans gehören.«

»Der Pate? Wird der Papa genannt?«

»Ja. Woher wissen Sie das?«

Natürlich. Der junge Mann, mit dem sich Böhm getroffen hatte. Es war Wiebke ungewöhnlich vorgekommen, dass dieser im Gespräch von einer Frau und von Papa gesprochen hatte. Alles andere passte. Die protzige Karre, sein Akzent und auch das Bordell, wo sie sich getroffen hatten. Er war ein Laufbursche eines kriminellen arabischen Clans.

»Kommen Sie von selbst drauf, Bellheim?«

»Spielen Sie keine Spielchen mit mir.« Seine Stimme wirkte nun bedrohlich. Das beeindruckte Wiebke jedoch nicht im Geringsten. Sie unterbrach das Gespräch.

10

Berlin, 17:11 Uhr MEZ

JOSEF BELLHEIM STARRTE den Telefonhörer in seiner Hand an und schüttelte den Kopf.

»Einfach aufgelegt!« Er spürte die Wut und knallte den Hörer auf das Telefon.

»Wohin fährt sie?«, fragte Dogan.

Bellheim blickte ihn an. Wiebke hatte wirklich ganze Arbeit geleistet. Dogans Gesicht war geschwollen, eine Hand verbunden. Doch das waren nur die äußeren Verletzungen. Wie sehr seine Seele gelitten hatte, wollte Bellheim sich nicht einmal ausmalen.

»Sie sollten gar nicht hier sein«, sagte er.

Dogan schüttelte den Kopf. »Genau hier bin ich richtig.«

»Was haben Sie der Ärztin erzählt?«

»Irgendwas von einer Rockergang.« Er lachte rau. »Die hat sofort gefragt, ob es ein fremdenfeindlicher Übergriff gewesen sein könnte.«

»Und?«

»Ich war kurz versucht, aber das hätte unerwünschte Ermittlungen nach sich gezogen. Offiziell bin ich ein Fremdgänger, der sich die falsche Rockerbraut ausgesucht hat. Frau Doktor war skeptisch, hat es aber schlussendlich geschluckt.«

»Und trotzdem sollten Sie sich ausruhen.«

Dogan deutete auf den Telefonhörer. »Werden Sie mit dieser Wiebke alleine fertig?«

»Muss ich wohl.«

»Was wollen Sie denn machen? Sie ist nicht mehr zu stoppen.« Wie zur Bestätigung hob er die verbundene Hand. »Hab es am eigenen Leib gespürt.«

»Sie glaubt, dass Sie ein Verräter sind.«

»Hätten Sie ihr nicht ...«

»Nein!« Bellheim schnitt ihm mit einer Handbewegung das Wort ab.

»Ich meine ja nur. Hätte mir einiges erspart.«

»Sie wussten, worauf Sie sich da einlassen.« Bellheim lehnte sich im Schreibtischstuhl zurück. »Nur wie stoppe ich sie jetzt?«

Beide Männer schwiegen. Die Stille lastete nicht nur auf Bellheims Schultern, das spürte er. Auch Dogan rieb sich die Handflächen und starrte zu Boden.

»Müssen wir das denn?«, fragte er.

»Was meinen Sie?«

»Sie stoppen. Müssen wir das?«

Bellheim neigte den Kopf zur Seite. »Wie sicher sind Sie, dass André Böhm der Verräter ist?«

»Ich würde sagen, dass ich so sicher bin, wie Wiebke es ist. Aber das wäre eher eine bizarre Beschreibung der Situation.«

»Ist es wohl«, sagte Bellheim trocken.

»Wussten Sie eigentlich, dass der *Club Frivol* tatsächlich dem Al-Marabi-Clan gehört?«

»Wie kommen Sie jetzt darauf?«

»Geben Sie es mal ins Routenprogramm ein. Und als Zieladresse die Wohnanschrift vom Böhm.«

Bellheim zog die Augenbrauen zusammen.

»Machen Sie es mal, und sagen Sie mir, was Ihnen auffällt.«

Bellheim setzte sich aufrecht hin und ließ mit einem Tastendruck den Computer aufwachen. Es dauerte, bis auf dem Bildschirm der Bundesadler erschien. Darunter stand die Aufforderung, das Passwort einzugeben. Bellheims Finger flogen über die Tastatur. Eine Kombination aus Groß- und Kleinbuchstaben, Zahlen und Sonderzeichen. Danach öffnete er mit einem Mausklick das Routenprogramm. Als Start gab er *Club Frivol* ein. Offenbar kein gutes Bordell, durchschnittlich zwei Sterne in der Bewertung. Als Zielort definierte er Böhms Adresse. Danach klickte er auf den Start-Button. Einen Wimpernschlag später war das Ergebnis da.

»Aber das sind ja nur ein paar Kilometer!«

»Und wenn man durch das Wäldchen geht, ist der Puff zu Fuß in fünfzehn Minuten zu erreichen.«

Bellheim sog Luft durch die Zähne.

»Das haben Sie nicht gewusst?«, fragte Dogan.

»Nein. Das habe ich nicht gewusst. Aber das sagt gar nichts aus. Ihre Wohnung liegt auch über einem Dönerladen, der mit den Steuern trickst und vom illegalen Gewinn die DHKP-C finanziell unterstützt.«

»Vielleicht finde ich das ja gut und kaufe deshalb dort regelmäßig mein Mittagessen.«

Dogan bemerkte den finsteren Blick, den Bellheim ihm zuwarf. Er hob die Hände und grinste.

»Kleiner Scherz.«

Bellheim hatte mehrere Gedanken gleichzeitig. Normalerweise hielt er den Sturm in seinem Kopf aus, aber nicht heute. Egal welchen Gedanken er zu Ende dachte, er kam immer zum gleichen niederschmetternden Ergebnis: Es war André Böhm, die Nummer zwei in der Gruppe 64, sein engster Vertrauter. Er war der Verräter, hinter dem Saskia Meinert her gewesen war. Nur hatte auch sie den letzten Schluss nicht gezogen. Entweder hatte sie etwas übersehen, oder sie hatte es nicht wahrhaben wollen. Sogar Bellheim wollte es jetzt nicht akzeptieren, obwohl es klar auf dem Tisch lag. Aber wie hatte die Gegenseite Böhm ködern können? Oder gab es keine Gegenseite und der Feind kam von innen? Doch Bellheim traute weder dem großkotzigen Bundesnachrichtendienst noch dem kleingeistigen Verfassungsschutz zu, solch perfide Spielchen zu spielen. Die verrotteten in ihrem Muff aus Vorschriften und Papierkram. Deswegen gab es ja die Gruppe 64.

»Auf der anderen Seite ist der *Club Frivol* für ein konspiratives Treffen etwas zu nah an seiner Wohnanschrift.«

Bellheim schüttelte den Kopf. »Es ist genau richtig.«

»Weshalb?« Dogan wollte aufstehen, setzte sich aber sofort wieder hin. Sein Gesicht war schmerzverzerrt.

»Weil es gegen jede Regel und bei näherer Betrachtung viel zu offensichtlich ist. Deshalb ist der *Club Frivol* genau richtig.«

»Dann sind Sie sicher, dass Böhm die Laus in unserem Pelz ist?«

Bellheim schüttelte den Kopf. »Es sind Indizien. Puzzleteile, die noch zusammengefügt werden müssen. Aber es deutet einiges darauf hin.«

Dogan stand auf. Dieses Mal hielt er dem Schmerz stand. Zwar verzog er das Gesicht und hielt sich die Rippen, doch er blieb stehen. »Und was machen wir jetzt?«

»Sie machen gar nichts. Gehen Sie nach Hause und unterstützen Sie die DHKP-C, indem Sie einen großen Dönerteller mit Pommes und Salat bestellen. Vielleicht noch zwei oder drei Ayran dazu?«

»Sie schicken mich weg? In dem Moment, auf den wir monatelang hingearbeitet haben?«

Bellheim blickte Dogan in die Augen. Es war eine Mischung aus Frust, Enttäuschung und Wut, wobei die Wut zu überwiegen schien. Er war ein guter und loyaler Mitarbeiter und ein großartiger Mensch. Wenn man Hilfe benötigte und der kleine

Finger reichen würde, gab Dogan freiwillig die ganze Hand. Aber seine Rolle war nun zu Ende erzählt. Er hatte sie gut gespielt, verdammt gut sogar, und trotzdem hatte es nicht gereicht. Er war nicht mehr nützlich. Jedenfalls nicht in seinem derzeitigen Zustand.

»Hören Sie«, sagte Bellheim. »Was Sie getan haben, haben Sie sehr gut gemacht. Aber sehen Sie sich doch an. Sie können kaum stehen! Wie wollen Sie auf dem Posten sein, wenn es losgeht?«

Dogan schüttelte den Kopf. Er wischte sich mit der Hand über die Haare. »Und jetzt?«

»Gibt es jemanden, der Sie pflegt, oder soll ich jemanden organisieren?«

»Ich bekomme Nutten frei Haus? Das ist cool.«

»Ich glaube nicht, dass ein häuslicher Pflegedienst ...«

»War ein Scherz. Ich bin glücklich verheiratet.« Dogan humpelte in Richtung Tür.

»Warten Sie!« Da war noch etwas, was Bellheim unbedingt wissen musste. »Was haben Sie der Meinert erzählt?«

Dogan drehte sich zu ihm um. »Alles. Ich habe ihr alles erzählt. Sie kann aber auch verdammt überzeugend sein.«

»Wirklich alles?«

»Nicht den Grund für das Ganze hier.«

Bellheim nickte. Erst wollte er noch etwas sagen, ließ es dann aber bleiben. Doch Dogan blieb an der Tür stehen.

»Wir sind im Krieg, oder?«

Bellheim blickte ihn lange an.

»Noch nicht.«

»Es ist so still.«

»Die modernen Kriege sind nicht laut. Sie werden heimlich geführt, mit lautloser Effizienz. Aber das Ergebnis ist immer das gleiche: Ein Staat versucht, einen anderen Staat zu vernichten. Und das Leid trägt immer die Bevölkerung.«

Nach einem kurzen Zögern verließ Dogan das Büro. Bellheim fühlte die Stille. Sehr bald schon würde es hier für immer still sein. Das Ende rückte näher. Scheitern fühlte sich einfach nur beschissen an.

Das Klingeln des Telefons ließ ihn zusammenzucken. Er öffnete den Videocall auf dem Touchscreen, und ein adretter junger Bursche mit Bürstenhaarschnitt und geschwungenen Lippen erschien. »Entschuldigen Sie die Störung. Hier ist jemand, der Sie sprechen will.«

»Wer ist es?«

»Kristine Stiller. Sie sagt, es sei dringend.«

»Lassen Sie sie reinkommen.«

Es dauerte nur kurz, bis Kristine vor seinem Schreibtisch stand. Sie wirkte angespannt.

»Sind Sie gerannt?«, fragte Bellheim.

»Wie kommen Sie nur darauf?« Die Politikerin ließ sich in den Stuhl fallen, in dem kurz zuvor Dogan gesessen hatte. Kristine runzelte die Stirn.

»Sie hatten Besuch«, sagte sie.

»Kommt gelegentlich vor.« Bellheim faltete die Hände, als wolle er beten, was er aber nie tat. Er war Atheist. Es lag nicht daran, dass er den Gedanken verabscheute, ein höheres Wesen sei für all das hier verantwortlich. Es war mehr die Religion als Erfindung des Menschen, denn egal, wie sehr Nächstenliebe oder Hilfsbereitschaft bei einer Religion im Vordergrund standen, es gab immer auch etwas Absolutes, Ausschließendes. Du darfst keinen Gott neben mir haben. Und dieser Absolutismus führte unweigerlich zu Fanatismus. Wie viele Menschen waren schon im Namen irgendeines Gottes gestorben? Wie vielen Menschen war Leid zugefügt worden? Und was bekam man dafür? Einen schwachen Trost, dass die eigene Existenz nach dem Tod der körperlichen Hülle nicht zu Ende war. Dass dort ein Licht war oder irgendwas anderes. Im Jenseits gab es Belohnungen. Jungfrauen zum Beispiel oder einen Biervulkan, je nachdem, welchem Gott man folgte. Zuerst musste man aber das Diesseits überstehen, auch Jammertal genannt. Durchhalten war die Devise.

»Störe ich Sie?«, fragte Kristine.

Bellheim fühlte sich, als wäre er aus einem Sekundenschlaf aufgewacht, was er wahrscheinlich auch war.

»Es war etwas viel in letzter Zeit«, antwortete er. »Was führt Sie zu mir?«

»Herbert Menger ist wieder draußen.«

»Ich weiß. Erster Haftprüfungstermin. Nicht ungewöhnlich. Seine Konten sind eingefroren, das Barvermögen beschlagnahmt. Der Anwalt hat dem Haftrichter klarmachen können, dass Menger nicht ins Ausland reisen kann. Somit ist der Haftgrund Fluchtgefahr weggefallen.« Bellheim regte sich nicht mehr über so was auf. Das war Demokratie. Die Freiheit des Menschen war unverletzlich. Und wenn der Staat in dieses Grundrecht eingriff, musste es verdammt gute Gründe dafür geben. Aber für manche passten die Vorschriften einfach nicht. Wie für Menger. Er hätte ruhig noch länger in der Zelle schmoren können. Doch so war es nun mal. Vor dem Gesetz waren alle gleich, Ausnahmen gab es nicht und durfte es auch nicht geben. In einem Rechtsstaat mussten sich die Menschen auf die juristische Ordnung verlassen können.

»Er hat mich aufgesucht«, sagte Kristine.

»Menger hat was?« Bellheim lehnte sich vor. »Das ist ungewöhnlich. Der Richter hat ein paar Auflagen erlassen. Unter anderem die, dass er sich nicht den Zeugen nähern darf. Ich dachte, er hätte verstanden.«

»Offenbar nicht. Er hat mir aufgelauert.«

»Was wollte er denn?«

»Kontakt. Mit Wiebke oder mit Ihnen.«

Bellheim hob eine Augenbraue.

Kristine Stiller zupfte ihr Kopftuch zurecht. »Eigentlich nur mit Frau Meinert. Sie gingen zur Not auch, hat er gesagt.«

So weit war es also schon gekommen. Er war ein Ersatzspieler, ein Notnagel. Nach all dem, was er geschafft und was er dafür bezahlt hatte. Er war nicht immer alleine gewesen, doch dies war eine andere Geschichte. Die Geschichte einer Entscheidung.

»Wissen Sie, wo Wiebke Meinert ist?« Kristine riss ihn aus seinen Gedanken.

»Nein. Sie ist AK.«

»AK?«

»Außer Kontrolle. Und das nicht nur in einer Hinsicht.«

»Seit sie das Video mit ihrer Schwester ...?«

Bellheim nickte. »Wiebke wird Saskia finden.«

»Da wird sie aber viele Steine umdrehen müssen.«

»Um die Steine mache ich mir keine Sorgen.« Bellheim lachte kurz. »Ich mache mir um die Menschen sorgen, die zwischen ihr und ihrer Schwester stehen.«

Kristine nickte und schwieg. Sie blickte zur Seite, als ob sie noch etwas auf dem Herzen hätte. Wenn sie etwas mitteilen wollte, musste es von ihr kommen. Wenn nicht, war es entweder nicht wichtig, oder sie vertraute ihm nicht. Offenbar hatte sie seine Blicke gespürt, denn sie schaute ihn an. Sie lächelte mit dem Mund, aber ihre Augen wirkten besorgt.

»Da ist noch was«, sagte sie. »Felix zu Breitenberg hat mich zum Kaffee eingeladen. Er hat mir ein Angebot gemacht. Eins, das ich angeblich nicht ablehnen kann.«

»Und welches wäre das?«

»*Alpha Intelligence Marketing* hat angeblich Interesse an mir. Der CEO von Deutschland will etwas mit mir besprechen.«

»*Alpha Intelligence?*« Bellheim glaubte es nicht. Diese Nachricht war wie ein Sechser im Lotto. Beinahe dem gesamten Geheimdienstverbund der Europäischen Union lagen Hinweise vor, dass *Alpha Intelligence Marketing* möglicherweise von der CIA zur politischen Einflussnahme genutzt wurde. Somit war diese Firma der Dolch hinter dem Rücken des falsch lächelnden Freundes. Anders waren der kometenhafte Aufstieg und die hermetische Abschottung nicht zu erklären. Diejenigen, die mit *Alpha Intelligence* zusammenarbeiteten, waren verschwiegen wie der stumme Diener eines grausamen Grafen. Und nun saß Kristine vor Bellheim. Sie war der Zugang, nach dem er so lange gesucht hatte. Doch das würde böse Folgen für sie haben.

»Ich weiß, was Sie denken«, sagte Kristine.

»Was denke ich denn?«

»Ob Sie mich drängen sollten, diesen Termin wahrzunehmen. Dieser Firma haftet der Geschmack von Verrat an. Bevor Sie fragen, es ist ein Gefühl und nicht belegbar.«

»Wenn Sie die treffen, gibt es zwei Möglichkeiten.«

»Die wären?«

Bellheim war sicher, dass Kristine Stiller wusste, welche Möglichkeiten vor ihr lagen. Aber offensichtlich wollte sie es aus seinem Mund hören.

»Wenn Sie dorthin gehen, um mit denen zu arbeiten, sind wir miteinander fertig.«

»Was ja nicht das Schlechteste wäre.« Sie wischte imaginären Staub von der Schreibtischplatte. »Und die andere Möglichkeit?«

»Wenn Sie dorthin gehen, um mit uns zu arbeiten, wird es Sie zerstören. Politisch auf jeden Fall. Was dann mit Ihrem Privatleben wird, kann ich nicht abschätzen.«

»So schlimm?« Kristine zog die Augenbrauen hoch. »Sie glauben, dass *Alpha Intelligence Marketing* der Antichrist ist?«

»Nein«, erwiderte Bellheim. »Viel schlimmer.«

Sie schaute ihn mit großen Augen an. Man sagt, die Augen seien der Spiegel der Seele. Wenn das stimmte, herrschte in Kristine Stiller ein absolutes Gefühlschaos.

»Ich habe noch eine dritte Möglichkeit«, sagte sie mit einer Stimme, die dünner war als Herbstlaub.

»Und die wäre?«

»Ich gehe meinen eigenen Weg. Ohne Sie, ohne die Verrückte und auch ohne *Alpha Intelligence*.«

»Das wäre ein Plan«, sagte Bellheim.

»Ein verdammt guter Plan«, sagte Kristine.

»Hat aber nur einen Haken.«

»Und welchen?«

»Die haben Sie jetzt auf dem Schirm. Die schicken einen ihrer Schuhlecker zu Ihnen, um das Angebot zu unterbreiten.«

»Einen ziemlich wichtigen, mächtigen und einflussreichen Schuhlecker.«

»Da haben Sie recht.« Bellheim nickte. »Aber eben nicht mehr als das.«

»Erzählen Sie mir nicht, dass die Firma beleidigt ist, wenn ich nicht anbeiße.«

»Beleidigt ist das falsche Wort. Sie kennen doch die Amis. Die leben nach dem Motto: Was nicht mir gehört, nehme ich mir, oder ich zerstöre es.«

Dieses Mal dauerte das Schweigen länger und wog schwerer. Und scheinbar waren die imaginären Staubkörner auf Bellheims Schreibtischplatte mehr geworden.

»Wie lange habe ich für die Entscheidung?«

»Wann will sich Menger mit uns treffen?«

»Hängt das alles zusammen?«

»Vielleicht.«

»Austin Hotel. Zimmer 317. Acht Uhr morgen früh.«

»Dann sollten Sie sich jetzt entscheiden.«

»Warum?«

»Anscheinend ist es wichtig, was Menger uns mitteilen will, sonst hätte er nicht so schnell gegen seine richterlichen Auflagen verstoßen. Ich muss sicher sein, auf welcher Seite Sie stehen.«

»Aber wenn es wichtig ist, warum hat er es mir nicht direkt gesagt?«

»Sie vergessen, dass Menger ein Spion war, ein verdammt guter Spion sogar. Diese Information, die er zweifelsohne hat, ist sein Ass. Würden Sie das Ass sofort spielen, um einen kleinen Betrag zu gewinnen? Der wäre Ihnen zwar sicher, aber eben nicht der Hauptgewinn? Oder würden Sie warten, ob da mehr drin ist?«

»Aber dann kann man auch alles verlieren.«

»Das ist die Natur eines Spielers.«

»Und die eines Spions?«

Bellheim nickte. »Ja, auch die eines Spions.«

Er spürte so etwas wie Nervosität, das war ungewohnt. Wann hatte er so etwas das letzte Mal gespürt? Kurz vor seiner Hochzeit? Oder war es bei der Scheidung gewesen?

»Wie entscheiden Sie sich?«, fragte er.

11

Hamburg, sechs Monate zuvor

DIE LÖSCHARBEITEN WAREN beendet, aber die Straße zur Einfahrt der Tiefgarage war noch immer voll gesperrt. Fahrzeuge der Feuerwehr und der Polizei standen kreuz und quer auf der Fahrbahn. Dazwischen war ein Fahrzeug des städtischen Bauamts. Der Mitarbeiter musste prüfen, ob durch die Hitzeentwicklung die Statik des Hauses beeinträchtigt war. Beinahe perfekt für Bellheim. Er lenkte den Wagen an den Straßenrand und parkte.

»Was machen wir jetzt?«, fragte Theresa, die während der Fahrt sämtliche Newsticker zum Vorfall auf einem Tablet überwacht hatte.

»Du kümmerst dich um Desinformation. Streu unter den Pressevertretern Gerüchte, vergiss dabei aber nicht die Wahrheit.«

»Die Wahrheit?«

»Zwischen all den Lügen erscheint diese mitunter noch unglaublicher. Und wenn jemand auf die Spur der Wahrheit kommt, kann man ihn als Verschwörungstheoretiker abstempeln.«

»Wie das?«

»Im Wust von richtig oder falsch wird jemand, der die Wahrheit erkennt, sich auch auf falsche Informationen stützen, um diese zu beweisen. Das ist der Ansatzpunkt, um ihn zu diskreditieren.«

Theresa packte das Tablet ins Handschuhfach. »Und wenn das nicht reicht?«

»Dann haben wir immer noch die guten alten Methoden.«

Theresa stieg aus. Ihr Aussehen war atemberaubend. Wahrscheinlich brauchte sie nur mit einem Auge zu zwinkern, und alle Zweifel über ihre Lügen waren wie weggeblasen. Die Journalisten würden ihr verfallen und ihre Unwahrheiten drucken oder über den Äther schicken. Theresa war perfekt, beinahe zu perfekt.

Bellheims Mobiltelefon klingelte. Auch wenn die Nummer unterdrückt war, wusste er trotzdem sofort, wer anrief. Als Leiter eines illegalen Geheimdienstes, von dem nicht viele Menschen wussten, gab es nur wenige Menschen, die ihm etwas zu sagen hatten. Noch weniger, nicht mal eine Handvoll, kannten diese Nummer. Bellheim spürte seinen Herzschlag bis in den Hals. Er zögerte. Aber was brachte das? Es war unvermeidlich.

»Bellheim.«

»Sie sind vor Ort?« Das war keine Frage, sondern ein Befehl. Und sie hatte nicht einmal gefragt, was los war. Sie wusste es schon.

»Wir haben gerade Maßnahmen eingeleitet.«

»Ist bestätigt, dass es eine Ihrer Mitarbeiterinnen war, die zu Tode gekommen ist?«

»Bisher nicht. Laut Berichterstattung ist ihr Fahrzeug explodiert. Offenbar hat ein Zeuge gesehen, dass meine Mitarbeiterin im Fahrzeug saß.«

»Man darf nicht alles glauben, was man sieht.«

»Ich kümmere mich«, sagte Bellheim. Er wollte schon auflegen, aber seine Gesprächspartnerin war noch nicht fertig.

»Unter keinen Umständen darf das bekannt werden. Ich riskiere viel dabei.«

»Seien Sie versichert, dass wir das verhindern werden. Die Gruppe 64 wird ein Mythos bleiben, eine Erfindung von Aluhutträgern und Verschwörungstheoretikern.«

Sie antwortete nicht mehr, die Leitung war tot. Bellheim steckte das Gerät zurück in die Innentasche seiner Jacke und blickte durch die Windschutzscheibe. An den provisorischen Absperrungen hatten sich Trauben von Schaulustigen gebildet. Alles lief gesittet, vielleicht deshalb, weil alle sensationellen Bilder schon gemacht waren. Bellheim verstand die Motivation der Schaulustigen nicht. Jeder Mensch war neugierig, und niemand sagte etwas gegen einen kurzen Blick auf ein Unglück. Doch das, was sich in den letzten Jahren entwickelt hatte, war reine Perversion. Für Bellheim waren die Medien schuld, die der immer perverseren Sensationsgier der Menschen nachgekommen waren. Und die sozialen Medien, die aufgrund fehlender Kontrolle zu einem Ort für Soziopathen und Spinner geworden waren. Jeder konnte die krudesten Verschwörungstheorien posten. Zur Explosion in der Tiefgarage hatte sich binnen vier Stunden eine Unzahl von Theorien gebildet. Leider war die Wahrheit darunter.

Aber was war schon die Wahrheit? Bellheim hatte im Studium eine ganze Hausarbeit diesem Thema gewidmet. Es war eine hoch philosophische und äußerst interessante Fragestellung. Mit ihr verknüpft war die Frage, ob man lügen durfte. Er tat es jeden Tag, und es gefiel ihm. Sonst wäre er nicht das, was er war. Bellheim stieg aus und näherte sich einem Polizeibeamten, der an einem der Absperrpunkte stand.

»Darf ich hier nicht durch?«, fragte er den Beamten. Eine wirklich dämliche Frage, aber sie wurde immer wieder gestellt.

»Nach was sieht es denn aus?« Der Polizist ließ die aufgerauchte Kippe fallen und trat sie aus.

»Ich muss ins Gebäudc«, sagte Bellheim.

»Da rein?« Der Beamte deutete mit dem Daumen über

seine Schulter. »Aber klar. Gerne. Soll ich für Sie die Absperrung wegräumen, damit Sie nicht drunter durchkriechen müssen?«

»Wie freundlich von Ihnen. Ich sage es ja immer: die Polizei, dein Freund und Helfer.« Bellheim versuchte ein dümmliches Grinsen.

»Da haben Sie was falsch verstanden.« Der Beamte schüttelte den Kopf. »Das heißt: Mein Freundchen, ich helfe dir gleich.«

»Aber Sie haben doch gerade gesagt, dass ich ...«

»Meine Fresse, wie dämlich sind Sie eigentlich? Glauben Sie etwa, ich stehe hier zum Spaß? Noch mal: Das ist eine Absperrung! Soll ich es buchstabieren?«

»Ach, das meinen Sie. Ich habe mich noch gar nicht vorgestellt. Mein Name ist Brettermayer.«

»Ist mir scheißegal. Gehen Sie mir einfach nicht auf den Sack, ja? Wenn Sie hier wohnen, tut es mir leid, dass Sie nicht nach Hause können. Da vorne ist aber ein Bus der Feuerwehr. Da sitzen Leute drin, die sich für das interessieren, was Sie zu erzählen haben. Es gibt auch Getränke. Haben Sie verstanden, was ich damit sagen will?«

Bellheim nickte. »Ich fürchte nur, dass Sie mich durchlassen müssen.« Er holte ein braunes Ledermäppchen aus der Innentasche seiner Jacke und klappte es vor den Augen des Polizisten aus, so wie Cops in amerikanischen Filmen das immer machten. Vielleicht nicht ganz so cool.

»Was zeigen Sie mir da?«

»Einen Ausweis. Ich arbeite für die Freie und Hansestadt Hamburg. Bausachverständiger. Mein Spezialgebiet ist die Postbrandschadensermittlung. Der Kollege vom Bauamt hat mich angefordert.« Bellheim deutete ungefähr in die Richtung, in der das Fahrzeug des Bauamts parkte. »Hab den Namen vergessen. Herr ... äh ... mir liegt es auf der Zunge.«

»Das muss ich abklären«, sagte der Polizist. Seine Hand bewegte sich schon zum Piker, den er an seine Schulterklappe geklemmt hatte. Am Funk war die Hölle los, sodass der Beamte nicht durchkam. Und genau darauf hatte Bellheim gesetzt. Er grinste wieder dümmlich.

»Sie müssen tun, was Sie tun müssen, Herr Inspektor«, sagte er.

»Wie war noch mal der Name?«

»Brettermayer. Sachverständiger für Schäden nach Brandsachverhalten. Beauftragt vom Bauamt Hamburg.«

Der Polizist probierte noch einmal, zwischen das Funkgewitter zu kommen. Es gelang ihm aber nicht.

»Scheiß drauf«, sagte er. »Der Zugang zur Tiefgarage ist dort hinten.«

»Vielen Dank, Herr Inspektor.«

Bellheim nickte freundlich und ging an dem Polizisten vorbei, doch dieser hielt ihn noch mal auf. Bellheim blickte zur Hand, die seinen Oberarm umklammerte.

»Ist noch was?«, fragte er.

»Ich bin kein Inspektor«, sagte der Beamte.

»Wie meinen Sie das?«

»Den Dienstrang gibt es in Deutschland nicht. Ich bin Polizeioberkommissar.«

Bellheim presste die Lippen aufeinander. »Natürlich«, sagte er dann. »Ich komme aus der Schweiz. Tut mir leid.«

»Sie sind mir ein lustiger Vogel. Passen Sie auf, dass Ihnen nicht die Decke des Parkhauses auf den Kopf fällt.«

Zwei Schritte später interessierte sich Bellheim nicht mehr für den Schwachkopf, der nicht mal für eine äußere Absperrung geeignet war. Ab hier hielt ihn niemand mehr auf, weil alle davon ausgingen, dass er sich legal in diesem Bereich befand. Bellheim schaute sich um und erblickte die Zufahrt zur Tiefgarage. Er suchte nach Überwachungskameras und fand eine schräg gegenüber. Sie war auf den Eingang der dortigen Weinhandlung gerichtet, aber wenn er Glück hatte, war der Winkel so eingestellt, dass ein Teil der Straße und somit auch das Ende der Tiefgaragenauffahrt aufgenommen wurden. Der Ladenbesitzer stand am Schaufenster und beobachtete das Treiben mit einer Tasse in der Hand. Ein mondäner Mann in Tweedanzug und Weste. Das weiße Hemd war an den Ärmeln hochgekrempelt, die ersten beiden Knöpfe geöffnet. Er erinnerte Bellheim an eine alte Werbung für Parfum.

Das Türglöckchen klingelte hell, als Bellheim das Geschäft betrat. Es roch nach altem Holz und nach Whiskey.

»Ist der Dienst so schlimm?«, fragte der Weinhändler.

»Ich wünsche Ihnen auch einen guten Tag.«

»Ich meine ja nur. Wollen Sie für jetzt was kaufen oder für heute Abend. Ich habe nämlich noch geschlossen.«

»Ich konnte die Tür ohne Probleme öffnen«, sagte Bellheim. »Und Alkohol klingt verlockend, aber nicht im Dienst.«

»Ihre Kollegen waren schon da und haben nach den Kameraaufnahmen gefragt.«

»Doppelt hält besser, oder?«

Der Weinhändler stellte die Tasse ab. »Haben Sie sich schon ausgewiesen?«

»Wenn es unbedingt sein muss.« Bellheim zeigte ihm eine Kriminaldienstmarke.

»Bundeskriminalamt? Es ist also doch ein terroristischer Anschlag.«

»Ein was?«

»Kam gerade im Radio. Ein Anschlag kann nicht gänzlich ausgeschlossen werden.«

»Bei der Explosion eines Autos in einer Tiefgarage kann man das nie. Und nur, weil jemand vom BKA hier ist, ist das noch lange keine Bestätigung für einen Anschlag.«

»Was kann ich denn für Sie tun?«, fragte der Weinhändler.

»Ich möchte mir ein Bild von den Kameraaufnahmen machen. In welchem Winkel nimmt die denn auf?«

»Streng nach Vorschrift nur die Ladenfront. Alles andere wäre illegal.«

»Darf ich mir die Aufnahmen trotzdem mal ansehen?«

»Wenn Sie drauf bestehen. Ihre Kollegen haben aber schon nichts entdeckt.«

»Vier Augen sehen mehr als zwei.«

Er zuckte mit den Schultern und führte Bellheim hinter die Ladentheke, die aus alten Weinfässern bestand. Von dort betraten sie durch einen schweren Vorhang ein kleines Büro. Es roch nach Kaffee, die Kanne stand auf einer kleinen Heizplatte. Daneben war ein Computerbildschirm, der den Eingang des Geschäfts zeigte.

»Zufrieden?«, fragte der Weinhändler.

»Dürfte ich eventuell einen Kaffee haben?«

»Sicher.« Der Weinhändler drehte Bellheim den Rücken zu und öffnete einen Wandschrank.

Bellheim schaute sich das Bild genauer an. Da war was! In der großen Glasfront spiegelte sich die Auffahrt der Tiefgarage.

»Haben Sie was entdeckt?« Der Weinhändler stellte die dampfende Kaffeetasse neben Bellheim auf den Tisch.

»Seit wann sind Sie hier?«

»Seit ungefähr acht Uhr? Keine Ahnung. Ich mache immer den Bürokram, bevor ich öffne.«

»Haben Sie etwas mitbekommen?«

»Machen Sie Witze? So eine Explosion kann man gar nicht überhören.«

»Wann war das genau?«

Der Weinhändler knetete seine Oberlippe mit Daumen und Zeigefinger, bevor er antwortete. »So zwischen zwanzig und zehn vor neun Uhr, würde ich sagen.«

»Ich würde gerne die Aufnahmen aus der Zeit sehen. Ist das möglich?«

Mit der Computermaus klickte sich der Weinhändler durch ein Menü. Auf dem Bildschirm erschien ein neues Fenster mit Zeitleiste. Er startete die Aufnahme ab 08:40 Uhr. Bellheim achtete auf die Spiegelung in der Fensterfront. Viel los war um die Zeit nicht. Aber dann sah er den Mann, der die Auffahrt hinunterrennen wollte und beinahe von einem schwarzen Mercedes überfahren wurde.

»Halten Sie die Aufnahme mal an und spulen in Zeitlupe zurück. Danke. Stopp!«

Der Weinhändler runzelte die Stirn. »Was sehen Sie denn da?«

Bellheim griff zur Maus. »Darf ich?«

»Tun Sie sich keinen Zwang an.«

Bellheim vergrößerte den Ausschnitt, den er besser sehen wollte. Es war zwar etwas undeutlich, aber trotzdem erkennbar: das Kennzeichen des Mercedes. Es ähnelte den europäischen Kennzeichen, aber wenn Bellheim sich nicht täuschte, war das eine libanesische Zulassung. Auf dem blauen Balken war verschwommen ein heller Fleck zu erkennen. Eventuell die Libanon-Zeder. Daneben war in schwarzer Schrift ein »S« zu erkennen, gefolgt von sechs Ziffern. Sidon im Südlibanon. Die viertgrößte Stadt, deren Name übersetzt Fischerstadt hieß und die schön am Mittelmeer gelegen war. Allerdings gab es dort nicht nur Fischer. Bellheim wusste von mindestens drei libanesischen Großfamilien, die nun in Deutschland lebten und ihre eigene kriminelle Parallelwelt aufgebaut hatten. Nachdem er sich das Kennzeichen notiert hatte, schloss er die Überwachungssoftware.

»Wie haben Sie das denn gesehen? Sind Sie James Bond, oder was?« Der Weinhändler war sichtlich beeindruckt.

»Ganz sicher nicht. Ich habe mehr als sechs Persönlichkeiten.« Bellheim wandte sich zum Ausgang.

»Ihr Kaffee.«

»Das hat sich erübrigt. Haben Sie vielen Dank für Ihre Hilfe, und bitte bewahren Sie Stillschweigen hierüber. Es handelt sich vorerst um verdeckte Ermittlungen. Ein frühzeitiges Bekanntwerden dieses Ermittlungsergebnisses würde die polizeiliche Arbeit ungemein erschweren.«

Der Weinhändler nickte stumm. Jetzt wirkte er nicht mehr ganz so mondän, sondern eher verunsichert. Bellheim hatte, was er brauchte. Aber was machte ein dunkler Mercedes mit libanesischer Zulassung an einem Ort, der nur eine Minute später zu einem Tatort wurde? Und wenn es Bezüge zu einem arabischen Verbrecherclan gab, wurde der Scheißhaufen, vor dem Bellheim stand, einfach nur immer noch größer.

Als er auf den Gehweg trat, stand plötzlich Theresa neben ihm. Sie hatte ihre Hände lässig in den Hosentaschen.

»Um durch die Absperrung zu gelangen, brauchte ich nur meine Titten etwas hervorzustrecken. Was ist Ihre Legitimation?«

Bellheim reichte ihr den Zettel mit der Notiz. »In Ermangelung von Titten habe ich meinen Kopf angestrengt.«

»Das eine schließt das andere ja nicht aus. Was ist das?«

»Kurz vor der Explosion raste tatsächlich ein Mercedes aus der Tiefgarage. Das ist das Kennzeichen. Würden Sie es überprüfen lassen?«

»Ist schon so gut wie erledigt.« Sie las die Notiz. »Libanon? Distrikt Sidon? Ich weiß zwar nicht genau, wo das ist, aber ich weiß, dass von dort der Al-Marabi-Clan kommt.«

»Ganz sicher?«

»Vor ein paar Tagen kam eine als geheim eingestufte Mail vom BND. Da ging es um verstärkte Aktivitäten von Angehörigen des Al-Marabi-Clans. Diese sollen möglicherweise einen geheimdienstlichen Hintergrund haben.«

»Verbrecher als Spione?«

»Gab es jemals andere Spione?«

Bellheim neigte den Kopf zur Seite. »Wir sind hier fertig. Lassen Sie uns fahren.«

»Wohin?«

»Zur Gerichtsmedizin. Ich bin mir nicht mehr so sicher, dass die Tote tatsächlich Saskia Meinert ist.«

»Und wenn es jemand anderes ist?«

»Dann darf niemand erfahren, dass Saskia noch lebt. Dafür müssen wir sorgen.«

»Und wieder einmal wandle ich über Leichen.«

Bellheim blieb stehen und blickte Theresa eindringlich an. »Wenn es nötig ist, auch das«, sagte er scharf.

12

Nowaja Semlja, später

IVAN HATTE ZOJA immer und immer wieder befragt, aber sie hatte keine Antworten auf all seine Fragen. Ihr brannte die Kehle, und in ihrem Kopf pochte der Schmerz. Es fühlte sich an, als wollte jemand von innen ihre Augen herausdrücken.

»Ich möchte etwas trinken«, sagte sie.

Ivan trommelte mit den Fingerkuppen auf den Tisch. »Und ich will ein paar Antworten. Wir bekommen nicht immer das, was wir wollen.«

Zoja biss sich auf die Unterlippe. Was wollte der alte Sack? Verdammt! Auf dem Tisch lagen von Schüssen zerstörte elektronische Geräte, von denen Zoja nicht mal die Bezeichnung, geschweige denn den Nutzen kannte. Mit Ausnahme des Laptops.

»Hören Sie«, sagte sie mit matter Stimme. »Sagen Sie mir einfach, wofür all diese Dinge zu gebrauchen sind. Dann gebe ich zu, dass ich was auch immer hier machen wollte. Ich will einfach, dass es vorbei ist. Verstehen Sie? Es soll vorbei sein! Ich will einfach nur meine Ruhe.«

Er fixierte sie mit seinem Blick. Das hatte er in den letzten Stunden mehrmals getan. Und jedes Mal folgte dann eine neue Frage. Oder eine vorherige Frage erneut. Zoja merkte die Tränen, die in ihren Augen brannten. Sie hielt es nicht mehr aus. Sie hielt ihn nicht mehr aus.

»Sie wissen es wirklich nicht, oder?«

Eine Frage, die Hoffnung in Zoja aufkeimen ließ. Vielleicht war es doch bald vorbei.

»Das sage ich Ihnen doch die ganze Zeit. Meine Erinnerungen sind Sequenzen, die beliebig verknüpft werden können. Und manchmal weiß ich nicht, ob die Sequenzen tatsächlich passiert sind oder ihrerseits nur Erinnerungen an etwas sind, was ich nicht wirklich erlebt habe.«

Ivan runzelte die Stirn. »Erklären Sie mir das.«

»Wie denn?« Zoja suchte nach Worten, die das erklärten, was sie ausdrücken wollte. »Es ist wie die Erinnerung an ein gutes Pen-&-Paper-Rollenspiel. Man hat ein Abenteuer mit seinem Spielcharakter erlebt. Später erinnert man sich daran und weiß nicht, ob man es tatsächlich gespielt hat oder ob man das Abenteuer aus einem Film oder einem Buch kennt. Ich weiß, der Vergleich hinkt. Man weiß, dass es nicht die Realität sein kann, wenn man eine schurkische Elfin spielt. Aber anders weiß ich es nicht zu erklären.«

»Haben Sie denn Pen & Paper gespielt?«

Jetzt war es Zoja, die die Stirn runzelte. Was sollte diese Frage? Welches Ziel verfolgte er damit?

»Ja, wahrscheinlich. Als Jugendliche, glaube ich.«

»Wie kommen Sie darauf?«

»Vielleicht weil sich meine Erinnerungen sonst nicht so anfühlen würden? Ich weiß es nicht.«

»Ich glaube, dass Sie auf dem besten Weg sind, Ihr Gedächtnis zu reaktivieren.«

»Weil ich mich daran erinnere, Pen&Paper gespielt zu haben? Wohl eher nicht.«

So etwas wie ein Lächeln huschte über das Gesicht des Russen.

»Elfen«, sagte er dann. »Was fällt Ihnen ein, wenn Sie an Elfen denken?«

»Ich weiß nicht, worauf Sie hinauswollen.«

»Elfen sind doch eher die Guten in den Märchen und Sagen, oder etwa nicht?«

»Ich weiß immer noch nicht, was Sie meinen.«

»Sie haben schurkisch gesagt. Eine schurkische Elfe. Das scheint mir eine Erinnerung aus Ihrer Jugend zu sein. Vielleicht fällt Ihnen ein, mit wem Sie gespielt haben. Mit Ihrer Schwester vielleicht?«

Was sollte die Sache mit der Schwester? Zoja hatte keine Schwester. Sie hatte gar keine Geschwister. Aber konnte sie sich dessen so sicher sein? Sie konzentrierte sich auf die schurkische Elfe. So dämlich es klang, dies war vielleicht der Schlüssel zu ihren Erinnerungen.

Zoja hatte Pech gehabt. Der Dungeonmaster hatte tatsächlich verlangt, dass die körperlichen Attribute ausgewürfelt werden. Zoja hatte die kleinstmögliche Variante einer Elfe erwürfelt, und somit war Elytreia zu schmächtig für eine Kriegerin und nicht weise genug für eine Zauberin. Aber Elytreia war geschickt, sie würde eine Diebin werden. Der Dungeonmaster hatte darauf hingewiesen, dass Diebe in seiner Welt als Schurken bezeichnet wurden. Elytreia war also eine schurkische Elfe.

»Ist Ihnen etwas eingefallen?« Ivan schaute auf seine Armbanduhr.

»Nein«, sagte Zoja. Sie log nicht, weil sie verhindern wollte, dass Ivan etwas erfuhr. Sie log, weil da etwas war, was sie beschäftigte. Zoja erinnerte sich an eine Zwergin mit langem Bart und Haaren auf den Schultern. Die Spielerin hatte beim Würfeln mehr Glück gehabt und die größtmögliche Variante eines Zwergs erwürfelt. Somit war diese Spielfigur größer als Zojas Elfe. Aber das war es nicht, was sie an dieser Erinnerung beschäftigte. Es war die Tatsache, dass sie Gefühle für die Spielerin der Zwerge hegte. Geschwisterliche Gefühle. Aber auch noch etwas anderes. Sie hatte das Gefühl, als wäre ihr die Schwester genommen worden.

Die Metalltür zum Verhörzimmer wurde geöffnet, Oberst Sadonova trat ein. Sie ging an Zoja vorbei und flüsterte Ivan etwas ins Ohr. Der wirkte kurz, als ob er nachdachte, dann nickte er.

»Ist alles vorbereitet, Frau Oberst?«

Sadonova schien Zoja mit ihren Augen ausziehen zu wollen.

»Ich habe den Befehl mit größtem Vergnügen ausgeführt.«

Zoja spürte förmlich die Wut, die in diesen Worten lag. Egal, was Sadonova vorbereitet hatte, es würde sicher nicht angenehm für Zoja werden. War es jetzt schon nicht, aber schlimmer ging immer.

»Sind Sie bereit für eine kleine Reise?«, fragte Ivan.

»Hab ich eine Wahl?«

»Man hat immer eine Wahl. Sie könnten sich zum Beispiel wehren. Ich glaube, dass Frau Oberst Sie mit dem größten Vergnügen erschießen würde.«

»Wohin geht es?«

»Nach Moskau. Der Leiter der Spionageabwehr hat großes Interesse an Ihrer Geschichte.«

»Meiner Geschichte? Ich habe keine Geschichte.«

»Und doch sind Sie hier mit all diesen Spielzeugen.« Er machte mit der Hand eine ausholende Bewegung über den Elektroschrott auf dem Tisch.

»Wie schon gesagt, ich weiß nicht einmal, wofür all die Dinge da sind.«

»Sagt Ihnen der Name Root Vox etwas?«

Zoja schüttelte den Kopf.

»Das ist eine russische Hackergruppe, die es vor ein paar Jahren angeblich geschafft hat, in die Rechnerstruktur des

Deutschen Bundestages zu gelangen. Mehr als sechzehn Gigabyte Daten wurden gestohlen. Sensible Daten, über deutsche Agenten zum Beispiel. Und auch über verdeckte Verteidigungsausgaben.«

»Warum erzählen Sie mir das alles?«

»Weil es von hier aus passiert ist.« Ivan stand auf und breitete die Arme aus wie ein Immobilienmakler, der eine Villa verkaufen will. »Das hier ist das Herz der russischen Cyberattacken. Das ist Root Vox.«

»Jetzt kenne ich aber das Geheimnis. Müssen Sie mich jetzt erschießen?« Zoja knirschte mit den Zähnen.

»Das hier ist nicht der Showdown eines Films, in dem der Bösewicht dem Helden den Plan zur Erlangung der Weltherrschaft verrät. Ich erzähle Ihnen das, damit Sie verstehen. Root Vox wurde auch beschuldigt, den letzten Präsidentschaftswahlkampf in den USA manipuliert zu haben, mit dem Ziel, einen Schwachkopf an die Spitze der sogenannten freien Welt zu bekommen.«

»Haben Sie es getan?«

Ivan lachte und schüttelte den Kopf. »Wir hätten es gekonnt, brauchten es aber nicht, weil die Amis es selbst geschafft haben, einen Schwachkopf zu wählen. Was ist das nur für eine Welt, die von nazistischen Idioten regiert wird? Amerika. Türkei. Syrien.«

»Russland?«, fragte Zoja.

Ivan schenkte ihr einen Seitenblick und lächelte. »Ich erkenne, dass Sie das Prinzip verstanden haben.« Er schaute auf die Uhr. »Ein paar Minuten geben wir Frau Oberst noch für die letzten Vorbereitungen. Möchten Sie in der Zwischenzeit etwas fernsehen?«

»Was?«

»Ich möchte Ihnen etwas zeigen.« Er reichte Zoja einen Tablet-PC. »Sie brauchen nur den Start-Button zu drücken.«

Als Zoja dies tat, startete die Aufnahme eines jungen Mannes. Er musste etwa Mitte dreißig sein, trug Nickelbrille mit Goldrand und hatte weiche Gesichtszüge. Und er stand am Rednerpult des Deutschen Bundestags.

»Wer ist das?«, fragte Zoja.

»Ein junger Schnösel, der glaubt, extrem schlau zu sein. Hat sich auf das große Spielfeld gewagt, dabei wäre er besser mal im Sandkasten geblieben.«

»Ich verstehe nicht.«

»Spulen Sie auf sieben Minuten und zwanzig Sekunden. Da fängt es an.«

Zoja tat, wie ihr geheißen. Der junge Politiker hatte sich in Rage geredet, auf seiner Stirn glitzerte Schweiß.

»Und deswegen«, sagte er und ballte eine Faust, »müssen wir gewappnet sein. Der Cyberangriff vor vier Jahren auf die Infrastruktur des Deutschen Bundestags war nur ein Test der Russen. Sie wollten wissen, wie weit sie gehen können, ohne Sanktionen zu erwarten. Nun bieten sie uns einen Deal an, den wir angeblich nicht ablehnen können. Eine Erdgasleitung, die die Grundversorgung unseres Landes gewährleisten soll. Quer durch Länder, die vom russischen Bären militärisch auf Linie gebracht wurden. Denken wir an die Krim. Denken wir an Belarus. Das Erdgas soll uns Deutsche unabhängig machen. Aber von wem? Natürlich. Von unseren amerikanischen Verbündeten. Wir sollen uns abwenden, unsere langjährigen Freunde im Stich lassen. Aber was passiert dann?« Er machte eine bedeutungsschwangere Pause. »Dann streckt uns der russische Bär mit einem Prankenhieb nieder.«

Die Abgeordneten des Bundestages wurden unruhig. Es gab vereinzelte Zwischenrufe, die aber von der Parlamentspräsidentin im Keim erstickt wurden.

»Warum ich das behaupte?«, fragte der Politiker, nachdem es wieder ruhig geworden war. »Weil ich es weiß. Wir stehen kurz vor einer wegweisenden Bundestagswahl. Die politische Kräfteverteilung hat sich verschoben, der Wahlausgang ist so unsicher wie nie zuvor. Genau dieses Klima unterstützen die Russen. Sie verstärken das Misstrauen mit einem erneuten Cyberangriff. Dieses Mal mit dem Ziel, unsere Wahl zu manipulieren.«

Ivan räusperte sich. »Sie können abschalten.«

»Warum sagt er so etwas?«

»Weil er davon ausgeht, dass Sie erfolgreich waren.« Er deutete wieder auf die Geräte, die auf dem Tisch lagen. »All das hier sollte dazu dienen, uns einen Cyberangriff unterzuschieben. So, wie man uns Mordversuche an Kremlkritikern unterschieben will.«

»Sie lügen!«

»Glauben Sie, wir sind so blöd, einen Ex-Agenten des GRU auf dem Flug von Berlin nach Moskau zu vergiften? Mit einer Substanz, die von unserem Geheimdienst entwickelt wurde? Nein, da steckt jemand anderes dahinter. Und dieser Jemand will das politische Klima in Europa ins Wanken bringen.«

»Und warum ausgerechnet Russland?«

»Ganz einfach«, sagte Ivan. »Weil man uns das zutraut und weil unser aktueller Präsident nicht besser ist als der wahnsinnige Diktator vom Bosporus.«

Es klopfte an der Tür. Oberst Sadonova stand dort, in voller Kampfmontur. In der Hand hielt sie eine Felljacke, die sie Zoja zuwarf.

»Wir wollen ja nicht, dass Sie erfrieren«, sagte Sadonova.

»Sollte ich nicht nach Moskau?« Zoja blickte Ivan an.

»Natürlich. Wir würden Ihnen auch gerne einen Hubschrauberflug anbieten, aber ich fürchte, dass der Pilot sich nicht noch einmal überreden lässt, durch diese weiße Hölle zu fliegen. Sie werden mit einem Lkw zur Küste gebracht. Dort wartet ein Schiff unserer Marine auf Sie.«

»Sie kommen nicht mit?«, fragte Zoja.

Ihr war nicht wohl dabei, alleine mit Sadonova und ihren Soldaten zu sein. Ivan war vielleicht nicht besser, aber Zoja hatte bei ihm zumindest das vage Gefühl von Geborgenheit. Schließlich hatte er sie vor der Folter durch Oberst Sadonova bewahrt. Und nun sollte sie wieder mit dieser schrecklichen Frau alleine sein. Niemand war da, um sie aufzuhalten. Zojas Unversehrtheit lag komplett in der Hand der Russin. Und das wusste sie und genoss es. Zoja las es in ihren Augen, Ivan offenbar auch.

»Dadaboev will sie«, sagte er zu Sadonova.

»Er will Informationen, die ich schon längst beschafft hätte, wären Sie nicht dazwischengegangen.«

»Halten Sie sich zurück.« Ivans Stimme hatte etwas Drohendes.

»Keine Angst«, sagte Sadonova. »Das Juwel wird in einem Stück bei Dadaboev ankommen. Versprochen.«

War Dadaboev der Leiter der Spionageabwehr? Wahrscheinlich. Zoja hoffte, dass dieser Mann sie aus der Hölle befreien würde, in der sie sich gerade befand.

»Aber danach gehört sie mir«, sagte Sadonova. »Der Gulag ist zu gut für sie.«

Sadonova brauchte zwei Sätze, um Zojas Hoffnung, diesem Wahnsinn zu entkommen, komplett zu zerstören. Zwei Sätze. Zwölf Worte. Ein vernichtetes Leben.

»Nicht träumen!« Sadonova packte Zojas Oberarm. »Wir haben nicht ewig Zeit.«

Soldaten nahmen Zoja in Empfang und stießen sie durch die Gänge bis zu einer Garage. Dort stand ein Lkw mit laufendem Motor. Erinnerungen wollten hervorbrechen, aber Zoja zwang sie nieder. Sie brauchte einen klaren Kopf. Der Weg von hier zum Militärschiff war ihre letzte Fluchtmöglichkeit. Aber was dann? Was, wenn sie entkam? Dort draußen herrschte eine lebensfeindliche Natur. Eisige Kälte, wilde Tiere, wahrscheinlich Eisbären. Zoja blickte zu Sadonova. Aber lieber tot, als die Gefangene dieser Frau zu sein.

»Denk nicht mal dran, Täubchen.« Die Russin hatte offenbar etwas bemerkt und auf Zojas Fluchtgedanken geschlossen. »In Moskau musst du nur sprechen können. Dazu benötigst du weder Arme noch Beine. Ich breche dir jeden Knochen, wenn du nur ein einziges Mal zu fliehen versuchst. Haben wir uns verstanden?«

Zoja antwortete nicht.

Sadonovas flache Hand explodierte in ihrem Gesicht.

»Ob wir uns verstanden haben?«

»Fick dich, Schlampe.« Ihre Wange brannte, sie schmeckte Blut auf der Zunge.

Zoja wurde von den Soldaten auf die Ladefläche des Lkw gebracht. Als die Garagentore geöffnet wurden, pfiff eiskalter Wind in die Halle. Der Lkw ruckte an und fuhr los.

13

Berlin, 19:55 Uhr MEZ

DAS *AL NABIU* war protzig. Der Schriftzug, der über dem Eingang prangte, überspannte den Baldachin und beide Fensterfronten. Die Fenster selbst waren mit schweren Gardinen verhangen, und die Außenfront war so verkleidet, dass das Gebäude wie ein Tempel aus *Tausendundeiner Nacht* wirkte. So etwas beeindruckte Wiebke normalerweise nicht, denn sie hatte schon zu häufig erlebt, dass überschwänglicher Protz nur heiße Luft zusammenhielt. Aber hier war es anscheinend angebracht, beeindruckt zu sein. Der Al-Marabi-Clan war einer der größten und mächtigsten arabischen Familienclans. Der Hauptsitz ihres Imperiums war Berlin, doch der Arm des Papa reichte europaweit. Sehr viel mehr wusste Wiebke nicht.

Die Angehörigen der Clans hatten ihr eigenes Gesetz der Straße. Dass die Polizei nichts zu melden hatte, machte es einfacher und schwerer zugleich. Einfacher, weil Wiebke nach den Regeln der Straße spielen konnte, wie es ihr beliebte. Und schwerer deshalb, weil auch ihre Gegner nach diesen Regeln spielen konnten. Und die änderten sich ständig. Der Kampf war also ein Sprung ins kalte Wasser.

Töte, du kannst nicht immer lächeln.

Wiebke presste die Lippen aufeinander. Sie zog die Kapuze ihres Pullis über den Kopf und schlenderte am Haupteingang des *Al Nabiu* vorbei. Neben den Säulen, die den Baldachin hielten, standen zwei Männer in Jeans und Lederjacken. Sie kontrollierten sporadisch ankommende Gäste, die über den bunten Teppich ins Restaurant wollten. War alles in Ordnung, klinkte der Jüngere der beiden ein rotes Seil aus der Verankerung und ließ die Gäste ein. Wiebke sah ein Schild, das auf eine geschlossene Gesellschaft am heutigen Abend hinwies. Nichts Ungewöhnliches für ein Restaurant, erst recht nicht für so ein protziges. Was Wiebke jedoch wunderte, war die Tatsache, dass die beiden Männer am Eingang offensichtlich Schusswaffen trugen. Die Ausbeulungen unter den Armen waren nicht ohne Weiteres zu erkennen, für ein geübtes Auge aber dennoch klar und deutlich. Was für eine geschlossene Gesellschaft brauchte bewaffnete Türsteher zum Schutz?

Aus dem Augenwinkel bemerkte sie, dass der eine Mann sie musterte. Hatte er sie erkannt? Unmöglich. Sie ging so unauffällig wie möglich weiter, spürte aber eine Bewegung hinter sich. Jemand folgte ihr. Sofort spannten sich ihre Muskeln an. Auf Höhe einer Seitengasse hatte er sie eingeholt.

»Hey, Puppe«, rief er. »Warte mal!«

Der jüngere der beiden Türsteher stand vor ihr wie ein Gockel bei der Balz.

»Meinst du mich?«

»Siehst du sonst wen?«

Sie schaute sich um und erblickte ein paar Passanten, aber es waren nicht viele. Und ganz sicher war niemand dabei, den der Türsteher als Puppe bezeichnen konnte. Jetzt machte er einen Schritt auf sie zu. Sie könnte sich ihm entgegenstellen, aber dann wäre sie aufgeflogen, bevor sie überhaupt begonnen hatte. Es blieb ihr nichts anderes übrig, als eine ganz normale Frau zu spielen. Eine Frau, die unsicher war und Angst vor dem Typen hatte. Auf so was standen diese Machoärsche.

»Was kann ich denn für Sie tun?«, fragte Wiebke.

»Da fällt mir sicher was ein. Du hast grad so komisch zu uns rübergeguckt.«

»Ich mag die Fassade des Restaurants. So etwas habe ich noch nie hier in Berlin gesehen.«

»Da gibt es libanesische Spezialitäten. Und dabei meine ich nicht nur das Essen.« Er kratzte sich tatsächlich zwischen den Beinen. »Interesse?«

Wiebke schüttelte den Kopf. Sie berührte ihren Ringfinger, als wäre dort ein Ring. »Ich bin vergeben.«

Der Türsteher machte einen Schritt auf sie zu. Wiebke wich zurück in die Seitengasse. Das entpuppte sich als schlechte Idee, denn dort gab es nur Müllcontainer, die nach vergammeltem Essen stanken. Eine Sackgasse. Was dort geschah, blieb auch mitten in der Stadt vor neugierigen Blicken verborgen. Wiebke spürte die raue Backsteinwand im Rücken.

»Zier dich nicht so. Dein Typ ist bestimmt ein Loser.«

»Ein Loser? Wieso?«

»Wer lässt schon eine so schöne Frau alleine?«

»Er wusste nicht, in was für eine üble Gegend mich mein Spaziergang führt.«

»Was meinst du damit?« Selbst im schwachen Licht war die pochende Ader an seiner Schläfe erkennbar.

»Üble Gegend, üble Typen.« Wollte sie nicht die Unsichere spielen? Daran musste sie wohl noch arbeiten.

»Verarsch mich nicht!«

»Ich wollte Ihnen nicht zu nahe treten. Ich möchte nur, dass Sie mich in Ruhe lassen.«

»Das will ich aber nicht.« Er grinste. Und dann stand er direkt vor ihr. Sie roch seinen säuerlichen Atem. Sofort schaltete sie auf Angriff, ballte die Hände zu Fäusten und spannte alle Muskeln an.

»Lass sie einfach in Ruhe, Alim«, sagte plötzlich jemand hinter ihm.

Der junge Türsteher drehte sich zu dem Sprecher um. Es war der Libanese, mit dem sich Böhm getroffen hatte.

»Sie möchte es nicht. Akzeptier das.«

Alim blickte zwischen Wiebke und Böhms Kontaktmann hin und her. Seine Unsicherheit war deutlich spürbar. Er war ein Macho durch und durch, ein Alpha, der glaubte, nur mit seinem widerwärtigen Grinsen jede Frau bekommen zu können. Gab er jetzt nach, wäre er nichts weiter als ein räudiger Hund mit eingezogenem Schwanz. Wiebke blieb wachsam. Sollte der Typ tatsächlich Leine ziehen, würde das ein ganz anderes Licht auf Böhms Kontakt werfen.

»Hassan, alles cool!«, sagte Alim. Er drückte sich von der Backsteinmauer ab und machte einen Schritt in Richtung der Müllcontainer. Gerne hätte Wiebke ihn auf ewig in einem davon verschwinden lassen, mit gebrochenem Jochbein und ein paar Zähnen weniger.

»Du wirst am Eingang gebraucht«, sagte Hassan.

»Schon gut.« Alim schlich davon.

Wiebke wartete, bis er die Gasse verlassen hatte.

»Danke«, sagte sie.

Hassan wischte sich beinahe schüchtern durch die Haare.

»Keine Ursache«, sagte er. »Alim ist eigentlich völlig in Ordnung. Aber manchmal ... die Hormone.«

»Ohne dich hätte ich nicht gewusst, wie das hier ausgegangen wäre.«

»Ach.« Hassan winkte ab. »Ihr Deutschen habt da so ein Sprichwort: Hunde, die bellen, beißen nicht.«

»Das sagt man wohl so.«

Sie betrachtete Hassan, der sich jetzt wahrscheinlich für ihren Retter hielt. Dabei hatte er Alim vor einer heftigen Abreibung bewahrt. Aber das mussten sie beide ja nicht wissen. Hassan stand in der Hierarchie des Familienclans offensichtlich über den Schwachköpfen, die vor dem Restauranteingang standen und Gäste kontrollierten. Wie weit oben, musste Wiebke noch herausfinden. Hassan war von jetzt an für sie nur ein Werkzeug, und kein allzu schlecht aussehendes noch dazu. Sein Körper wirkte durchtrainiert, er hatte feine, fast weiche Gesichtszüge, die ihm eine verschmitzte Freundlichkeit verliehen.

»Darf ich dich auf einen Kaffee einladen?«, fragte er. Seine Stimme zitterte. Er war nervös. Gut.

»Kaffee? Um die Zeit?«

»Es ist doch nie zu spät für Kaffee, oder?«

»Ich weiß nicht. Mein Freund macht sich ganz sicher Sorgen, wo ich bleibe.«

Er blickte zu Boden.

»Ein anderes Mal«, sagte Wiebke. »Soll ich dich anrufen?«

Das zog immer. Männer waren so einfach gestrickt. Heuchelte eine Frau etwas Interesse, hatte sie einen Mann schnell in der Hand. Hassan zog einen Stift aus seiner Jacke und hob einen Zettel vom Boden auf, wohl ein zerrissener Werbeflyer. Wiebke konnte darauf noch das Foto einer Küche erkennen. Hassan schrieb seine Nummer auf und reichte Wiebke den Zettel.

»Wann rufst du an?«, fragte er.

»Morgen oder so.« Sie zwinkerte ihm zu. Er lächelte.

»Bekomme ich deine Nummer?«

Jetzt lächelte Wiebke. »Morgen oder so.«

»Ich verlasse mich drauf«, sagte er.

»Ganz sicher.« Sie lächelte. »Jetzt muss ich aber los.«

Er nickte und drehte sich um. Da überlegte es sich Wiebke anders.

»Hey«, rief sie ihm nach.

Hassan kam zurück.

Sie tippte seine Nummer in ihr Handy und wählte. Kurz darauf klingelte es in Hassans Hosentasche.

»Jetzt hast du meine Nummer. Ruf mich aber nicht mitten in der Nacht an, okay? Mein Freund ist eifersüchtig. Der findet dich.«

Das Grinsen grub sich tief in Hassans Gesicht. »Soll er doch. Mit dem werde ich fertig.«

»Du kennst ihn doch gar nicht.«

»Ich werde mit jedem fertig.« Er zwinkerte ihr zu.

Hinter ihm rauschte eine schwarze Limousine vorbei. Das Motorengeräusch verstummte kurz danach, sodass Wiebke davon ausgehen musste, dass die Limousine vor dem *Al Nabiu* gestoppt hatte. Auf Hassans Gesicht erkannte sie die gleiche Vermutung, oder besser gesagt Befürchtung. Er blickte auf seine Armbanduhr. »Shit, ich muss los.«

Wer auch immer vorgefahren war, musste wichtig sein, denn Hassan schien Wiebke von einer Sekunde auf die andere völlig vergessen zu haben.

Sie schaute ihm nach, lehnte sich gegen die Backsteinmauer und blickte auf den Zettel mit der Telefonnummer.

Sie zerknüllte das Papier und warf es in einen der Container. Die Nummer hatte sie für alle Fälle im Kurzwahlspeicher ihres Telefons. Zwar hatte er nun auch ihre Nummer, aber da es den Anschluss in spätestens drei Tagen nicht mehr geben würde, nützte sie ihm nicht viel. Wiebke wechselte häufiger ihre Handynummer als manch andere ihre Unterhosen.

Von der Straße her hörte sie Stimmen. Der Neuankömmling war offenbar ausgestiegen und sprach nun mit Hassan. Aufgrund der Umgebungsgeräusche konnte sie allerdings nicht verstehen, was gesprochen wurde. Sie huschte zur Mauerecke und spähte auf die Straße. Hassan hielt für einen Mann im schwarzen Mantel die Tür zum *Al Nabiu* auf. Vor der schwarzen Limousine, einem Chrysler 300c, standen zwei Männer in schwarzen Anzügen und weißen Hemden. Junge Männer, eindeutig Mitglieder einer Elite-Security. Wiebke erkannte das anhand der fließenden und sich gegenseitig überlappenden Bewegungen. Diese beiden bildeten eine Einheit, eine Symbiose der Sicherheit. Wiebke musste vorsichtig sein. Ein Mann solchen Kalibers war kein Problem, zwei von der Sorte aber schon.

Blieb die Frage, wer der Mann im schwarzen Mantel war. Es gab nicht viele Menschen auf der Welt, die von Elite-Securitys bewacht wurden. Und keiner von denen, die Wiebke einfielen, passte zu einer Privatfeier in einem Restaurant, das ganz offensichtlich ein krimineller libanesischer Familienclan betrieb.

Sie schaute auf das Kennzeichen des Chrysler. Eine Zulassung des Landkreises Heidekreis in Niedersachsen mit einstelliger Ziffer. Auf den ersten Blick ein unauffälliges Kennzeichen, jedoch nicht für Wiebke. Seit dem Jahr 2012 wurden Fahrzeuge der diplomatischen Vertretung der USA in diesem Landkreis zugelassen. Klassische Diplomatenkennzeichen waren der US-Regierung zu auffällig und damit zu einem Sicherheitsrisiko geworden. Allerdings war das Kennzeichen ehrlicherweise ziemlich egal, wenn die gepanzerte Chrysler-Limousine selbst Aufmerksamkeit erregte. Dass die Zahl auf dem Nummernschild einstellig war, deutete auf einen hohen Botschaftsangehörigen hin. Daher also auch die Securitys. Aber was machte ein hoher Diplomat im *Al Nabiu?*

Wiebke zog sich in die Gasse zurück. Es gab nur einen Mann, der ihr jetzt helfen konnte. Sie wählte Bellheims Nummer.

»Ungünstiger Zeitpunkt«, meldete sich der Geheimdienstler.

»Es geht schnell, wenn Sie nicht viele Fragen stellen.«

»Ich stelle nur eine. Wo sind Sie?«

»Ich bin sicher, dass Sie das schon wissen. Ich stelle mir nur die Frage, warum Sie mich nicht aufhalten.«

»Was kann ich denn für Sie tun?«

Für Wiebke klang es, als wolle Bellheim ihrer Frage ausweichen. Über das Warum wollte sie sich später Gedanken machen.

»Ich brauche den Halter eines Chrysler mit einer Zulassung aus dem Heidekreis.«

Es knackte in der Leitung. Bellheims Schweigen zeigte Wiebke, dass er sofort wusste, um was es ging.

»Sie verbrennen sich die Finger. Es ist mir egal, was das für eine Nummer ist, die Sie da abziehen. Geht das schief, kann ich Ihnen nicht helfen.«

»Sagen Sie mir doch einfach, was ich wissen will.«

Sie gab das Kennzeichen durch. Am anderen Ende der Verbindung trat wieder ein kurzes Schweigen ein, gefolgt von einem Schnauben.

»Es gehört dem Leibhaftigen persönlich?«, riet Wiebke.

»Schlimmer. Sagt Ihnen der Name Arthur Bookwood etwas?«

»Nie gehört.«

»Er wird als aussichtsreichster Kandidat der Republikaner auf die nächste Präsidentschaftskandidatur gehandelt. Er ist genauso skrupellos wie der letzte Präsident, nur leider nicht so wahnsinnig dämlich. Bookwood ist ein ehemaliger CIA-Agent, ein Topspion.« Bellheim dachte kurz nach. »Will ich wissen, wo Sie das Kennzeichen gesehen haben?«

»Wahrscheinlich hoffen Sie, dass ich es nicht da gesehen hab, wo Sie mich gerade vermuten.«

»Ganz richtig.«

»Da muss ich Sie leider enttäuschen.«

Wieder dieses Knacken in der Leitung.

»Darüber müssen wir reden«, sagte Bellheim. »Aber nicht jetzt. Treffen wir uns morgen?«

»Ganz ehrlich? Ich weiß es noch nicht.«

Wiebke beendete das Gespräch. Die ganze Sache nahm keine

gute Wendung. Erst die Verbindung von André Böhm zum libanesischen Clan, und nun spielte plötzlich ein ehemaliger CIA-Agent mit.

14

Nowaja Semlja, später

ZOJA HATTE KURZ geschlafen. Als sie aufwachte, bemerkte sie, dass einer der Soldaten sie komisch anstarrte. Hatte sie geschnarcht? Das machte sie immer, wenn der Tag anstrengend gewesen war. Ein typisches Stresssymptom, jedenfalls nach Aussage der Ärztin. Für den Therapieerfolg sei es wichtig, diese Stressfaktoren zu vermeiden oder zumindest erheblich zu reduzieren. Sehr witzig, hatte Zoja gedacht. Die junge Ärztin hatte sicher keinen Job wie sie.

Zuallererst spürte Zoja die Kälte, die durch ihre Kleidung kroch. Der Lkw rumpelte über die Piste. Draußen war undurchdringliche Dunkelheit, aber auf der Ladefläche gab es etwas Licht von einer Neonröhre. Warum spürte sie diesen Schmerz in ihrer Seele? Diese Erinnerung ... War sie eine Mörderin? Hatte sie Leben genommen?

Ivan behielt wohl recht, wenn er sagte, dass ihre Erinnerungen langsam zurückkehrten. Aber ging das überhaupt? Ohne Therapie oder Medikamente? Ohne ärztliche Begleitung? Mitten im Nichts, umringt von Soldaten, auf dem Weg nach Moskau. Ein Weg, der sich wie der Gang zum Schafott anfühlte.

Eine Explosion erschütterte den Lkw. Sofort war die Luft erfüllt von gebellten Befehlen und peitschenden Schüssen.

Die Situation war chaotisch. Nur eins war klar: Sie wurden angegriffen. Ein Hinterhalt, schon wieder. Jemand packte Zoja am Arm und zog sie zur Ladeklappe. Im blendenden Licht von Scheinwerfern schubste irgendjemand sie in den Schnee. Die schweren Militärstiefel versanken dicht neben ihrem Kopf in der weißen Pracht. Zoja rollte sich auf den Rücken. Über ihr war ein junger Soldat, der mit seinem Sturmgewehr auf die Lichtlanzen der Autoscheinwerfer schoss. Zoja erkannte, dass der Hinterhalt sorgfältig geplant war. Die Autos standen im Wald versteckt. Ihr Licht leuchtete die Stelle aus, wo der Lkw gestoppt worden war. Gleichzeitig wurden die russischen Soldaten geblendet. Sie schossen quasi blind dorthin, wo sie die Angreifer vermuteten. Diese wiederum hatten zwischen den Felsen und Steinen genug Deckung.

Die Schüsse verstummten, der Körper des jungen Soldaten erbebte. Es dauerte, bis sein Blut den Schnee färbte. Als er fiel, begrub er Zoja unter sich. In diesem Moment kochte Panik in ihr hoch, als ob der Tod des jungen Russen eine Initialzündung für den unbedingten Lebenswillen war. Der Tod war allgegenwärtig, niemand war sicher. Und dann war da plötzlich Oberst Sadonova. In geduckter Haltung suchte sie Zoja. Die eingefrorene Entschlossenheit in ihrem Gesicht wurde von grausamer Freude abgelöst, als sie Zoja unter der Leiche des Soldaten entdeckte.

Zoja versuchte, unter der Leiche hervorzukriechen. Sie zog und riss, aber ihre Hüfte blieb eingeklemmt. Es wurde still um sie herum, als ob jemand die Lautstärke heruntergeregelt hätte. Dafür suggerierte Zojas Verstand ihr, dass sie das Knirschen des Schnees unter Sadonovas Stiefelsohlen hören könne. Endlich kämpfte sie sich unter der Leiche hervor. Ihr Atem kam stoßweise, ihre Muskeln brannten vor Erschöpfung. Sadonova war nur noch ein paar Schritte entfernt. Zoja liefen die Tränen übers Gesicht und gefroren auf der Haut. Das war es.

Ihr blieben nur noch wenige Atemzüge. Sadonova hob die Pistole und zielte.

Ein Schuss ertönte, aber das Projektil zischte knapp an Zojas Kopf vorbei. Sadonova machte zuckende Bewegungen und griff sich an den Hals, um den eine Schlinge lag. Einer der Angreifer musste sie ihr über den Kopf geworfen haben. Das Seil führte in die Hände zweier Gestalten, die auf dem Führerhaus des Lkw standen. Der Mann war Zoja fremd, aber das Mädchen kam ihr bekannt vor. Erst fiel es Zoja nicht ein, doch dann ... Das war unmöglich! Und wieder vermischten sich Realität und Fiktion. Der Mann und das Mädchen zogen an dem Seil, Sadonova hielt dagegen. Sie wehrte sich, hatte jedoch keine Chance. Ihr Körper schlug dumpf gegen das Fahrzeugblech. Sie strampelte verzweifelt und in Todespanik. Immer wieder suchte sie mit den Stiefelspitzen am Lkw Halt, rutschte aber wieder ab. Ein grausames Schauspiel mit unvermeidlichem Ende.

Dann wurde Zoja schwarz vor Augen.

15

Berlin, 20:15 Uhr MEZ

DAS GEBÄUDE WIRKTE protzig und bescheiden zugleich, war modern und althergebracht. Irgendetwas zwischen schön und hässlich, so wie das Stadtzentrum, in dem das Gebäude stand. Die Berliner Zweigstelle von *Alpha Intelligence Marketing* gab sich alle Mühe, jedem zu gefallen. Doch das graue Nieselwetter war nicht gerade hilfreich. In den Pfützen spiegelten sich die Lichter des Gebäudes.

Kristine zog den Mantel enger. Sie wollte es nicht zugeben, aber sie hatte Angst. Da waren Befürchtungen, die zum Teil sicher sogar begründet waren. Aber sie hatte sich entschieden und würde es durchziehen, auch wenn sie nicht viele Auswahlmöglichkeiten gehabt hatte. Letztendlich führten alle zum gleichen Ergebnis: dem Ende ihrer politischen Karriere. Das jedenfalls hatte Bellheim prophezeit. Ihr blieb nur die Möglichkeit, dem Untergang erhobenen Hauptes entgegenzutreten. Und das tat sie.

»Sind Sie sicher, dass das eine gute Idee ist?«, flüsterte sie in das winzige Mikrofon, das in den Falten ihres breiten Schals versteckt war. Der In-Ear-Kopfhörer wurde durch ihr Kopftuch verborgen.

»Haben Sie eine bessere?«, fragte Bellheim.

Kristine und er waren über den Babel-Messenger-Dienst

miteinander in Kontakt. Bei diesem Messenger waren zur Kommunikation weder Telefonnummern noch vorhandene Funkzellen nötig. Bellheim hatte es erklärt, Kristine hatte es aber ehrlicherweise nicht verstanden. Musste sie auch nicht. Es reichte zu wissen, dass die Mobiltelefone nun wie zwei Funkgeräte funktionierten. Niemand konnte das Gespräch zwischen ihnen nachverfolgen oder abhören. Und wenn man die Funkzellendaten bezüglich Kristines Nummer später durchsuchte, würde man nichts finden.

»Ist das alles wirklich nötig?«, fragte sie.

Bellheim zögerte. »Ganz ehrlich, ich weiß es nicht. Halten Sie sich an das, was wir besprochen haben.«

»Das bekomme ich hin.« Es war ja auch nicht viel. Eigentlich nur, dass Kristine mitspielen sollte. »Ich gehe jetzt rein.«

Sie spürte den Herzschlag bis zum Hals. Das Licht im Foyer war leicht orange und strahlte eine gewisse Wärme und Geborgenheit aus. Wahrscheinlich war das Absicht des Architekten.

Die Frau hinter dem wuchtigen und geschwungenen Tresen lächelte, als Kristine näher kam.

»Guten Abend, Frau Stiller. Sie sind doch Frau Stiller?«, sagte die Empfangsdame mit heller Stimme.

»Die bin ich.«

»Herr Mayer erwartet Sie schon.« Sie griff zum Telefonhörer und drückte eine Taste.

Mayer. Was für ein Allerweltsname, dachte Kristine. Wahrscheinlich war auch dies Absicht, wie alles hier. Die Wände waren dezent mit großformatigen und in Gold gerahmten Werbebildern verziert. Eine aufgehende Sonne, blühende Landschaften und eine von der Froschperspektive in den Himmel fotografierte Straßenschlucht, wahrscheinlich New York.

»Schöne Bilder, oder?«, sagte eine sonore Stimme in Kristines Rücken.

Sie drehte sich um und war überrascht. Hatte sie einen älteren Herrn im grauen Anzug erwartet, wurde sie enttäuscht. Herr Mayer trug zwar einen grauen Anzug, war aber ansonsten sehr adrett. Das weiße Hemd war am Kragen geöffnet, sodass der Ansatz des glatt rasierten Brustkorbs erkennbar war. Kristine schätzte ihn auf höchstens Mitte dreißig. Ein Dressman und der Schwiegersohntraum jeder Mutter. Kristine war beeindruckt. Trotzdem wurde sie das Gefühl nicht los, dass es für jeden Kunden von *Alpha Intelligence Marketing* einen maßgeschneiderten Herrn Mayer gab. Es war einfach alles zu perfekt. Der erste Eindruck zählte, und *Alpha Intelligence* machte seine Punkte gezielt am Anfang.

»Ich frage mich«, sagte Kristine, »was mir dieses Bild mitteilen will oder soll.« Sie deutete auf die aufgehende Sonne.

Herr Mayer neigte den Kopf zur Seite und lächelte. Jetzt musste Kristine an Zahnpastawerbung denken.

»Das ist interessant«, sagte er.

»Inwiefern?«

»Ich hätte gedacht, dass das Bild der Straßenschlucht eher Ihren Erwartungen entsprechen würde.«

»Ich empfinde es als kalt. Zu viel Glas und Beton.«

»Aufstrebend in den Himmel. So wie Sie es sind. Kometenhaft. Dafür stehen die Wolkenkratzer.«

»Und die aufgehende Sonne?«

Er lächelte wieder. »Bleiben wir doch bei den Wolkenkratzern.« Mit einer einladenden Geste zeigte er Richtung Fahrstuhl. »Wollen wir in mein Büro gehen? Dort ist es gemütlicher, und Sie bekommen einen Latte macchiato mit Hafermilch.«

»Sie haben sich aber gut informiert«, sagte Kristine.

Latte macchiato mit Hafermilch trank sie häufig am Ende eines langen Arbeitstages im *Krupps,* ihrem Stammcafé. Der letzte Besuch war allerdings schon zwei Wochen her. Sie dachte wieder an Uwe Templer, an seinen gewaltsamen Tod. Offiziellen Angaben zufolge war er in einen Bandenkrieg geraten und beim Versuch einzugreifen überfahren worden. Die Handvoll Menschen bei der Beerdigung war ein echtes Trauerspiel. Doch Kristine wusste um den Unterschied zwischen Sein und Schein. Sie wusste, dass die offiziellen Angaben zu Templers Tod nicht stimmten. Und sie hatte Wiebke bei der Trauerfeier gesehen. Abseits. Allein.

»Wir machen unseren Job«, sagte Mayer und deutete auf die geöffnete Fahrstuhltür. »Wenn ich bitten darf?«

Die Kabine war geräumig, was durch die komplette Verspiegelung noch verstärkt wurde. Als die Tür zuglitt, fühlte Kristine sich trotzdem eingesperrt.

Es gab kein Zurück mehr.

Der Fahrstuhl fuhr lautlos in die achte Etage. Der Flur war mit Teppich ausgelegt, die Wände öffneten sich mit jedem Schritt und wurden zu einem Großraumbüro mit Panoramablick auf Berlin. Von hier aus konnte man sogar den Reichstag sehen, der beinahe schlummernd und hell angestrahlt dastand. Das Zentrum der Macht.

»Beeindruckend, nicht wahr?«, fragte Mayer.

Kristine war unwillkürlich am Fenster stehen geblieben und hatte das Panorama betrachtet. Anfangs hatte sie Berlin gehasst. Die Menschen, das pulsierende Leben, den Dreck. Aber nach einiger Zeit hatte sie verstanden, dass Berlin genau so war – unvergleichlich. Berlin war etwas Besonderes, nicht nur wegen seiner Geschichte, die das Sinnbild des letzten Jahrhunderts war. Krieg. Zerstörung. Teilung. Auferstanden aus Ruinen. Es ging immer weiter, egal wie schlecht die Gegenwart sich anfühlte. Das war Berlin. Das machte die Menschen hier aus.

»Der Ausblick ist wirklich atemberaubend«, sagte sie zu Mayer und betrachtete dabei sein Spiegelbild in der Fensterscheibe. Wirklich ein schöner Mann. Kristine könnte glatt schwach werden, wenn sie denn auf Männer stehen würde. War das der erste Fehler, den *Alpha Intelligence Marketing* machte? »Die wissen alles über Sie«, hatte ihr Bellheim prophezeit. »Und die werden es einsetzen, um das zu bekommen, was sie wollen.«

Ja, bei *Alpha Intelligence* waren sie gut vorbereitet. Sie wussten, warum Kristine lieber Hafermilch in ihren Kaffee wollte. Genauso wie sie gewusst hatten, dass sie keine kitschigen Sonnenaufgangsbilder mochte. Dafür liebte sie die Bilder des renommierten japanischen Fotografen Yang Chong, der Mitte der Achtzigerjahre sowohl die beängstigende Größe als auch die beruhigenden Details der Millionenmetropole Tokio fotografisch in Schwarz-Weiß festhielt. Kristine hatte schon seit Jahren zwei Drucke von Chong über dem Bett hängen. Und trotzdem wurde sie nicht müde, die Bilder immer wieder zu betrachten. Aus diesem Grund hatte Mayer das Gespräch auf das Bild der New Yorker Straßenschlucht gelenkt.

Alpha Intelligence Marketing überließ nichts dem Zufall. Mayer hatte gezeigt, dass er Kristine kannte, dass sie keine Chance für eine Lüge hatte. Jetzt verstand sie auch, warum Bellheim und andere europäische Geheimdienste dieses ungefährlich wirkende Unternehmen im Auge behielten.

»Kommen Sie«, sagte Mayer. Er deutete auf eine geschwungene Tür und klopfte an. »Ich bringe Ihnen gleich den Latte macchiato mit Hafermilch.«

»Herein«, sagte eine Frauenstimme, die befehlsgewohnt und weich zugleich klang.

»Sie sind nicht der CEO?«, fragte Kristine an Mayer gewandt.

Der schüttelte den Kopf. »Ich fürchte nicht. Frau Simijon erwartet Sie.«

Das Büro wirkte wuchtig und detailverliebt. An der Wand hingen wieder diese Werbeplakate, die Kristine unten in der Empfangshalle schon gesehen hatte. Hier waren es jedoch ausschließlich Schwarz-Weiß-Fotografien urbaner Objekte. Frau

Simijon saß mit dem Rücken zur Tür, aber die Spiegelung in der Schreibe verriet Kristine, dass Frau Simijon eine wirkliche Schönheit war. Sie betrachtete offenbar das Panorama, das sich ihr bot.

»Wissen Sie, was das Schönste an Hochhäusern ist?«, fragte Frau Simijon.

»Sie werden es mir bestimmt verraten.«

»Alles liegt einem zu Füßen. Selbst der Reichstag.« Sie lachte. »Setzen Sie sich, Frau Stiller.«

Frau Simijon blickte weiterhin aus dem Fenster, statt sich zu Kristine umzudrehen. Der blieb nur der Blick auf die Rückenlehne des Stuhls. Kristine setzte sich auf einen der Sessel.

»An manchen Tagen kann man von hier oben den Smog sehen, der sich wie eine Glocke über Berlin legt.«

Kristine schlug die Beine übereinander. Da sie nicht genau abschätzen konnte, warum Frau Simijon ihr etwas über Umweltverschmutzung erzählte, antwortete sie nicht.

»Kennen Sie die CO_2-Untersuchung?«

»Welche?«, fragte Kristine. »Es gibt viele zu diesem Thema.«

»Die zum CO_2-Ausstoß der Dienstwagen von Spitzenpolitikern.«

»Ja, davon haben ich gelesen.«

»Wissen Sie, wessen Fahrzeug die größte Dreckschleuder ist? Es ist der Minister, den das eigentlich am meisten interessieren sollte.«

»Der Umweltminister?«

»Schon etwas absurd, oder? Würden Sie auf der einen Seite etwas predigen und es auf der anderen Seite selbst ignorieren?«

Kristine dachte an den Khartum-Skandal und verzog die Mundwinkel.

»Manchmal geht es nicht anders.«

»Aber meistens schon, oder?«

»Was soll das hier?« Kristine fuhr sich mit der Hand über

das Kopftuch. »Ich meine, Sie schicken einen Politiker zu mir, dessen Dienstwagen im Rahmen dieser Studie wahrscheinlich auch untersucht wurde, um mich hierher einzuladen. Und alles, was Sie mir bieten, ist die Rückenlehne eines Stuhls und ein bisschen Plauderei?«

»Wir haben Ihnen so viel mehr zu bieten, Frau Stiller. Unglaublich viel mehr.«

»Was? Und warum ich?« Langsam spürte sie so etwas wie Entrüstung. Entweder war Frau Simijon die unhöflichste Person, der Kristine je begegnet war, oder ihr Verhalten war von absoluter Arroganz bestimmt. Wahrscheinlich beides.

»Weil wir an Sie glauben.«

»Weshalb?«

»Sie haben in einer unmöglichen Situation eine Wahl getroffen, die gegen Ihre eigene Überzeugung war, weil Sie Menschenleben retten wollten.«

»Woher wollen Sie das wissen?«

Der Stuhl drehte sich endlich. Kristine stockte der Atem, als sie das Gesicht erblickte. Frau Simijon war noch schöner, als es die Spiegelung in der Schreibe angedeutet hatte.

Das sind alles Schauspieler!, dachte sie. Wahrscheinlich war Herr Mayer kein Sekretär und Frau Simijon nicht die Chefin. Vielleicht waren sogar die Namen falsch.

Sie überließen nichts dem Zufall. Natürlich sah Frau Simijon nicht wie ihre Sekretärin und heimliche Geliebte Amelie aus, aber eine gewisse Ähnlichkeit war da.

»Wir wissen alles über Sie«, sagte Frau Simijon.

Sie wussten definitiv sehr viel und gaben ihren Klienten damit ein Gefühl von Sicherheit. Gekonnt vermischten sie das Gewohnte mit dem Neuen. Eine gefährliche Mischung, denn wer da nicht aufpasste, traf Entscheidungen, ohne die Konsequenzen zu bedenken.

Genau so machten es gute Verführer.

Kristine merkte, dass ihr Mund trocken wurde. Sie presste die Lippen aufeinander und biss sich auf die Zungenspitze. Ein alter Trick, der ihr schon oft geholfen hatte. Der Biss regte nämlich die Speichelproduktion an.

»Sie sagen ja gar nichts.« Frau Simijon lächelte.

Verdammt! Dieses Lächeln war ein sündiges Versprechen.

»Was wird hier gespielt?«

»Wir möchten Ihnen eine Zusammenarbeit anbieten.«

»Die wollen Sie mir so angenehm wie möglich gestalten. So ist es doch, oder?«

»Zufriedenheit der Kunden ist unser oberstes Ziel.«

Alles in Kristine schrie, dass sie den Raum verlassen sollte, und zwar fluchtartig. Das hier war ein Spinnennetz, ein Labyrinth. Wer sich so weit vorwagte, war für immer verloren. Aber Kristine tat, was mit Bellheim vereinbart war: Sie biss an.

»Und wie weit geht diese Zufriedenheit?«

Frau Simijon lächelte noch breiter. »Wir stehen am Anfang unseres gemeinsamen Weges, Frau Stiller. Lassen Sie uns die ersten Schritte machen, und dann sehen wir weiter.«

Kristine wollte noch etwas sagen, doch es klopfte an der Tür. Herr Mayer kam herein, doch statt eines Tabletts mit Latte macchiato trug er einen mit Eiswürfeln und einer Flasche gefüllten Weinkühler in der einen und zwei leere Weingläser in der anderen Hand. Kristine blickte zwischen Frau Simijon und dem Champagner hin und her. Sie erkannte an der Banderole, dass es ein Jahrgangschampagner war. La Grande Dame Rosé. 2004. Der war sündhaft teuer, mindestens eintausend Euro die Flasche.

»Sie sind sich wohl ziemlich sicher, dass wir ins Geschäft kommen?«, fragte Kristine.

Frau Simijon nahm ihrem Sekretär den silbernen Kübel ab und zog die Flasche aus dem Eis.

Kristine beobachtete, wie diese beeindruckende Frau mit geschickten Handgriffen die Flasche öffnete. Der Korken ploppte heraus. Frau Simijon schenkte ein und schob ein Glas zu Kristine. Die rotgoldene Flüssigkeit perlte am dünnwandigen Weinglas hab.

»Nennen Sie mich Zoey, wenn Sie mögen.«

Alles wirkte falsch und surreal. Bellheim hatte sie ja gewarnt. War es schon zu spät?

Hatte Kristine Stiller sich verführen lassen?

Während sie an dem Champagner nippte, dachte sie an Felix zu Breitenberg. Ob Zoey auch ihn empfangen hatte? Er hatte sich auf jeden Fall blenden lassen. Diese kalkulierte Anbiederung hatte bei ihm funktioniert. Das Versprechen von Macht war einfach zu verlockend.

Kristine drehte das Weinglas zwischen ihren Fingern hin und her, dann musste sie lächeln. »Ich dachte, hier sei alles perfekt.«

»Ist es das nicht?«

»Das ist ein Weinglas. Wir trinken aber Champagner.«

»Wir präsentieren nicht, wir genießen. Und dazu muss man beim Trinken gleichzeitig schmecken und riechen können. Mit schmalen Gläsern geht das nicht.«

»Ist das so?«

»Aber wir sind nicht hier, um über zehn Dinge, die Sie wahrscheinlich nicht über Champagner wussten, zu sprechen.« Zoey stellte das Glas vorsichtig ab. Niemals, wirklich niemals hätte Kristine geglaubt, dass eine so profane Bewegung wie das Abstellen eines Glases so eine beinahe erotische Eleganz haben könnte. Diese ganze Inszenierung war ein einziger Werbeclip, und es gab nur ein Ziel.

»Wir wollen Sie«, sagte Zoey mit zarter Stimme, in der aber eine unmissverständliche Deutlichkeit mitschwang, die ausdrückte, dass Kristine nicht den Hauch einer Chance hatte, diesen Wunsch von *Alpha Intelligence Marketing* abzulehnen. Trotzdem versuchte sie es.

»Und wenn ich das gar nicht will? Ich meine, Sie schicken einen zufriedenen Kunden zu mir, um Ihre Einladung zu dem hier …« Sie breitete die Arme aus, als würde sie den Raum interessierten Mietern präsentieren. »Was ist das eigentlich? Ein Kennenlernen?«

Kristine sah deutlich Ärger, ja beinahe Wut über Zoey Simijons Gesicht huschen. Einen Wimpernschlag lang verrutschte die Maske und zeigte ihr wahres Gesicht.

»Ist irgendetwas nicht zu Ihrer Zufriedenheit«, fragte Zoey. Sie versuchte, ruhig zu bleiben, das war deutlich hörbar, doch es gelang ihr nicht so recht.

Kristine war kurz versucht, ihre Provokation fortzusetzen, aber das war nicht sie. Diese Coolness besaß sie gar nicht. Die ganzen politischen Debatten, die sie schon geführt hatte, waren keine Vorbereitung auf diesen Moment gewesen. Das hier war etwas völlig anderes. Diese schöne Frau in diesem beeindruckenden Büro, dazu der unglaubliche Champagner. Mehr als nur ein Hauch von möglicher Macht schwebte im Raum und war greifbar. Und trotz des Stöpsels im Ohr und dem Bewusstsein, dass Bellheim über das im Schal versteckte Mikrofon mithörte, spürte Kristine das Verlangen, nach dieser Macht zu greifen. Sollte sie Bellheim hintergehen? Sollte sie die Verbindung trennen, damit er nicht mehr hören konnte, was hier besprochen wurde?

»Es wird Ihre Vernichtung sein, wenn Sie da reingehen. So oder so. Entweder gehen Sie aufrecht zugrunde oder auf Ihren Knien. Das müssen Sie entscheiden.« Das waren seine Worte gewesen.

Kristine dachte lange darüber nach, was Macht mit den Menschen machte. Sie war so verlockend und hatte schon Unzählige ins Verderben gestürzt. Das Versprechen war einfach zu schön. Vielleicht war es ihr langes Schweigen, vielleicht war es aber auch einfach Bellheims Bauchgefühl, das ihn dazu veranlasste, in diesem Moment etwas über Funk zu sagen. Vielleicht war es auch einfach nur Zufall.

»Tun Sie das nicht, Kristine«, hörte sie seine Stimme im Ohr. »Das wäre ein großer Fehler.«

»Es tut mir leid«, sagte sie schließlich. »Es tut mir wirklich leid.«

Sie trennte die Verbindung. Zuerst hörte sie noch ein elektrostatisches Vibrieren, als würde Bellheim mit aller Macht versuchen, den Kontakt zu halten. Doch dann war auch dieses Geräusch verschwunden. Kristine Stiller konzentrierte sich voll und ganz auf das, was vor ihr lag.

16

Nowaja Semlja, später

AUCH WENN MAN ihn Helados, den Eisigen, nannte, war er nicht unbedingt ein Freund der frostigen Landschaft, durch die er gerade streifte. Er hasste dieses verfickte Eiland sogar. Vielleicht lag es daran, dass die Frauen hier wegen der Kälte nicht so leicht bekleidet herumliefen, wie er es gerne hätte. Andererseits wollte er diese Oberst Sadonova auch nicht wirklich im Bikini sehen. Das gab sofort Augenkrebs. Trotzdem suchte er sie. Schon vor einer Stunde hätte sie mit der Gefangenen am Zielort ankommen sollen. Zuerst hatte er sich mit dem Jeep durch den Schnee gekämpft, immer den Reifenspuren folgend, die der Lkw hinterlassen hatte, aber der Scheißmotor des Jeeps war abgesoffen. Und bei dieser Kälte bedeutete ein abgesoffener Motor, dass er erst mal nicht wieder anspringen würde. Nicht ohne Grund ließen die Russen ihre Fahrzeuge die ganze Zeit laufen. Er überlegte kurz, ob er unter die Motorhaube pissen sollte, aber Helados wollte nicht riskieren, dass sein Schniepel abfror. Der wurde noch gebraucht.

Die Lichtlanze der Taschenlampe kämpfte sich durch die Dunkelheit und sporadisch herabfallende Schneeflocken. Eine gespenstische Atmosphäre war das. Helados konzentrierte sich auf den Weg vor ihm. Zurückzublicken war eh nicht sein Ding. Was hinter ihm lag und vergangen war, sollte vergangen bleiben. Die gute alte Zeit gab es nicht, genauso wenig wie die strahlende Zukunft. Das Einzige, was zählte, war das graue Hier und Jetzt.

Man nannte ihn Helados, weil er, ohne mit der Wimper zu zucken, töten konnte. Dabei hatte er nie moralische Bedenken, er unterschied seine Opfer nicht nach Alter oder Geschlecht. Jeder Killer, der das tat, war in seinen Augen ein Schwächling. An seinen richtigen Namen erinnerte er sich kaum noch. Namen waren eben nicht wichtig. Auch wenn manche glaubten, mit der Wahl des Vornamens die Zukunft des Kindes bestimmen zu können, so war das letztendlich Schwachsinn. Nicht der Name, den man zur Geburt bekam, definierte einen Menschen, sondern der Name, den man sich im Laufe der Zeit selbst gab, entstanden aus Taten und Entscheidungen.

Der Wind trug das Tuckern eines Dieselmotors zu ihm herüber. Helados lauschte, aber es folgten keine weiteren Geräusche. Wenn das passiert war, was er vermutete, würden bald die Eisbären auftauchen. Und Eisbären wollte man in der freien Wildbahn nicht begegnen. Der Klimawandel nahm ihren Beutetieren Stück für Stück den Lebensraum und ließ somit auch die Eisbären hungern. In ihrer Verzweiflung kannten sie kein Erbarmen.

Helados bewegte sich geduckt und näherte sich dem Tuckern des Dieselmotors. Die Scheinwerfer bildeten im Nebel ein diffuses Licht. Er schlich sich seitlich an, leicht erhöht auf einem Felsen. Ein perfekter Ort für einen Hinterhalt. Und genau das war hier passiert. Im Schnee fanden sich Reifenspuren, Fußabdrücke und Patronenhülsen. Eine davon steckte er in die Jackentasche. Vom Felsenrand aus sah er unter sich nun den Truck und die Leichen, deren Blut den Schnee rot färbte. Seine Vermutung bewahrheitete sich: Es hatte einen Hinterhalt und ein Blutbad gegeben. Der Geruch des Blutes würde in Kürze die Raubtiere anlocken.

Helados umrundete den Felsblock und rutschte beinahe vom Rand ab. Mit einem Sprung rettete er sich, doch der Aufschlag war hart, der Schmerz schoss durch seinen Körper. Trotzdem verharrte er angespannt und war zum Kampf bereit. Er horchte in das Motorengeräusch hinein. Nur weil niemand zu sehen war, bedeutete das nicht, dass die Angreifer verschwunden waren. Helados hatte sich auf diesen Einsatz vorbereitet und viel über die Insel gelesen.

Nowaja Semlja hatte eine bewegte Geschichte, auch wenn diese Doppelinsel mitten im Nordpolarmeer gottverdammt beschissen lag. Aber eine beschissene Lage war manchmal eben auch gut. Nämlich dann, wenn man etwas heimlich tun wollte. Und so hatte Nikita Chruschtschow verfügt, diese Inseln in ein Atomwaffentestgelände umzuwandeln. Sehr zum Unmut der Nenzen, die seit jeher diesem Ort eine mystische Bedeutung beimaßen. Helados hatte vergessen, um was es in der Legende ging. Schamanismus war für ihn nicht mehr als ein Drogentrip, der halt vom Klang der Trommel begleitet wurde. Und Schamanismus half auch nichts gegen gut ausgebildete Soldaten der tschetschenischen Spezialeinheit Alpha. Niemand, der bei Trost war, legte sich mit diesen Schweinehunden an. Angeblich sollen sich die Wichser von der Waffen-SS in die Hosen geschissen haben, wenn nur das Gerücht aufkam, dass Alphas hinter den Linien abgesprungen waren. Diese Geschichten kannten die Nenzen nicht, doch sie lernten schnell. Obwohl der Konflikt niedergerungen worden war, schwelte er bis heute tief in den Seelen der Ureinwohner, selbst nachdem die Russische Föderation das Atomwaffentestgelände Nowaja Semlja im Jahre 1990 aufgegeben hatte. Finanzielle Hilfen hatten dem dünn besiedelten Eiland so etwas wie wirtschaftlichen Aufschwung gegeben. Kein Russe verstand, was für einen Narren Gorbatschow an dieser Insel gefressen hatte.

Neben der Hauptansiedlung Beluschja Guba hatten sich im

Laufe der letzten knapp dreißig Jahre weitere kleine Ansiedlungen gebildet. Die Menschen lebten vom Fischfang oder wurden von der Regierung bezahlt, in den eisigen Weiten der Inseln nach Rohstoffen zu suchen. Angeblich sollte es hier ein größeres Diamantenvorkommen geben, aber auch das war wahrscheinlich eine Lüge, um den Militärstützpunkt zu rechtfertigen. In der Tat war Nowaja Semlja ein riesiger Stützpunkt der Streitkräfte. Von hier aus könnte ein Angriff auf das nördliche Europa starten. Von hier wurde aber auch der Cyberkrieg geführt, der seit Jahren für instabile politische Verhältnisse in den Ländern der Europäischen Union sorgte.

Aber jetzt ging es um das Hier und Jetzt. Helados lauschte und hörte ein schabendes Geräusch, als ob jemand in rasender Gier etwas suchte und dabei völlig vergaß, in was für einer gefährlichen Umgebung er sich befand. In dieser Wildnis gab es viele Raubtiere, und manche davon waren Menschen. Helados sah den unvorsichtigen Mann, der die traditionelle weiße Fellmütze trug. Doch statt einer blauen Tracht hatte er Tarnkleidung an, über seine Schultern waren Felle gelegt. Und er hatte ein Gewehr. Helados konnte nicht genau erkennen, was für eine Waffe es war. Vielleicht ein Scharfschützengewehr, vielleicht aber auch eine Langwaffe, die zur Jagd bestimmt war.

Helados näherte sich so leise wie möglich. Das Motorengeräusch des Lkw deckte sein geducktes Vorankommen, doch der Mützenträger war es offenbar gewohnt, herannahende Gefahr zu spüren. Er wirbelte herum, riss das Gewehr von seiner Schulter und zielte. Jetzt musste es schnell gehen. Helados zuckte zur Seite, der Mann folgte mit der Mündung. Genau das wollte der Russe erreichen, denn nun war die Deckung des anderen offen. Helados packte den Gewehrlauf und riss ihn ruckartig nach oben, sodass der Mützenträger stolperte und mit der Schulter gegen die Vorratskiste knallte, die er gerade noch durchsucht hatte. Helados war über ihm, packte den Kistendeckel und schlug zweimal zu. Der Mützenträger rollte zur Seite und trat nach dem Killer. Es war kein wirklicher Angriff, schaffte aber Distanz. Der Mützenträger rollte sich auf den Rücken und hatte plötzlich eine Pistole in der Hand, die er sonst wo hergeholt hatte. Ein Schuss ertönte, und das Projektil drang in die Lkw-Plane, vor der kurz zuvor Helados noch gestanden hatte. Dieser sprang auf den Mützenträger zu und trat mit Wucht auf dessen Arm. Die Pistole flog in die Dunkelheit und verschwand. Helados hob das Gewehr auf und schlug mit dem Kolben auf den Kopf ein, immer und immer wieder, obwohl der Mützenträger sich längst nicht mehr bewegte und auch kein Gesicht mehr hatte. Es war unbändige Wut. Helados war berauscht davon, ein Leben genommen zu haben. Der Unterschied zwischen ihm und einem Serienkiller war lediglich die Tatsache, dass Töten ihn sexuell nicht stimulierte.

Man nannte ihn Helados, weil er grausam war.

Sein Arm schmerzte, der Gewehrkolben war voller Blut und Gehirnmasse. Er warf das Gewehr achtlos zur Seite in die Dunkelheit. Neben der Vorratskiste entdeckte er die weiße Fellmütze, die der Mann schon am Anfang des Kampfs verloren hatte. Er hob sie auf und hoffte, dass die Kälte vorhandene Kopfläuse ausgelöscht hatte. Bevor er die Mütze aufsetzte, klopfte er den Schnee am Hosenbein ab. Da hörte er ein Geräusch, einen Schrei, der allerdings eher wie ein gerocheltes Krächzen einer sterbenden Krähe klang. Er umrundete den Lkw, und dort lag sie, halb auf einen Felsen gelehnt und mehr tot als lebendig.

»Helados«, sagte sie schwach.

»Oberst Sadonova.« Er spürte kein Mitleid. Sie war eine schreckliche Frau. Vielleicht weil sie ihm so ähnlich war.

»Helfen Sie mir!«

Er hockte sich neben sie und betrachtete ihren geschwollenen Hals. Die Strangulationsmarke war tiefrot und blutig, ihre

Zunge lag taub und blaurot aufgedunsen zwischen ihren Zähnen. Die Haut war wachsartig und glänzte. Oberst Sadonova schwitzte trotz der deutlichen Minusgrade.

»Wo ist er?«, fragte sie.

»Wen meinen Sie?«

»Jurijesewitch. Mein Mann bei denen.«

»Hat er Ihnen geholfen?«

Sadonova nickte. »Die wollten mich hängen.«

»Wer?«

»Die Dorfbewohner. Die Schweine wollten mich hängen.«

»Und wo ist die Gefangene?«

»Bei denen.«

»Und warum haben die Dorfbewohner sie befreit?«

Sadonova gab keine Antwort, konnte nur den Kopf schütteln.

Helados hatte die Informationen, die er brauchte. Er würde diese Zoja jagen und zur Strecke bringen. Egal wie wertvoll sie für die russische Spionageabwehr war, lebend würde er sie nicht übergeben. Und es würde qualvoll sein. Vielleicht verschwamm doch so langsam die Grenze zwischen Auftragskiller und Serienmörder, denn bei diesem Gedanken spürte er etwas. Eine Regung, ein Kribbeln.

Er erhob sich und steuerte das Führerhaus des Lkw an.

»Sie können mich hier nicht liegen lassen. Bitte!«

Wie er Sadonova hasste. Sie bekam, was sie verdiente. Sie war schwach und dem Tode nahe, das würde ihn aufhalten. Er hatte keine Zeit zu verschwenden und blickte sie nur stumm an. Wenn sie Glück hatte, würde die gnadenlose Kälte sie umbringen. Wenn nicht ... von einem Eisbären gerissen zu werden gehörte nicht zu den angenehmsten Todesursachen.

Helados zuckte mit den Schultern und wandte sich ab.

»Ich kann Ihnen helfen. Ich will die Schlampe doch auch tot sehen.«

»Sie schaffen es nicht mal auf Ihre eigenen Füße.«

»Ich halte Sie nicht auf. Geben Sie mir nur eine kurze Ruhepause.«

»Dafür habe ich keine Zeit.«

Oberst Sadonova griff sich an den Hals. Offenbar schmerzte jedes Wort, das über ihre Lippen kam.

»Ich kenne mich hier aus, Sie nicht.«

Damit hatte sie leider recht. Selbst wenn im Lkw ein Navigationsgerät eingebaut war, bezweifelte Helados, dass das Dorf der Verräter auf einer Karte verzeichnet war. Somit war Oberst Sadonova dem Tod noch einmal von der Klinge gesprungen. Er half ihr auf und stützte sie bis zur Beifahrerseite des Führerhauses.

»Ich passe nicht auf Sie auf, verstanden?«

Sadonova verzog das Gesicht zu einer Grimasse. Sollte wohl ein Grinsen sein. »Das kann ich selbst.«

17

Berlin, 20:55 Uhr MEZ

ARTHUR BOOKWOOD SASS im Fond des gepanzerten Chrysler. Die Luft roch nach Leder und Edelholz. Angeblich war das der Duft »New Car«, aber Arthur erinnerte es eher an das Scheuermittel, das seine Großmutter zum Reinigen der Veranda benutzt hatte. Sie war eine garstige alte Frau gewesen, klein wie ein Gnom mit kurzen grauen Haaren, die sich zu Minilocken gekräuselt hatten. Er musste sie regelmäßig übers Wochenende besuchen, wenn seine Eltern wichtige Termine hatten. Wenn er vergaß, sein Zimmer zu lüften, sagte die alte Frau immer: »Es riecht nach Menschenfleisch.« Er hatte sie gehasst und feierte noch heute manchmal ihren Tod. Sie war verreckt, elendig erstickt, als Wasser in ihre Lungenflügel gelaufen war. Kam vom Rauchen, hatte der Arzt später gesagt. Zwei Schachteln am Tag, manchmal auch drei, ohne Filter. Und Whiskey aus der eigenen Brennerei. Arthur war zwölf Jahre alt gewesen. Er hatte dabei zugesehen. Erst als er sicher war, dass der Gnom verreckt war, hatte er die Rettungssanitäter gerufen. Vielleicht erklärte das seinen Hass auf die Menschen. Wenn es nach ihm ginge, würde der Pöbel sterben und nur die Elite überleben. Genug tödliche Viren gab es ja, aber niemand hatte den Arsch in der Hose, so etwas zu tun.

Arthur sog erneut den Duft von Leder und Edelholz ein. Lieber wäre ihm der Geruch von Moschus gewesen, aber irgendein Depp der Regierung war der Meinung, dass alle Fahrzeuge des Diplomatischen Corps gleich riechen müssten. Corporate Identity. Was für ein Quatsch. Am schlimmsten war, dass sich die meisten Diplomaten bei der Abstimmung für »New Car« entschieden hatten.

Das Läuten des Telefons riss ihn aus den Gedanken. Bookwood lehnte sich nach vorne und drückte »Raum« auf dem Display vor ihm. Das Gespräch wurde nun auf die Innenraum-Lautsprecher umgeleitet.

»Deus Vult«, sagte sein Gesprächspartner. Gott will es.

»Deus Vult«, antwortete Arthur Bookwood.

Dies signalisierte beiden Gesprächspartnern, dass offen gesprochen werden konnte.

»Ich habe keine guten Neuigkeiten«, sagte die Stimme aus dem Lautsprecher mit einem harten russischen Akzent.

»Nowaja Semlja? Was ist passiert?«

»Wir wissen es nicht genau. Die Vorbereitungen der Mission laufen schleppend.«

»Was heißt schleppend?«

»Dem Schmuggler ist etwas passiert.«

»Reden Sie Klartext«, sagte Bookwood.

»Ich war in Varandey. Das kleine Kaff ist ein Furunkel am Arsch der Welt. Aber es gibt da ein Suppenrestaurant, das *Stolovaya*. Ich habe noch nie eine bessere Okroschka gegessen. Die wird da aber warm serviert.«

Bookwood schüttelte sich bei dem Gedanken an warme Buttermilch, aber er wollte hier keine Rezepte oder Ausflugstipps austauschen. »Bleiben Sie bei der Sache«, mahnte er deswegen.

»Dort jedenfalls gab es diesen alten Schmuggler, der verrückt genug war, unser Team mit seinem Boot rüberzubringen.«

»Gab? Er wurde ermordet?«

»Richtig. Ein Blutbad. Wenn ich daran nur denke, kommt mir die Okroschka hoch.«

»Erzählen Sie!« In Bookwood regte sich ein ungutes Gefühl. Wenn das stimmte, hatte er einen alten Feind gegen sich, den er nicht unterschätzen durfte. Einen Feind, der angeblich in Pension gegangen war und nun mit Informationen handelte. Einen Feind, der seinen Lebensabend eigentlich in einer Datscha am Schwarzen Meer verbringen und den besten Wodka und Kaviar genießen sollte, den man für Geld kaufen konnte. Und er hatte viel Geld. Dank seiner ehemaligen Kontakte, die er schon zur Zeit des Kalten Krieges gehabt hatte, kam er an jede Information heran, die er gerade brauchte. Ein einträgliches Geschäft.

Arthur Bookwood hoffte, dass es nicht dieser alte Feind war. Das würde die ganze Operation unglaublich erschweren. Er hatte ihn in den Tagen des Kalten Krieges gejagt, aber nie zur Strecke bringen können. Dabei konnte Bookwood sich rühmen, einer der besten Kommunistenjäger der USA gewesen zu sein, wenn nicht sogar der beste.

»Der alte Mann lag tot in seiner Hütte. Nackt. Hände und Füße an den Holzboden genagelt. Seine Frau lag daneben, auf die gleiche Weise zugerichtet.«

»Folter?«

»Mit an Sicherheit grenzender Wahrscheinlichkeit. Der Folterer muss ziemlich krass drauf gewesen sein, kannte keine Gnade. Hat das alte Mütterchen gequält, damit der Fischer redet.«

»Nur eine Sache noch. Hat man beiden die Zunge rausgeschnitten und sie an einem Faden über die Leichen gehängt?«

»Woher wissen Sie das?«

Verdammter Mist! Es war Ivan mit seinem Kettenköter Helados. Das mit den Zungen war dessen Masche, seit er bei der tschetschenischen Geheimpolizei gewesen war. Und nun hatten dieses kranke Schwein und sein hinkendes Herrchen Bookwoods Team aufgespürt. Sie wussten, dass ausländische Spione auf Nowaja Semlja gelandet waren. Und wahrscheinlich wussten sie auch, was sie vorhatten.

»Ist ein Team von Ihnen auf Nowaja Semlja?«, fragte Bookwood.

»Ich bin doch nicht verrückt. Da gibt es nur Eisbären, russische Soldaten und Einheimische. Und die Eisbären sind nicht die schlimmsten Monster.«

»Es ist mir egal, was Sie denken. Schicken Sie ein Team auf die Insel. Egal wie sie es anstellen. Tun Sie es! Diese Mission muss ein Erfolg werden.«

»Und was sollen meine Männer dort machen? Es wird unmöglich sein, das Einsatzziel zu erreichen. Und die Russen sind alarmiert. Das wird das reinste Himmelfahrtskommando.«

Bookwood wischte sich durchs Haar. »Manchmal sollten Sie sich mit den kleinen Dingen beschäftigen, um große Erfolge erzielen zu können.«

»Das verstehe ich nicht.«

»Ich erkläre es Ihnen. Nowaja Semlja gehört zum autonomen Gebiet der Nenzen, die Ureinwohner. Für sie ist es ein heiliger Ort, das Heim der Geister. Schamanismus ist dort an der Tagesordnung.«

»Mit so einem Quatsch kenne ich mich nicht aus.«

»Müssen Sie auch nicht. Aber Sie sollten in Betracht ziehen, dass die Anwesenheit der Russen dort als Angriff auf die Autonomie gesehen wird. Selbst auf dieser verkackten Insel gibt es eine Widerstandsgruppe.«

»Selbst da?« Der Unglaube in der Stimme des Gesprächspartners war deutlich hörbar. »Die Welt muss echt am Arsch sein.«

Bookwood ignorierte den Einwurf. »Die nennen sich Samojed Pride. Die Männer und Frauen sind nicht schlagkräftig, aber sie versetzen den Russen immer wieder Nadelstiche.«

»Warum machen die Russen dann nicht einfach alle Dörfer der Bewohner platt? Damit hätte sich das Problem doch gelöst, oder?«

»Nordkorea könnte so etwas vielleicht machen. Die Machthaber dort scheren sich nicht darum, was die Weltöffentlichkeit über sie denkt. Aber ein Russland, das sich nach Glasnost zum Westen gewandt hat und als ernst zu nehmende Wirtschaftsmacht wahrgenommen werden will, muss anders mit solchen Problemen umgehen.«

»Glasnost? Das ist doch schon ewig her.«

»Eine solche Perestroika dauert ein ganzes Leben, wenn nicht sogar darüber hinaus. Und dann kommt einer und dreht den Prozess wieder in eine ganz andere Richtung.«

»Ich kann Ihnen nicht folgen.«

»Mein guter Freund«, sagte Bookwood. »Wir machen hier keinen Unterricht.«

Arthur Bookwood bekleidete den Lehrstuhl für angewandte internationale Beziehungen an der Cornell Universität. Die Studenten kamen alle aus der Elite, und nach Abschluss des Studiums würden sie alle Führungskräfte werden, vollgestopft mit den Möglichkeiten der Manipulation auf höchster politischer Ebene. Wenn Arthur daran dachte, was er selbst alles erreicht hatte ... Welche Möglichkeiten würde er als amerikanischer Präsident haben?

»Ich soll mich mit den Ureinwohnern verbünden?«, fragte Bookwoods Gesprächspartner. »Ist es das, was Sie von mir verlangen? Ich traue solchen Menschen nicht.«

»Machen Sie sich keine Sorgen. Die trauen Ihnen auch nicht. Und es ist mir egal, wie Sie das anstellen. Ich will, das Nowaja Semlja ein Erfolg wird. Ich will, dass die Mission wie geplant abgeschlossen wird.«

Arthur Bookwood hatte es satt, mit dem feigen Schwachkopf zu telefonieren, und unterbrach die Verbindung. Beinahe gleichzeitig verlangsamte der Fahrer die Limousine, sie waren am Zielort angekommen. Die Leuchtreklame wirkte selbstverliebt und pompös. Das *Al Nabiu* gehörte Bookwoods Kooperationspartner. Auf dieses Wort legte er Wert. Der Typ wollte allen Ernstes, dass man ihn mit Papa ansprach. Er hatte wohl zu viele Mafiafilme gesehen. Bookwood beschäftigte sich damit nicht und verweigerte ihm auch die Ansprache Papa. Anfangs hatte das zu Verstimmungen geführt, doch mittlerweile war das Verhältnis zwischen dem Kopf des Al-Marabi-Clans und ihm geschäftsmäßig professionell. Der Gangster verdiente viel Geld, und die Old Men konnten auf das weitverzweigte Netz des Al-Marabi-Clans zurückgreifen. Eine Kooperation, bei der jeder das bekam, was er wollte. Als Bonus hatte Bookwood nun also auch jemanden, der die Drecksarbeit erledigte. Und genau deswegen musste er den Clanchef heute Abend treffen.

Einer der beiden Türsteher des Restaurants öffnete die Tür des Chrysler. Er war außer Atem, als wäre er gerade gerannt. Bookwood stieg aus und nickte dem jungen Mann knapp zu. »Guten Abend«, sagte er.

»Papa erwartet Sie schon sehnsüchtig.«

»Dann werde ich seine Sehnsucht befriedigen.«

Weiter beachtete er den Türsteher nicht. Er war sicher nur ein entfernter Verwandter des Clanchefs, denn die Großfamilie war das System der Clans. In der Führungsriege waren nur nahe Verwandte, also Brüder und Kinder des Clanchefs. In der zweiten Reihe standen die Neffen, dann kamen Cousins und Großcousins. Je ferner der Verwandtschaftsgrad, desto distanzierter die Beziehung. So sollte Verrat ausgeschlossen werden, was in den meisten Fällen auch ganz gut klappte. Und wenn es mal nicht funktionierte, scheute sich niemand, den Verräter endgültig auszuschalten, Familienmitglied hin oder her. Doch das war extrem selten, denn das Konstrukt Familie war eine perfekte Symbiose gemeinsamer Interessen.

Der andere Türsteher öffnete ihm die Tür zum *Al Nabiu*. Bookwood betrat das Restaurant und war sofort umgeben von den Gerüchen exotischer Gewürze und orientalischer Speisen. Eine Frau in einem langen, blauen Kleid aus glänzendem Stoff mit aufwendigen Stickereien reichte ihm ein Glas Tee in einem bauchigen Glas. Bookwood lächelte sie an. Was für eine Schönheit, dachte er. Sie hatte ihr langes Haar zu einem Zopf gebunden, der ihr über die Schulter wallte. Ihr Lächeln verzauberte ihn, und die makellose Haut hatte ein helles Braun, wie ein Kaffee mit Milch. Arthur Bookwood trank seinen Kaffee auch mit Zucker. Ob sie auch so süß sein konnte? Und dann dieser Augenaufschlag, fast schon unterwürfig. So mochte er es.

Er nahm das Teeglas mit dem Goldrand vom Tablett und bedankte sich dafür: »Shukran.«

Sie hatte ihn offenbar nicht verstanden und lächelte einfach weiter. War sein Arabisch so schlecht? Der Tee schmeckte, wie orientalischer Tee schmecken sollte, nach Zimt und Kardamom, nach Orange und Vanille.

Bookwood schaute sich um. Zu DDR-Zeiten war dies ein berüchtigtes Tanzlokal gewesen. Entsprechend groß und weitläufig war der Raum angelegt, die Säulen waren nachträglich eingezogen worden. Die so entstandenen Separees waren gemütlich mit niedrigen Tischen und Sitzkissen ausgestattet. Bunte Teppiche und zweifarbige Kacheln an den Wänden sorgten für eine orientalische Atmosphäre.

In einem dieser Separees saß das Oberhaupt des Al-Marabi-Clans. Bookwood musste den ganzen Raum durchqueren, um dorthin zu gelangen. Besonders höflich war dieser Papa jedenfalls nicht.

»A Salam aleikum«, sagte er zu Bookwood.

»Wie auch immer«, antwortete dieser. »Darf ich mich zu Ihnen setzen?«

»Aber sicher, Sadiq. Setzen Sie sich, aber ziehen Sie bitte die Schuhe aus. Der Teppich ist wertvoll.«

»Und warum liegt der dann hier?« Bookwood zog die Schuhe aus und ließ sie einfach liegen.

»Weil ich es kann. Reicht Ihnen das als Antwort?«

»Selbstverständlich.« Die Sitzkissen waren bequemer, als sie aussahen.

»Wie ich sehe«, der Papa deutete auf das Teeglas, »haben Sie meine jüngste Tochter schon getroffen. Eine Schönheit ist sie, nicht wahr?«

Bookwood rief sich die makellose Haut in Erinnerung und das wallende, schwarzbläulich schimmernde Haar. Die Frau war eine einzige Versuchung. »Der Mann, der sie zur Frau nehmen wird, kann sich glücklich schätzen.«

Der Papa lachte. »Der Mann, der meine Tochter zur Frau bekommt, muss noch geboren werden.«

»Sie ist Ihre kleine Prinzessin, was?«

»Ja«, sagte Papa. »Ich kann ihr keinen Wunsch abschlagen. Letzte Woche war so ein aufdringlicher Kerl hier. Sie hat ihn mehrmals gewarnt, aber er schien liebestoll zu sein und hörte einfach nicht auf. Wenn ich meine Tochter so ansehe, kann ich es ihm nicht verdenken.«

»Lassen Sie mich raten«, sagte Bookwood. »Er ist jetzt irgendwo einbetoniert?«

Papa schüttelte den Kopf. »Meine kleine Taube wollte ihn als Spielzeug. Wir haben dem Typen die Zunge rausgeschnitten und ihn in einen Keller gesperrt. Mein Täubchen füttert ihn einmal am Tag. Ansonsten lebt er in völliger Dunkelheit.«

So viel zum unterwürfigen Augenaufschlag, dachte Bookwood. Er stellte das Teeglas ab. »Und wenn sie keine Lust mehr auf dieses Spiel hat?«

Papa zuckte mit der Schulter. »Dann füttert Amira ihn eben nicht mehr.«

»Eine tragische Geschichte.« Bookwood knackte mit den Knöcheln. Zeit fürs Geschäft. »Haben Sie, was ich wollte?«

Papa legte den Kopf schief. »Sie meinen den Richter?«

Bookwood nickte. Der Clanchef reichte ihm einen Tablet-PC. Bevor Bookwood jedoch zugreifen konnte, zog der Libanese ihn wieder weg. »Eine Frage habe ich an Sie.«

»Welche?«

»Woher wissen Sie das immer alles?«

»Berufsgeheimnis.«

Papas Gesicht zeigte deutlich, dass er mit der Antwort nicht zufrieden war. Aber anscheinend hatte er verstanden, dass es keine andere geben würde.

»Das Geld?«, fragte er.

»Ist auf Ihrem Konto, sobald ich die Ware gesehen habe.« Zur Bestätigung zeigte Bookwood das Display seines Mobiltelefons. Die Überweisung war schon vorbereitet. Es musste nur noch auf Senden geklickt werden.

Papa reichte ihm das Tablet. Die entsprechende Videodatei war schon geöffnet. Als Bookwood auf Play drückte, sah er den Richter, der sich unbeobachtet wähnte, nackt und mit Wäscheklammern an den Brustwarzen. Er wichste und starrte dabei auf einen Bildschirm. Bookwood schaltete angewidert ab.

Papa grinste. »Und so was entscheidet über Recht und Gesetz. Der Rechtsstaat ist schlecht und verdorben.«

»So was ...« Bookwood legte das Tablet zur Seite. »So was wird bald zum Bundesverfassungsgericht berufen.«

»Ah!«, sagte Papa. »Deswegen der Auftrag mit der Frau im Park. Eigentlich schade drum. Sie war eine attraktive ältere Dame, beinahe zu schade für eine Kugel im Kopf.«

»Sie hat ihre Chance nicht genutzt«, sagte Bookwood. »Wenn Sie kooperiert hätte, wäre das alles nicht passiert.«

»Dann hätte ich aber nichts verdient.« Papa entblößte makellose Zähne.

»Ihr Mann wurde laut Medienberichten geschnappt.«

»Er war nicht mein Mann.«

»Kann er uns mit seiner Aussage gefährlich werden?«

Papa legte den Kopf schief. »Ich bin kein Amateur, wissen Sie? Für einen Auftrag mit so hohem Risiko, geschnappt zu werden, wähle ich keinen Killer aus meinen Reihen.«

»Wer war der Mann dann?«

»Ein armer Irrer. Tschetschene. Kaukasisches Emirat. Jedenfalls eins der letzten Relikte. Unsere ermordete Richterin war in der Vergangenheit im Strafsenat für Terrorismusdelikte bei der Generalstaatsanwaltschaft Berlin. Sie hat tatsächlich den Bruder des Mannes wegen Unterstützung einer terroristischen Vereinigung im Ausland und Terrorismusfinanzierung zu sechs Jahren Freiheitsstrafe verurteilt. Eine Strafe, die er nicht ganz abgesessen hat.«

Bookwood ahnte, was passiert war. »Im Gefängnis ermordet worden?«

Papa nickte. »Es hatte zahlreiche Beschwerden über die Haft gegeben. Irgendwelche Menschenrechtsorganisationen und deutsch-kaukasische Kulturvereine haben vor dem langen Arm der Russischen Föderation gewarnt.«

»Geheimdienst?«

»Keine Ahnung.« Papa wischte sich mit der Hand über den Mund. »Ist auch egal. Jedenfalls haben wir der deutschen Polizei ein tolles Motiv für den Mord geliefert.«

»Und dem Mörder habt ihr nur einen Tipp gegeben?«

»Und eine Waffe. Anonym, versteht sich.«

Damit war Bookwood klar, dass die Zusammenhänge niemals zum Al-Marabi-Clan und somit auch nicht zu den Old Men führen würden. Egal wie gut die Staatsschützer der deutschen Polizei arbeiten würden.

»Für Ihr Geld bekommen Sie nur das Beste«, sagte Papa.

»Aber nicht alles.« Bookwood deutete auf das Tablet. »Wir brauchen alle Dateien, die vorhanden sind.«

Papa lehnte sich in die Sitzkissen. Er lachte und schüttelte den Kopf. »Damit wären wir nutzlos für Ihre Organisation. Glauben Sie, ich liefere mich Ihrer Klinge aus? Das wird keinesfalls passieren.«

»Ich erinnere an die Panne.«

»Die wir behoben haben. Der Verantwortliche müsste mittlerweile von den Fischen bis auf die Knochen abgenagt sein. Und wir haben alle Dateien nur noch offline. Die Rechner sind gut versteckt und noch besser bewacht.«

»Ich dachte, Sie haben das gemacht, damit wir keinen Zugriff darauf bekommen.«

Papa lachte wieder. »Auch.«

»Konnten Sie mittlerweile das Versteck ausfindig machen?«

»Wir sind dran. Aber haben Sie nicht diese deutsche Agentin entführt, die den Schließfachschlüssel hatte?«

»Saskia Meinert?« Bookwood presste die Lippen aufeinander. »Ihre Zwillingsschwester macht uns Probleme.«

»Sollen wir uns darum kümmern?«

Ein verlockendes Angebot. Aber warum, dachte Bookwood, sollten Kriminelle dort erfolgreich sein, wo ausgebildete Killer und sogar sudanesische Terroristen versagt hatten. Wahrscheinlich würde sich der Al-Marabi-Clan dabei aufreiben. Wiebke Meinert war eine einzigartige Frau.

»Sie ist wie ein Tsunami. Sie wissen nicht, worauf Sie sich da einlassen würden.«

Jemand trat zu ihnen ins Separee.

»Darf ich Ihnen meinen Neffen Hassan vorstellen?«, sagte Papa. »Er ist ein guter Junge.«

Hassan war der Türsteher, der Bookwood am Eingang begrüßt hatte. »Ich habe ihn draußen schon gesehen«, sagte Bookwood. Und er fragte sich, wie viel der Junge von dem Gespräch mitbekommen hatte.

»Hassan ist einer unserer Hacker, aber er hat noch andere Talente. Stimmt's?«

»Wenn du das sagst.« Hassan wirkte verlegen.

Bevor Bookwood weiter über den jungen Mann nachdenken konnte, klingelte sein Mobiltelefon.

»Deus Vult«, sagte eine Frauenstimme. »Es gibt Probleme.«

»Sie sollten mich doch nicht stören.«

»Es ist wichtig.«

»Um was geht es?«

»Unser neuer Fisch am Haken. Ich traue ihm nicht.«

»Müssen wir reagieren?«

»Höchstwahrscheinlich. Ich habe auch schon eine Idee.«

»Und welche?«

»Ich habe Ihnen meinen Plan per Mail geschickt. Wenn Sie einverstanden sind, werde ich alles in die Wege leiten.«

Bookwood unterbrach die Verbindung. Er las den kurzen Mailtext und war von der Effektivität und Flexibilität des Plans beeindruckt.

»Gibt es ein Problem?«, fragte Papa.

»Ihr aktueller Auftrag muss in einigen Punkten verändert werden. Kriegen Sie das hin?«

»Hassan hat sich schon um alles gekümmert. Veränderungen kosten ab jetzt extra.«

»Das ist kein Problem. Hauptsache, Sie erledigen die Sache zu unserer vollsten Zufriedenheit.«

»Wie immer, Sadiq. Wie immer, mein Freund.«

18

Berlin, 21:46 Uhr MEZ

BELLHEIM WOLLTE, DASS Wiebke zu ihm kam. Es sei wichtig, hatte er ihr am Telefon gesagt. Was sie tat, sei auch wichtig, war ihre Erwiderung gewesen. Es passte ihr gerade nicht. Aber Bellheim hatte ihr versprochen, dass sich jemand um die Observation des *Al Nabiu* kümmern würde. Und tatsächlich war kurze Zeit später ein unauffälliger Wagen vorgefahren. Ein älteres Modell eines blauen VW Golf. Das Auto fügte sich wie ein passendes Puzzleteil in die Umgebung ein. Am Steuer saß Dogan. Welches Spiel spielte Bellheim hier? Wiebke nahm sich vor, ihm die Pistole auf die Brust zu setzen. Wenn es notwendig wurde, auch im wahrsten Sinne des Wortes. Sie hatte es so satt, der Spielball zu sein.

Bellheim wohnte in einem dieser besseren Viertel. Hier standen Häuser mit Glasfronten vom Boden bis zur Decke. Aus dem Inneren schien warmes Licht nach draußen, das sanft die gepflegten Pflanzen der gepflegten Vorgärten küsste. Die beleuchteten Räume waren meist spärlich mit teuer wirkenden Möbeln eingerichtet. Viele hatten gerahmte Bilder an den Wänden, wahrscheinlich keine Kunstdrucke. Wiebke schlenderte an den Villen vorbei, die Hände tief in die Taschen ihres Pullis vergraben und die Kapuze tief ins Gesicht gezogen. An Orten wie diesen fühlte sie sich noch mehr fehl am Platz als sonst. Ausgenommen Grönland vielleicht. Die unwirtliche und zerklüftete Landschaft war der Spiegel ihrer Seele, die Einsamkeit das, wonach sie sich am meisten sehnte.

Das Törchen zu Bellheims Vorgarten reichte ihr nicht einmal bis zum Knie, die akkurat geschnittene Hecke war hüfthoch. Wiebke verstand den Sinn nicht. Warum machte man so was? Man konnte sich darüber streiten, ob es gut aussah, aber zweifellos machte es viel Arbeit. Bevor sie klingelte, hielt sie inne. Vielleicht gab es doch einen Ort, an dem sie sich noch unwohler fühlte als hier. Sie dachte an die Zeit, die sie bei der Division *Schnelle Krisenintervention* verbracht hatte. Nach einem erfolgreichen Einsatz wurden ihre Kameraden und sie meist in die deutsche Botschaft zur Gratulation eingeladen. Als ob Gratulationen bei ihrem Job immer angebracht waren. Menschen waren gestorben, Herzen von Angehörigen durch den brutalen Verlust zerrissen. Und sie musste die labberige Hand irgendeines Diplomaten schütteln, der sie heute feierte und morgen verachtete, je nachdem, was im politischen Lager gerade angesagt war. Soldaten wie Wiebke hatten keine Freunde. Das Wichtigste waren die Kameraden der Einheit. Sonst hatten sie alle nur sich selbst.

Als sie klingelte, spielte die Türglocke die Melodie von Big Ben. Was für ein spießiger Scheiß. Das Licht im Hausflur wurde eingeschaltet, kurz danach hörte sie Schritte. Bellheim öffnete die Tür. Wiebke hatte ihn noch nie in Jeans und kurzärmeligem Hemd gesehen und war überrascht, dass ihn trotzdem ein Hauch von Eleganz umgab. Bevor er etwas sagen konnte, stieß sie ihn mit voller Wucht zurück in den Flur. Bellheim taumelte, weil er damit wohl nicht gerechnet hatte. Er hielt sich gerade noch an der Garderobe fest.

»Sie verdammtes Arschloch!«, fuhr Wiebke ihn an.

Beide blickten einander zornig in die Augen und spannten

ihre Muskeln an, bis Bellheim sich unter deutlichen Anstrengungen entspannte.

»Sind Sie irre?«, fragte er mit unterdrückter Wut, die noch deutlich in seiner Stimme zu hören war. »Was soll das?«

»Dogan. Ich habe ihn gesehen. Er ist ein Verräter!«

Bellheim rappelte sich auf und richtete sein Hemd.

»Vielleicht schließen Sie die Tür hinter sich? Was wir miteinander besprechen, brauchen die Nachbarn nicht zu hören.«

»Fick dich, Arschloch.« Wiebke spürte die Hitze in ihrem Kopf und in ihrer Brust. »Sollen es doch alle wissen. Ich habe keinen Bock mehr auf das alles.«

Er blickte sie nur an, und die Ruhe, die Bellheim trotz Wiebkes Angriff ausstrahlte, zeigte Wirkung. Zwar brodelte in ihr immer noch die Wut, aber auch sie entspannte sich langsam. Trotzdem blieb sie wachsam.

»Ich weiß, was Dogan in Stockholm gemacht hat. Schon seit Saskia entführt wurde, weiß ich das«, sagte Bellheim.

Wiebke starrte ihn an.

»Würden Sie jetzt bitte die Tür schließen? Ich erzähle Ihnen alles bei einer Tasse Kaffee.«

Sie gab der Haustür einen Schubs, sodass sie krachend ins Schloss fiel. Bellheim fuhr sich mit den Fingern durchs Haar und zeigte in Richtung Küche. Sie war sehr modern eingerichtet, hatte glatte Kanten und beige spiegelnde Schränke. Wahrscheinlich wurde sie nicht oft benutzt. Während das Wasser erhitzt wurde, befüllte er eine French Press mit grobem Kaffeepulver.

»Schwarz, nehme ich an?«, fragte Bellheim.

Wiebke nickte und lehnte sich gegen die Arbeitsplatte, auf der eine Schale mit frischen Äpfeln stand. Weil der Hunger sich bemerkbar machte, nahm sie einen Apfel und biss hinein.

»Die sind aus meinem Garten«, sagte Bellheim. »Das ist ein Glockenapfel. Solche habe ich als Kind am Bodensee gegessen, wenn meine Eltern Obst zum Schnapsbrennen eingesammelt haben.«

»Wollen Sie mit mir eine persönliche Beziehung aufbauen?«, fragte Wiebke.

»Haben wir die nicht schon? Wenn auch auf eine sehr bizarre Art und Weise.«

Bellheim schüttete das kochende Wasser über das Kaffeepulver. Sofort roch es nach frisch gebrühtem Kaffee. Der Geruch vermischte sich mit dem Aroma des Apfels. Dieses Duftgemisch gehörte für Wiebke zu einem Zuhause. Es erinnerte sie an Sonntage, die sie zusammen mit ihrer Schwester und den Eltern verbracht hatte. Saskia und sie spielten im Garten, während ihre Mutter polnischen Apfelkuchen gebacken hatte. Das gemeinsame Kaffeetrinken fand am großen Holztisch unter dem Baum statt. Erinnerungen an eine Zeit, in der alles in Ordnung schien.

»Was wird das hier?«, fragte Wiebke. »Warum wollten Sie mich bei Ihnen zu Hause treffen? Warum hier und nicht an einem neutralen Ort?«

»Ich bin nicht der Typ für Autodates.«

Vielleicht sollte das witzig sein, war es aber nicht. Es tat weh. Bellheim spielte auf Wiebkes zahlreiche Treffen mit Uwe Templer an, die beinahe ausnahmslos in geklauten Autos stattgefunden hatten. Uwe hatte Wiebke geholfen und dafür mit seinem Leben bezahlt. Sie hatten sich nicht lange gekannt, aber Uwe war wichtig für sie. Blöderweise verlor Wiebke immer wieder Menschen, die ihr wichtig waren. Das Schicksal nennt keine Gründe, es schlägt grausam zu.

»Wer sind Sie eigentlich?«, fragte Wiebke.

»Sie wollen sicher nichts über mich erfahren.« Bellheim reichte ihr eine Tasse Kaffee. »Zucker ist auch schon drin.«

»Lenken Sie nicht ab.«

Er stellte die Tasse auf den Tisch und atmete ein paarmal tief durch. »Wo soll ich anfangen?«, fragte er dann.

»Sie sind nicht der Typ für Autodates. Ich beginne ein Buch niemals mit dem letzten Kapitel.«

»Ganz von vorne also. Wollen wir uns hinsetzen?«

Er führte sie in ein großzügiges Wohnzimmer, das durchaus als Bibliothek durchgehen konnte. Die Wände waren bis zur Decke mit Regalen vollgestellt, und die Bücher schienen fein säuberlich sortiert zu sein. Es waren beinahe ausnahmslos Sachbücher, soweit Wiebke es überblicken konnte.

»Entspannen Sie auch mal?«, fragte sie.

»Dafür bleibt mir ehrlich gesagt keine Zeit. Ab und zu lese ich einen Roman.«

»Sicher keine Liebesgeschichten.«

»Politthriller. Ich mag Ludlum und le Carré.« Er griff nach einem Buch, das auf einem kleinen Tischchen neben einem der beiden Sessel stand. Eine Couch gab es nicht. »Oder das hier. Hab gestern damit angefangen.«

Das Lesezeichen steckte etwa bei der Hälfte. Es war eine russische Ausgabe mit dem Titel *Zvuk ognya.*

»Ist anscheinend spannend.« Wiebke schaute auf die Buchrückseite und blätterte dann etwas hin und her. »Um was geht es?«

»Um eine Frau, die ihre Schwester sucht.«

Sie legte das Buch zurück auf den Tisch. »Kommt mir bekannt vor.«

»Könnte man meinen.« Er setzte sich. »Sie wollen wissen, wer wir sind.«

»Es wird so oder so nur wieder eine Märchenstunde.«

»Keine Lügen diesmal.«

»Das hat Uwe auch häufig zu mir gesagt, aber er hat so oft gelogen, dass er selbst nicht mehr wusste, ob er verheiratet war oder nicht.«

»Manchmal schützen Lügen uns vor der bitteren Realität. Und in jeder Lüge steckt auch ein bisschen Wahrheit. Templer war verheiratet, lebte aber seit Jahren in Trennung. Die Scheidung hat er immer vor sich hergeschoben.«

»Das sind Dinge, die weder Sie noch mich etwas angehen.« Sie ließ sich auf dem anderen Sessel nieder.

»Das ist das Problem bei dem, was wir tun. Wir sammeln so viele Informationen, dass man zwangsläufig irgendwann Dinge erfährt, die einen nichts angehen. Aber wir wissen beide, dass in unserem Geschäft auch eine zunächst unwichtige Information extrem wertvoll werden kann.«

»Reden Sie gerade von Erpressung?«

Bellheim lachte und wischte sich imaginäre Krümel aus den Mundwinkeln. »Sie wissen genau, wovon ich rede. Tun Sie nicht so unschuldig.«

»Wir langweilen einander. Lassen Sie uns also beim Thema bleiben.«

Bellheim schwieg für eine Weile. »Der 11. September hat die Welt verändert. Sie ist gefährlicher geworden«, sagte er schließlich.

»Die Gefahr war schon vorher da. Wir haben sie nur nicht wahrgenommen.«

»Oder wollten es nicht. Das Ergebnis ist das gleiche, denn seither ist die Terrorgefahr weltweit aber auch national konstant hoch. Seit Jahren bewertet das Bundeskriminalamt die Gefahr eines Anschlags als hinreichend wahrscheinlich. Und dieser Gefahr wollten wir begegnen.«

»Wer ist wir?«

Er wischte sich über die Nase. »Na gut«, sagte er und atmete durch. »Die Bundeskanzlerin, der Bundesinnenminister und der Finanzminister.«

»Und Sie natürlich.«

»Ich bin davon ausgegangen, dass Ihnen das klar ist. Und ja, das alles war meine Idee.«

»Niemand sonst?«

»Niemand sonst.«

»Und warum? Warum das Ganze?«

»Weil jeder terroristisch motivierte Anschlag einer zu viel ist. Jeder Tod im Namen eines Gottes ist unsinnig. Die Anschläge seit dem 11. September haben erhebliche Mängel in der Terrorbekämpfung offengelegt. Nicht nur bei uns in Deutschland, auch in Österreich oder Frankreich. Das System musste reformiert werden.«

»Und dann kamen Sie mit der brillanten Idee, einen deutschen Geheimdienst zu gründen.«

»Aus Ihrem Mund hört sich das spöttisch an.«

»Wirklich?« Wiebke trank Kaffee. Es war zu wenig Zucker drin.

»Es war nicht perfekt. Wie konnte es das auch sein? Zwar hätten viele Menschen mit ihrer Erfahrung helfen können, doch aufgrund der extremen Geheimhaltung musste der Kreis derer, die darüber Bescheid wussten, so klein wie möglich gehalten werden.«

»Hätte man nicht die bestehenden Dienste reformieren können? Wäre vielleicht sinnvoller gewesen.«

»Mag sein. Aber was haben wir denn? Einen Bundesnachrichtendienst für außen, den Verfassungsschutz für innen und die Polizei zur Strafverfolgung. Drei unterschiedliche Institutionen, die sich im Fall der Polizei und des Verfassungsschutzes wegen unseres föderalen Systems auch noch auf Länderebene aufsplittern. Und in den Ländern splittert sich die Aufgabe der Terrorismusbekämpfung bis in einzelne Behörden oder Polizeiinspektionen auf. Ein ziemliches Chaos, finden Sie nicht?« Bellheim hielt es nicht mehr auf dem Sessel. Er stand ruckartig auf und lief ziellos umher. »Haben Sie jemals stille Post gespielt?«

»Klar.«

»Je mehr Leute mitspielen, desto mehr Informationen gehen verloren. Um das alles zu bündeln, wurde die Gruppe 64 gegründet.«

»Gruppe 64? Kein besonders einfallsreicher Name.«

»Ist die Marienkäfergruppe auch nicht, und trotzdem gibt es die in den allermeisten Kindergärten.«

»Versuchen Sie gerade wieder witzig zu sein? Lassen Sie es einfach, okay? Das passt nicht zu Ihnen.«

Bellheim blickte sie an, und ihm huschte der Hauch eines Lächelns über die Mundwinkel.

»Seit wann wussten Sie, dass Saskia nicht ermordet wurde?«, fragte Wiebke.

»Von Anfang an«, gab Bellheim zu. »Beim ersten DNA-Test.«

Wiebke spürte wieder diese unbändige Wut, die sie schon bei Dogans Befragung gespürt hatte. Dieser Wunsch, jemandem ernsthaft Schmerzen zuzufügen, brannte in ihrer Seele.

»Warum?«

»Weil es Saskia nicht geholfen hätte. Sie war sicherer, als die Entführer glaubten, dass alle von ihrem Tod überzeugt waren.«

»Es sind viele Menschen gestorben. Diese gottverdammte Lüge hat viele Leben gekostet.«

Bellheim schwieg wieder, dieses Mal etwas länger. »Manchmal«, sagte er mit müder Stimme, »muss man der Teufel sein, um Gutes zu bewirken.«

»Ich sehe nichts Gutes daran.«

»Seien Sie versichert, dass wir die ganze Zeit nach Saskia gesucht haben, wenn auch im Verborgenen.«

»Wollen Sie einen Orden verliehen bekommen?«

Bellheim ließ sich anscheinend nicht beirren. »Das ist auch der Grund, warum wir mit Ihnen zusammenarbeiten wollten.«

»Verleihen Sie mir gerade einen Orden? Ich weiß nicht, ob das, was Sie wollen, einem Orden gleichkommt, denn immerhin arbeiten Sie noch mit diesem Dogan zusammen. Haben Sie vergessen, dass er für all das verantwortlich ist? Dogan ist ein dreckiger Verräter!«

»Dogan ist loyal. Loyaler als Sie es sich vorstellen können. Er hat in Stockholm einen Fehler gemacht, ja. Aber er steht zu diesem Fehler. Er ist zu mir gekommen und hat alles erzählt. Das hätte er nicht tun müssen. Vielleicht hätten wir es sonst nie herausbekommen. Tote Agenten verschwinden normalerweise einfach, und niemand erfährt davon.«

Das wusste Wiebke nur zu gut. Vor nahezu jedem der militärischen Einsätze der Division *Schnelle Krisenintervention* machte der Vertreter des BND klar, dass es diesen Einsatz offiziell nicht gab. Wiebke und ihre Kameraden gab es auch nicht. Wenn jemand beim Einsatz getötet wurde, leugnete die Bundesregierung, dass es sich um einen deutschen Staatsbürger handelte. Bei der DSKI wurde man schon für tot erklärt, obwohl man noch lebte.

»Wir sind vom eigentlichen Thema abgekommen«, sagte Wiebke.

»Welches der vielen Themen, die wir gerade angeschnitten haben, meinen Sie?«

»Sie wollten, dass ich hierherkomme.«

Bellheim nickte. Er stand auf und verschwand in die Küche. Kurz darauf kam er mit der French Press in der Hand zurück ins Wohnzimmer. »Wollen Sie auch noch Kaffee?«

Wiebke schüttelte den Kopf. »Ich will Antworten.«

»Kristine Stiller war heute bei mir«, sagte Bellheim.

»Die Politikerin mit dem Kopftuch? Ich dachte, sie wollte mit Leuten wie uns nichts mehr zu tun haben.«

»*Alpha Intelligence Marketing* hat ihr ein Angebot gemacht.«

»Sollte mir das was sagen?«

»Das ist eine Werbe- und Marketingfirma, die sich auf Menschen des öffentlichen Lebens spezialisiert hat.«

»Und Sie glauben, dass mehr dahintersteckt?«

»Ja. Alle Versuche, mehr über dieses Unternehmen zu erfahren, sind bisher gescheitert. Frau Stiller hat sich bereit erklärt, mehr über die Firma herauszufinden und mit uns zusammenzuarbeiten. Aber ich habe sie verloren, der Funkkontakt wurde unterbrochen.«

»Ein bisschen Image kann der Tussi nicht schaden. Die verliert sich in ihrem Alltagsgrau.«

»So einfach ist das nicht«, sagte Bellheim. »*Alpha Intelligence* bringt Menschen an die Spitze, aber dafür werden Abhängigkeitsverhältnisse geschaffen. Es beginnt mit einem teuren Restaurantbesuch, geht weiter mit gesponserten Flügen in die Urlaubsparadiese der Welt und endet im Bordell. Alles legal, zumindest auf den ersten Blick.«

»Aber dann beginnen sie, Forderungen zu stellen«, sagte Wiebke. »Die finanzielle Unterstützung einer dubiosen Firma durch die Bundesregierung zum Beispiel.«

»Und die Klienten sollen dies den verantwortlichen Politikern schmackhaft machen.«

»Und wer sich weigert, wird freundlich auf die legalen, aber moralisch verwerflichen Gefälligkeiten hingewiesen.«

»Das ist die Arbeitsweise von *Alpha Intelligence Marketing*. Und jetzt stellen Sie sich vor, eine solche Firma wird von einem großen Geheimdienst angeleitet.«

Wiebke trank den letzten Schluck des mittlerweile kalt gewordenen Kaffees. »Woher wissen Sie das alles?«

»Ich bin überzeugt, dass Ihre Schwester diesen Machenschaften auf der Spur war. Nicht *Alpha Intelligence* an sich, sondern dem großen Ganzen, das dahintersteht.«

Wenn es so war, müssten Beweise zu finden sein. Wiebke spürte dieses Kribbeln, das ein Raubtier durchfährt, wenn es Beute wittert. Bei diesem Unternehmen müsste es Hinweise geben, wo Saskia versteckt wurde. *Alpha Intelligence Marketing* war der Schlüssel.

»Ich weiß, was Sie gerade denken«, sagte Bellheim. »Ich rate Ihnen davon ab. Sie verscheuchen das Reh nur.«

»Ich will meine Schwester finden!«

»Das will ich auch«, sagte Bellheim mit ruhiger Stimme. »Aber es bringt nichts, einfach dort hineinzustürmen. Wir müssen anders vorgehen.«

»Und wie wollen Sie das anstellen?«

»Wir folgen Saskias Schritten. Sie hatte einen Hinweis bekommen.«

»Der sie nach Stockholm führte.« So langsam erkannte sie die Zusammenhänge. »Zu diesem Professor.«

»Liebknecht. Genau. Er gab ihr einen Schlüssel zu einem Schließfach. Fremde Agenten verhinderten jedoch, dass Ihre Schwester mehr erfahren konnte.«

»Und wo ist dieser Schließfachschlüssel jetzt?«

»Mit an Sicherheit grenzender Wahrscheinlichkeit bei Afsaneh El-Sayed in Hamburg.«

»Die Polizistin, die den angeblichen Mord an meiner Schwester aufklären sollte?«

Bellheim nickte.

»Und wie ist sie an den Schlüssel gekommen?«

»Das müssen Sie hier nachlesen.« Er deutete auf den russischen Thriller.

»Scherzkeks.«

»Ich weiß«, sagte Bellheim. »Aber selbst wenn wir den Schlüssel haben, wissen wir immer noch nicht, wo das passende Schließfach ist.«

»Und Professor Liebknecht ist entweder tot oder durch eine Entführung unserem Zugriff entzogen.«

»Tot ist er nicht«, sagte Bellheim. »Jedenfalls noch nicht.«

»Woher wissen Sie das?«

»Er wurde vor etwa einer Woche in Moskau gesehen.«

»In Moskau?«

Bellheim nickte. »Wir wissen nicht, was er dort gemacht hat. Der FSB mauert, was diese Informationen betrifft.«

»Aber er lebt und bewegt sich frei?«

»Jedenfalls lebte er vor einer Woche noch. Und ja, die Tatsache, dass er in Moskau war, wirft ein ganz besonderes Licht auf den Professor.«

Wiebke hatte auf der Suche nach ihrer Schwester das Haus von Professor Liebknecht aufgesucht und war mitten in eine Entführung geraten. Offenbar hatte sie diese Situation damals vollkommen falsch eingeschätzt.

»Was machen wir jetzt?«, fragte Wiebke.

»Heute Nacht können Sie hierbleiben und sich ausruhen«, sagte Bellheim. »Ich hoffe, dass Ihnen das Angebot nicht despektierlich erscheint. Morgen früh treffen wir uns mit Herbert Menger.«

»In der Justizvollzugsanstalt? Was soll ich da?«

Bellheim schüttelte den Kopf. »Er ist auf Kaution draußen und hat die Stiller kontaktiert. Angeblich will er sich mit Informationen mehr Sicherheit erkaufen.«

Wiebke fiel auf, dass Bellheim den Namen Stiller anders betonte, fast schon ausspuckte. Sah ganz so aus, als verachtete er Verräter. Sie musste an Dogan denken. Vielleicht hatte sie ihn falsch eingeschätzt und zu Unrecht mies behandelt. Beinahe tat es ihr leid. Aber nur beinahe.

»Ich mache nur noch, was mich näher an meine Schwester bringt. Alles andere ist mir egal.«

»Wir haben die gleichen Ziele«, sagte Bellheim. »Glauben Sie mir, wir haben die gleichen Ziele. Wenn wir *Alpha Intelligence Marketing* zu Fall bringen, werden wir sicher auch Hinweise auf den Verbleib Ihrer Schwester finden.«

»Versprechen Sie nichts, was Sie nicht halten können. Ich lasse mich nicht mehr für Ihre Zwecke missbrauchen.«

»Keine Sorge«, sagte er. »Nichts liegt mir ferner.«

Alpha Intelligence Marketing. Alles drehte sich um diese Firma. Wiebke spürte, dass sie ihrem Ziel ziemlich nahe war.

Trotzdem fühlte sie keine Erleichterung.

Der Weg war noch sehr gefährlich.

19

Nowaja Semlja, später

DAS TROCKENE HOLZ knackte, Rauch füllte die kleine Höhle. Auch wenn das Lagerfeuer alles gab, schaffte es die Wärme nicht, die Kälte zu vertreiben. Zoja schreckte hoch. Die Erinnerungsfetzen flohen wie Schatten vor dem Licht. Was blieb, war das miese Gefühl, eine Frau grausam sterben gesehen zu haben. Sadonova hatte sich im Todeskampf in die Hose gepisst. Niemand hatte es verdient, so zu sterben. Die russischen Soldaten, gut ausgebildet oder nicht, hatten gegen den Überraschungsangriff aus dem Hinterhalt keine Chance gehabt. Der Kampf hatte nicht einmal zwei Minuten gedauert. Im ersten Moment hatte Zoja gedacht, die vermummten Frauen und Männer würden auch sie umbringen, doch dann hatte jemand sie gepackt und in den Jeep gezerrt. Schweigend waren sie zu dieser Höhle gefahren, und nun saß Zoja mit ihren Rettern und einer Frau am Lagerfeuer, von der sie gedacht hatte, sie sei längst tot. Anastasia, die stumme Tochter von Vlad, reichte ihr eine dampfende Schüssel mit Suppe. Zoja nickte dankbar. Die Suppe schmeckte tranig und nach viel Wasser, aber sie wärmte von innen. Trotzdem zog Zoja die Decken enger um ihren Körper, denn die Erschöpfung forderte ihren Tribut.

»Wie konntest du das überleben?«, fragte Zoja. Sie war sicher, dass Anastasia sie verstand. Höchstwahrscheinlich konnte sie auch sprechen, tat dies aber nicht aufgrund des Traumas, das ihr Vater erwähnt hatte. Anastasia lächelte gequält, antwortete aber nicht.

»Ihr Vater wurde mit zwei Schüssen in den Kopf getötet«, sagte eine alte Frau mit Fellmütze, die sich zu ihnen ans Lagerfeuer gesellt hatte. »Diese verdammten Russen.«

»Der Befehl kam von Sadonova«, sagte Zoja. »Die Soldaten folgen diesen Befehlen nur.«

Die alte Frau grinste zahnlos. »Abgedrückt haben die Soldaten, nicht Sadonova. Ein grausames Regime funktioniert nur, wenn es Menschen gibt, die den Befehlen ohne Widerworte folgen. Anastasia hatte aber ihre Rache, nicht wahr?«

Jetzt blickte die jüngere zur alten Frau. Zögerlich nickte Anastasia. Sie sah nicht zufrieden aus, denn erfüllte Rache machte nie zufrieden, sosehr man es sich auch wünschte. Sadonovas Tod brachte weder Vlad ins Leben zurück noch heilte es die Wunden, die Anastasia davongetragen haben musste, als sie zusehen musste, wie ihr Vater erschossen wurde.

»Wo sind wir hier?«, fragte Zoja und blickte sich um. Die Höhle war nicht besonders groß.

»Gut versteckt vor den Russen. Ins Dorf können wir nicht mehr zurück. Dort suchen die uns als Erstes«, sagte die alte Frau beinahe gedankenversunken.

»Aber warum habt ihr das gemacht? Warum habt ihr mich befreit?«

»Haben wir nicht!« Ein junger Mann, so groß wie ein Bär und wahrscheinlich auch genauso stark, trat ans Feuer und hockte sich hin. »Zwischen denen und uns tobt ein Krieg, aber wir sind im Recht. Uns gehört das Land, hier sind unsere Geister zu Hause.«

»Ein Krieg? Ihr seid Rebellen?«

»Wir sind das, was zwischen den Russen und der Natur steht. Hier gibt es wertvolle glitzernde Steine.«

»Diamanten?«

»Wie auch immer ihr das nennt. Für uns sind die Steine die Tränen der Geister, die immer vergossen werden, wenn der Mensch die Natur schändet. Die Steine bleiben hier. Niemand darf sie verkaufen.«

»Es war also Zufall, dass ihr mich gerettet habt?«

Der junge Mann schwieg. Dafür murmelte die Alte irgendwelche Worte, die Zoja nicht verstand. Es hörte sich wie eine Beschwörungsformel an. Oder wie ein Gebet.

»Zufall war es nicht«, sagte die Alte dann. »Wir wollten Rache für Vlad.«

»Woher wusstet ihr, dass Sadonova die Basis verlassen würde?«

»Verräter gibt es auf beiden Seiten.«

Zoja erinnerte sich an den Jäger, der sie zuerst vor dem sicheren Tod in der Wildnis gerettet und später dann an die Russen verraten hatte. »Wie hieß er noch gleich?«, fragte sie die alte Frau.

»Wen meinen Sie?«

»Den Mann, der mich an die Russen verraten hat.«

Die alte Frau legte ihre Stirn in Falten, Zorn färbte ihre Worte. »Jemand wie er hat keinen Namen verdient. So kann er sich an den Toren des Totenreichs nicht zu erkennen geben. Er wird bis zum Ende der Ewigkeit im grauen Nebel des Vergessens umherwandeln.«

»Also ist der tot?«

Der junge Mann spuckte ins Feuer. »Wenn er Glück hatte. Wenn nicht, kämpft er immer noch gegen das Unvermeidliche.«

»Das gilt auch für uns«, sagte die alte Frau. »Sie werden uns finden.«

»Sie muss so schnell wie möglich weg«, sagte der junge Mann und deutete auf Zoja.

Der auf sie gerichtete Finger stach Zoja förmlich ins Herz. Fast so, als hätte er ihr tatsächlich einen Dolch hineingetrieben. In dieser unwirtlichen und grausamen Natur gab es nicht viele Interpretationsmöglichkeiten für seine Worte, nicht viele Chancen zu überleben.

»Vlad sagte, ich soll nach Beluschja Guba«, sagte sie schnell, als ginge es um ihr Leben.

Die beiden Nenzen blickten sich an, Anastasia schaute zu Boden. Offenbar brachen allein durch die Nennung seines Namens alte Wunden wieder auf. Zoja tat es leid. Sie wollte nicht, dass Anastasia litt.

»Wir müssen uns den anderen anschließen«, sagte der junge Mann, »sonst enden wir als Fischfutter.«

»Sie könnte es schaffen«, sagte die alte Frau.

»Ich kann es schaffen«, sagte Zoja, ohne wirklich zu wissen, um was es ging.

»Einen Scheiß schafft die!«, sagte der junge Mann.

»Wir können sie nicht hierlassen«, erwiderte die alte Frau.

Anastasias Augen wanderten von Zoja zu der alten Frau und dann zu dem jungen Mann. Beinahe hatte Zoja das Gefühl, als würde Anastasia sprechen wollen, doch die junge Frau brachte noch nicht den Mut auf.

»Sieh, was du angerichtet hast!« Die alte Frau stieß den jungen Mann gegen die Schulter und zeigte dann auf Anastasia.

»Ich habe gar nichts gemacht!«

»Bitte«, sagte Zoja. »Ihr habt mich gerettet, ob nun zufällig oder nicht. Mein Leben liegt in eurer Hand, das weiß ich. Doch durch meine Rettung seid ihr nun für mich verantwortlich. Die Russen hier sind Monster, ohne Frage. Aber was seid ihr?«

Der junge Mann kratzte sich am Kinn. Sein langer Bart vibrierte dabei im Takt der Finger. »Von was redet die?«, fragte er die alte Frau. »Ihr Leben in unserer Hand?«

»Sie glaubt, du willst sie umbringen. Du bist ein Tölpel. Was habe ich da nur großgezogen?« Sie boxte ihn wieder gegen den Oberarm. »Keine Manieren, mein Junge. Keine Manieren.«

Zoja beobachtete das Schauspiel. Mutter und Sohn also. Erst jetzt fiel ihr die Ähnlichkeit auf, die Augen, die bei beiden voller Güte, aber auch voller Traurigkeit waren. Das Leben hier war hart. Viele fragten sich, warum es diese Menschen hier aushielten. Das Leben in der Stadt war doch um ein Vielfaches einfacher. Aber war es besser? Außerdem suchte man sich seine Heimat nicht aus. Heimat war da, wohin das Herz einen trug. Und war das Leben nicht viel intensiver, wenn man jeden Morgen aufwachte und dankbar war, einen weiteren Tag geschenkt bekommen zu haben? Wie intensiv musste sich das Leben anfühlen, wenn man es nicht als etwas Selbstverständliches begriff, sondern als Geschenk. Ein Geschenk, das man sich jeden Tag aufs Neue selbst machte. Indem man dafür hart arbeitete und sich auf die wesentlichen Dinge konzentrierte.

Zoja hatte ein schlechtes Gewissen. Wie hatte sie auch nur im Ansatz glauben können, diese Menschen würden sie umbringen wollen?

»Vielen Dank«, sagte sie und lächelte. Die Worte kamen von Herzen, ebenso wie ihre Dankbarkeit.

»Mein Kind«, sagte die Alte, »Überleben funktioniert nur gemeinsam. So war es schon, als die ersten Menschen sich gegen Raubtiere verteidigen mussten, und so wird es sein, wenn wir damit beginnen, die Sterne zu besiedeln.«

»Da war ein Geräusch!« Der junge Mann war schlagartig ganz angespannt.

Zunächst hörte Zoja nur das Rauschen in ihren Ohren und das Knacken der brennenden Zweige. Aber dann war da ein stetiges Brummen, ein konstanter, niederschwelliger Ton. Wie mongolischer Kehlgesang, nur ohne Höhen und Tiefen.

»Was ist das?«, fragte sie.

Der junge Mann legte einen Finger auf die Lippen. Mit der anderen Hand fummelte er sein Sturmgewehr hervor.

»Macht euch bereit«, sagte die Alte.

»Was passiert hier?« Zoja schlug das Herz bis zum Hals. Adrenalin ließ ihren ganzen Körper kribbeln.

Dann hallte ein lautes metallisches Krachen in der Dunkelheit. Blitzartig flammten Neonröhren an der Decke auf. Zoja wandte sich geblendet ab. Als sie wieder sehen konnte, bewegte sich der junge Mann zu einer Metalltür. Die Alte deutete auf ein Gitter in der Wand.

»Der Luftschacht«, sagte sie. »Wir sitzen in der Falle!«

»Wie konnten die uns hier nur finden?«, knurrte der junge Mann. Er packte das Sturmgewehr fester. »Ich halte die Schweine so lange auf, wie ich kann. Beeilt euch!«

Er riss die Tür auf und lief in den beleuchteten Gang dahinter. Wo, verdammt, waren sie hier? Der Raum, in dem sie sich befand, wirkte wie ein ehemaliger Lagerraum, der in den Felsen geschlagen worden war. In einer Ecke standen halb zerfallene Holzkisten.

»Los jetzt«, sagte die Alte. »Jede Sekunde zählt.«

Anastasia rüttelte schon am Luftschachtgitter. Von dort kam auch das Geräusch des Wassers.

»Was ist das hier?«, fragte Zoja.

»Keine Zeit, Kindchen. Reiß das Gitter raus.«

Aus dem Gang ertönten Schüsse.

Das Gitter gab nach. Etwas knirschte in der Wand.

Wieder knallten Schüsse, nur dieses Mal viel näher. Die Alte zog ein Messer aus dem Stiefel. Sie rüttelten am Gitter und sahen, wie die Felswand es Millimeter für Millimeter freigab. Endlich polterte es zu Boden.

»Nimm die Taschenlampe und geh«, befahl die Alte.

Anastasia schlüpfte schon in den Schacht.

»Was erwartet mich da?«, fragte Zoja.

»Schnellboote. Wenn wir Glück haben, können wir damit fliehen.« Sie drängte Zoja zum Schacht. »Schnell jetzt! Rein da!«

Zoja war halb hineingeklettert, als sie sich umdrehte und an der Alten vorbei zur Tür blickte.

»Vorsicht!«, schrie sie.

Der Schuss klang in dem kleinen Raum wie ein schrecklicher Donner. Das Projektil schlug dicht neben dem Luftschacht ein und verfehlte die Alte, die sich zur Seite gerollt hatte. Sie stand schnell wieder auf den Füßen und hielt das Messer erhoben.

»Du?«, schrie Zoja ungläubig. »Du bist tot!«

Oberst Sadonova grinste über das ganze Gesicht.

»Ich töte euch alle!«, schrie sie.

20

Berlin, 23:56 Uhr MEZ

HARTE BEATS. Stroboskoplicht. Zuckende Körper. Schweißgeruch. Das war Hassans Welt. Er bahnte sich einen Weg durch die tanzende Menge zur Theke. Die Barkeeperin hatte ihr weißes Hemd hochgekrempelt, sodass das Bauchnabelpiercing im wechselnden Licht blitzte. Ihre Unterarme waren voller Tattoos. Sie mixte gerade einen Drink, er vermutete Long Island Ice Tea oder ein ähnliches Gehirnzellenmassaker. Sie warf den Shaker hoch und fing ihn geschickt wieder auf.

»Hey«, sagte Hassan zu ihr. Er musste schreien, weil die Beats die Luft zum Vibrieren brachten.

»Hey«, rief die Barkeeperin zurück. »Was willst du haben?«

»Habt ihr spezielles Zeug?«

Sie neigte den Kopf, als hätte sie ihn nicht richtig verstanden. »Ich kenn dich nicht«, erwiderte sie.

»Ich mein ja nur«, sagte Hassan.

»Kindergetränke gibt es draußen. Und jetzt verpiss dich, Arschloch.« Sie drehte sich zu den bunten Flaschen um, die in einem neonbeleuchteten Regal standen.

Er griff über die Theke und hielt sie am Arm fest. Sie riss sich los.

»Nimm deine Wichsgriffel weg!«, schrie sie.

Er hob beschwichtigend die Hände hoch. »Ich wollte nur einen Gin Tonic.«

Die Wut stand ihr, fand Hassan. Er stellte sich vor, was diese Wildkatze alles im Bett anstellen würden. Er wäre der Dompteur, der mit seinem Stab die wilde Bestie zähmt.

Sie klatschte ihm ein Glas auf die Theke, sodass fast die Hälfte des Getränks überschwappte. Er hatte sie provoziert. Warum auch nicht? Was sollten sie denn tun? Die Scheißbullen rufen? Und dann? Eine Verwarnung? Das war ähnlich wirkungsvoll, wie mit einer Feder zu versuchen, eine Panzerglasscheibe zu zerschmettern. Für ihn galten die deutschen Gesetze nicht. Die sogenannten Ordnungshüter waren Witzfiguren, kastrierte Bulldoggen mit gezogenen Zähnen. Für ihn gab es nur das Gesetz der Clans. Dort fand man klare Regeln und Strafen, die so brutal waren, dass sich niemand den gleichen Fehltritt ein zweites Mal leistete.

Und das wirklich Wundervolle daran war, dass diese Clan-Mentalität durch Film und Fernsehen einen romantischen, nahezu religiösen Touch bekommen hatte. So sehr, dass viele Jugendliche auf die Frage, was sie später werden wollten, antworteten: Gangsta oder Influencer. Damit verdiente man heute ein Schweinemoos. Nur Gangsta war viel cooler. Das war ein Lifestyle.

Die Barkeeperin packte Hassan blitzschnell am Kragen. »Ich bin eine gute Gastgeberin«, hauchte sie ihm ins Ohr, so gut es bei der lauten Musik ging. Deswegen wirkte es noch bedrohlicher. »Das Getränk geht aufs Haus. Danach bewegst du deinen Arsch aus meinem Club. Haben wir uns verstanden?«

»Und wenn ich zur Stadtverwaltung gehe und mich beschwere? Du hast mich nur rausgeworfen, weil ich Ausländer bin.«

Sie lachte. »Du weißt nicht, was du hier gerade tust und mit wem du redest.«

Nein, sie wusste nicht, mit wem sie sich anlegte. Er blieb stumm und lächelte sie nur an.

Sie schaute ihn beinahe mitleidig an.

Die Barkeeperin erinnerte ihn an die Frau, die er ein paar Stunden zuvor vor dem Restaurant seines Onkels getroffen hatte. Diese Frau war ähnlich wild gewesen, hatte aber eine düstere Ausstrahlung. Als ob sie etwas belastete. Hassan hatte das gespürt. Niemand sollte sagen, dass Gangsta nicht auch feinfühlig sein konnten. Ein solches Klischee zu bedienen wäre so, als sähe man die Welt als ein Abziehbild im zerfledderten Einklebealbum eines Kindes, das sich nicht mehr für das Album interessiert.

Jetzt, wo Hassan genauer über die Frau aus der Gasse nachdachte, erkannte er, dass sie die Situation die ganze Zeit unter Kontrolle gehabt hatte. Woran das lag, konnte er sich nicht erklären. Hatte er vielleicht gar nicht die Frau, sondern seinen Kumpel Alim vor ihr gerettet?

Er holte sein Handy aus der Hosentasche. Die Nummer der Frau hatte er ja. Sollte er sie anrufen? Würde er mit ihr fertigwerden? Bestimmt, sie war schließlich nur eine Frau. Er ging jeden zweiten Tag in die Muckibude zum Gewichte Stemmen. Und sie hatte schmächtig ausgesehen, hatte keine Titten und nur Mäusefäustchen. Ein leichtes Spiel für ihn. Ein klarer Sieg, der ihm den Respekt von Papa einbringen würde. Er könnte eine weitere Sprosse auf der Karriereleiter des Clans erklimmen. Berlin war die größte Stadt Deutschlands, aber was galt das schon, wenn einem die Welt offenstand?

Hassan trank den Gin Tonic in einem Zug aus. Es schmeckte scheußlich. Zu viel Gin, zu wenig Tonic. Er stellte das Glas auf die Theke und wischte sich mit dem Handrücken die Lippen ab. Er tippte auf die Telefonnummer. Sein Daumen schwebte über dem grünen Button, aber etwas hielt ihn davon ab, sie anzurufen.

War es Angst?

Fest entschlossen, es herauszufinden, drückte Hassan auf »anrufen«. Zuerst war nur ein Rauschen zu hören, dann ertönte das erste Freizeichen.

»Machst du hier Probleme?« Der Türsteher baute sich vor ihm auf. Auch Libanese, das erkannte Hassan sofort.

Und er wusste auch sofort, mit wem er sich angelegt hatte. Nicht gut, schoss es ihm durch den Kopf. Gar nicht gut. Er wagte einen Seitenblick zur Barkeeperin.

»Mach ihn fertig, Jamal«, sagte sie beinahe emotionslos. Ein Beben in ihrer Stimme verriet, dass sie dabei zusehen würde. Und wahrscheinlich würde die Schlampe dabei noch feucht werden.

21

Nowaja Semlja, später

DIE ALTE WAR erstaunlich flink. Sadonova schaffte es nicht, sie anzuvisieren. Noch bevor die Soldatin ein zweites Mal abdrücken konnte, steckte das Messer der Alten in ihrem Oberarm. Sadonova brüllte vor Schmerzen. Die Alte rüttelte am Messergriff, bis die Pistole zu Boden polterte. Blind vor Wut und Schmerz schleuderte Sadonova die Alte von sich. Der zerbrechlich wirkende Körper prallte mit einem dumpfen Laut gegen die Felswand. Die Soldatin bückte sich nach der Pistole. Höchste Zeit zu verschwinden, dachte Zoja. Anastasia war schon vorgekrochen und im Schein der Taschenlampe längst nicht mehr zu sehen. Sadonova feuerte auf den Belüftungsschacht. Die Querschläger pfiffen an Zoja vorbei und verloren sich in der Dunkelheit. Ein helles Pfeifen ließ sie kurzzeitig die Balance verlieren.

»Lauf, Zoja, lauf!«, schrie die Alte.

»Stirb, du dämliche Fotze!« Sadonova war vollkommen in Rage. Sie polterte wie eine Geröllawine.

Weiter, einfach weiter. Zoja kroch, so schnell sie konnte. Der Schweiß brannte ihr in den Augen. Das raue Metall des Lüftungsschachts rieb ihr die Haut auf. Blut klebte an ihren Händen. Bloß nicht zurückblicken. Zoja spürte beinahe Sadonovas Atem in ihrem Nacken. Wenn die Russin in diesem engen Schacht schoss, hatte niemand eine Chance. Anastasia nicht, und Zoja auch nicht.

Plötzlich erschütterte eine Explosion den Schacht. Das Metall ächzte und wölbte sich.

»Anastasia!«, schrie Zoja. »Wo bist du?«

Keine Antwort. Nur das Rumoren des Metalls. Sie kroch weiter und lenkte kurz den Schein der Taschenlampe nach hinten, aber da war nichts. Offenbar folgte Sadonova ihr nicht. Eine zweite Explosion erschütterte den Schacht, ein Schrei ertönte.

Anastasia!

Zoja beeilte sich, aber das Metall neigte sich. Und dann sah sie, wie Anastasia sich verzweifelt festkrallte. Im Lüftungsschacht gähnte ein Riss. Sie kroch schneller und bekam Anastasia im letzten Moment zu packen. Die Wucht des abgefangenen Falls riss ihr beinahe die Schulter aus dem Gelenk. Mit den Füßen stemmte sie sich gegen das Metall. Anastasia sah sie panisch an.

Unter ihnen war tatsächlich ein Steg. Was war das hier?, schoss es Zoja durch den Kopf. Der Lüftungsschacht führte in etwa drei Metern Höhe an der Decke entlang. Sie waren direkt über dem Wasser, das in diesen Breitengraden wahrscheinlich eiskalt war. Tödlich kalt. Das plötzliche Eintauchen würde einen Kälteschock auslösen. Woher wusste sie das?, fragte sich Zoja. Und warum analysierte sie im Augenblick der höchsten Gefahr die Situation mit beinahe emotionsloser Präzision? War sie tatsächlich dafür ausgebildet, so etwas zu überstehen? Das eiskalte Wasser würde den Kreislauf zusammenbrechen und das Atemvolumen innerhalb kürzester Zeit ansteigen lassen. In diesem Wasser überlebte niemand länger als zwei Minuten. Aufgrund der Panik könnte man sich nicht einmal selbst retten.

Die scharfe Risskante schnitt in Zojas Handgelenke. Wie

lange konnte sie Anastasia noch halten? Es musste eine Lösung geben. Gottverdammt! Es musste doch einen Ausweg geben!

Der Bootssteg war großzügig angelegt. Irgendjemand hatte eine Metallplattform ins Wasser gebaut. An der glatten Felswand standen noch ein paar Munitionskisten. Die Neonröhren hingen an Kabeln, die zwischen Gerüstsäulen gespannt waren. Ein Motorboot dümpelte im Wasser. Das Ganze wirkte wie das Versteck eines Superbösewichts aus einem der ersten Bond-Filme, war aber wohl ein geheimer U-Boot-Stützpunkt aus der Zeit des Zweiten Weltkriegs.

Gerüstsäulen! Wenn sie eine der diagonal laufenden Streben erreichen könnte, würde sie sich dort festklammern und vorsichtig hinunterklettern. Fieberhaft schaute Zoja sich um. Da! Fast in unmittelbarer Nähe war eine dieser Säulen. Aber nur fast. Sie würde Anastasia hinüberschwingen müssen.

»Halt dich da fest!«, schrie Zoja.

Anastasia schaute unsicher zu dem Gerüst und nickte dann. Zoja mobilisierte ihre letzten Kräfte. Sie ließ Anastasia nach links und dann in Richtung Gerüst schwingen. Der Belüftungsschacht erzitterte. Sie hatten nur diese eine Chance, und Anastasia nutzte sie. Mit einer Hand bekam sie die Strebe zu fassen und griff schnell mit der anderen nach. Die plötzliche Gewichtsveränderung ließ Zoja taumeln, sie verlor beinahe den Halt. Gleichzeitig senkte sich der Belüftungsschacht nach unten, als würde er sich aus seiner Verankerung lösen. Im letzten Moment vor dem freien Fall in den sicheren Tod stieß Zoja sich mit dem Fuß ab. Die rettenden Metallstreben flogen an ihr vorbei. Verzweifelt griff sie danach, spürte das kalte Metall, bekam es aber nicht zu fassen und rutschte ab. Das Wasser kam näher. Kurz über dem Wasser bekam sie eine der Streben zu fassen. Ihr Körper wurde in eine andere Richtung geschleudert, sodass sie mit voller Wucht gegen die Säule prallte. Die Luft wurde aus ihrer Lunge gepresst, ihr ganzer Körper schrie vor Schmerz. Sie konnte sich nicht halten, ihre Finger glitten ab. Mit unbedingtem Überlebenswillen umarmte Zoja eine der Streben. Nun fand sie auch mit den Füßen Halt. Sie wollte erst mal durchatmen, aber schon hallten Schüsse durch die Höhle.

Sie kletterte vom Gerüst und spürte endlich die rettende Plattform unter ihren Füßen. Sie ließ die Metallstreben los und sackte sofort auf die Knie. Die Anstrengung hatte sie ihre letzten Kraftreserven gekostet. Aber sie musste weiter zum Boot. Anastasia lag wie ein Elendshäufchen auf der Plattform. Atmete sie? Zoja kroch auf sie zu. Gemeinsam hievten sie sich hoch und humpelten zum Boot.

»Spring hinein und starte den Motor!«, befahl Zoja.

Wenn er überhaupt ansprang. Dazu die rostigen Ketten, mit denen das Boot befestigt war. Wie lange hatte es hier gestanden? Jahre? Jahrzehnte?

Zoja humpelte zu den Munitionskisten an der Wand. Es musste hier doch irgendetwas geben. Einen Hammer oder so. Erleichtert entdeckte sie eine Rohrzange. Mit der Kraft der Verzweiflung schlug sie auf das verrostete Schloss und die Kette ein. In ihrem Rücken hörte sie das Husten des Motors. Immer und immer wieder. Wie das Husten eines Krebskranken im Endstadium. Jeder Schlag mit der Zange auf das Metall ließ ihre Schulter vor Schmerzen schreien. Dann gab das Schloss tatsächlich nach! Zwei, drei Schläge später klirrte es zu Boden. Hastig wickelte Zoja die Kette ab. Das Boot war frei. Aber der Motor wollte nicht starten.

»Nicht so schnell, mein Täubchen!«, hallte Sadonovas Stimme durch die Höhle.

Sie humpelte, der eine Arm hing schlaff herab. Aber selbst in diesem Zustand war sie eine ernst zu nehmende Gegnerin. Man wurde nicht Offizier der russischen Streitkräfte, weil man gut Halma spielen konnte.

Zoja baute sich kampfbereit auf, aber die Rohrzange fühlte sich tonnenschwer an.

»Was willst du denn damit?«, spottete Sadonova.

»Bleib weg von uns!« Wahrscheinlich hörte sie sich nicht einmal im Ansatz bedrohlich an.

Sadonova lachte. »Du hast keine Kraft mehr. Gib einfach auf, dann geht es schneller.«

Zoja schüttelte den Kopf und atmete tief ein. Irgendwo in ihrem Körper mussten noch Reserven sein. Sie war nicht so weit gekommen, um hier durch die Hand einer Sadistin zu sterben. Der Schmerz, den sie hatte erleiden müssen, durfte nicht umsonst gewesen sein.

»Bleib weg!«

Sadonova lachte wieder. Sie stellte sich breitbeinig auf. In ihrer Hand blitzte das Messer der alten Frau. Zoja mochte sich nicht vorstellen, was mit ihr passiert war.

»Du hast es so gewollt.« Die Russin bewegte sich geduckt seitwärts. Jede ihrer Bewegungen verriet, dass sie eine geübte Messerkämpferin war. Und Zoja kam mit einer Rohrzange. Das waren keine guten Voraussetzungen.

Sadonova schnellte vor, doch Zoja wich aus. Die Russin setzte nach, verfehlte ihr Ziel aber haarscharf. Zoja schlug zu und taumelte, weil sie nicht traf. Zum Glück, denn so strich die Klinge wieder knapp an ihr vorbei. Doch nun war Sadonovas Deckung offen. Zoja sprang vor und rammte ihr die Schulter zwischen die Brüste. Die Russin stolperte zurück. Zoja sammelte sich. Die Russin tänzelte wieder seitwärts.

In diesem Moment hörte das Husten des Motors auf und verwandelte sich in ein Knurren, das unregelmäßig, aber beständig stotterte. Der Motor war angesprungen, die Flucht war in greifbare Nähe gerückt.

Die Hoffnung fühlte sich für Zoja wie eine belebende Dusche an, das Blut raste durch ihre Adern.

Sadonova schrie und rannte mit ausgebreiteten Armen los. Im letzten Moment duckte sich Zoja und wirbelte herum. Sadonova tat das Gleiche. Das Messer raste auf Zoja zu. Sie legte ihre letzte Kraft in den Schlag. Die Rohrzange traf die Soldatin mit voller Wucht im Gesicht. Knochen brachen, Blut sprudelte der Russin aus der Nase. Sie konnte nicht einmal schreien. Mit weit aufgerissenen Augen stolperte sie rückwärts und ruderte Halt suchend mit den Armen. Dann stürzte sie ins eiskalte Wasser. Sofort begann sie zu hyperventilieren, schlug mit den Armen um sich und versuchte zu schwimmen, aber sie war zu keinen koordinierten Bewegungen mehr fähig. Sadonova wurde vom Wasser verschluckt und tauchte nicht mehr auf.

Von irgendwoher hörten sie erneut eine Explosion. Sie waren noch lange nicht in Sicherheit. Und wenn Sadonova den Weg zum Bootssteg gefunden hatte, würden die anderen Angreifer auch bald hier sein. Zoja wandte sich zum Motorboot, wo Anastasia unruhig wartete.

»Halt du das Ruder!«, schrie Zoja. Sie stieß das Boot vom Steg ab und kletterte hinein. Schüsse hallten durch die Luft. Als Zoja sich umblickte, erkannte sie den jungen Mann, der auf sie zugerannt kam.

»Warte!«, sagte Zoja.

Hinter ihm tauchte eine Gestalt auf. Helados, Ivans Killer! Er zielte mit einem Sturmgewehr auf den Fliehenden. In dem Moment, in dem der Killer feuerte, sprang der junge Mann ins Boot. Es wankte so stark, dass Zoja sich festkrallen musste, um nicht ins Wasser zu fallen.

»Los jetzt«, keuchte er.

Eine Salve ließ das Wasser knapp neben dem Boot hochspritzen. Anastasia gab Vollgas.

Sie erreichten das Ende der Höhle und fuhren in die Nacht hinaus. Kälte umhüllte sie, aber sie waren der Hölle entkommen. Vorerst.

Das Boot jagte an der Küste entlang, bis das erste Licht des Morgens als silberner Streif am Horizont zu sehen war, dann ging das Benzin zur Neige. Auf der ganzen Fahrt hatte niemand ein Wort gesprochen. Anastasia lenkte das Boot zur Küste, bis der Bug über den Boden schrammte. Zoja sprang heraus.

»Kennst du dich hier aus?«, fragte sie den jungen Mann.

Keine Reaktion.

»Ich muss nach Beluschja Guba. Wie kommen wir dahin?«

Wieder keine Reaktion. Zoja sah, dass er zusammengesunken auf dem Boden lag. Die Blutlache war mittlerweile getrocknet.

Oh. Mein. Gott. Zoja wurde schwindelig. Sie hatte gedacht, dass sie es geschafft hätten. Anastasia schmiegte sich zitternd an sie. Zoja legte den Arm um die junge Frau.

In der Ferne war das Schlagen von Rotorblättern zu hören. Soldaten kamen, um sie zu suchen. Und hier gab es nur Felsen und Steine, kaum Deckung. Sie mussten hier sofort weg.

»Für Trauer ist später Zeit«, sagte sie.

Anastasia nickte und deutete in die Richtung einer kleinen Anhöhe, die weiter im Landesinneren lag.

»Dort sind wir in Sicherheit?«

Anastasia presste die Lippen aufeinander. Sie schaute ein letztes Mal zum Boot, dann nickte sie.

Der Hubschrauber kam immer näher.

22

Berlin, 00:17 Uhr MEZ

MIT FAST 3,8 MILLIONEN Einwohnern war Berlin die bevölkerungsreichste und gleichzeitig auch flächenmäßig größte Stadt Deutschlands. Und trotzdem schaffte es so ein verfickter Wichser, einen einsamen Hinterhof zu finden, in dem er jemanden so richtig fertigmachen konnte, ohne dass andere Notiz davon nahmen. Dafür brauchte er nicht einmal besonders weit zu gehen. Einfach an den Toiletten des Clubs vorbei, eine Metalltür öffnen, und schon begann das Spielchen.

Hassan prallte gegen einen Müllcontainer. Der libanesische Türsteher packte ihn am Kragen und warf ihn gegen eine Backsteinwand. Und die ganze Zeit stand die dämliche Barkeeperin daneben und schaute rauchend zu.

»Mach ihn einfach fertig«, sagte sie und zog lasziv an ihrer Slim-Line-Zigarette. Wenn sie nicht so scheiße aussehen würde, wäre sie die Paradebesetzung für die Femme fatale in einem dieser Crime-Noir-Filme, die Hassan mit seinem Bruder so gerne schaute. Eine Maske könnte vielleicht helfen. Aus Leder, mit einem roten X drauf und einem Reißverschluss, um den Mund verschließen zu können. Hassan musste lachen.

»Ist das ein Spiel für dich?«, fuhr ihn der Türsteher an. »Ich hab dich was gefragt! Ist das ein Spiel für dich?«

Hassan schwieg. Er war Jamal, oder wie auch immer der

Typ hieß, gnadenlos unterlegen. Und die hässliche Barkeeperin wollte ihn leiden sehen. Da tat man vieles, aber man provozierte nicht auch noch. Vielleicht lag es auch an der Wirkung vom Ex, das er sich vorher reingepfiffen hatte? Richtig krasses Zeug mit neuer chemischer Formel. Sollte die Wirkung von Potenzmittel haben. Hassan spürte aber nichts, auch nicht die Schmerzen, die er eigentlich haben müsste. Schließlich war er mit voller Wucht gegen den Container geschleudert worden. Was für krasses Zeug, dachte er.

»Ich hab dich was gefragt, du dämlicher Hund!«

Hassan rutschte die Wand hinunter und blieb daran angelehnt sitzen.

»Der ist total high«, sagte die Barkeeperin. »Du bist ein mieser kleiner Dealer.« Sie schaute Jamal an. »Er hat drinnen eben nach speziellem Zeug gefragt, wollte wissen, ob ich was davon habe.«

Jamal packte Hassan am Hals und zog ihn auf die Füße. Dann tastete er die Kleidung ab und fand die Druckverschlusstütchen in Hassans Jackeninnentasche. Zwölf Einheiten Ex. Es hätten dreizehn sein sollen.

»Weißt du eigentlich, was du hier machst?«, fragte Jamal. »Weißt du eigentlich, wessen Territorium das ist?«

Natürlich wusste Hassan das. Jamal gehörte zum Al-Habeh-Clan, die Barkeeperin vermutlich auch. Wahrscheinlich gehörte denen der ganze verschissene Club und der verfickte Hinterhof gleich dazu. Was bedeutete, dass Hassan die Regeln missachtet hatte. Und Regeln zu missachten war generell eine miese Idee, speziell die Regeln, die sich die Clans gegeben hatten, denn diese waren dazu da, die Waffenruhe zwischen den Großfamilien zu sichern. Verstieß ein Clanmitglied dagegen, wurde es durch das Tribunal bestraft. Hassan war einmal dabei gewesen, wobei Tribunal hochtrabender klang, als es tatsächlich war. Alle Chefs der deutschen Clans hockten an einem

Tisch und tranken Tee, mit Ausnahme der beiden Chefs, die betroffen waren. Zuerst durfte sich der Ankläger äußern, dann kam die Verteidigungsrede. Nach einer kurzen Diskussion wurde das Urteil gefällt. Meist war es ein Urteil, das den nicht beteiligten Clanchefs in die Karten spielte.

»Ich bin am Arsch, oder?«

Jamal blickte die Barkeeperin an. Die schnippte ihre Zigarette weg und kam auf die beiden zu. Ihre Hosenbeine endeten kurz oberhalb der Knöchel, weshalb ihr Fußkettchen gut erkennbar war. Ihre Füße steckten in Lackhalbschuhen. Und während die Femme fatale des Noir-Films im Augenblick des Triumphs mit lasziven, fast schlängelnden Bewegungen auf den scheinbar geschlagenen Helden zutänzelt, um kurz darauf ihre wahre Intention zu verraten, stampfte diese Barkeeperin zum Müllcontainer. Das hier war eben kein Film. Hassan war weit davon entfernt, ein Held zu sein, und die Absichten der Tussi waren klar.

»Zu welchem Clan gehörst du?«, fragte sie ihn.

»Können wir das hier nicht vergessen?«, fragte Hassan. »Ich wollte nur ein paar Shots trinken und Spaß haben.«

Sie ließ sich von Jamal eine Tüte Ex geben. »Und wo sind deine Freunde, mit denen du dir das Zeug reinpfeifen wolltest?«

»Ich wollte das nicht verkaufen.« Hassan fühlte sich schon beinahe wie vor Gericht. Er hätte besser aufpassen müssen. Fuck, ja, das hätte er.

»Ich mache dir einen Vorschlag«, sagte Hassan. »Du gibst mir mein Zeug wieder. Von mir aus behaltet zwei oder drei Tüten. Das ist echt krasses Zeug. Wenn ihr es gut findet und ihr es wollt, besorge ich euch mehr. Versteht ihr? Ihr braucht das nicht zu bezahlen. Ich regel das schon. Lasst mich einfach, okay?«

»Der hat die Hosen voll«, sagte Jamal.

Die Barkeeperin ließ eine Tüte durch die Finger gleiten. Anscheinend überlegte sie. Schon mal ein gutes Zeichen.

»Ich hab einen anderen Vorschlag. Wir nehmen dir alles ab und machen dich kalt.«

Die Worte zauberten Jamal ein riesiges Grinsen auf die Lippen. Er zog ein Messer, Hassans Zeit war abgelaufen. Er trat ziellos um sich und traf Jamal tatsächlich in die Eier. Ein Millionentreffer. Wahrscheinlich auch das Einzige, was bei ihm wirkte. Der Türsteher kippte zur Seite und ließ das Messer klirrend zu Boden fallen. Hassan sprang auf. In der wirbelnden Bewegung hob er die Klinge auf und bedrohte damit die Barkeeperin.

»Gib mir mein Zeug!«

Sie wich etwas zurück. Immer wieder schaute sie über Hassans Schulter, in der Hoffnung, dass Jamal wieder auf die Füße kam. Das würde er auch irgendwann. Hassan musste sich also beeilen.

»Dem Wichser sind die Eier geplatzt«, sagte Hassan. »Hab's durch meine Schuhsohle gespürt. Gib mir das Zeug!«

»Du weißt, was das bedeutet?«

Hassan zuckte mit den Schultern. »Ihr wolltet mich umbringen. Ich wollte bei euch nur etwas trinken. An eurer Stelle würde ich es mir überlegen, das Tribunal um ein Urteil zu bitten. Es könnte für den Al-Habeh-Clan ziemlich mies ausgehen.«

Der Vorteil eines in Traditionen gewachsenen Rechtssystems war die flexible Auslegung der Geschehnisse. Es gab keine Beweise oder Zeugenaussagen, nur das Gefühl, der Richter entschied über das Strafmaß. Hassan konnte sich gut vorstellen, dass die Barkeeperin ausgepeitscht werden würde. Verdient hätte es die Schlampe. Vielleicht würde ihr auch ein Ohr abgeschnitten. Die Strafen des Clan-Gesetzes waren grausam und abschreckend, hielten die Leute aber, genau wie die Todesstrafe, nicht davon ab, die Regeln zu missachten. Der Mensch blieb Mensch. Egal was ihm drohte.

Sie kaute an ihrer Unterlippe. In diesem neuen Licht betrachtet war sie gar nicht so hässlich. Zwar war sie immer noch weit davon entfernt, schön zu sein, aber trotzdem hatte sie etwas Interessantes an sich. Und ganz vielleicht war dies das neue Schön, denn wer wollte schon eine durchgestylte Werbevorlage mehr als einmal ficken? Hassan schob den Gedanken beiseite. Jetzt war weder der rechte Ort noch die rechte Zeit, um über das durch die Medien pervertierte Schönheitsideal nachzudenken.

»Fick dich«, sagte sie und warf die Druckverschlusstütchen auf den Boden. »Nimm und verschwinde. Wenn du noch mal hierherkommst, machen wir dich kalt.«

Hassan hob die zwölf Einheiten Ex vom Boden auf, ohne die Barkeeperin aus den Augen zu lassen. Sie brauchte nur schnell zuzutreten, und sein Kopf wäre nichts weiter als ein platter Fußball. Zum Glück war sie nicht so abgezockt.

»Ich komme nicht wieder.« Hassan steckte die Drogen in die Jackentasche. »Vergessen wir das hier, ja? Unsere Clans müssen sich nicht vor dem Tribunal treffen.«

»Müssen sie nicht«, sagte die Barkeeperin.

Das leichte Lächeln in ihrem Gesicht verriet sie. Hassan ahnte es eher, als dass er es spürte. Instinktiv wich er zur Seite. Jamal hatte sich angeschlichen und griff von hinten an. Hassan wirbelte herum und stach zu. Die Messerklinge drang tief in Jamals Bauch ein. Der Türsteher sackte sofort auf die Knie, aus seinem Mund lief Blut. Sein letzter Blick war voller Unglauben auf den Messergriff gerichtet. Dann kippte er dumpf zur Seite.

Die Zeit schien eingefroren zu sein. Hassan taumelte zurück. Das hatte er nicht gewollt. Das hatte er verdammt noch mal nicht gewollt! Er hatte in seinem Leben noch nie einen

Menschen getötet, und dieses erste Opfer würde auch sein letztes sein. Für Mord unter Clanmitgliedern kannte das Tribunal nämlich nur eine Strafe. Die Richter interessierten sich nicht für Rechtfertigungsgründe wie Notwehr.

Der Nachteil eines in Traditionen gewachsenen Rechtssystems war, dass die Richter nach Gefühl entschieden und nicht aufgrund einer Beweislage.

Hassan war so gut wie tot.

Und Papa würde nicht für ihn einstehen, denn so würde er die Ehre und Reputation des Clans gefährden.

23

Berlin, 06:32 Uhr MEZ

WIEBKE HATTE GUT geschlafen. Bellheim hatte ihr das Bett angeboten, aber sie hatte die Couch vorgezogen. Zwar war ihr Nacken etwas verspannt, aber das war nichts, was eine heiße Dusche und Schmerztabletten nicht beheben konnten. Sie stand auf und tapste in die Küche. Dort stand einer dieser Kaffeevollautomaten, ein edles Teil mit viel Chrom und wenig Plastik. Wiebke schaltete die Maschine ein. Ohne Kaffee lief gar nichts, nicht einmal duschen. Als ob Bellheim gewusst hatte, das sie vor ihm wach sein würde, standen neben der Kaffeemaschine die Zuckerdose und eine Tasse mit Monsteraufdruck und Morgenmuffel-Schriftzug. Beinahe hätte Wiebke gelächelt. Sie schaute in die Schränke, nicht der Neugier wegen, sondern einfach um dieses Gefühl zu haben, zu Hause zu sein. Natürlich war ihr klar, dass dies nicht ihr zu Hause war, aber es sich vorstellen durfte sie. Und es tat gut, die farblich sortierten Gewürze in einer Reihe berühren und riechen zu können. Die Dachgeschosswohnung, in der vor einem halben Jahr alles angefangen hatte, war ihre letzte feste Bleibe gewesen. Sie dachte an Frau Itzegel zurück, ihre letzte Nachbarin. Eine schreckliche, nervige Frau, die Wiebke fast ein wenig vermisste.

Ihr jetziges Leben war ermüdend. Wie gerne hätte sie wieder eine Nachbarin, egal wie nervig. Wiebke wollte einfach nicht mehr davonlaufen. Sie war in ihrem Leben so viel gerannt. Aber hatte es etwas gebracht?

Als das Wasser aufgeheizt war, drückte Wiebke den Knopf. Das Mahlwerk wurde einmal kurz laut, dann lief der Kaffee durch. Sie atmete den bitteren Mandelgeruch des frisch gebrühten Kaffees ein, schaufelte drei Löffel Zucker in die Tasse und setzte sich dann auf den Küchenstuhl. Ein Bein angewinkelt und mit dem nackten Fuß auf der Sitzfläche. Während sie trank, starrte sie schweigend nach draußen. Es war noch nicht viel los. Ein paar Passanten liefen an Bellheims Haus vorbei. Wiebke war das recht. Es musste nicht immer spannend sein.

Diesen einen Moment der Ruhe brauchte und genoss sie.

Das Badezimmer war maritim eingerichtet. Die Umrandung des Spiegels suggerierte ein Bullauge, und die Möbel sahen aus, als hätten sie vor zweihundert Jahren in einer Kapitänskajüte gestanden. Bellheim besaß Duschgel mit Schokoduft. Das hatte sie nicht erwartet, jedenfalls nicht bei einem deutschen Topagenten.

Nach dem Duschen öffnete sie den Hängeschrank. Irgendwo mussten doch Schmerztabletten sein. Im Schrank standen eine elektrische Zahnbürste und Aftershave mit Sandelholzduft. Im Fach darüber waren ein paar Medikamente und zum Glück auch Kopfschmerztabletten. Wiebke schluckte eine herunter. Die Wirkung sollte innerhalb von fünfzehn Minute eintreten. Da erblickte sie etwas, was sie hier nicht erwartet hatte. Ganz hinten, als ob sie extra dort versteckt worden war, lag eine zweite Zahnbürste mit weiß-rosé-goldenem Griff. Wenn Bellheim nicht ganz durchgeknallt war, war das unter keinen Umständen seine Farbe. Aber das Schokoduschgel machte jetzt plötzlich Sinn. Es war nicht so, dass Wiebke Beziehungstipps geben könnte, aber so viel erkannte sie: Die Zahnbürste war eine unerfüllte Hoffnung auf die Rückkehr der Benutzerin.

Zurück in der Küche traf sie auf Bellheim, der am Tisch saß

und Kaffee trank. Auf dem Tablet-Bildschirm prangte die Headline einer französischen Zeitung.

»Arbeiten Sie immer?«, fragte Wiebke.

»Guten Morgen.« Bellheim hörte nicht mit dem Lesen auf.

Wiebke setzte sich ihm gegenüber hin. »Und jetzt?«

Er stellte die Kaffeetasse neben das Tablet. »Ich lese gerade einen Artikel über die weitreichende Vernetzung rechtspopulistischer Parteien in Europa. Wussten Sie, dass die Kandidatin der rechtsgerichteten Partei ›La Droite‹ einen millionenschweren Kredit von der tadschikischen Nationalbank bekommen hat?«

Wiebke interessierte sich nicht sonderlich dafür. Sie nahm ihre Tasse und machte sich einen neuen Kaffee.

»Wussten Sie, dass Tadschikistan eins der ärmsten Länder Zentralasiens ist?«, fragte Bellheim.

»Ist das der Punkt, an dem ich fragen muss, woher die Tadschiken das Geld haben?« Wiebke lehnte sich gegen die Anrichte.

»Viel interessanter ist die Frage, was Rasul davon hat.«

»Wer ist Rasul?«

»Der tadschikische Präsident. Eigentlich Rasulov, aber er hat seinen Namen verkürzt, um sich von den Russen zu distanzieren.«

Wiebke nippte am Kaffee. »Sie glauben also, dass zum Beispiel die Amerikaner über Tadschikistan unter der Hand europäische Rechtspopulisten unterstützen, um Europa als Wirtschaftsmacht zu schwächen?«

»Nicht nur das«, sagte Bellheim. »Wussten Sie, dass Tadschikistan vom Aluminium-Export lebt? Das macht fast die Hälfte des Staatseinkommens aus.«

»Bin ich jetzt wieder in der Schule?«, fragte Wiebke. »Die Erinnerung an meinen Erdkundelehrer ist, sagen wir mal ... differenziert.«

Bellheim neigte den Kopf, dann verstand er, was Wiebke damit sagen wollte. Er schüttelte den Kopf.

»Nein«, sagte er. »Ich möchte Ihren Blick schärfen. Die Amerikaner bauen in Tadschikistan eine Aluminiumfabrik. Genau dort, wo die neue Seidenstraße entlangführen soll. Nun müssen die Chinesen einen Umweg nehmen.«

»Und damit wird die Seidenstraße teurer als geplant.«

»Genau. Sie führt dann außerdem durch ein Gebiet, in dem sich IS-Terroristen neu formieren.«

»Und das alles wissen Sie durch diesen kurzen Artikel?«

Bellheim nickte. »Ich gehe aufmerksam durch die Welt. Alles hängt zusammen, man muss nur die richtigen Fragen stellen.«

»Und die richtigen Schlüsse ziehen.«

Wieder nickte er. »Wenn man den Mut dazu hat.«

Etwas hatte sich in seinem Gesichtsausdruck verändert. Da war eine Schwermut, die vorher nicht dort gewesen war. Aber keine Angst. Kannte ein Mann wie er Angst? Und wenn ja, wovor? Wiebke hatte ihn in letzter Zeit besser kennengelernt und glaubte, dass dieser Mann nur für eine einzige Sache lebte: Antworten.

Und Antworten bekam man nur, wenn man Fragen stellte. Also was hielt ihn davon ab, die wichtigen Fragen zu stellen, um endlich die nötigen Schlüsse ziehen zu können?

Wiebke setzte sich und schwieg eine Zeit lang nachdenklich.

»Wovor haben Sie Angst?«, fragte sie nach einer gefühlten Ewigkeit, die in Wirklichkeit nicht länger als eine Minute gewesen sein dürfte.

»Ich habe keine Angst«, sagte Bellheim. Seine Stimme wirkte dabei kraftlos und ohne Willen.

»Machen Sie sich da nicht etwas vor?«

In diesem einen Moment wirkte Bellheim zerbrechlich und nicht mehr wie der berechnende Agent, als den sie ihn bisher erlebt hatte. »Ich habe Ihnen von der Aluminiumfabrik in Tadschikistan erzählt«, sagte er schließlich, »weil ich zu wissen glaube, wer dahintersteckt.«

»Wie meinen Sie das, Sie glauben es?«

»Vielleicht ist es eher, dass ich es nicht wahrhaben möchte, denn wenn es stimmt ...«

Instinktiv spürte Wiebke, dass es um Saskia ging. Aber vielleicht war das auch nur der Wunsch, endlich nicht mehr an der Oberfläche zu kratzen und bestenfalls kleinere Einschnitte in dem Geflecht aus Lügen und Täuschungen zu verursachen, das die Wahrheit wie ein schützender Mantel umgab.

»Es geht also um Saskia«, sagte sie.

»Natürlich tut es das«, sagte Bellheim. »Sie war etwas auf der Spur. Deswegen war sie auch in Stockholm.«

»Was war es?« Ihre Stimme überschlug sich beinahe.

»Das hat sie mir nicht gesagt. Nur dass es um diesen Mann ginge.« Bellheim drehte Wiebke das Tablet zu.

»Aber? Das ist doch ...?«

»Arthur Bookwood. Diesen Mann, oder besser gesagt seinen Dienstwagen, haben Sie gestern vor dem *Al Nabiu* gesehen.«

»Wenn Saskia den im Fokus hatte, ist er es, der sie entführen ließ.«

»Das ist nicht gesagt. Bookwood gehört aber die Firma, die hinter einem Labyrinth von Scheinfirmen und Subunternehmern steckt, die für den Bau des Aluminiumwerks nahe Duschanbe verantwortlich sind. Er ist der Mann, der als nächster Präsident der Vereinigten Staaten von Amerika gehandelt wird. Und er ist der Mann, der schon früh in seinem Leben einen effizient tödlichen Kampf gegen sowjetische Spione geführt hat.«

»Er ist der Mann, der mir meine Schwester weggenommen hat.« Wiebke spürte die Wut. »Und er ist hier in Berlin.«

»Vergessen Sie es. Bookwood ist besser bewacht als der aktuelle Präsident der Vereinigten Staaten.«

Wut. Frust. Enttäuschung. Drei Gefühle tobten gleichzeitig in Wiebkes Brust.

»Es ist machbar«, sagte sie. »Es muss machbar sein.«

Schweigen.

»Und dann?«, fragte Bellheim. »Das bringt Ihnen Saskia nicht zurück. Und es geht um mehr. Um sehr viel mehr.«

»Und was, glauben Sie, interessieren mich Ihre dämlichen Machtspielchen? Es kotzt mich einfach nur noch an, dass diejenigen, die vom Volk für das Wohl des Volks gewählt wurden, nur noch die eigenen Interessen verfolgen. Schon während der Amtszeit nehmen unsere Politiker Posten in irgendwelchen Aufsichtsräten irgendwelcher Firmen wahr, von deren Geschäften diese Politiker nichts verstehen. Sie degradieren sich selbst zu Kontaktvermittlern, denn nur darum kann es diesen Firmen gehen: die Kontakte zu nutzen, die der Politiker in seiner Amtszeit gesammelt hat. In dieser gottverdammten Scheißwelt geht es doch nur noch um Geld und Macht! In dieser Reihenfolge. Und um beides zu erhalten, machen Politiker eben mit Verbrechern gemeinsame Sache. So verschwimmt die Grenze zwischen Politik und Kriminalität immer mehr. Bald wird niemand mehr den Unterschied feststellen können.«

Bellheim blieb seltsam ruhig. »Es gibt andere Möglichkeiten.«

»Und welche?«

»Wir müssen Bookwood mit seinen eigenen Waffen schlagen. Dazu müssen wir wissen, was er vorhat.« Er blickte zu Boden. »Und wir müssen wissen, warum Saskia noch lebt.«

»Was soll das heißen?«

»Nichts«, sagte Bellheim. »Aber auch alles. Wenn Bookwood Ihre Schwester nur hätte zum Schweigen bringen wollen, wäre der Anschlag in der Tiefgarage die beste Möglichkeit gewesen. Arthur Bookwood ist kein Mann, der sich eine solche Gelegenheit entgehen ließe. Da bin ich mir absolut sicher, denn sonst stünde er nicht da, wo er aktuell ist.«

Bellheim hatte vielleicht recht. Den Mord auch tatsächlich durchzuführen wäre die einfachste Maßnahme gewesen. Für Saskias Entführung wurden erhebliche Anstrengungen unternommen, bis dahin, eine Journalistikstudentin anstelle von Saskia bei der Explosion zu töten. Die beiden Frauen wurden von Bookwood ausgetauscht. Wie bei einer Rochade im Schach diente dieser Doppelzug dem Schutz des Königs.

»Es geht um den Schlüssel«, sagte Wiebke. »Den hat Saskia von diesem Professor in Stockholm bekommen.«

Bellheim grinste. Vielleicht deshalb, weil er glaubte, Wiebkes Zorn kanalisiert zu haben. Hatte er vielleicht tatsächlich. Sie war sich da noch nicht ganz sicher. Aber in der Welt, in der Bellheim und Bookwood zu Hause waren, musste ein Angriff besonnen vorgetragen werden. Es brachte nichts, einfach irgendwo hineinzustürmen und dem Feind die Pistole an den Kopf zu halten, um Antworten zu bekommen. Die Wahrheit war durch dieses Geflecht von Lügen und Täuschungen zu gut geschützt. Selbst im Angesicht des Todes konnten Lügen erzählt werden, die nicht als solche zu erkennen waren. Dadurch waren die großen Spieler auf dem Spielfeld geschützt. Wie beim Schach. Der Versuch, einfach alle Figuren des Gegners zu schlagen, um den Sieg davonzutragen, führte mit großer Wahrscheinlichkeit zur eigenen Niederlage. Der einzige Weg zum Sieg führte über das vorausschauende Erkennen der gegnerischen Taktik. Da unterschied sich Schach nicht von einem Tabletopspiel. Und beide nicht von der Realität.

»Was schlagen Sie vor?«, fragte Wiebke.

»Zuerst einmal treffen wir Herbert Menger.«

»Der war maßgeblich für den Khartum-Skandal verantwortlich, richtig?«

»Genau.«

Wiebke schloss kurz die Augen. Der Sudan war für sie der Klang des Feuers gewesen. Sie hatte hautnah miterlebt, was Waffenlieferungen privilegierter Staaten in die sogenannte Dritte Welt anrichten konnten. Sie spürte wieder den Schmerz des Verlustes, den sie hatte erleiden müssen. In ihrem Leben gab es nicht viele Menschen, die ihr wichtig gewesen waren, aber fast alle waren ihr genommen worden, grausam entrissen. Sie dachte an Uwe, den ergrauten Agenten mit den etwas zu großen Zähnen und seinem undurchsichtigen Spiel. Aber er hatte niemals zu Wiebkes Nachteil gehandelt, auch wenn es manchmal im ersten Augenblick so ausgesehen hatte. Er fehlte ihr. Aber da war noch ein weiteres Gefühl, das sofort wieder verschwand wie der Atem auf einem Spiegel. Wiebke dachte an Theresa und David und an das, was sie einander gegeben hatten. Was blieb, war schmerzhafte Leere, die Wiebke nur mit tödlichem Zorn füllen konnte. Und nun kannte sie den Namen des Verantwortlichen: Herbert Menger.

»Warum sollte ich mich mit ihm treffen?«

»Weil er uns darum gebeten hat.«

»Das reicht Ihnen normalerweise nicht als Grund.«

»Menger steht das Wasser bis zum Hals. Er benötigt Schutz, den ich ihm geben kann.«

»Im Austausch für Informationen.«

Bellheim nickte. »Das ist die übliche Währung.«

Wiebke stellte die Kaffeetasse in die Spüle und setzte so ein Zeichen für den Aufbruch. Sie wollte es hinter sich bringen, hoffte aber, dass sie ihre Wut und ihre Trauer zurückhalten konnte. Auf dem Weg zum Auto zog sie die Kapuze ihres Pullis tief ins Gesicht. Es war kalt geworden, die Luft roch ganz rein, wie vor einem spätsommerlichen Regen. Als Kind hatte sie sich immer darüber gefreut, denn solche Nachmittage bedeuteten Gesellschaftsspielezeit mit der Familie. Heute waren solche Tage nur noch eins: voller Einsamkeit.

»Sie sind nachdenklich«, sagte Bellheim.

»Erinnerungen«, sagte Wiebke.

»Scheinbar traurige.«

»Sehe ich so aus?« Sie massierte mit den Fingern ihre Wangen. »Vielleicht«, sagte sie dann.

»Wir haben Zeit.« Er hielt ihr die Beifahrertür des BMW auf. »Wenn Sie es mir erzählen mögen.«

Wiebke zögerte. Wie all ihre Beziehungen war auch die zu Bellheim kompliziert. Aber er war da gewesen, um sie im wahrsten Sinne des Wortes aus der Schusslinie zu nehmen. An dem Abend, an dem David und viele andere gestorben waren. Ob ihre Verfolger seine Leiche weggeschafft hatten? Vielleicht war er ja gar nicht tot. Ein Mann wie er würde doch nie ohne Schussweste bei einem solchen Geheimdiensteinsatz mitmachen. Aber Wiebke hatte gesehen, wie David im Kugelhagel gestorben war. Ihre und Bellheims Welt war voller Sein und Schein. Aber auch Hoffnung. Und mehr blieb ihr nicht. Nur die Hoffnung, dass ganz zum Schluss alles gut werden würde.

Sie stieg in den BMW. Bellheim schloss die Autotür, umrundete das Fahrzeug und setzte sich auf den Fahrersitz. Der Motor schnurrte leise. Innerhalb kürzester Zeit war der Innenraum warm. So warm, dass Wiebke wieder die Kapuze herunterzog.

»Ihre Erinnerung«, sagte Bellheim in die Stille hinein. »Möchten Sie mir davon erzählen?«

»Es ist nichts Spannendes«, sagte sie, und es klang beinahe wie eine Entschuldigung.

»Muss es das sein? Ist das Leben nicht schon aufregend genug? Vor allem unsere Leben? Da tut es doch auch mal gut, sich über langweilige Dinge zu unterhalten.«

»Haben Sie Philosophie studiert?«

Bellheim lachte und schüttelte den Kopf.

»Es riecht nach Regen«, sagte Wiebke.

»Darum geht es?«

»Um den Geruch. Saskia hat als Kind immer behauptet, sie könnte den Regen riechen. Und den Schnee. Können Sie sich vorstellen, dass jemand behauptet, Schnee riechen zu können?«

Er nickte. »Das tut sie immer noch.«

»Wirklich?« Jetzt war da ein Gefühl, von dem Wiebke geglaubt hatte, sie hätte es verloren. Glück. Oder so etwas in der Art. Er hatte nicht in der Vergangenheitsform von Saskia gesprochen. Er war überzeugt, dass sie noch lebte. Aber es war nicht nur das. Es war das Gespräch. Wann hatte Wiebke das letzte Mal einfach so eine Konversation geführt? Ohne Ziel? Einfach nur, um zu reden.

»Vater hat es ihr eigentlich erklärt«, sagte Wiebke.

»Was erklärt?«

»Dass man Schnee nicht riechen kann. Nicht wie Regen.«

»Damit habe ich mich ehrlich gesagt noch nie beschäftigt.« Bellheim lenkte den Wagen auf den Autobahnring.

»Ich weiß sogar noch, wie Vater das erklärt hat.«

»Und wie?«

»Sie wollen das wirklich wissen?«

»Ja, warum nicht. Wir haben Zeit. Aber wenn es Ihnen unangenehm ist, können wir schweigen oder uns über die Probleme der Welt unterhalten.«

»Oder über diesen Menger.«

Bellheim schüttelte den Kopf. »Über den wurde alles gesagt. Jetzt ist er am Zug.«

Wiebke starrte durch die Windschutzscheibe. Sie fragte sich, ob sie es dieses Mal schaffen würde, diesem Leben zu entkommen. Sie hatte es versucht. Weil sie hasste, was sie war. Weil sie hasste, was sie tat.

Weil Wiebke sich selbst hasste.

Nur dieses eine Mal noch. Wenn ich Saskia wiederhabe, höre

ich auf. Wie sehr wünschte Wiebke sich das. Aber gleichzeitig wusste sie, dass dieser Wunsch nicht in Erfüllung gehen würde. Vor langer Zeit hatte sie einen Weg eingeschlagen, der eine Sackgasse war. Ein Zurück gab es nicht mehr, aber voranschreiten wollte sie auch nicht mehr. Blieb nur Verharren, und das war tödlich.

»Es ist indirekt«, sagte Wiebke langsam. »Das mit dem Geruch, meine ich. Das funktioniert indirekt. Regen und Schnee sind Wasser in unterschiedlichen Aggregatzuständen. Reines Wasser riecht aber nicht. Also riecht Schnee auch nicht.«

»So hat Ihr Vater Ihnen das erklärt?«

Wiebke nickte. »Wenn Regen fällt, platscht er auf den Boden. Geruchspartikel werden aufgewirbelt. Das ist der typische Geruch von Regen. Schnee schwebt herab und bedeckt die Erde. So wird verhindert, dass Geruchspartikel aufsteigen können.«

»Also riechen wir das Nichts?«

»Exakt so hatte es Vater formuliert. Nichts riecht nach Schnee.« Wiebke ballte die Hände. Genug davon.

Das Austin Hotel gehörte zu einer weltweiten Kette. Ein junger Mann und eine junge Frau in schicker Uniform standen mit auf den Rücken verschränkten Händen am Eingang. Sie hielten Bellheim und Wiebke die breite Glastür zum Foyer auf. Drinnen erwarteten Marmorboden und Nachbildungen römischer Statuen die Besucher. Die Sitzgelegenheiten waren offen, jedoch so geschickt gebaut, dass sie Separees ähnelten. In einigen Sitzecken saßen Geschäftsleute mit ihren Laptops. Aus gut versteckten Lautsprechern drang leise klassische Musik. Die Luft roch frisch, und es wehte sogar eine leichte Brise, die wahrscheinlich durch Luftreinigungsgeräte verursacht wurde.

Wiebke fragte sich, wofür man das alles brauchte. Das hier verschwendete Geld hätte eine Menge Probleme lösen können.

»Wie kann ich Ihnen helfen?«, fragte der Concierge, ein würdevoller alter Mann mit grauem Bart und gestutzten Haaren. Trotz seines offensichtlichen Alters wirkte sein Blick frisch und aufgeweckt. Er musterte Wiebke und war wahrscheinlich nicht damit einverstanden, dass eine solche Person die heiligen Hallen ohne Wischmopp in der Hand betreten hatte. Sie lehnte sich demonstrativ lässig an die Rezeptionstheke.

»Wir sind verabredet«, sagte Bellheim und zeigte dem Concierge einen Ausweis.

Der Mann beugte sich vor und betrachtete die Plastikkarte, die Bellheim ihm hinhielt. »Das glaube ich Ihnen nicht«, sagte er beinahe entrüstet.

»Was glauben Sie nicht?«, fragte Bellheim. »Sie glauben nicht, dass ich Agent des Bundesnachrichtendienstes bin?«

»Wenn Sie es wären, würden Sie sich doch nicht ausweisen.«

Wiebke musste beinahe grinsen. Manchmal ist die Wahrheit die beste Tarnung.

»Sie haben recht«, sagte Bellheim. »Den Ausweis hat mir ein Freund zum Geburtstag geschenkt. Er meinte, dass ich damit bei den jungen Damen Eindruck schinden könnte, wenn Sie verstehen, was ich meine.« Bellheim zwinkerte dem Concierge zu.

»Offensichtlich«, sagte dieser und musterte Wiebke.

Bellheim hatte an alles gedacht. Wie immer. Indem er seine Tarnung aufbaute, erklärte er Wiebkes Anwesenheit. Wobei ihr die zugeschriebene Rolle nicht gefiel. Sollte sie Bellheim jetzt mit Sugardaddy ansprechen?

»Und wen wollen Sie hier treffen?«, fragte der Concierge.

»Den Freund, der mir den Ausweis geschenkt hat. Ich teile gerne, wissen Sie?« Wieder dieses Zwinkern. Gab es wirklich Männer, die glaubten, Frauen verstünden diese Art der nonverbalen Kommunikation nicht?

»Und wie heißt Ihr Freund?«, fragte der Concierge.

»Menger. Herbert Menger.«

Der Concierge hob eine Augenbraue. »Interessante Freunde, die Sie da haben.«

»Haben Sie ein Problem damit?«

»Nein, natürlich nicht.« Der Concierge räusperte sich. »Wie ich sehe, hat Herr Menger Ihren Besuch angemeldet. Er wohnt in Zimmer 317. Dritte Etage. Vom Aufzug nach links und dann am Ende des Ganges. Soll ich Sie hinbringen lassen?«

»Nicht nötig«, sagte Bellheim. »Das finden wir alleine.«

Sie mussten nicht lange vor den beiden Fahrstühlen warten, bis sich bei einem davon die goldfarbenen Türen lautlos öffneten. In der Kabine roch es nach Rosen und Vanille. Als die Fahrstuhltür geschlossen war, fragte sie Bellheim: »Musste das sein?«

Er ging gar nicht darauf ein. Die Tarnung funktionierte, das war die Hauptsache. Was es gekostet hatte, war ihm egal. Wahrscheinlich würde er ohne mit der Wimper zu zucken die ganze Welt verraten, um seine Ziele zu erreichen.

Die Fahrstuhltür glitt wieder auf. Der rote Teppich dämpfte ihre Schritte. Es war strapazierfähiges Material und sah trotzdem edel aus. Auch hier roch es frisch und leicht nach Rosen. Wiebke kannte sonst nur muffig riechende Hotelflure. Die Nummer 317 war in goldfarbenen Ziffern auf der Edelholztür angebracht. Von drinnen ertönte leise der Fernseher.

Wiebke klopfte.

»Was machen Sie da?«, fragte Bellheim.

»Er wollte uns sehen. Heimlichkeiten sind nicht notwendig, oder?« Menschen wie Bellheim machten bestimmt auch aus einem Wocheneinkauf eine geheime Mission. Sie klopfte ein zweites Mal, diesmal fester. Wieder kam keine Reaktion.

»So groß kann das Zimmer doch gar nicht sein, oder?«

»Er hat Ort und Uhrzeit des Treffens vorgegeben.« Bellheim schaute auf seine Armbanduhr. »Es ist kurz nach acht Uhr.«

»Vielleicht hat er es sich anders überlegt?«

»Möglich«, sagte Bellheim, »aber unwahrscheinlich.«

»Wieso?«

»Weil er kein Idiot ist. Ihm steht das Wasser bis zum Hals, und wir haben die besten Angebote.«

»Die besten Angebote zu haben ist einfach, wenn weit und breit keine Mitbewerber zu sehen sind.«

»Lassen Sie mich mal.« Bellheim holte ein silberfarbenes Kartenmäppchen aus der Innentasche seiner Jacke. Er betrachtete das elektrische Türschloss. »Das müsste klappen.«

Aus dem Mäppchen nahm er eine Karte und verband diese durch ein Mini-USB-Kabel mit einem Anschluss an der Unterseite. Die Ränder des silberfarbenen Mäppchens leuchteten dezent rötlich.

»Was ist das?«, fragte Wiebke.

»Wonach sieht es denn aus?«

»Wie ein Spielzeug von Q.«

»Besser«, sagte Bellheim, »viel besser.«

Er legte die Karte auf das Scanfeld. Drei Leuchtdioden auf der Oberseite blinkten in Reihe. Menschen brauchten wohl diese optischen Zeichen, dass sich etwas tat. Wiebke war überzeugt, dass manche Salben nur aus diesem einzigen Grund auf der Haut brannten.

Das Licht an den Seitenrändern des Mäppchens färbte sich grün. Beinahe gleichzeitig machte das Türschloss ein Geräusch, die Tür sprang einen Spaltbreit auf. Die Geräusche des laufenden Fernsehers wurden lauter.

»Ich gehe vor«, sagte Wiebke und drückte sich an Bellheim vorbei in den kleinen Flur. An der Seite befand sich ein kleiner Schacht, in dem die Schlüsselkarte des Zimmers steckte. Die Nachrichtensprecherin berichtete gerade von einer mysteriösen Lungenkrankheit, an der mehrere Menschen in den USA verstorben waren. Ein Zusammenhang mit dem Konsum von E-Zigaretten könnte nicht ausgeschlossen werden.

Wiebke schlich dicht an der Wand entlang, ohne diese jedoch zu berühren. Die Badezimmertür war geschlossen, davor lagen zwei Männerschuhe. Sie blickte trotzdem erst ins eigentliche Hotelzimmer. Vor dem Bett lag ein aufgeklappter Koffer, und auf einem Beistelltisch stand ein schlankes Weinglas. Die dazugehörige Flasche lag auf dem Boden. Die Bettlaken waren zerwühlt. Sie huschte zurück zur Badezimmertür und öffnete sie mit einer schnellen Bewegung. Das Bad war geräumig und hatte sogar eine Badewanne. In der befand sich ein regungsloser, bekleideter Körper. Auf den weißen Fliesen lag ein zerbrochenes Weinglas, dessen bauchige Scherben im Deckenlicht glitzerten. Es hatte sich eine rote Pfütze gebildet, deren Rand schon getrocknet war. Der Geruch gegorener Trauben mischte sich mit dem Geruch des Todes.

»Scheiße«, flüsterte Bellheim von der Tür aus.

»Ist das Menger?«

Bellheim schloss die Zimmertür und nickte.

»Soll nach Selbstmord aussehen«, stellte Wiebke trocken fest. Sie fühlte den Puls am Hals der Leiche und fand erwartungsgemäß kein Lebenszeichen.

»Das macht aber keinen Sinn. Warum sollte er uns treffen wollen und sich dann vorher umbringen?«

»Auf dem Tisch steht noch ein zweites Weinglas.«

Bellheim ging durchs Zimmer zu dem Tischchen. »Es ist benutzt«, rief er leise, »aber nicht von Menger.«

»Wie kommen Sie drauf?«

»Am Rand ist Lippenstift.«

»Das beweist gar nichts«, sagte Wiebke. »Ihr Freund könnte sich etwas Spaß gegönnt haben, bevor er in den Freitod ging.«

Bellheim fuhr sich mit den Fingern durchs Haar. »Menger war alles andere als mein Freund. Und er war auch nicht der Typ für Selbstmord.«

»Wenn jemandem das Wasser bis zum Hals steht, ist alles

möglich.« Wiebke erinnerte sich an Soldaten im Gefecht, die in scheinbar ausweglosen Situationen die eigene Waffe gegen sich selbst gerichtet hatten, weil dies für sie der einzige Ausweg gewesen war.

»Hier nicht. Hier stimmt etwas nicht.« Bellheim blickte zum Koffer. »Die Kleidung ist systematisch durchwühlt, als ob jemand etwas gesucht hat.«

»Oder Menger konnte nicht gut packen.«

Bellheim legte den Kopf schief. »Er war ein Mann, dessen Krawattenknoten auch nach einem stressigen Tag abends immer noch wie frisch gebunden aussah. Sie glauben doch nicht ernsthaft, dass er seine Kleidung so transportieren würde.«

Da musste sie ihm recht geben. Der Koffer war ausgeräumt und hastig wieder eingeräumt worden. Hier hatte jemand etwas gesucht. Aber was?

»Was machen wir jetzt?«, fragte Wiebke. »Sollen wir den Bullen einen Tipp geben oder die Putzfrau unvorbereitet hier reinlaufen lassen?«

»Zuerst sammeln wir Informationen für uns, bevor die Mordermittler hier alles auseinandernehmen.«

»Die übersehen ja auch gerne mal etwas.« Wiebke presste die Lippen aufeinander. Wie bei meiner Schwester, setzte sie in Gedanken dazu. Und dann dachte sie an Afsaneh El-Sayed, die für das LKA Hamburg die Mordermittlungen geleitet hatte. Afsaneh war eine glänzende Ermittlerin, mit Biss und Verstand in der richtigen Mischung. Und trotzdem hatte sie wichtige Hinweise übersehen. Vielleicht wäre das hier nicht so, denn Menger war schließlich ein bekannter Politiker. Hier würde der Polizeiapparat auf Hochtouren laufen. So viel zum Gleichheitsgrundsatz, dachte sie.

Vom Flur her waren zwei Frauenstimmen zu hören. Spanisch, wenn Wiebke sich nicht täuschte. Sie ging zur Tür und öffnete diese einen Spalt. Beide Frauen trugen denselben Kittel und schoben einen Servicewagen vor sich her. An den Henkeln der Wagen hingen Eimer, aus denen Hälse von Putzmittelflaschen herausschauten. Wiebke warf den beiden Damen ein Lächeln zu und hängte das »Bitte nicht stören«-Schild außen an die Klinke. Eine der Putzfrauen blickte aufmerksam zu Wiebke.

»Was machen Sie da?«, fragte sie mit einem zuckersüßen spanischen Akzent in der Stimme.

»Wonach sieht es denn aus?«, fragte Wiebke zurück.

Die Putzfrau prüfte einen Zettel, der auf dem Servicewagen lag. Sie runzelte die Stirn.

»Das ist das Zimmer von Herrn Menger.«

»Ich weiß«, sagte Wiebke. »Deswegen bin ich auch hier.«

Jetzt war deutliche Entrüstung im Gesicht der jungen Frau zu lesen. Und auch wenn es keinen Grund dafür gab, fühlte Wiebke sich plötzlich etwas schäbig.

»Das hier ist ein anständiges Hotel!« Die Entrüstung erklang nun auch in ihrer Stimme. Es fehlte nur noch, dass die junge Frau sich bekreuzigte.

Wiebke könnte sagen, dass es nicht so war, wie es aussah. Was sollte sie schon sagen? Die Wahrheit? Hey, Herr Menger liegt tot in der Badewanne. Wir rufen gleich die Bullen, aber erst schauen wir uns um.

»Ich hole den Sicherheitsdienst«, sagte die junge Spanierin.

»Machen Sie das«, erwiderte Wiebke.

Sie schloss die Tür und wandte sich an Bellheim. »Unsere Zeit läuft ab.«

»Unschön«, sagte Bellheim. »Aber unter Druck arbeitet man besser.«

»Ist das so ein Ich-mach-mir-Engelchen-Ding?«

»Ein was?«

»Man holt irgendetwas Positives aus einer Scheißsituation heraus, damit sie nicht so schlimm erscheint. Mein Vater war darin Meister. Er konnte selbst einem Megastau etwas Positives abgewinnen.«

»So was in der Art.« Bellheim hatte wahrscheinlich gar nicht richtig zugehört. Er scannte förmlich den Raum nach Hinweisen. »Hier muss es etwas geben.«

»Fangen wir mit den Weingläsern an«, sagte Wiebke. »Ist Ihnen nichts aufgefallen?«

»Was meinen Sie?«

Wiebke deutete auf das Glas, das auf dem Tisch stand. »Das hier hat eine andere Form als das im Bad.«

Bellheim zog die Augenbrauen zusammen. »Das hier ist ein Fünf-Sterne-Superior-Hotel. Wahrscheinlich wird hier sogar darauf geachtet, dass die Flüssigseife in den Spendern dieselbe Farbe hat.«

»Damit kenne ich mich nicht aus«, sagte Wiebke und zuckte mit den Schultern. »Da, wo ich hingehe, sind nicht einmal die Weizengläser richtig sauber.«

Bellheim holte ein Sprühfläschchen aus der Hosentasche. Mit der Flüssigkeit benetzte er das Glas. Es dauerte nur einen Wimpernschlag, bis Fingerabdrücke sichtbar wurden.

»Seit wann wenden Agenten kriminalpolizeiliche Mittel an?«, wollte Wiebke wissen. »Beides zu sein ist doch verboten, oder?«

»Das ist eher für uns, um zu überprüfen, ob wir irgendwo Spuren hinterlassen haben.« Er umrundete das Tischchen und betrachtete das Weinglas, als wäre es ein Kunstwerk. »Da haben wir etwas.«

Wiebke kam näher. Die Fingerabdrücke überlagerten sich, aber das, was Bellheim meinte, war ein einzelner Abdruck mit klar erkennbaren Papillarlinien. Er fotografierte die daktyloskopische Spur mit dem Mobiltelefon. Auf dem Display waren Berechnungen erkennbar. Kurz darauf erschien der Fingerabdruck separiert vom Untergrund als Grafik.

»Erinnert mich an eine dieser völlig unrealistischen Krimiserien«, sagte Wiebke.

»Und ich habe immer gelacht, weil die Leute glaubten, das Gezeigte sei unrealistisch.«

Nun wurde das Bild zu einem Mosaik. In schneller Abfolge wurde der Fingerabdruck mit allen Datenbanken verglichen, bis ein Treffer ermittelt war. Die Mosaike verblassten und verschmolzen mit dem Hintergrund der Anwendung. Nun waren nur noch zwei Quadrate mit jeweils einer Fingerabdruckgrafik auf dem Display erkennbar.

»Ich will ja nicht drängeln«, sagte Wiebke, »aber dauert das noch lange? Der Sicherheitsdienst wird bald hier sein. Ich will unsere Anwesenheit hier nicht erklären müssen.«

»Ich auch nicht.« Er starrte aufs Display. »Nur noch ein paar Verifizierungsüberprüfungen.«

Wiebkes Blick wurde von etwas angezogen, was unter dem Stuhl lag. Ein Schreibblock. Die erste Seite schien hastig abgerissen worden zu sein, denn am Kleberand hing noch ein Stück Papier.

Es klopfte an der Tür. Die Putzfrau mit dem spanischen Akzent bat sie herauszukommen. »Der Sicherheitsdienst ist schon unterwegs!«

»Los jetzt«, sagte Wiebke zu Bellheim. Sie knickte den Schreibblock und steckte ihn ein. Es war einer dieser Blöcke, die immer zusammen mit einem Stift in Hotelzimmern lagen.

Bellheims Gerät machte ein akustisches Signal. Er blickte auf das Display und sog scharf die Luft ein.

»Wer ist es?«, fragte Wiebke.

Bellheim zeigte ihr das Display. Dort war die Porträtaufnahme einer Frau zu erkennen. Wiebke runzelte die Stirn. Das Gesicht kam ihr bekannt vor, aber nicht das lange lockige Haar.

»Ist das …?«, fragte sie.

Bellheim nickte. »Der Fingerabdruck ist von Kristine Stiller. Sie war hier.«

»Oder man will uns glauben machen, dass sie hier war«, sagte Wiebke. »Sollen wir den Hinweis auf die Stiller vernichten?«

»Warum fragen Sie?«

»Ich würde es nicht tun. Wenn die Polizei in die falsche Richtung ermittelt, verschafft uns das Zeit.«

»Sind Sie so sehr von Frau Stillers Unschuld überzeugt?«

Wiebke zögerte kurz, dann nickte sie knapp. Ganz davon überzeugt war sie nicht. Bellheim hatte doch irgendwas erzählt, dass die Stiller die Seiten gewechselt hätte.

»Wir müssen aber jetzt los«, sagte sie zu Bellheim. »Ich möchte nicht vom Sicherheitsdienst des Hotels in einem Zimmer mit einer Leiche angetroffen werden.«

Bellheim wandte sich zur Tür, blieb aber so abrupt stehen, dass Wiebke gegen ihn lief.

»Was ist?«, fragte sie.

»Es ergibt keinen Sinn«, sagte er.

»Nichts hier ergibt Sinn.«

»Menger ist bekleidet. Warum ist das Bett dann benutzt?«

Und warum lag er in der Badewanne? Es waren tatsächlich zu viele Fragezeichen. Die Befragung bei der Polizei würde Stunden dauern, wertvolle Stunden. Vergeudete Zeit, die Wiebke anders zu nutzen gedachte. Und trotzdem ging sie noch einmal zum Bett zurück und klappte die Matratze hoch. Der Lattenrost war gebrochen, Splitter lagen auf dem Boden verstreut. Die Beschädigung war also frisch. Hier hatte der Kampf stattgefunden. Menger wurde wahrscheinlich mit einem Kissen erstickt, das war lautlos und effektiv. Wenn die Polizei nicht direkt nach diesem Hinweis suchte, war er kaum zu erkennen. Dies führte bei Wiebke zu einer weiteren Erkenntnis: Kristine Stiller war nicht die Mörderin. Die Politikerin wäre Menger in einem solchen Kampf gnadenlos unterlegen gewesen. Nur ein kräftiger Mann kam infrage. Und es musste jemand sein, den Menger gekannt hatte, denn er hatte den Mörder freiwillig ins Hotelzimmer gelassen, höchstwahrscheinlich noch mit ihm geplaudert und ihm noch eine Notiz aufgeschrieben. Aber wer aus Mengers Umfeld könnte zum Mörder geworden sein?

»Kommen Sie, Wiebke. Wir sind schon viel zu lange hier.« Bellheim wirkte trotzdem nicht nervös. Er war ein Profi, der selbst in brenzligen Situationen einen kühlen Kopf behielt.

Wenn sie ihm nur vertrauen könnte, aber das tat sie nicht.

Auf dem Flur standen die zwei Putzfrauen. Sie wirkten irritiert, dass auch ein unbekannter Mann das Hotelzimmer verließ.

Neben den Aufzügen lag der Zugang zum Treppenhaus. Wiebke öffnete die Tür, aber unter ihnen waren Schritte und Stimmen zu hören.

»Die Security kommt die Treppe hoch«, informierte sie Bellheim.

»Ein Fahrstuhl ist da«, sagte er.

Die Anzeige des anderen zeigte den herannahenden Aufzug. Die Security kam von beiden Seiten.

Bellheim und Wiebke betraten die Kabine. Er drückte auf Lobby, während ein Signalton darauf hinwies, dass der zweite Fahrstuhl in der dritten Etage angekommen war. Zwei Männer in taubengrauen Uniformen und Basecaps liefen an der noch geöffneten Fahrstuhlkabine vorbei. Die Männer achteten nicht auf die beiden Passagiere. Dann zerriss ein Schrei die Ruhe.

»Mörder!«, schrie die Putzfrau mit dem zuckersüßen spanischen Akzent.

Die beiden Securitys wirbelten herum. Der eine blickte Wiebke direkt ins Gesicht, als die Fahrstuhltür gerade begann sich zu schließen. Die Securitys hechteten vor, schafften es aber nicht mehr, die Lichtschranke rechtzeitig zu unterbrechen.

Die Fahrstuhltür schloss sich, die Kabine setzte sich in Bewegung. Die Security hämmerte wild gegen die Fahrstuhltür. Wiebke blickte zum Tastenfeld des Aufzugs und drückte schnell auf die erste Etage.

»Was machen Sie da?«, fragte Bellheim.

»Die werden in der Lobby auf uns warten.«

»Wollen Sie aus dem Fenster springen?«

»Beim Hereingehen habe ich eine Feuerleiter gesehen. Daran können wir runter auf die Straße.«

»Sie sind sehr aufmerksam«, sagte Bellheim.

Als sie die erste Etage erreicht hatten, blickte Wiebke in den Flur. Bis zur Glastür am Ende des Gangs, die zur Feuerleiter führte, war der Flur leer. Die Klinke war mit einem dünnen Blech gegen unbefugte Benutzung gesichert, allerdings eher zum Schein, die Klinke ließ sich trotzdem herunterdrücken. Man brauchte nur etwas mehr Kraft. Und sofort ging der Feueralarm los. Als der helle, ohrenbetäubende Signalton erklang, öffneten einige Hotelgäste neugierig ihre Zimmertüren, doch niemand machte wirklich Anstalten, das Gebäude zu verlassen.

»Feuer!«, schrie Wiebke, und sie legte alle Panik, die sie aufbringen konnte, in diesen Schrei.

Dann brach Panik aus, zumindest in der ersten Etage. Die Gäste rannten zum Treppenhaus. Zwei herannahende Securitys wurden zurückgedrängt. Das brachte Wiebke und Bellheim wertvolle Zeit.

»Nach Ihnen.« Bellheim hielt die Tür auf und machte eine einladende Geste in Richtung Freiheit.

An dem Balkon war die Feuerleiter hochgezogen und mit einem Bolzen gesichert. Wiebke entfernte diesen und ließ die Leiter mit voller Wucht auf den Beton knallen. Unten lag der

Hinterhofparkplatz des Hotels. Die Zufahrt war durch ein Gatter gesichert, das jedoch einen Spalt geöffnet war. Wiebke und Bellheim glitten hindurch, ohne sich umzusehen, und überquerten die Straße. Erst dort blickten sie zum Hotel zurück. Vier Securitys rannten heraus und blickten sich suchend um. Zwei von ihnen liefen weiter zum Parkplatz. Aus der Ferne schwoll das Geräusch mehrerer Martinshörner an. Die Polizei würde bald hier sein. Wiebke und Bellheim waren aber mittlerweile mit den gehetzt wirkenden Passanten verschmolzen. Sie liefen ziellos umher, bis sie ein kleines französisches Café sahen. Auf dem weinroten Baldachin stand *Le petit café de nuit*. Und tatsächlich erinnerte es wegen der blau gestrichenen Türzarge und den weißen Rundtischen ein wenig an Van Goghs Gemälde.

»Lust auf einen Kaffee?«, fragte Bellheim.

»Ist das eine Einladung?«

Er nickte. »Und wenn Sie wollen, dient es auch nur zur Tarnung, bis sich die Lage wieder beruhigt hat.«

In diesem Moment wirkte Bellheim auf Wiebke anders. So gar nicht abgeklärt und eher wie ein Schuljunge, der seiner Klassenkameradin einen gefalteten »Willst du mit mir gehen«-Zettel überreichte. Aber diese Wirkung war so flatterhaft wie ein Schmetterling und genauso schnell verflogen. Da war er wieder, der knallharte Agent. Doch seine Fassade hatte einen kleinen Riss bekommen.

Innen war das Café schlicht und geschmackvoll eingerichtet. Metallrahmenstühle gruppierten sich um blank polierte Mahagonitische. Der Duft frischen Kaffees lag in der Luft. Es waren nur wenige Gäste da, die sich entweder leise unterhielten oder Zeitung lasen. Hinter der Theke stand ein junger Mann, vielleicht Ende zwanzig und dennoch mit Glatze. Er trug ein weißes Hemd mit Fliege und eine lange schwarze Schürze, die seine Hose verdeckte. Ganz klassisch also. Und er tat auch das, was Kellner in Filmen immer taten, wenn sie keine Gäste bedienten: Er polierte Gläser.

Bellheim bestellte einen Milchkaffee für sich und eine Tasse schwarzen Kaffee mit extra viel Zucker für Wiebke. Dann nahmen sie ganz hinten im Café Platz. Bellheim saß so, dass er die Eingangstür im Blick hatte.

»Und jetzt?«, fragte Wiebke. Sie nippte an ihrer Tasse. Vollmundig und kräftig, genau so musste Kaffee schmecken.

»Sie haben etwas eingesteckt«, sagte Bellheim. »Warum?«

Sie holte den Schreibblock heraus und legte ihn auf den Tisch. »Es sieht so aus, als hätte dort jemand hastig einen Zettel abgerissen.«

»Zeigen Sie mal her.«

Sie reichte ihm den Schreibblock. Er hielt ihn leicht schräg gegen das Licht. »Könnte sein, dass hier was durchgedrückt ist.«

»Wir brauchen einen Bleistift.« Wiebke wandte sich zum Kellner, der ihnen schulterzuckend einen Bleistift reichte.

Bellheim wischte vorsichtig mit der Stiftspitze über das Blatt. Tatsächlich kam die durchgedrückte Schrift zum Vorschein. Die hastig geschriebenen Wörter waren teilweise unleserlich. War das Mengers Handschrift? Das Problem an Hotelzimmern war, dass jeder Gast einen Teil von sich dort zurückließ, zumindest für eine gewisse Zeit. Manche Spuren wurden schnell beseitigt, wie die vergessene Zahnpasta im Bad zum Beispiel. Andere blieben länger. Jeder vorherige Gast hätte diese Handschrift hinterlassen können. Bellheim drehte Wiebke den Block zu, sodass sie die Schrift entziffern konnte.

Shßfh: HH UB Nd.

»Was soll das denn heißen?«, fragte Wiebke.

Bellheim zog die Mundwinkel nach unten und zuckte mit den Schultern. »Keine Ahnung. Das doppelte H könnte aber zumindest ein Hinweis auf Hamburg sein.«

»Und UB könnte eine Abkürzung für U-Bahn sein. Aber was ist mit dem Rest?«

»Ich wüsste da jemanden, der das wissen könnte.«

»Die Polizistin?«

Bellheim nickte. »Afsaneh El-Sayed. Ich rufe sie mal an.«

»Haben Sie denn ihre Telefonnummer?«

Er zog sein Mobiltelefon aus der Innentasche. »Warum sollte ich die nicht haben?«

Dann blickte er aufs Display und tippte etwas ein. Aus dem Augenwinkel erkannte Wiebke, dass es sich nicht um das elektronische Telefonbuch handelte. Es sah eher wie eine Anwendung aus. Nur kurze Zeit später wurde die Verbindung aufgebaut. Die Polizistin nahm offenbar schon nach kurzer Zeit ab.

»Guten Tag, Frau El-Sayed. Bellheim hier. Sie erinnern sich ganz sicher an mich.«

Wiebke bestellte noch einen Kaffee mit extra viel Zucker und einen Milchkaffee für Bellheim.

Shßfh. Was konnte das nur bedeuten?

24

Berlin, 09:06 Uhr MEZ

HASSAN HATTE BEI Simonija übernachtet. Sie war eine wundervolle und begehrenswerte Frau, aber es gab riesige Probleme. Simonija kam aus Albanien. Die traditionelle Erziehung hatte sie in vielen Bereichen naiv bleiben lassen, beinahe wie ein Grundschulkind. Damit wollte Hassan nicht sagen, dass Simonija einen niedrigen Intelligenzquotienten hatte. Allein schon deswegen, weil es nicht stimmte. Sie war nur naiv, was den Umgang mit Männern betraf. Aber wie hätte sie es auch besser wissen können? Simonija kam aus extrem ärmlichen Verhältnissen. Um das Überleben der Familie zu sichern, hatte ihr Vater sie mit sechzehn in die guten Hände des verwitterten Nachbarn gegeben. Einem Mann, der dreißig Jahre älter war. Dort sollte sie etwas zu essen bekommen und ein Dach über dem Kopf haben. Aber der Nachbar hatte andere Pläne. Als Simonija schwanger wurde, heirateten sie. Zu dem Zeitpunkt konnte sie nicht mal das Wort Hochzeit richtig schreiben. Fünf Jahre später wurde der Nachbar wegen Kindesmissbrauchs festgenommen und zu einer langen Haftstrafe verurteilt. Simonija musste wieder zu ihren Eltern ziehen. Ihr Vater verlangte nun einen finanziellen Beitrag für Essen und Wohnen. Simonija hatte keinen Beruf gelernt, und kein Mann interessierte sich für sie, denn sie war quasi gebraucht. Und gebrauchte Frauen waren nicht begehrt. So schickte der Vater sie auf die Straße, um Freier zu bedienen. Davor ekelte sie sich, doch sie tat es um ihres Kindes willen.

Irgendwann versprach ihr einer der Freier, sie aus diesem Teufelskreis zu holen und sie mit nach Deutschland zu nehmen. Dort gäbe es Arbeit in einer Ballonfabrik. Simonija glaubte ihm nicht. Er bot ihr an, aus Liebe mit ihr zu schlafen, was sie dann auch taten. Danach glaubte sie ihm, denn wenn ein Mann aus Liebe mit einer Frau schlief, belog er sie nicht.

In Deutschland endete Simonija auf dem Straßenstrich.

Hassan wusste das alles so genau, weil er der Mann war, der sie in Albanien belogen hatte.

Und nun hielt Simonija sich illegal hier auf. Für eine oder zwei Nächte war das kleine, schäbige Zimmer ein gutes Versteck, aber wenn die Bullen auf die Idee kamen, hier eine Razzia durchzuführen, würde Hassan ebenfalls aufgegriffen werden. Im ersten Moment war das eine bessere Option, als sich dem Tribunal der Clans stellen zu müssen, aber eben nur im ersten Moment. Der Arm der Clans reichte bis in die Gefängnisse. Irgendwer würde sich finden, der Hassan im Knast ermordete. Der Tod war sein Schicksal. Und selbst der deutsche Staat konnte Hassan nicht vor seinem Schicksal bewahren.

Doch Hassan wollte nicht sterben.

»Bist du traurig?«

Simonija lag neben ihm im Bett. Er saß zusammengesunken auf der Matratze, den Kopf in den Armbeugen vergraben. Hassan hatte ihr nicht erzählt, warum er hier war. Er hatte etwas von unstillbarer Sehnsucht erzählt. Sie hatte nicht gewollt, dass er zu ihr kam, aber wo hätte er sonst hingehen sollen? Wo hätte es einen Ort gegeben, an dem er nicht gesucht würde? Zweifelsohne taten sie es schon, sowohl die Clanmitglieder als auch die Polizei. Er hatte ihr gesagt, dass er raus wäre, raus aus dem Clan, raus aus der ganzen Scheiße. Von einem neuen

Leben hatte er ihr etwas erzählt, einem neuen, gemeinsamen Leben.

In jeder guten Lüge steckte ein Funke Wahrheit.

»Ich bin nicht traurig, Habibi.« Er streichelte ihr Haar, das sich fettig anfühlte. »Ich denke nur darüber nach, wie es weitergeht.«

»Meinst du, die lassen mich mit dir gehen?« Da war so ein Beben in der Stimme. Wahrscheinlich war das Hoffnung.

»Sie müssen es. Ich bin bei dir«, sagte Hassan. Er spürte einen Kloß im Hals.

»Gehen wir nach Trebinje?«

»Was willst du denn in diesem gottverdammten Nest? Wegen deinem Kind?«

Sie nickte. »Ja, Adnan. Er ist noch bei ihm.«

Das Problem von traditionell gewachsenen patriarchischen Systemen war, dass sie in vergangenen Zeiten funktioniert hatten, aber nun, im Licht der Gegenwart, eher willkürlich anmuteten. Dieses traditionelle Patriarchat stand noch immer über dem Gesetz. Ehefrauen in Albanien waren der Besitz des Ehemanns. Bei einer Scheidung bekamen sie nichts, nicht mal das gemeinsame Kind, das ohne Ausnahme beim leiblichen Vater blieb. Im Fall von Simonija bei einem verurteilten Pädophilen.

»Meinst du, es geht Adnan gut?«

»Ganz sicher. Er ist sein Sohn. Ein Vater passt auf seinen Sohn auf.«

Wieder eine dieser verdammten Lügen. Hassan blickte auf sein Mobiltelefon, das auf dem Nachttisch lag. Das Display zeigte achtundzwanzig Anrufe in Abwesenheit an. Papa. Hassan spürte wieder diesen Kloß im Hals. Er nahm das Mobiltelefon in die Hand und stand auf.

»Ich muss los.«

»Du kommst wieder?«

»Natürlich tue ich das.« Hassan schlüpfte in die Jeans. »Ich komme morgen wieder. Bis dahin habe ich das mit dir und mir geklärt. Versprochen.« Das letzte Wort kam ihm wie zäher Schleim über die Lippen.

»Ich halte es kaum noch aus«, sagte sie. »Ich lebe nur noch wegen Adnan.«

Sie hatte Narben an den Handgelenken. Manchmal musste man sterben, um zu erkennen, was wichtig war im Leben.

»Ich komme wieder«, sagte Hassan. Er schloss die Wohnungstür. Draußen lehnte er sich gegen die Wand und atmete durch. Es war nicht wegen Simonijas Schicksal, redete er sich ein. Ein Schicksal, an dem er eine Mitschuld trug. Simonija war nicht die erste und auch nicht die letzte Nutte, die er ins Verderben gestürzt hatte. Es war etwas anderes, was ihn schwindeln ließ.

Es war geil, dieses Gefühl von Macht über Leben und Tod zu haben. Dieses Bewusstsein, dass jeder Herzschlag, jeder Atemzug, jeder Gedanke seines Opfers der letzte sein könnte. Er entschied über den Zeitpunkt. Doch jetzt richtete sich diese Macht gegen Hassan. Und das Gefühl war nicht geil. Das Gefühl schmerzte und umklammerte seine Seele, betäubte ihn.

Es machte ihn schwach.

Er hatte Angst. Verdammte, beschissene Angst.

Als sein Telefon klingelte, zuckte Hassan zusammen. Er spürte seinen Herzschlag bis in den Hals. Beinahe hätte er das Mobiltelefon fallen lassen. Er wusste schon, wer anrief.

»Hallo Papa.« Hassans Mund fühlte sich trocken an.

»Wo bist du?«

»Untergetaucht.«

»Was hast du dir dabei gedacht?«

Jetzt wäre die Gelegenheit, Papa alles zu erklären. Ihm zu sagen, wie es passiert war. Aber Hassan wusste, dass dies nichts brachte. Papa würde sich nicht dafür interessieren. Das Schicksal eines Einzelnes bedeutete nichts gegenüber der Ehre der

Familie. Papa war nicht ganz oben, weil er Rivalen mit Glacéhandschuhen angefasst hatte.

»Bitte, Papa.« Die Worte schnürten Hassan die Kehle zu. »Er hat mich angegriffen.«

»Was hattest du dort auch verloren?«

»Es war ein Versehen. Ich wusste es nicht.«

»Manche Dinge lernt man zu spät«, sagte Papa. »Komm nach Hause.«

Hassan schloss die Augen. Für einen kurzen Moment setzte sein Herzschlag aus. »Hilfst du mir?«, fragte er dann.

»Du weißt, was passiert. Je länger du dich versteckst, desto mehr Schande bringst du über den Clan.«

»Ich ... ich kann nicht.«

»Feigling!« Ein Wort wie eine Ohrfeige. Dieses eine Wort machte deutlich, wie sehr Papa von Hassan angewidert war.

»Es war Notwehr.«

»Du musst büßen. Entweder du oder dein Bruder. Sie wollen das Blut deiner Familie, und sie werden es bekommen.«

Hassan unterbrach die Verbindung. Er wollte nichts mehr hören. Er dachte fieberhaft nach. Viele Optionen blieben ihm nicht.

Eigentlich blieb ihm nur eine.

25

Hamburg, 09:28 Uhr MEZ

IHR MOBILTELEFON spielte die Melodie ihrer Lieblingsserie *Friesland*. Ausgerechnet jetzt. Afsaneh El-Sayeds Fingerkuppen klebten, weil sie noch frühstückte. Datteln, das Brot der Wüste. Wahnsinnig gesund, aber mit sehr viel Zucker eben auch klebrig. Hektisch lutschte sie sich den Daumen sauber. Hoffentlich legte der unbekannte Anrufer nicht auf. Die meisten wichtigen Telefonate kamen von unbekannten Anrufern, zumindest in ihrem Job.

»Das kommt davon, wenn du zum Frühstück so einen Mist zu dir nimmst.« Ihr Kollege Mirko hob das Mettbrötchen mit Zwiebeln hoch. »Iss was Ehrliches.«

»Damit ich wie du an Fettleibigkeit sterbe? Keine Chance.« Sie nahm das Gespräch an. »El-Sayed.«

Wenn sie das Gespräch am dienstlichen Festnetz angenommen hätte, würde Afsaneh neben ihrem Namen auch noch ihre Funktion beim Landeskriminalamt Hamburg nennen: Mordkommission. Am Mobiltelefon sparte sie sich das meistens.

»Guten Tag, Frau El-Sayed. Bellheim hier. Sie erinnern sich ganz sicher an mich.«

Und wie sie das tat. Es waren aber keine positiven Erinnerungen. Bellheim hatte Afsaneh unter Druck gesetzt, damit sie im Fall der ermordeten Saskia Meinert nicht weiterermittelte.

Afsaneh hatte aber weiterermittelt. Sie tat selten das, wozu man sie zwingen wollte. Gefunden hatte sie einen Haufen Scheiße und Hinweise auf eine parallele Welt, in der Grau die vorherrschende Moralfarbe war. Agenten, Spitzel und Spione, denen sie bisher immer nur zwischen den Buchdeckeln der Romane des großartigen John Le Carré begegnet war. Eine Welt, in der sie nicht sein wollte.

»Ich kann nicht sagen, dass ich mich über Ihren Anruf besonders freue.« Afsaneh blickte zu ihrem Kollegen Mirko, der aufmerksam geworden war und deshalb das Kauen vergessen hatte. Ein Stück Zwiebel hing zwischen seinen Lippen und ließ ihn etwas dämlich aussehen. Wie Loriot im Sketch mit der Nudel.

»Es liegt mir fern, Sie beim Frühstück zu stören«, sagte Bellheim. »Lohnen sich wirklich die Datteln, die Sie im Marrakesch kaufen, oder sind die aus dem Supermarkt besser?«

Das saß. Nicht nur, weil Bellheim offensichtlich wusste, was sie frühstückte, sondern auch, wo sie die Datteln kaufte. Das Marrakesch war ein orientalischer Lebensmittelladen schräg gegenüber von ihrer Wohnung. Dieser Gedanke schnürte Afsanehs Kehle zu. Sie spürte einen säuerlichen Geschmack in der Speiseröhre aufsteigen. Mirko hatte seine Brötchenhälfte mittlerweile auf den kleinen Teller gelegt.

»Wer ist das?«, formte er tonlos mit den Lippen.

Afsaneh schüttelte den Kopf. Sie stand auf und verließ den Tisch. »Warten Sie kurz«, sagte sie zu Bellheim. Die Polizistin ging den Flur entlang bis zu ihrem Büro. Sie schloss die Tür und setzte sich an den Schreibtisch.

»Was wollen Sie, verdammt?«

»Eine Auskunft«, sagte Bellheim. »Aber zuerst: Haben Sie mittlerweile herausgefunden, in welches Schloss der Schließfachschlüssel passt, den Jann Wiemers Ihnen gegeben hat?«

»Was wissen Sie eigentlich nicht?«

Bellheim lachte rau. »Was Sie für Socken tragen zum Beispiel.«

»Interessiert Sie das?«

»Nein, nicht wirklich.«

»Dann können Sie meine erste Frage auch richtig einordnen. Woher wissen Sie das mit dem Schlüssel?«

Jann Wiemers war Afsanehs erste Spur im Mordfall von Saskia Meinert gewesen. Er war Kommandoführer einer speziellen Festnahmeeinheit der Hamburger Polizei gewesen. Angeblich hatte er mit Unterstützung von Saskia Meinert zwei mutmaßliche Terroristen festgenommen. Angeblich, weil es diesen Einsatz offiziell nie gegeben hatte. Es gab keine Kostenrechnungen, keine Protokolle, keine Festnahmeanzeigen. Und das Wichtigste: Es gab keine festgenommenen Terroristen.

Es gab nichts, was Janns Geschichte auch nur im Ansatz bewies. Ein so großer Festnahmeeinsatz verschwand nicht einfach, es gab immer Menschen, die redeten. In diesem Fall aber nicht.

Außer Jann Wiemers. Der behauptete, dass Saskia Meinert eine Agentin gewesen war und einer geheimen Terrorabwehreinheit angehörte. Dabei hatten Afsanehs Ermittlungen ergeben, dass die Meinert beim Entwicklungsministerium gearbeitet hatte. Jann war dennoch bei seinen Aussagen geblieben. Niemand bei der Polizei Hamburg konnte sich sein Verhalten erklären. Und dann waren auf seinem Dienstrechner diese Bilder aufgetaucht. Die schlimmsten Bilder, die man sich vorstellen kann.

Was folgte, war Janns Absturz. Alkoholismus. Trennung. Jobverlust. Das volle Programm, das niemand braucht. All die Dinge, die scheinbar im ersten Moment bei Extremsituationen helfen, dich dann aber am Ende des Tages tiefer in die Scheiße reinreiten. Jann stand die Scheiße mittlerweile bis zum Kinn.

Die meisten in seiner Situation wären erstickt. Aber Jann nicht. Er hatte sich selbst an den Haaren herausgezogen. Was hatte er Afsaneh gesagt, als er ihr den Schließfachschlüssel übergab? Den Schlüssel, den Saskia bei ihm vergessen und den sie in Stockholm bekommen hatte? War es der Schlüssel zu all dem hier? »Ich will, dass es aufhört!« Das waren seine Worte gewesen. Afsaneh wollte das auch, und deshalb suchte sie gemeinsam mit Jann nach dem passenden Schloss.

»Sagen wir, ich weiß viele Dinge, die mich interessieren«, sagte Bellheim und holte Afsaneh damit aus ihren Gedanken.

»Die Suche war erfolglos«, sagte Afsaneh. »Die Schlüsselform ist in keiner Datenbank verzeichnet.«

»Haben Sie es mal beim Hersteller probiert?«

»Industriell hergestellte Massenware. Die Firma ist seit fast vierzig Jahren pleite. Damit haben wir zwar einen kleinen Hinweis, aber wir wissen nicht einmal, wo ungefähr das Schließfach zu suchen ist.«

»Schicken Sie mir mal ein Foto rüber?«

»Ist das der Grund, warum Sie mich angerufen haben?«

»Wenn es nur um den Schlüssel gegangen wäre, stünde ich in Ihrem Büro und würde ihn mir holen. Es ist mir nur grad eingefallen.«

»Und was wollten Sie tatsächlich von mir?«

»Gleich. Schicken Sie mir bitte erst mal das Foto.«

Afsaneh holte den Schlüssel aus der ersten Schublade ihres Schreibtisches. Es war diese schmale Schublade für Büroklammern, Heftzwecken und andere Kleinteile. Der Schlüssel war eingewickelt in Papier. Afsaneh legte ihn auf die Schreibtischunterlage und fotografierte mit dem Mobiltelefon. Die Datei sendete sie sofort an die angezeigte Telefonnummer von Bellheim.

»Vielen Dank«, sagte er. Seine Stimme hörte sich anders an, so als hätte er auf Freisprechen geschaltet. Afsaneh wartete.

Dann hörte sie im Hintergrund bei Bellheim eine Frauenstimme.

»Frau Meinert ist bei mir«, sagte Bellheim, der wieder klarer zu verstehen war. »Sie meint, dass der Schlüssel recht neu aussieht.«

»Wie gesagt, die Firma ist vor vierz...«

»Das hat Wiebke nicht gemeint«, unterbrach Bellheim. »Er sieht unbenutzt aus. Oder wie sehen Sie das?«

Afsaneh betrachtete das Objekt des Interesses genau. Bellheim und Wiebke hatten recht. Verdammt! Wie hatten sie und Jann dieses Detail die ganze Zeit übersehen können?

»Hilft Ihnen das?«, fragte Bellheim.

»Ich weiß noch nicht.« Afsaneh steckte den Schlüssel wieder in die Schublade. »Dann kommen Sie mal zum Punkt.«

»Ich gebe Ihnen eine Buchstabenkombination. Haben Sie etwas zum Schreiben?«

Afsaneh nahm Stift und Papier. »Hab ich.«

»Shßfh HH UB Nd.«

»Was soll das denn heißen?«

»Das wissen wir auch nicht«, gab Bellheim zu. »Da HH bedeuten könnte, dass etwas in Hamburg gemeint ist, habe ich Sie angerufen.«

»Wo haben Sie das her?«

»Das brauchen Sie wirklich nicht zu wissen.«

Afsaneh war eine zu gute Polizistin, als dass sie die Antwort nicht kennen wollte. Sie hatte aber auch gelernt, dass gewisse Antworten in dieser Parallelwelt der Spione tödlich sein konnten.

»Ein kleiner Tipp wäre trotzdem gut«, sagte sie. »Sie rufen mich ja nicht an, weil Sie bei einem Rätselheft nicht weiterkommen, oder?«

Es war kurz still in der Leitung. »Sagen wir mal, dass dies die letzten Worte eines Mannes sind.«

Afsaneh blickte noch einmal auf die Buchstaben. Das doppelte H stand ganz offensichtlich für Hamburg. Aber der Rest? »Es gibt in Hamburg keine U-Bahn-Haltestelle Nord«, sagte sie schließlich. Sie wollte das Blatt gerade beiseiteschieben, da fiel ihr etwas ein. »Es gibt aber Gerüchte.«

»Was für Gerüchte?« Bellheim wurde hellhörig.

»Ende der Siebziger hat die Stadtverwaltung den Ausbau des U-Bahn-Netzes in Hamburg beschlossen. Um Kosten zu sparen, sollten alte Luftschutzbunker aus dem zweiten Weltkrieg in Haltestellen umgebaut werden.«

»Davon habe ich noch nie etwas gehört.«

»Soweit ich weiß, wurde das Projekt nie richtig in Angriff genommen. Aber in der Nähe des Hauptbahnhofs soll angeblich eine dieser Haltestellen gebaut worden sein. Für die Arbeiter, um den schnellen Weg zur Baustelle zu gewährleisten. Ohne störende Pendler. Direkt in der Nähe der Arbeiterunterkünfte.«

»Und diese Haltestelle nannte sich angeblich UB Nord?«

»So erzählen es sich die Leute auf der Straße.«

»Woher wissen Sie das alles?«

»In meinen ersten Jahren bei der Polizei war ich im Streifendienst am Hauptbahnhof. Ich weiß noch, dass wir zwei Einbrecher festgenommen haben, die damals in einen Dönerladen eingebrochen sind. Die beiden Täter haben geschworen, Urban-Legend-Seeker zu sein.«

»Was für Leute?«, fragte Bellheim.

»Moderne Schatzsucher, die Legenden nachgehen, Lost Places besuchen und erforschen wollen. Moderne Indiana Jones. Normalerweise halten die sich mehr oder weniger an bestehende Gesetze und Verbote. Mehr als Hausfriedensbruch und Sachbeschädigung ist bei denen nicht drin. Und auch das nur in den allerseltensten Fällen. Wie bei den beiden Typen, die wir festgenommen hatten.«

»Und warum der Dönerladen?«

»Angeblich soll es von dort einen Zugang zu dieser nie genutzten Haltestelle geben. Ein zweiter Zugang soll sich im Bahnhofsgebäude befinden.«

»Glauben Sie diese Geschichte?«

Afsaneh spielte mit dem Zettel, auf den sie die Buchstaben geschrieben hatte. »Ich weiß nicht«, sagte sie. »Dieses Gerücht hält sich hartnäckig, und ein Zugang zum Luftschutzbunker am Hauptbahnhof macht auch Sinn.«

»Wurde das Gebäude in den Siebzigern nicht saniert?«

»Woher soll ich das wissen?«, fragte Afsaneh. »Da war ich noch nicht einmal eine Idee des Universums.«

»Ich meine, ja.« Bellheims Stimme klang tiefer und ruhiger. Wie die Stimme eines Mannes, der tief in seinen grauen Zellen nach dringend benötigtem Wissen kramte.

»1979«, sagte er dann.

»Was war da?«

»Da wurden Korrosionsschäden an der Wandelhalle des Bahnhofs festgestellt. Es gab Vorbereitungen zur weiteren Grundinstandsetzung. Das passt zeitlich auch mit dem Gerücht, von dem sie gerade berichtet haben.«

»Und was genau wollen Sie jetzt von mir?«

»Wir wissen jetzt, dass HH UB Nd eine gebaute, aber nie genutzte U-Bahn-Haltestelle ist. Ich kann Ihnen versichern, dass diese Notiz höchstwahrscheinlich unglaublich wichtig ist.«

»So wichtig, dass ein Mensch dafür sterben musste?« Afsaneh biss sich auf die Zungenspitze. Vielleicht hätte sie ihre Vermutung besser für sich behalten, aber sie hatte den Pfeil in Richtung Bellheim nicht mehr auf der Sehne halten können.

»Das haben Sie jetzt gesagt«, meinte Bellheim, dann schwieg er kurz und dachte nach.

»Menger«, sagte er schließlich. »Herbert Menger.«

Es dauerte, bis Afsaneh sich erinnerte. »Ist das der vom Khartum-Skandal?«

Normalerweise interessierte sie sich nicht für Politik. Sie ging wählen, natürlich, aber sie wählte dann immer eine Partei, die niemals in Regierungsverantwortung kommen, die nicht einmal Teil der Opposition sein würde. Sie wählte, weil man ihr gesagt hatte, dass jede nicht abgegebene Stimme eine Stimme für die Rechten sei. Überprüft hatte sie die Aussage nie.

Aber die Sache mit Menger war in den Medien rauf- und runtergelaufen. Fast schon penetrant. Der Schock saß tief in der deutschen Seele, denn niemand hatte auch nur ansatzweise geglaubt, dass solche Geschäfte in diesem Deutschland möglich waren. Den Amerikanern hätte man das vielleicht zugetraut, den Russen ganz sicher, aber keinem deutschen Politiker. Und nur deswegen erinnerte sich Afsaneh.

»Das ist der Grund, warum Sie den Eingang finden müssen«, sagte Bellheim.

»Wenn es nicht doch nur eine Legende ist.« Afsaneh blieb bei ihrer skeptischen Haltung.

»Es ist keine Legende. Jedenfalls nicht mehr.«

»Und der Beweis ist was?«

»Ein Zettel mit den wahrscheinlich letzten Worten Herbert Mengers. Aufgeschrieben für seinen Mörder.« Bellheim atmete hörbar ein. »Dort muss etwas sein, was unvorstellbar wertvoll ist.«

»Und wenn ich den Eingang finde?« Afsaneh war nicht mehr ganz so skeptisch. Zwar hatte sich für sie die Indizienlage nicht geändert, aber Bellheims eindringliche Überzeugung hatte sie angesteckt.

»Sprengen Sie das Ding auf, wenn es sein muss. So oder so müssen wir wissen, was da ist.«

»Na gut«, sagte sie. »Das geht auf Ihre Kappe, verstanden? Wenn was schiefläuft, meine ich.«

»Wird es nicht. Da vertraue ich Ihnen voll und ganz. Und

außerdem werden Sie sich mit Wiebke treffen. Sie dürfte in etwa dreieinhalb bis vier Stunden bei Ihnen sein.«

»In der Zwischenzeit überprüfe ich die Adresse in den polizeilichen Datensystemen. Vielleicht finde ich etwas, was meine Fantasie beflügelt.«

»Wie meinen Sie das?«, frage Bellheim.

»Es ist nur ein kleines Detail. Wirklich, ein ganz winziges Detail, aber für eine polizeiliche Maßnahme brauche ich einen Grund. Bei einer Durchsuchung sogar eine Erfolgsvermutung und einen richterlichen Beschluss. Bisher habe ich nicht einmal den leisesten Anfangsverdacht einer Straftat. Ich kann also gerne in den Laden gehen und den Dönerverkäufer freundlich fragen, ob er irgendwo einen geheimen Zugang zu einem nicht genutzten U-Bahnhof in seinem Keller kennt. Wenn er dann sagt, ich soll es in Eilbeck versuchen, kann ich es nicht ändern.«

»Eilbeck?«

»Dort ist die Psychiatrie.«

»Sei's drum«, sagte Bellheim. »Wir haben noch etwa drei bis vier Stunden für die Vorbereitung. Bis dahin wird uns etwas einfallen.«

Bellheims Stimme klang so, als wollte er das Gespräch beenden. Leute wie er würden sich wahrscheinlich die Höflichkeitsfloskeln zum Abschied sparen und einfach die Verbindung unterbrechen. Afsaneh hatte aber noch eine Frage, die ihr auf der Seele brannte.

»Warten Sie!«, sagte sie deshalb.

»Die Zeit verstreicht ungenutzt«, antwortete Bellheim. Klang, als hätte er einen Glückskeks geöffnet.

»Wenn Menger diesen Ort seinem Mörder aufgeschrieben hat, wird dieser dann nicht auch da sein?«

Einen Atemzug lang war nur das Rauschen der Telefonverbindung zu hören. Dieses nachdenkliche Schweigen erdrückte

Afsaneh fast. Gerade wollte sie etwas sagen, da antwortete Bellheim doch.

»Vermutlich«, sagte er nur.

Eine ehrliche, aber nicht gerade befriedigende Antwort.

»Und wer ist es? Wer ist dieses Mal der Gegenspieler?«

»Da kann ich nur raten«, sagte Bellheim. »In ein paar Stunden wissen wir mehr.«

Er unterbrach die Verbindung. Wie erwartet ohne Höflichkeitsfloskel. Afsaneh starrte auf das Mobiltelefon in ihrer Hand.

In ein paar Stunden wissen wir mehr.

Na toll.

Ein paar Stunden hörten sich wie eine lange Zeit an. Das war es aber nicht. Jedenfalls nicht, wenn man unterschwellig die Angst spürte, dass dies die letzten Stunden des Lebens waren. Kurz fragte Afsaneh sich, was sie unternehmen würde, wenn sie sicher wüsste, dass an diesem Tag ihr Leben endete. Wahrscheinlich etwas, was sie unter normalen Umständen niemals getan hätte. Mit einer Frau schlafen zum Beispiel. Sie unterdrückte die Angst. Sie musste vorbereitet und konzentriert sein, damit das nicht die letzten Stunden ihres Lebens waren.

Sie rief Jann Wiemers an. Er hatte ihr das alles eingebrockt, dann sollte er die Suppe auch mit auslöffeln.

26

Berlin, 09:34 Uhr MEZ

ALS ANKA ERWACHTE, hatte sie dieses Gefühl von absoluter Müdigkeit direkt nach dem Tiefschlaf. Als ob sie viel zu spät ins Bett gegangen und viel zu früh aufgewacht wäre. Ein Blick auf den Wecker ließ sie allerdings schlagartig hellwach werden: Es war schon zwanzig vor zehn. Viel zu spät! Sie schwang ihre Beine aus dem Bett und griff die Kleidung, die sie gestern Abend neben sich auf den Sessel gelegt hatte. Sie hetzte ins Bad und runzelte verwundert die Stirn. Andrés Zahnbürste stand immer noch in der Ladestation. Das bedeutete, sie war seit gestern Mittag nicht mehr angerührt wurden.

Ihr Ehemann war am Abend nicht nach Hause gekommen. Das war zwar nicht ungewöhnlich, doch Anka machte sich Sorgen. Diese komische Frau gestern vor der Haustür ging ihr nicht mehr aus dem Kopf. Auch nicht Andrés Reaktion darauf. Nach einem Telefonat hatte er beinahe fluchtartig das Haus verlassen und war seither nicht zurückgekehrt. Mehrfach war sie versucht gewesen, ihn anzurufen, aber sie hatte es nicht getan, denn er hatte ihr verboten, ihn zu kontaktieren, wenn er dienstlich unterwegs war. Und er war immer dienstlich unterwegs. Deswegen war Anka häufig einsam, so einsam, dass sie manchmal überlegte, ihn zu verlassen. Einfach die Sachen zu packen und zu gehen. Doch der Kinder zuliebe blieb sie.

Mittlerweile hatte sie sich angezogen und stieg die Treppe hinab. Aus dem Wohnzimmer hörte sie die Stimme einer Frau. André saß zusammengesunken im Sessel, in der Hand hielt er eine halb leere Flasche Brandy. Im Zimmer roch es nach Alkohol, der Fernseher lief. Eine Sondersendung mit Brigitta Wittlich. Die Journalistin blickte betroffen in die Kamera.

»Nach Rücksprache mit der Pressevertreterin der Staatsanwaltschaft wird es zunächst keine Stellungnahme geben«, sagte die Wittlich gerade. »Es wurde aber ausdrücklich betont, dass die Polizei in alle Richtungen ermittelt.«

Anka runzelte die Stirn. Was war da passiert? Im Hintergrund wurden Liveaufnahmen eingeblendet. Die Hausfront kam Anka bekannt vor.

»Im Hintergrund sehen Sie das Austin Hotel, das auf der ganzen Welt für überschwänglich luxuriöse Entspannung bekannt und nun der Schauplatz eines tragischen Todes oder eines kaltblütigen Verbrechens ist«, sagte Brigitta Wittlich. Sie drehte sich zur Seite, wo das Bild des Reporters vor Ort eingeblendet wurde. Hinter ihm waren Polizeifahrzeuge und Rettungswagen zu erkennen. »Wir schalten nun live zu Robert Leue vor dem Austin Hotel. Guten Morgen.«

Der Reporter drückte eine Hand gegen sein Ohr. »Guten Morgen, Brigitta«, sagte er nach einer kurzen Verzögerung.

»Können Sie uns eine Zusammenfassung der Ereignisse geben? Es ist ja doch etwas bizarr.«

»Sehr gerne, Brigitta«, sagte der Reporter. »Laut eines Angestellten des Hotels checkte ein Herr Flönsberg am gestrigen Tag hier ein und bezahlte bar für zwei Nächte. Dies kam dem Angestellten nach eigenen Angaben sofort komisch vor.«

»Darf ich fragen, warum? In Deutschland haben wir immer noch eine Bargeldkultur.«

»In diesem Hotel ist es wohl eher unüblich, bar zu zahlen. Das könnte durchaus an den hohen Zimmerpreisen liegen.

Aber dieses komische Gefühl bezog sich laut Aussage des Angestellten nicht nur auf die Bezahlung, sondern auch auf den Namen Flönsberg. Zwar zeigte der Gast beim Check-in einen scheinbar echten Ausweis vor, doch dem Angestellten kam das Gesicht des Mannes bekannt vor.«

»Und damit sollte der Angestellte letztendlich recht behalten«, sagte Brigitta.

»In der Tat. Bei dem angeblichen Herrn Flönsberg handelte es sich um den ehemaligen Bundestagsabgeordneten Herbert Menger.«

»Die zentrale Figur im Khartum-Skandal.«

»Und heute Morgen gab es in diesem Zusammenhang eine weitere Entwicklung, denn als die Putzfrau das Zimmer betreten wollte, kamen ihr eine Frau und ein Mann entgegen, die offensichtlich nichts in dem Hotelzimmer verloren hatten. Kurz darauf die grausige Entdeckung: Herbert Menger wurde tot in der Badewanne aufgefunden.«

Anka Böhm schlug die Hand vor den Mund. Herbert Menger war tot? Sie hatte ihn nicht besonders gut gekannt, war aber ein paarmal geschäftlich mit ihm essen gegangen. Sie setzte sich auf den Sessel und starrte gebannt auf den Bildschirm.

»Dann hat die Putzfrau die Täter gesehen?«, fragte Brigitta.

Der Reporter schüttelte den Kopf. »Eine erste Todeszeitbestimmung des Gerichtsmediziners ergab, dass Menger höchstwahrscheinlich am gestrigen Abend ums Leben kam, also nur Stunden, nachdem er eingecheckt hatte.«

»Vielleicht sind die Täter noch einmal zum Tatort zurückgekehrt?«

»Das ist wohl eher ein Mythos, wie mir die Polizei bestätigte. Zunächst deutete alles auf einen Selbstmord hin.«

»Wurde denn ein Abschiedsbrief gefunden?«

»Auch das ist eher ein Mythos. Das Vorhandensein oder

nicht Vorhandensein letzter Worte ist kein Beweis für oder gegen eine Selbsttötung.«

Niemals! Anka hatte Herbert Menger als einen Mann mit festem Willen und Durchsetzungsvermögen kennengelernt. Sie wagte zu bezweifeln, dass ein solcher Mensch den Freitod wählen würde. Andererseits hatte Menger durch den Khartum-Skandal alles verloren, für das er so lange gearbeitet hatte. Menschen konnte man nicht in den Kopf blicken, ihre Beweggründe blieben auch dann ein Geheimnis, wenn man glaubte, sie sehr gut zu kennen.

»Laut Presseagentur gab es eine weitere Entwicklung, die möglicherweise mit dem Tod Herbert Mengers zusammenhängt. Können Sie mir dazu etwas sagen?«

Der Reporter räusperte sich. »Wir haben erfahren, dass Kristine Stiller festgenommen wurde.«

»Die Abgeordnete Stiller war auch eine zentrale Figur bei dem illegalen Waffengeschäft mit dem Sudan«, erinnerte Brigitta. »Wissen wir, warum Frau Stiller festgenommen wurde?«

»Wir können nur Mutmaßungen anstellen. Um in Deutschland ein Mitglied des Bundestages in Haft nehmen zu können, muss dessen Immunität aufgehoben werden. Normalerweise ist das ein langwieriger Prozess, beginnend mit Debatten im Immunitätsrat bis hin zum Beschluss des Bundestages. Meines Wissens ist das in Deutschland bisher nur einmal vor vielen Jahren durchgeführt worden. Heute Morgen gab es ein Eilverfahren, das durch den Bundesinnenminister und den Justizminister angestoßen wurde.«

»Ein Eilverfahren? Dann müssen aber triftige Gründe für einen Tatverdacht bei Frau Stiller vorliegen.«

»Der Polizei müssen eindeutige Hinweise dafür vorliegen, dass es sich hier um ein Tötungsdelikt handelt. Und die werden mit an Sicherheit grenzender Wahrscheinlichkeit auf Frau Stiller als mutmaßliche Mörderin deuten. Anders ist dieser Vorgang nicht zu erklären.«

»Vielen Dank an dieser Stelle an Robert Leue.« Brigitta Wittlich blickte wieder direkt in die Kamera. »Der Tod von Herbert Menger erschüttert auch die Politik. Die Vertreter der unterschiedlichen Fraktionen sprechen der Familie ihr Beileid aus. Der Bundesinnenminister spricht von einem schwarzen Tag für die deutsche Politik. So kurz vor den Bundestagswahlen reißt eine solche Tat eine tiefe Wunde in die Seele aller, wird er weiter zitiert. Die Familienministerin warnt davor, dass durch diese Geschehnisse die aktuellen Prognosen zur Bundestagswahl vollkommen über den Haufen geworfen werden könnten.«

»Sie bekommen alle das, was sie verdienen.«

Anka blieb beinahe das Herz stehen. Reflexartig schlug sie die Hand auf die Brust. »Hast du mich erschreckt!«

André Böhm stellte die Brandyflasche auf den Boden. »Hab ich das alles getrunken?«

»Was ist los mit dir?« Ankas Herz beruhigte sich langsam wieder.

»Die Welt war schon immer scheiße.« Er lallte. »Das Leben ist chaotisch, voller Unwägbarkeiten, nicht planbar.«

»Deswegen nennt man es Leben und nicht Simulation.«

»Egal welchen Plan du dir machst, das Leben fickt dich.« André deutete zum Bildschirm. »Aber dann gibt es die, die ein Uhrwerk erschaffen. Das kleinste, unwichtigste Zahnrädchen läuft wie geölt. Alles fügt sich.«

»Du machst mir Angst.«

Er beugte sich vor und starrte sie an, ohne zu blinzeln. Der säuerliche Geruch von Alkohol, Erbrochenem und Schweiß verschlug ihr den Atem. So hatte sie ihren Mann noch nie erlebt. Und das machte ihr noch mehr Angst.

»Der Islam gehört nicht zu Europa«, sagte André mit der

Stimme eines dunklen Verschwörers. »Warum habe ich das nicht früher verstanden? Dieses ganze Gehabe der stolzen weißen Männer. Haltet euch noch zurück, aber seid bereit. Das waren seine Worte.«

»Wessen Worte?«

»Die des mächtigsten Mannes der Welt. Und sie haben sich zurückgehalten. Mein Gott ...« Seine Unterlippe bebte. »Was habe ich getan? Diese ganze Deus-Vult-Kacke. Billiges Gehabe längst vergangener Zeiten.«

»Wovon redest du?« Anka schlang die Arme um ihren Oberkörper und wich vor ihrem eigenen Ehemann zurück. Das war etwas, was keine Ehefrau je tun müssen sollte. Er starrte ihr nur mit leeren Blicken hinterher, griff zur Brandyflasche und nahm einen kräftigen Schluck.

»Herbert Menger ist tot«, sagte sie mit dünner Stimme. »Ermordet.«

»Ich weiß«, sagte er trocken. »Das weiß ich nur zu gut.«

»Er war dein Freund, oder?«

»Mein Freund?« André schüttelte den Kopf. »Er war mehr als das. Ohne ihn wäre ich nicht da, wo ich jetzt bin. Wir haben Seite an Seite gestanden. Wir haben so viel gemeinsam gemacht.« Er blickte Anka ins Gesicht. »Ohne dich.«

»Du hast nicht viel von ihm erzählt.«

André sah zum Fernseher. »Schau.«

Anka wandte sich wieder um. Ein älterer Mann trat an das Rednerpult, das vor einer vertäfelten Wand mit Goldverzierungen stand. So konnte nur der Prunk osteuropäischer Länder aussehen. Und tatsächlich, der Name des Mannes lautete Slatan Schogadosewyck, Staatspräsident von Bulgarien.

»Wir müssen uns schützen«, sagte er in die Kamera. »Es ist allgemein bekannt, dass Verbrecher und Terroristen die Flüchtlingsrouten nutzen, um nach Europa zu gelangen. Deswegen müssen wir die Grenzen schließen. Sofort! Russland und die

Türkei müssen verstehen, dass Europa nicht ihre Probleme lösen kann. Wir müssen unsere eigenen Probleme lösen, und wir haben große Probleme. Wenn Europa uns nicht hilft, helfen wir uns selbst.«

»Die Spaltung beginnt«, sagte André mehr zum Bildschirm als zu Anka.

»Blicken wir nach Deutschland«, sagte Schogadosewyck zu den Journalisten, die ihm offenbar im Presseraum gegenübersaßen. »Dort hat eine konvertierte Politikerin einen der ehrenwertesten Politiker des Landes kaltblütig ermordet.«

Tumultartiges Gemurmel unter den Presseleuten. Der Staatspräsident ließ den Lärm alleine durch beschwichtigende Armbewegungen verstummen.

»Ich weiß, was Sie alle gerade denken. Es sind viele Lügen unterwegs, viele Falschinformationen. Glauben Sie nicht alles, was die ausländische Presse sagt. Die sind politisch gesteuert, auch und besonders in Deutschland.« Er machte eine Sprechpause und blickte zur bulgarischen Flagge, die seitlich von ihm hing. »Wir wissen es. Unseren geheimdienstlichen Informationen zufolge wurde ein Weinglas am Ort des Verbrechens gefunden, das eindeutig die Mörderin überführt. Eine Frau, die immer sagte, dass ›A Salam Aleikum‹ Friede sei mit dir bedeutet. Eine Frau, die den christlichen Glauben abgelegt und den muslimischen Glauben angenommen hat. Eine Frau, die ihr wahres Gesicht gezeigt hat. Eine Frau, die im Namen ihres Gottes einen großartigen Politiker und Freund kaltblütig ermordet hat.«

Jetzt baute er sich breit vor den Pressevertretern auf und holte tief Luft, bevor er weitersprach. »Und deswegen sage ich, dass der Islam nicht zu Europa gehört. Wir müssen uns schützen!«

André schaltete den Fernseher aus. »Das war es, was die wollen. Es läuft wie geschmiert.«

»Wer sind die?« Anka bemerkte das angstvolle Vibrieren in ihrer Stimme.

»Wir sind nur Bauern auf einem Schachbrett.«

»Hörst du dich selbst reden?« Sie fuhr sich mit der Hand durch die Haare.

Sie blickten einander lange an. Nicht wie sich liebende und vertrauende Eheleuten es nach langer Zeit taten, wenn sie einander blind verstanden, sondern eher wie Feinde, die sich kurz vor einem Kampf gegenseitig beäugten, darauf wartend, dass der andere einen Fehler machte.

»Du machst mir Angst, André.«

»Ich?« Er deutete auf seine Brust. »Ich mache dir Angst? Seit wann?« Als er vergeblich auf eine Antwort wartete, schrie er sie an: »Seit! Wann?!«

Anka wich zurück. Beinahe wäre sie über die Sofafüße gestolpert und zu Fall gekommen. In letzter Sekunde fing sie sich ab.

»Sag es mir!«, forderte André sie mit eindringlicher Stimme auf. »Seit wann mache ich dir Angst?«

Anka leckte sich über die Lippen und sammelte allen Mut, den sie in sich trug. »Seitdem das Liebevolle aus deinem Gesicht gewichen ist und das Lächeln von deinen Lippen verschwand. Da ist nur eiskalte Grausamkeit.«

Er packte sich an den Kopf und lachte, aber es war kein Lachen der Freude. André lachte sie aus.

»Poetisch wie immer«, sagte er schließlich. »Aber ich bin es nicht, vor dem du Angst haben solltest. Sie sind es.«

»Wer verdammt sind denn die?« Anka schrie, ihre Nerven lagen blank.

»Diejenigen, die für all das hier verantwortlich sind.« Er blickte auf seine Armbanduhr. »Ich gehe jetzt schlafen. Weck mich nicht, wenn du gehst.«

»Ich habe heute meinen freien Tag.«

Ohne sie eines weiteren Blickes zu würdigen, verließ er das Zimmer. Er ließ sie alleine mit den ganzen Fragen, die sie hatte. Mit den ganzen Ängsten und dem schrecklichen Gefühl, dass ihr Ehemann etwas mit der Sache im Austin Hotel zu tun haben könnte.

27

Nowaja Semlja, später

ZOJA WAR GERANNT wie noch nie in ihrem ganzen Leben. Die Lungen schmerzten, und die Beinmuskeln brannten. Anastasia war mehrmals gestolpert, und Zoja hatte ihr, ohne nachzudenken, jedes Mal hochgeholfen. Hätte sie nachgedacht, wäre sie wohl zu dem Schluss gekommen, dass hier jede für sich selbst rannte und dass das Leben das höchste Preisgeld war, das man gewinnen konnte. Verlor man, wartete nur der Tod. Dazwischen gab es nichts, kein Unentschieden, kein Vielleicht, keine Eventualitäten oder sonstige Optionen. Nur Leben oder Sterben.

Der Hubschrauber flog dicht über dem Boden, Schüsse peitschten durch die Luft, Projektile wirbelten Steine, Dreck und Eis auf. Zoja riss Anastasia im letzten Moment zur Seite. Der Hubschrauber drehte ab und gewann wieder an Höhe, nur um Sekunden später wieder herabzustoßen. Wie ein Raubvogel, der seine Beute erblickt und angreift.

Zoja war vollkommen bewusst, dass es pures Glück war, dass weder sie noch Anastasia blutend und sterbend im Dreck lagen. Einem Hubschrauber mit schießwütiger Besatzung entkam man nicht durch Können. Nicht hier, nicht am helllichten Tag und nicht auf freiem Feld, das kaum Deckung bot. Vielleicht lag es auch an der Unfähigkeit der russischen Soldaten, aber an diese Option glaubte Zoja nicht. Wer hier diente, gehörte entweder zu den Besten oder zu den Skrupellosesten, die die russische Armee zu bieten hatte.

Vielleicht gab es einen Hoffnungsschimmer. Ivan hatte doch gesagt, sie sollte nach Moskau und dort den Leiter der Spionageabwehr treffen. Genosse Dadaboev. Was sie dort sollte, war ihr noch immer schleierhaft.

»Sie treiben uns«, schrie Zoja.

Anastasia nickte. Der Hubschrauber trieb die beiden Frauen ganz klar in eine bestimmte Richtung. Vermutlich näherten sich von dort Infanteristen, denn die Russen wollten Zoja nicht tot. Noch nicht. Aber Zoja wollte sich nicht gefangen nehmen lassen. Lieber starb sie.

Der Hubschrauber flog wieder dicht über dem Boden. Zoja packte Anastasia und riss sie mit sich. Unbeirrt rannten die Frauen auf den Hubschrauber zu. Im letzten Moment zog der Pilot hoch. Zoja änderte die Richtung und steuerte auf die zerklüftete Landschaft zu, die von tiefen Furchen und umgestürzten Monolithen geprägt war. Ein wahres Felsenmeer. Der Hubschrauber flog eine Kurve. Jetzt oder nie! Zoja und Anastasia duckten sich unter einen Vorsprung, um die erste Atempause seit langer Zeit einzulegen. Weil Anastasia zitterte, nahm Zoja sie in den Arm. Gemeinsam drückten sie sich gegen den rauen Felsen. Vorsichtig lugte Zoja in den Himmel. Sie hörte den Hubschrauber, der langsam über die Stellen glitt, wo der Pilot die Frauen vermutete. Sie waren entkommen, kurzzeitig zumindest. Aber es war nur eine Frage der Zeit, bis die Infanteristen hier eintrafen.

»Wir müssen weiter«, sagte sie zu Anastasia.

Die junge Frau schüttelte den Kopf. Sie ballte die rechte Hand zur Faust und führte sie spiralförmig nach unten. Das hieß wohl so viel wie: Ich kann nicht mehr.

»Ich weiß«, sagte Zoja. »Ich weiß, Herzchen.«

Warum sie die junge Frau »Herzchen« nannte, wusste sie selbst nicht so genau. Sie schob es auf die Situation, auf das, was sie gemeinsam durchgemacht hatten. Vielleicht war es aber auch ein Instinkt gewesen, ein mütterlicher. War Zoja Mutter? Wieder und wieder stellte sie sich dieselben Fragen, doch Antworten erhielt sie nicht.

»Wir müssen aber weiter. Die Soldaten werden bald hier sein.«

Anastasia nickte. Sie deutete in eine Richtung, und die beiden Frauen krochen los. Scharfe Kanten rissen ihre Handflächen und Hosen an den Knien auf. Trotzdem krochen sie weiter. Manchmal musste Freiheit mit Blut bezahlt werden. Der Hubschrauber entfernte sich, und es klang, als stiege er höher in den Himmel. Dann hörten sie es: Dieselmotoren. Knirschende Steine. Gebellte Befehle. Schritte. Anastasia und Zoja verharrten in ihren Bewegungen. Nur kein Geräusch machen, nicht mal Atmen. Eine Silhouette verdunkelte den Himmel über Zoja, doch der Soldat lief an ihr vorbei. Offensichtlich hatte er sie zwischen den Steinen nicht gesehen. Glück gehabt! Langsam und vorsichtig krochen sie weiter. Würden sie auch nur den Hauch eines Verdachts bei einem der Soldaten verursachen, wäre es vorbei. So gut sie sich im Felsenmeer verstecken konnten, es bot keine Möglichkeit zur schnellen Flucht.

»Sicher, dass die Zielobjekte sich hier versteckt haben?« Die Stiefelsohle eines Soldaten war nur Zentimeter von Zojas Gesicht entfernt.

»Wir haben alles abgesucht. Mehrfach.«

Sie konnte die verzerrte Antwort nicht verstehen.

»Was weiß ich, wo die sonst sein könnten. Ich war nicht dabei, als ihr sie aus den Augen verloren habt.«

Wieder verzerrte Worte.

»Richtung Küste? Da ist eine Senke? Warum sagst du das erst jetzt?«

Rauschen und statisches Knistern.

»Ich übernehme die volle Verantwortung. Wir sind hier fertig.« Den nächsten Befehl schrie er. »Aufsitzen. Neue Zielkoordinaten ansteuern.«

Die Schritte entfernten sich. Dicht zusammengekauert verharrten Zoja und Anastasia, bis sich das Geräusch der Dieselmotoren entfernt hatte. Sie waren vorerst entkommen. Anastasia strahlte, auf ihrem Gesicht war grenzenlose Freude. Sie drückte Zoja einen Kuss auf die Lippen. Es war aber nicht nur das, was Zoja reserviert bleiben ließ. Da war ein nagendes Gefühl des Zweifels in ihr. Anastasia kniete sich daraufhin neben Zoja, die Hände zwischen den Oberschenkeln gefaltet, den Blick gesenkt. Sie schämte sich. Zoja erinnerte sich nicht daran, jemals eine Frau geküsst zu haben, und dennoch löste es etwas in ihr aus.

»Alles gut, Süße«, sagte Zoja.

Anastasias Hände zitterten. Sie streichelte mit den Fingern der einen den Handrücken der anderen Hand, als wollte sie damit sagen, dass es ihr leidtat.

»Du brauchst dich nicht zu entschuldigen. Es war schön, nur jetzt passt es gerade nicht. Verstehst du? Gib mir Zeit. Zuerst müssen wir entkommen, dann sehen wir weiter.«

Anastasia nickte.

Und jetzt war Zoja klar, warum Zweifel an ihr nagten. Richtung Küste war keine Senke. Da verlief die Landschaft sanft bergab, bis die Felsen das Wasser erreichten. Die Soldaten waren nicht abgezogen.

Das war eine Falle.

28

Berlin, 10:21 Uhr MEZ

DIE ZELLE WAR weniger als karg. Beige Fliesen bedeckten den Boden und die Wände bis zur Decke. Die summende Neonröhre war vergittert. Auf einer gemauerten Pritsche lag eine blaue Gummimatratze, und in einer Ecke befand sich ein Loch. Dem Gestank nach zu urteilen wohl die Toilette.

Kristine Stiller stand am Fenster und blickte durch die Gitter auf einen grauen Hinterhof, in dem Polizeifahrzeuge parkten. In der Hand hielt sie einen Styroporbecher, der mittlerweile kalten Kamillentee enthielt. Ihre Füße waren auch kalt. Sie hatte draußen die Schuhe ausziehen und allen Schmuck und den Gürtel abgeben müssen. Das sei Vorschrift, hatte der freundliche Polizist zu ihr gesagt. Er war sogar so verständnisvoll gewesen, eine Kollegin zu holen, als Kristine das Kopftuch abnehmen musste, um die Ohrringe ablegen zu können. Die Polizistin war leider nicht so freundlich gewesen, eher ziemlich arrogant.

Von draußen klapperte es an der grauen Zellentür. Ein Schlüssel wurde im Schloss umgedreht, die Scharniere quietschten. Kristine wandte sich um und erblickte wieder die arrogante Polizistin.

»Kommen Sie bitte heraus«, sagte diese. Es klang bloß nicht wie eine Bitte, sondern wie ein Befehl.

Kristine nickte und stellte den Styroporbecher neben die Pritsche auf den Boden. Ihre Schuhe standen draußen neben der Zellentür. Die Polizistin machte keinen Platz, als Kristine in die Hocke ging, um besser in die Pumps zu kommen. Das war beinahe schon ein erniedrigendes Gefühl. Aber was war hier nicht erniedrigend? Angefangen damit, dass Kristine für etwas festgenommen worden war, was sie nicht getan hatte. Sie hatte niemanden ermordet.

Als die Polizisten zu ihr nach Hause gekommen waren, hatte sie zuerst protestiert, doch der Haftbefehl ließ keinen Spielraum. Kristine wollte den Skandal nicht größer machen, als er eh schon sein würde. Die Nachbarn glotzten natürlich. Deshalb hatte sie die beiden Beamten gebeten, ohne Handschellen mitgenommen zu werden. Das wurde zwar rigoros verneint, aber zumindest wurden ihr die Hände vorne gefesselt. Um die Stahlacht zu verdecken, legte einer der Beamten eine Jacke über die Handgelenke. Eine freundliche und menschliche Geste, doch damit hatte die Demütigung begonnen, und Kristine fürchtete, dass sie nicht damit endete.

»Was passiert jetzt?«, fragte sie.

»Dort entlang.« Die Polizistin deutete auf eine geöffnete Tür am Ende des Ganges.

Ihre Schritte hallten von den Wänden wider, die Polizistin ging hinter ihr. Im Büro saß ein Mann in Zivil, ungefähr vierzig Jahre alt. Er hatte ein rundes Gesicht, rosige Wangen mit Sommersprossen und rötliche Haare. Aber auch Krähenfüße und dicke Augenringe zeichneten sein Gesicht. Ein Mann voller Widersprüche. Seine Bewegungen wirkten müde und gleichzeitig voller Elan. Bestimmt war er ein erfahrener Polizeiermittler. Kristine mahnte sich zur Vorsicht. Garantiert war alles, was der Ermittler tat, sinnbehaftet. Wie dieser Polizist aus dem Fernsehen, der mit Trenchcoat und Zigarre. Seine Fragen, und waren sie noch so blöd, entlarvten immer den Mörder.

»Guten Tag, Frau Stiller«, sagte der Ermittler. »Mein Name ist Schopinski.«

»Klingt polnisch«, sagte Kristine.

»Ich weiß.« Er lächelte breit. »Ansonsten wirke ich eher irisch. Das liegt daran, dass ich das Beste beider Nationen in mir trage.« Sein Lächeln wurde noch breiter.

»Und in welcher Funktion sind Sie hier?« Kristine blickte zur Tür. Die arrogante Polizistin stand immer noch da.

»Ich möchte mit Ihnen reden«, sagte Schopinski und deutete auf einen Plastikstuhl, der zwischen der Wand mit dem vergitterten Fenster und dem alten Schreibtisch mit dem PC-Bildschirm stand.

Dann wandte er sich an die Polizistin und sagte: »Ich komme alleine zurecht. Schließt du bitte die Tür, Nina?«

Die Angesprochene nickte und verließ den Raum. Kristine war nun mit Schopinski allein.

»Um jedes Missverständnis auszuräumen, muss ich Ihnen sagen, dass ich im Fall der Ermordung von Herbert Menger die Ermittlungen leite.«

»Habe ich mir gedacht«, sagte Kristine müde. »Daher muss ich Ihnen sagen, dass ich es nicht getan habe.«

Darauf ging Schopinski gar nicht erst ein. Wahrscheinlich wäre er schon Millionär, wenn er für diesen Satz jedes Mal einen Euro bekommen hätte.

»Sie wurden über Ihre Rechte als Beschuldigte in einem Strafverfahren belehrt?«, fragte er.

Kristine nickte, worauf er etwas in den Computer tippte.

»Zur Sicherheit mache ich das noch einmal«, sagte er und räusperte sich. »Für uns sind Sie dringend tatverdächtig, den Mord begangen zu haben. Als Beschuldigte brauchen Sie bei der Polizei keine Angaben zu machen. Sie müssen nur die Fragen zu Ihrer Identität wahrheitsgemäß beantworten. Machen Sie das nicht, begehen Sie eine Ordnungswidrigkeit. Wenn Sie möchten, können Sie einen Rechtsanwalt zur Wahrung Ihrer rechtlichen Interessen beauftragen. Das haben Sie verstanden?«

»Ja.« Kristine hatte das Gefühl, als würde ihr die Zunge am Gaumen festkleben.

Das war alles wie in einem schlechten Film. Nur mit Mühe hielt sie sich zurück. Was brächte es, wenn sie herumschreien und toben würde? Sie war überzeugt davon, dadurch ihre Lage nur zu verschlechtern. Abwarten war die Devise. Es würde sich alles aufklären.

»Wie alles in Deutschland«, führte Schopinski weiter aus, »ist auch der Ablauf einer Beschuldigtenvernehmung geregelt, konkret in der Strafprozessordnung. Nach erfolgter und verstandener Belehrung und Vorhalt der Ihnen zur Last gelegten Tat haben Sie die Möglichkeit eines freien Berichts.«

»Eines freien Berichts?«

Der Ermittler nickte. »Eine Schilderung aus Ihrer Sicht. Da können Sie vorbringen, was Sie entlasten könnte.«

»Es gibt nichts, wofür ich mich entlasten müsste.«

»Das sehen wir dann schon«, sagte Schopinski. »Im Anschluss Ihres Berichts kann es sein, dass ich noch einige Fragen an Sie haben werde. Wenn Sie sich entscheiden, bei der Polizei auszusagen und meine Fragen zu beantworten, müssen Sie trotzdem keine belastenden Angaben machen. Und zu jeder Zeit haben Sie die Möglichkeit, die Vernehmung abzubrechen und einen Rechtsanwalt zu konsultieren.«

Durch Kristines Körper brandeten heiße und kalte Wellen. Sie fühlte sich plötzlich niedergeschlagen und unendlich müde. Der Ermittler war anscheinend überzeugt davon, einer Mörderin gegenüberzusitzen.

»Fangen wir an?«, fragte er.

»Sie werden so oder so anfangen, oder?«

Er nickte. »Also, was möchten Sie mir erzählen?«

»Dass ich es nicht gewesen bin. Ich bin keine Mörderin.«

»Wo waren Sie gestern Abend?«

»Zu Hause. Ich hatte einen langen Tag.«

»Entspannung ist wichtig«, warf Schopinski ein. »Gibt es jemanden in Ihrem Leben, der das bestätigen kann?«

»Dass ich zu Hause gewesen bin?«

Er nickte.

Ja, es gab da jemanden, der das bestätigen konnte. Ihre Sekretärin Amelie war nach Kristines Besuch bei Alpha Intelligence noch vorbeigekommen. Der Gedanke an das, was dann passiert war, versuchte Kristine ein Lächeln auf die Lippen zu zaubern. Sie unterdrückte es. Das hier war schon peinlich genug, da mussten nicht auch noch ihre sexuellen Vorlieben bekannt werden. Außerdem war Amelie verheiratet. Ein zerstörtes Leben reichte an diesem Tag. Kristine wollte Amelie da nicht mit hineinziehen.

»Und?«, hakte Schopinski nach. »Gibt es eine Person, die gestern Abend mit Ihnen zusammen war?«

Kristine schüttelte den Kopf. »Ich lebe alleine.«

»Und was haben Sie gemacht?«

Sie dachte kurz nach. Was auch immer sie jetzt aussagte, war eine Lüge. »Ich weiß es nicht mehr genau.«

»Das glaube ich Ihnen nicht.« Seine Stimme klang hart. »Sie sind eine intelligente Frau, die mit beiden Beinen im Leben steht. Und es geht um den gestrigen Abend. Das können Sie nicht vergessen haben.«

Kristine merkte, wie ihr der Schweiß den Nacken hinabkitzelte, dabei war es in dem Büro gar nicht so warm. Schopinski hatte nicht einmal sein Tweedjackett ausgezogen.

»Wie gesagt, es war ein langer Tag. Irgendwann kommt man nach Hause, macht sich vielleicht einen Tee und setzt sich vor den Fernseher.«

»Und was haben Sie sich angeschaut?«

»Gar nichts«, sagte Kristine. »Das habe ich beispielhaft gemeint.«

»Welchen Tee haben Sie getrunken?«

»Was soll diese Frage? Trinken Mörder immer nur schwarzen Tee?«

Jetzt schüttelte er den Kopf. »Ich will Ihrem Gedächtnis auf die Sprünge helfen. Manchmal können Kleinigkeiten eine ganze Kette an Erinnerungen auslösen.«

»Sie glauben, dass ich es war, oder?«

Er schmunzelte. »Glauben gehört in die Kirche und nicht zu einer kriminalpolizeilichen Ermittlung. Aber ja, ich bilde mir aus den vorliegenden Indizien und Spuren eine Arbeitshypothese. Dann suche ich Beweise dafür, die vor Gericht standhalten, um eine Verurteilung zu erreichen.«

»Ihre Arbeitshypothese zu sein fühlt sich gar nicht gut an.«

»Ich würde ja sagen, dass es mir leidtut.«

»Aber das wäre eine Lüge.«

»Exakt«, sagte Schopinski. »Meine Aufgabe ist es, einen Mord aufzuklären, und ich verrate Ihnen kein Geheimnis, wenn ich sage, dass Sie die Hauptverdächtige sind. Allein schon deshalb, weil Sie die einzige Verdächtige sind.«

»Dann haben Sie nicht wirklich gründlich gearbeitet.«

»Trinken Sie Alkohol?«, fragte er unvermittelt.

»Warum sollte ich keinen Alkohol trinken?«

Schopinski deutete auf das Kopftuch, das Kristine trug. »Sie sind Muslima. Konvertitin, richtig?«

»Ist das ein Problem?«

Er atmete tief ein. Beim Ausatmen seufzte er beinahe. »Wissen Sie, meine Großeltern kamen aus Irland hierher. Meine Mutter lernte in Deutschland einen Polen kennen. Wir, Sie und ich, und so viele andere auch, sind ein Gemisch aus den unterschiedlichsten Nationen und damit auch aus den unterschiedlichsten Glaubensrichtungen. Es gibt nicht den reinen

Deutschen, Spanier oder Italiener. Irgendwo im Stammbaum wird sich immer jemand finden, der nicht aus dem Heimatland kam. Seien wir mal ehrlich, die Grenzen, die unsere Nationen bestimmen, sind nicht mehr als willkürlich gezogene Linien auf der Weltkarte. Meine Großeltern und auch meine Mutter sind römisch-katholisch. Mein Vater gehört der protestantischen Minderheit in Polen an. Ich selbst bin Atheist mit irischen und polnischen Wurzeln, aber ich habe die deutsche Staatsbürgerschaft. Und wissen Sie was? Das ist nicht wichtig. Dieser Mischmasch macht aus uns nämlich das, was wir im Grunde tatsächlich sind: Wir alle sind Menschen, unabhängig von der Hautfarbe oder dem Gott, den wir anbeten. Also nein, ich habe kein Problem damit, dass Sie eine Konvertitin sind.«

Wollte Schopinski ihr Vertrauen ergaunern? Oder was sollte der Vortrag über Menschlichkeit? Sie mahnte sich zur Vorsicht, auch wenn der Kriminalpolizist recht mit dem hatte, was er sagte. Dennoch, sie schätzte ihn so ein, dass er unbeirrt sein Ziel verfolgte und Profi genug war, alles, was er tat und sagte, darauf auszurichten.

Und Schopinskis Ziel war es, sie als Mörderin zu überführen.

Kristine blickte auf ihre Hände, die zusammengefaltet auf ihren Oberschenkeln lagen.

»Ich trinke Alkohol«, sagte sie, »aber nur Wein.«

Und das meist mit Amelie.

»Haben Sie gestern Abend Alkohol konsumiert?«

Sie überlegte kurz. »Habe ich. Ich hatte einen Termin bei einem Marketingunternehmen. Wir haben auf die bevorstehende Zusammenarbeit mit Champagner angestoßen.«

»Sie sagten gerade, dass Sie nur Wein trinken.«

»Wenn ich abgespannt am Abend auf dem Sofa bin, trinke ich nur Wein. Sie trinken wahrscheinlich am liebsten Bier, aber zum neuen Jahr stoßen Sie mit Sekt an, oder? Genau so war das gestern. Es war ein besonderer Termin. Die Marketingchefin wollte anstoßen.«

»Verstehe«, sagte Schopinski. »Ist das in Politikerkreisen üblich, bei Geschäftsabschluss ein teures Getränk zu bekommen?«

»Ich weiß nicht, was Sie meinen.«

»Champagner. Klingt teuer.«

»Das muss nicht sein. Es gibt auch welchen bei den Discountern.« Sie verschwieg bewusst, dass es sündhaft teurer Champagner gewesen war.

»Aber der wird bei einem wichtigen Geschäftsabschluss wohl kaum gereicht worden sein, oder?«

Kristine spürte, wie der La Grande Dame Rosé, Jahrgang 2004, erneut sein tiefgründiges Bouquet entfaltete. Ein Blumenstrauß unterschiedlichster Geschmacksrichtungen, wobei der galleartige Geschmack der Bestechlichkeit deutlich hervortrat. Sie schüttelte den Kopf.

»Warum fragen Sie mich das alles?«

Die Antwort blieb Schopinski ihr schuldig.

»Kommen wir mal zum Opfer. Herbert Menger. In welchem Verhältnis standen Sie zu ihm?«

»Es ist allgemein bekannt, dass wir politische Rivalen waren.«

»Trotzdem haben Sie mit ihm zusammengearbeitet?«

Kristine runzelte erst die Stirn, dann wurde ihr klar, worauf der Kriminalbeamte hinauswollte.

»Sie spielen auf den Khartum-Skandal an. Dazu möchte ich mich nicht äußern. Ich habe mich im Rahmen des PUA dazu umfangreich erklärt.«

»PUA?«, fragte Schopinski.

»Parlamentarischer Untersuchungsausschuss.«

»Verstehe. Wann haben Sie Herrn Menger das letzte Mal gesehen?«

Er blickte sie an, als wüsste er das schon und wollte es nur aus ihrem Mund bestätigt haben.

»Gestern«, sagte sie, »gegen elf. Er hat vor dem Reichstag auf mich gewartet.«

»Sie haben mit ihm gesprochen?« Schopinski hob eine Augenbraue.

»Das ist so üblich in sozialen, zivilisierten Gesellschaften. Man redet mit Menschen, auch wenn sie einem offensichtlich nicht wohlgesonnen sind. Ich rede schließlich auch mit Ihnen.«

Bei ihrer Spitze huschte für den Hauch einer Sekunde ein Unwille über sein Gesicht, doch Schopinski entschied sich, diese verbale Attacke zu ignorieren.

»Was wollte Herr Menger von Ihnen?«

»Mit mir reden.«

»Über was?«

»Er wollte nicht in der Öffentlichkeit sprechen und meinte, ich solle zu ihm ins Hotel kommen. Ins Austin.«

»Sie sind zu ihm ins Hotel gefahren?«

»Nein. Ich war nicht dort.«

»Das wundert mich aber.«

»Wie kommen Sie darauf, ich wäre dort gewesen?«

Schopinski faltete die Hände unter dem Kinn und berührte kurz mit den Lippen die Fingerkuppe.

»Wenn Sie nicht im Austin waren«, führte er mit langsam und deutlich ausgesprochenen Worten aus, »dann frage ich mich, wie ein Weinglas mit Ihren Fingerabdrücken in sein Zimmer gelangt ist. Am Glasrand waren Lippenstiftspuren. Sie benutzen doch Lippenstift, oder? Eher einen roséfarbenen Ton, kein aufdringlich knalliges Rot, das nicht zu Ihrem Typ passen würde.«

Kristine merkte, wie das Adrenalin durch ihren Körper schoss und ihr schwindelig wurde. Erst jetzt erkannte sie das ganze Ausmaß dieser Misere. Das Weinglas. Was hatte Zoey von *Alpha Intelligence Marketing* gesagt, als sie gemeinsam den Champagner getrunken hatten? »Wir präsentieren nicht, wir genießen. Und dazu muss man beim Trinken gleichzeitig schmecken und riechen können. Mit schmalen Gläsern geht das nicht.«

Und dieses Glas befand sich nun am Tatort eines Mordes. Die wollten ihr das anhängen!

»Wollen Sie mir dazu etwas sagen?«, fragte Schopinski.

Was sollte sie denn sagen? Die Beweise waren gegen sie, und ihre Geschichte von einer Geheimdienstoperation und dem Auftrag Bellheims war weder glaubhaft noch nachvollziehbar und schon gar nicht zu beweisen. Im Zweifel für den Angeklagten, das war das oberste Gebot der deutschen Justiz. Aber Kristines Geschichte würde bei keinem Richter der Welt auch nur den Hauch eines Zweifels an ihrer Schuld aufkommen lassen. Sie würde verurteilt werden für etwas, was sie nicht getan hatte.

Es gab nur einen Menschen, der ihr helfen konnte.

»Ich möchte telefonieren«, sagte sie deshalb.

»Das ist allgemeinhin das Zeichen, dass wir mit unseren Ermittlungen auf der richtigen Spur sind.« Schopinski stand auf und klopfte an der Stahltür. Es dauerte, bis die arrogante Polizistin hereinkam. Sie reichte dem Kriminalbeamten ein tragbares Telefon. Der ganze Ablauf wirkte wie einstudiert.

»Woher wusste die, dass ich telefonieren will?«

Er grinste. »Die Tür ist in unser beider Interesse nicht abgeschlossen. Wenn ich klopfe, will ich etwas. Meist ein Telefon.«

»Geben Sie es mir?« Kristine streckte die Hand aus.

»Nein. Ich wähle die Nummer für Sie und spreche zuerst mit dem Anschlussinhaber. Wir möchten ja nicht, dass Sie einen möglichen Komplizen anrufen, der dann weitere Beweise verschwinden lässt.«

Das war einleuchtend. Kristine nickte schwach und versuchte, sich an die Telefonnummer zu erinnern. Sie nannte dem Kriminalbeamten die Ziffern. Er tippte sie ins Gerät und startete den Verbindungsversuch. Aus dem Lautsprecher erklang ein Freizeichen. Kristine zählte die Sekunden mit, aber niemand ging dran. Der Verbindungsaufbau dauerte schon beinahe eine Minute, gleich würde er automatisch abgebrochen werden. Schopinski ließ den Telefonhörer sinken.

»Ist wohl keiner da«, sagte er. »Gibt es noch jemand anderen, den Sie anrufen wollen?«

Kristine dachte fieberhaft nach. Wo könnte er nur sein?

»Ich lege jetzt auf.« Der Ermittler war im Begriff, den Verbindungsaufbau abzubrechen, da drang eine männliche Stimme aus dem Lautsprecher. »Ja, bitte?«

Kristine atmete auf.

»Guten Tag, meine Name ist Schopinski, Kriminalpolizei Berlin. Mordkommission. Ich rufe Sie im Auftrag von Frau Kristine Stiller an. Mit wem spreche ich?«

Es knackte in der Leitung. Schließlich sagte die Stimme: »Mein Name ist Bellheim.«

Seine Stimme klang eisig und distanziert.

»Sind Sie Frau Stillers Rechtsanwalt?«, fragte Schopinski.

»Braucht sie denn einen?«

»Das wird sie Ihnen am besten selbst sagen.« Er reichte ihr den Telefonhörer.

»Klopfen Sie, wenn Sie fertig sind, ja?« Er deutete zur Tür. Kristine nahm den Hörer und schaltete als Erstes die Lautsprecherfunktion aus. Dann wartete sie, bis Schopinski den Raum verlassen hatte.

»Helfen Sie mir bitte!«, flüsterte sie in den Hörer.

»Die Beweislast ist ziemlich erdrückend.«

»Ich wurde wegen ...« Sie verschluckte die nächsten Worte. Was hatte Bellheim gesagt? Die Beweislast ist erdrückend? Was wusste er denn alles? Dass sie festgenommen worden war, wurde sicher schon in den Medien rauf und runter geleiert.

Wahrscheinlich auch, dass Herbert Menger ermordet worden war. Aber das hatte Bellheim nicht gemeint. Er kannte den Beweis!

»Haben Sie etwas damit zu tun?« Jedes Wort schnürte ihr die Kehle zu. Bellheim war der einzige Mensch, der ihr helfen konnte.

»Wieso sollte ich etwas damit zu tun haben?«

Eine neue Hoffnung keimte in ihr, doch das Misstrauen überwog. »Warum kennen Sie den angeblichen Beweis für meine Schuld?«

»Schade eigentlich«, sagte Bellheim. »Das zwischen Ihnen und mir hätte etwas werden können. Ich mag Menschen, die ohne Umschweife direkt auf den Punkt kommen.«

Er ließ sie fallen. Kristine wurde schwindelig. Obwohl sie saß, musste sie sich an der Tischkante festhalten. Sie fühlte sich wie ein Tier, das in die Enge getrieben worden war. Und je eingeengter und bedrängter ein Tier war, desto wahrscheinlicher wurde ein Angriff.

»Und wenn ich zur Presse gehe?«

»Zur Presse? Und was dann?«

»Erzähle ich von Ihnen und Ihrer Gruppe 64. Ich erzähle vom geheimen Stützpunkt unter dem Entwicklungsministerium.«

Sie hörte, wie Bellheim atmete. Ansonsten war es still in der Leitung. Irgendwann war es so still, dass Kristine fürchtete, die Verbindung wäre zusammengebrochen. Es war so ein Moment, in dem man geneigt war, den anderen Teilnehmer zu fragen, ob er noch da ist. Sie zwang sich, nichts zu sagen, denn das Schweigen war hier eher wie das Anstarren zweier Kater kurz vor dem Revierkampf. Kristine war jedoch bewusst, dass sie gnadenlos unterlegen war. Diese Erkenntnis führte zu noch mehr Angriffslust.

»Haben Sie gehört, Bellheim?«, brach sie das Schweigen. »Ich werde Sie und Ihre Truppe öffentlich bloßstellen.«

»Frau Stiller«, sagte Bellheim im Tonfall eines Lehrers, der einer Grundschülerin wiederholt etwas erklären musste. »Sie haben bei einem Spiel mitgemacht, das Sie nicht mal ansatzweise verstehen. Sie haben die Seiten gewechselt, weil Sie glaubten, so auf die Gewinnerkarte zu setzen. Ich hätte mir das anders gewünscht, aber wie sagt man? Das Leben ist kein Ponyhof. Man bekommt nicht immer das, was man sich wünscht. Aber seien Sie versichert ...« Er machte eine Pause. »Seien Sie versichert, dass man immer das bekommt, was man verdient.«

Jetzt dämmerte es Kristine. »Sie! Sie waren das!«

»Ihnen einen Mord unterzuschieben ist nicht mein Stil. Aber ich hätte das Weinglas verschwinden lassen können, wenn ich es denn gewollt hätte.«

»Warum? Warum tun Sie mir das an?«

»Wenn Sie nur eine Sekunde überlegen, wird es Ihnen einfallen. Um es Ihnen einfacher zu machen, verrate ich Ihnen, dass es nicht darum ging, Ihnen eine Lektion zu erteilen. Wobei das ein schöner Nebeneffekt ist.«

Kristine war sprachlos. Bellheim brauchte eine Ablenkung, und sie war der Sündenbock.

»Und noch etwas«, ergänzte Bellheim. »Erzählen Sie ruhig der Presse von uns. Niemand wird Ihnen glauben. Nicht jetzt und auch in Zukunft nicht. Aber selbst wenn Ihnen keiner glaubt, werde ich Ihnen trotzdem eine Lektion erteilen. Ich habe überall meine Leute, auch in der Justizvollzugsanstalt Lichtenberg.«

»Sie bedrohen mich? Wollen Sie mich umbringen lassen?«

»Auch das ist nicht mein Stil. Meistens jedenfalls. Ich werde aber dafür sorgen, dass Ihr Leben zur Hölle wird.«

»Ich habe ein Alibi.« Kristine merkte, dass sie wie ein trotziges Kind klang.

»Haben Sie das wirklich?«

»Meine Sekretärin. Amelie war bei mir.«

»Ganz sicher?«

Ihr schlug das Herz bis zum Hals. Er hatte gesagt, er habe seine Leute überall. Gehörte Amelie dazu? War sie ein Spitzel? Oder wollte Bellheim sie nur verunsichern?

»Ich wäre da vorsichtig«, sagte er. »Sollten Sie ein Alibi bei der Polizei anführen, das im weiteren Verlauf der Ermittlungen platzt, wäre das ungünstig für Sie. Sehr ungünstig.«

»Sie wollen mir nur Angst machen.«

»Ganz zum Schluss, wenn alle Optionen gezogen wurden, bleibt nur das eigene Leben. Sie wissen genau, was bei Ihrer Sekretärin auf dem Spiel steht. Wie viele Kinder hat sie doch gleich?«

»Amelie lebt mit einer Lüge. Sie liebt ihren Mann überhaupt nicht. Vielleicht ist es an der Zeit, dass sie ein neues Leben beginnt.«

»Mit welcher Arroganz nehmen Sie an, den Startschuss dafür geben zu dürfen? Und wenn Sie ganz ehrlich zu sich selbst sind, geht es nicht um Amelies weiteres Leben, sondern darum, Ihren Kopf aus der Schlinge zu ziehen.«

»Ich bin unschuldig!«

»Dann machen Sie sich nicht schuldig, indem Sie das Leben einer anderen Person zerstören.«

Bellheim hatte recht. Alles, wofür sie gekämpft hatte, war in der Sekunde zerstört worden, in der ein Haftrichter die Anordnung zur Untersuchungshaft unterschrieben hatte. In diesem Moment war sie zur Mörderin geworden. Nicht im strafrechtlichen Sinne, aber in den Köpfen der ermittelnden Polizisten, im Kopf des Richters und im Kopf der Sekretärin, die den Haftbefehl nach Diktat erstellt hatte. Der Gedanke potenzierte sich in verschiedenen Köpfen. Kristine Stiller, die Mörderin. Das blieb am Ende, selbst wenn der wahre Mörder gefasst wurde. Wer würde ihr als Politikerin mit diesem Makel vertrauen?

Ihr Traum war zerplatzt.

»Sie haben recht. Ich werde nicht noch mehr Scherben produzieren. Das ist es nicht wert.«

Das Schweigen fühlte sich dieses Mal anders an, nicht mehr bedrohlich wie vor ein paar Minuten. Nicht wie einander anstarrende Kater, sondern eher wie eine Katze, die mit dem Schwanz hin und her schlägt und buckelt, um gestreichelt zu werden.

»Eine weise Entscheidung. Was wollen Sie jetzt tun? Diesem Schopinski gegenüber den Mord zugeben?«

»Vielleicht sollte ich das«, sagte Kristine. »Hab gehört, dass sich ein Geständnis auf das Strafmaß auswirken kann. Jeder Tag in einer Justizvollzugsanstalt ist zu viel, wenn man unschuldig sitzt, also ist jeder Tag weniger etwas Gutes.«

»Vielleicht wendet sich das Blatt auch noch. Wer weiß das schon? Ansonsten bin ich davon überzeugt, dass Sie die Zeit im Gefängnis überstehen werden.«

Bellheim unterbrach die Verbindung.

Kristine starrte einen Moment den Hörer an, bevor sie aufstand und zaghaft an der Tür klopfte. Es dauerte, bis Schopinski die Tür öffnete. Er wirkte verändert, voller Adrenalin. Sein Jagdinstinkt war geweckt, er wollte einen Mörder fassen.

»Es gab eine Entwicklung in Ihrem Fall«, sagte er, und seine Stimme klang so gehetzt, als wäre er lieber woanders. »Ihre Sekretärin hat vor ein paar Minuten angerufen. Sie hat ausgesagt, dass sie den ganzen Abend mit Ihnen zusammen war.«

Kristine fühlte gar nichts mehr. Ihr sollte der sprichwörtliche Stein vom Herzen fallen, sie sollte dankbar sein, froh. Doch sie spürte nichts, nur Leere.

»Wir müssen Ihr Alibi natürlich noch überprüfen und auch klären, wie Ihre Fingerabdrücke auf das Weinglas gekommen sind, aber aktuell sieht es nicht danach aus, als seien Sie die Täterin.«

Kristine blickte zum Telefon. Bellheim hatte gesagt, das Blatt könnte sich vielleicht wenden. Hatte er was damit zu tun? Hatte Kristine sich im richtigen Moment reumütig gezeigt?

»Dabei kann ich Ihnen helfen«, sagte Kristine.

»Bei was?«

»Ich möchte Ihnen von meinem Besuch bei *Alpha Intelligence Marketing* erzählen.«

Kristine würde nicht nur vom vergangenen Abend erzählen, sondern auch davon, dass diese Firma einflussreiche Menschen sammelte wie andere Leute Briefmarken oder Fußballbilder.

Sie blickte wieder zum Telefon. War es das, was Bellheim hatte erreichen wollen? Ihre Aussage würde einige Politiker tief in den Sumpf ziehen. Zwar würde an ihr der Makel haften, auf Lobbyisten hereingefallen zu sein, aber dieser Makel würde im Angesicht des Freispruchs von der Mordanklage verblassen.

Bellheim war ein sehr kluger Mann. Er hatte eine vermeintliche Niederlage in einen klugen Schachzug gewandelt, der ihn zurück auf die Siegerstraße brachte. Trotzdem war sein Handeln an Skrupellosigkeit kaum zu überbieten.

Kristine hatte Angst vor dem, was Bellheim bereit war zu tun, um seine Ziele zu erreichen.

29

Nowaja Semlja, später

ZOJA HIELT ANASTASIA am Arm fest und zog sie zurück.

»Das ist eine Falle«, flüsterte sie.

Anastasia runzelte die Stirn.

»Hier ist weit und breit keine Senke.«

Anastasia hob die Augenbrauen. Sie formte mit Zeige- und Mittelfinger ein V und wischte die Hand dreimal neben ihrer Stirn auf und ab. Bedeutete das, sie hatte verstanden?

Zoja berührte sie an der Wange. Sie fühlte sich eiskalt an. »Wir kriegen das hin, okay? Wir kommen hier weg.«

Erst jetzt fiel ihr auf, dass der Hubschrauber nicht mehr zu hören war. Die russischen Soldaten hatten alles auf eine Karte gesetzt. Sie waren sich ihrer Falle so sicher, dass sie ihren besten Trumpf aufgegeben hatten.

»Wir müssen weiter«, sagte Zoja. »Langsam und vorsichtig. Sie dürfen uns nicht bemerken.« Ihr war bewusst, dass die Soldaten irgendwo in der Nähe waren, aber hier zu verharren war keine Option. Früher oder später würden die Soldaten auf andere Ideen kommen, Granaten werfen zum Beispiel.

Anastasia machte wieder das V.

»Okay, dann los.«

Sie krochen zwischen losen Steinen durch das zerklüftete

Felsenmeer. Alle paar Meter verharrten sie und horchten, ob Schritte sich näherten. Dann krochen sie weiter, horchten wieder auf ihre Verfolger und bewegten sich auf diese Weise vorsichtig fort. Sie mussten sich extrem klein machen, um nicht Gefahr zu laufen, gesehen zu werden. Zoja wagte einen schnellen Blick und sah eine Ebene ohne nennenswerte Deckung. Gerade wollte sie das, was sie gesehen hatte, Anastasia ins Ohr flüstern, als eine Männerstimme ertönte.

»Net dvizheniya!« Keine Bewegung.

Jetzt waren Schritte zu hören, und das metallische Klacken von Waffen, die entsichert wurden.

»Aufstehen! Hände so, dass ich sie sehen kann!«

Zoja richtete sich langsam auf. Sie waren von acht russischen Soldaten umringt. Zwei laufende Jeeps standen abseits. Die Mühe, das Blut, der Schweiß, die Tränen. Alles umsonst vergossen. Die Hoffnung auf Freiheit schmolz wie Eis in der Sonne, und mit ihr schwand Anastasias Überlebenschance.

»Die brauchen wir nicht. Entsorgt sie.« Der Kommandant deutete auf Anastasia.

Bevor Zoja auch nur ein Wort sagen konnte, packten zwei Soldaten zu. Der eine drehte ihr die Arme auf den Rücken, der andere zog sie an den Haaren zu einer etwas entfernteren Stelle, wo das Felsenmeer tiefer erschien. Anastasia wurde auf die Knie gezwungen. Die junge Frau schenkte Zoja einen letzten Blick. Einer der Soldaten hob die Pistole und zielte auf den Kopf der knienden Frau.

»Lasst sie!«, schrie Zoja. »Ihr verfickten Arschlöcher. Lasst sie einfach in Ruhe! Sie hat mit all dem nichts zu tun. Ich bin es, die ihr wollt.«

Der Kommandant legte ihr fast den Kopf auf die Schulter, bevor er ihr ins Ohr flüsterte: »Und wir haben dich gefangen, mein Herzchen.« Sein Atem roch nach kaltem Nikotin und Koffein. »Sieh zu, was wir am liebsten mit dir machen würden.«

Er packte Zojas Kiefer und zwang sie, in Anastasias Richtung zu blicken. Mittlerweile hatte sich ein zweiter Soldat vor ihr aufgebaut. Er lachte. Die anderen Soldaten feuerten ihn an und johlten. Er öffnete den Reißverschluss seiner Hose.

»Sie soll noch einmal was Richtiges in der Fresse haben, bevor ihr eine Kugel das Hirn zerfetzt«, sagte der Kommandant.

Zoja wand sich aus seinem Griff und rotzte ihm ins Gesicht. »Mieses Schwein.«

Er lachte rau und dreckig. »Wenn Worte deine letzten Waffen sind, haben wir gewonnen.«

Zoja dachte fieberhaft nach. Sie waren umringt von Soldaten mit schussbereiten Schnellfeuergewehren. Selbst wenn sie es schaffen würde, aus dem stahlharten Griff des Kommandanten zu entkommen, war rings um sie herum nur ödes Land ohne nennenswerte Deckung. Wie lange würde sie fliehen können? Wahrscheinlich so lange, bis die Soldaten keine Lust mehr hatten, sie mit ihren Jeeps vor sich her zu treiben. Es wäre ein grausames Spiel.

Anastasia wehrte sich heftig. Der Soldat mit dem aufgerissenen Hosenstall schlug ihr mit der flachen Hand ins Gesicht.

»Mach, du Schlampe«, fuhr er sie an.

»Du entkommst nicht mehr«, schrie der Kommandant.

Wahrscheinlich war es das Ende, dachte Zoja. Sie fragte sich, welche Gefühle sie spüren müsste, denn sie spürte im Moment gar nichts.

Ein einzelner Gedanke schoss ihr durch den Kopf.

Nein, das war nicht machbar.

Zoja blickte zu Anastasia. Ihr kam es so vor, als wäre die Zeit verlangsamt worden. Bullet Time, wie im Film, wenn man in Zeitlupe dem Projektil folgt. Anastasia warf sich gegen den Griff des Soldaten wie eine Schneeleopardin, die ihren Nachwuchs verteidigt. Der andere Soldat schlug sie weiter mit der flachen Hand. Dann hatte er sich wohl entschieden, seinen

Schwanz selbst aus der Hose zu holen. Das wollte Zoja nicht sehen. Unter keinen Umständen.

»Sie hat gequiekt wie ein abgestochenes Schwein«, sagte Zoja zu dem Kommandanten.

»Wer?«

»Oberst Sadonova. Sie hat um ihr Leben gefleht.«

Seine Gesicht verlor alle Farbe. »Was?«

»Eure beste Kämpferin. Ich habe sie fertiggemacht. Es hat gedauert, bis die Schlampe verreckt ist.«

»Du lügst!« Er schrie.

Sein Schrei wirkte auf die anderen Soldaten wie paralysierend, das Gejohle verstummte. Selbst die beiden Männer, die sich mit Anastasia beschäftigten, hielten inne.

Das war die Aufmerksamkeit, die Zoja wollte und brauchte.

Es war ihre einzige Chance.

Leben oder sterben?

Leben.

Zoja sprach so laut sie konnte. »Ihre Ehre für ihr Leben. Sadonova hat gefleht.«

»Du lügst!«, schrie der Kommandant wieder.

»Zuerst habe ich mir ihr Flehen angehört. Sie hat gebettelt. Für das Versprechen, sie am Leben zu lassen, hat sie mir die Schuhe geleckt. Ich habe die Schlampe trotzdem abgeschlachtet! Und es hat Spaß gemacht.«

»Niemals!«

Der Kommandant machte eine falsche Bewegung. Zoja hatte ihn genau da, wo sie ihn haben wollte. Im richtigen Moment entglitt sie seinem Griff, drehte sich um die eigene Achse und rollte sich an seinem Körper ab wie eine Tangotänzerin. Ein, zwei Handkantenschläge, und der Russe strauchelte. Er fing sich zwar schnell, verdammt schnell sogar, aber sie war schneller. Die Mündung seiner Pistole war nur wenige Zentimeter von seinem Gesicht entfernt. Es war eine Makarov, eine gute Pistole, das erkannte Zoja sofort. Sie zielte genau zwischen seine Augen.

»Wie …«, krächzte er.

»Ungesicherte Holster sind scheiße für dich«, sagte sie, »aber gut für mich.«

Sie fragte sich kurz, warum sie so was konnte. Waren das Erinnerungen oder erlernte Fähigkeiten? Kehrte ihr vergessenes Ich zurück? Sie spürte, dass ihr vergessenes Ich anders war, als sie sich gerade fühlte. Skrupelloser. Effektiver. Tödlicher.

Aber je länger sie Zoja blieb, desto mehr wollte sie Zoja bleiben. Sie spürte eine Dunkelheit aufkeimen, die sie hatte vergessen wollen. Vielleicht war deshalb Zoja aufgetaucht.

Aber jetzt war nicht ihr neues Ich gefragt.

Jetzt war das vergessene Ich am Zug.

Der Kommandant grinste breit, obwohl Zoja eine Pistole auf ihn richtete.

»Was willst du jetzt machen? Glaubst du, du kommst davon?«

»Tot sind wir so oder so«, sagte Zoja. »Die Frage ist …«

Sie zuckte mit der Pistolenmündung zur Seite und schoss zweimal. Beide Treffer gingen in den Bauch eines jungen Soldaten, der schreiend zusammenbrach. Sofort färbte sich seine Uniformjacke rot. Andere wollten zu ihrem verwundeten Kameraden laufen, um ihm zu helfen, aber Zoja hatte die Mündung wieder auf den Kopf des Kommandanten gerichtet.

»Keiner bewegt sich!«, schrie sie. »Lasst ihn in Würde sterben.«

Das Grinsen des Kommandanten erstarb. Dafür glitzerte Angst in seinen Augen. Todesangst.

»Wo war ich stehen geblieben? Ach ja … Die Frage ist, wer von euch Losern uns in den Tod begleiten will.«

Niemand wagte es auch nur zu atmen. Nur der Wind, das leise Tuckern der Dieselmotoren der Jeeps und die ersterbenden Schreie des jungen Soldaten waren zu hören. Erst wurden sie leiser, dann hustete er, und schließlich ging sein Jammern in Seufzen über, bevor es schlussendlich für immer verstummte.

Zoja strich sich die Haare aus dem Gesicht.

»Ich hoffe, ich habe mich klar ausgedrückt.«

»Ich werde nicht um mein Leben flehen«, sagte der Kommandant. Seine Stimme klang überzeugt, aber seine Augen verrieten etwas anderes.

»Nimm dem Schwein die Waffen ab, Anastasia!« Zoja blickte nicht zu der jungen Frau, denn dem Kommandanten galt all ihre Aufmerksamkeit. Jeder hier wusste, dass Zoja noch zwei, drei Männer mit in den Tod reißen würde, sollte man sie angreifen. Und keiner der jungen Männer wollte sterben. Eine Pattsituation mit leichten Vorteilen aufseiten der Frauen.

Anastasia hatte zwei Schnellfeuergewehre in der Hand. Das eine richtete sie auf die Ansammlung der Soldaten, das andere reichte sie Zoja.

»Geh zum Jeep«, befahl Zoja.

Anastasia ging rückwärts. Sie ließ die Männer keine Sekunde aus den Augen. Dann war sie aus Zojas Blickfeld verschwunden. Nur ihre Schritte waren zu hören, und dann das Quietschen einer Autotür. Jetzt wich Zoja zurück. Keiner der Soldaten bewegte sich.

»Wie weit wollt ihr kommen?«, fragte der Kommandant.

»So weit wie möglich«, sagte Zoja.

»Damit habt ihr eindeutig euer Todesurteil unterzeichnet!«

Zoja zuckte mit den Schultern. Sie feuerte eine Salve aus dem Schnellfeuergewehr. Die Projektile schlugen in den Motor des zweiten Jeeps ein, Qualm quoll unter der Motorhaube hervor. Zoja wich weiter zurück. Ein Blick in den Jeep bestätigte, was sie vermutet hatte: Im Armaturenbrett war ein Funkgerät eingebaut. Eine zweite Salve zerfetzte es. Zoja rannte zum anderen Jeep und sprang beinahe auf den Fahrersitz. Sie beschleunigte so heftig, dass kleine Steine aufgewirbelt wurden. Nur wenig später hämmerten Schüsse hinter ihnen her.

Anastasia ließ sich in den Sitz sinken. Sie war sichtlich erleichtert, und ihr Gesichtsausdruck verriet, dass sie nicht damit gerechnet hatte, aus dieser Situation lebend herauszukommen.

»Ich liebe dich«, sagte Zoja zu ihr. »Ganz ehrlich, ich liebe dich.«

Anastasia lächelte. Sie machte ein Handzeichen: Daumen abgestreckt, Mittel- und Ringfinger abgeknickt. Zoja wusste, was Anastasia ihr damit sagen wollte.

Aber erst mussten sie Beluschja Guba erreichen.

30

Berlin, 11:41 Uhr MEZ

SIE HABEN DEINEN *Tod beschlossen.*

Abdullah hatte Hassan eine Textnachricht geschickt. Auch wenn für Hassan das Ergebnis des Tribunals von Anfang an klar gewesen war, traf ihn die Nachricht. Ihm wurde heiß und kalt.

Wenn du da gewesen wärst, hättest du dich verteidigen können, schrieb Abdullah weiter.

Hassans Daumen zitterte, als er die Antwort eintippte.

Wenn ich da gewesen wäre, hätten die mich sofort hingerichtet. Es gibt keine andere Strafe.

Die Sprechblase mit den drei Punkten, die zeigte, dass Abdullah eine Antwort schrieb, erschien. *Vielleicht hast du recht. Was willst du jetzt machen?*

Das wusste Hassan auch nicht. Früher oder später würde man ihn erwischen, egal wo er sich verkroch. Zur Polizei zu gehen war auch keine Option. Man würde ihn einsperren, aber da die Clans überall Kontakte hatten, auch im Knast, würde sich irgendjemand finden, der ihn mit einer Glasscherbe erstechen würde. Knastmesser nannte man das. Für einen besseren Halt und als Schutz vor eigenen Verletzungen wurde ein Teil der Glasscherbe mit Isolierband umwickelt.

Ich weiß nicht, schrieb Hassan. *Abhauen?*

Und wohin? Die finden dich überall.

Das weiß ich selbst.

Auch eine Flucht würde nur einen Aufschub des Unvermeidlichen bedeuten. Er war nirgendwo sicher. Sein Magen knurrte, weil er seit gestern nichts gegessen hatte. Schräg gegenüber auf der anderen Straßenseite war ein Dönerimbiss. Das war das Gute an Berlin: Es gab immer einen Dönerimbiss schräg gegenüber. Ob der Spieß schon gegart war? Hassan fuhr mit der Hand in die Hosentasche und holte sein Geld hervor. Knapp dreißig Euro waren alles, was er noch besaß. Er musste sich schnell etwas einfallen lassen, denn Papa hatte sicher die EC-Karte sperren lassen. Das tat er immer, um jemanden zu zwingen, sich dem beschlossenen Schicksal zu ergeben. Wie häufig hatte Hassan danebengesessen, und wie häufig hatte er darüber gelacht, als der gejagte Hund in die Enge getrieben war? »Egal wie verzweifelt man ist«, hatte Papa immer gesagt, »fressen und saufen muss man. Fürs Fressen und Saufen braucht man Geld. Kein Geld, kein Fressen.«

Jetzt war er der gejagte Hund.

Der Dönerladen war rechteckig, und die Ladentheke mit frischem Salat und duftenden Soßen erstreckte sich über die gesamte Länge. Der Dönerspieß war voll, das Fleisch knusprig braun.

»Hey, Akhi«, begrüßte ihn der Dönerbudenbesitzer.

Hassan zog die Nase hoch. »Mach mir einen Döner.«

»Huhn oder Kalb?«

»Was?« Hassan hatte durch die große Fensterscheibe nach draußen geschaut. Das Glas war zwar beschlagen, aber trotzdem hatte er geglaubt, ein bekanntes Gesicht gesehen zu haben. Und wenn er recht hatte, wäre das übel. Ziemlich übel sogar. »Kalb«, sagte er. »Sonst komplett.«

Der Dönerbudenbesitzer schnitt Fleisch mit einem Elektromesser ab und stopfte es zusammen mit Soßen und Salat in ein labberig aussehendes Dönerbrot. Hassan suchte draußen nach dem vermeintlich bekannten Gesicht, aber die Menschen, die vorbeigingen, waren ihm unbekannt. Wahrscheinlich hatte er schon Halluzinationen.

»Zwiebeln auch?«, fragte der Dönerbudenbesitzer.

Was war an »komplett« nicht zu verstehen? Hassan nickte.

»Einpacken oder auf die Hand?«

»Auf die Hand.«

Er legte drei Euro auf die Theke und bekam den Döner gereicht. Das Fleisch duftete würzig, die Soßen schmeckten selbst gemacht. Etwas zu viele Zwiebeln waren drauf, aber sonst war der Döner ziemlich gut. Hassan schaute sich um. Draußen herrschte geschäftiges Treiben, Menschen hetzten vorbei. Viele starrten auf das Display ihres Mobiltelefons und liefen wie Zombies umher. Ein Wunder, dass nicht alle naselang Passanten zusammenstießen. Hassan reihte sich ein und aß im Gehen. Als er aufgegessen hatte, wischte er sich den Mund mit der Papierserviette ab.

Plötzlich wurde er angerempelt, zwei Männer blieben neben ihm stehen.

»Hey! Lange nicht gesehen.« Haitham begrüßte ihn laut und überschwänglich wie einen Freund. Ibrahim sagte nichts, aber er war das bekannte Gesicht, das Hassan eben noch in der Menge gesehen hatte. Es war also keine Halluzination gewesen, und es war auch jetzt kein gutes Zeichen. Haitham und er waren keine Freunde, waren sie noch nie gewesen. Sofort dachte Hassan an Flucht und schaute sich um.

»Das würde ich nicht machen«, sagte Haitham. Er hatte eine Hand in der Bauchtasche seines Hoodies vergraben, und der Stoff war verdächtig ausgebeult. Ibrahim gehörte zu den Menschen, die jemanden auf offener Straße erschießen würden, ohne über unschuldige Opfer nachzudenken.

»Was willst du?«, fragte Hassan.

»Was wohl?« Haitham lachte. »Aber nicht hier. Stell dir mal vor, ich würde das Kind da treffen.«

Das Mädchen war höchstens sechs Jahre alt und lief an der Hand seiner Mutter. In der anderen Hand hielt es einen abgewetzten Stoffteddy.

»Hör auf, Mann.« Eigentlich könnte es Hassan egal sein, ob das Kind getroffen werden konnte. Aber das war das Problem mit dem Wort eigentlich: Es war schwammig. Derjenige, der es sagte, wollte sich nicht festlegen. Es ging verdammt noch mal um sein Leben! War es da nicht egal, wenn andere starben, damit er leben konnte? Es gab nur Ja oder Nein. Es gab kein eigentlich Ja oder eigentlich Nein. So jedenfalls hatte es der Deutschlehrer in Hassans Integrationskurs erklärt, natürlich mit einem anderen Beispiel. Wie merkwürdig, dass er sich gerade in diesem Moment daran erinnerte.

»Komm mit!« Haitham deutete auf eine Seitengasse, die zwischen einem Chinarestaurant und einem Schuhladen lag. In letzter Zeit waren Hassans Erfahrungen mit solchen Gassen selten positive Erfahrungen gewesen.

»Und wenn nicht?«

Haitham zuckte mit den Schultern und deutete auf ein beliebiges anderes Kind. So viel zur sogenannten Gangsterehre. Sie war nicht mehr als ein Mythos aus Film und Fernsehen.

Vielleicht spürte Hassan aber eine solche Ehre. Zumindest hatte er nie gewollt, dass Kinder zu Schaden kamen. Sie waren der größte Schatz der Welt, voller Potenzial und Möglichkeiten.

Wahrscheinlich wusste Haitham, wie Hassan zu dem Thema stand, denn er nutzte diese Menschlichkeit knallhart als Hassans wunden Punkt aus. Das war das Perfide an Verbrechen, egal mit welchem Ziel sie verfolgt wurden.

»Das würdest du nicht ...« Hassan spürte, wie sich seine Kehle zuschnürte.

»Gehen wir.«

Der Weg zur Seitengasse glich einem Gang zum Schafott. Hassan spürte, dass seine Knie weich wurden. Noch könnte er fliehen. Doch Haitham ging dicht hinter ihm. Der Geruch von gebratenen Nudeln und asiatischen Gewürzen, gemischt mit den Klängen eines chinesischen Liedes, wehte herüber. Bis zur Seitenstraße war es nicht mehr weit. Hassan blieb stehen.

»Wir sind keinen Marathon gelaufen«, sagte Haitham. »Außerdem hast du gleich Zeit, dich auszuruhen. Dann kannst du dich sogar ewig ausruhen.«

»Hast du einen Gedichtband gefressen, oder was?«

»Geh einfach weiter.«

Aus dem Augenwinkel erkannte Hassan seine letzte Chance, lebend aus dieser Sache herauszukommen: zwei Polizisten in Uniform. Eine Fußstreife, so hatten sie das jedenfalls im Integrationskurs beigebracht bekommen. Sah aber eher wie ein Einkaufsbummel im Dienst aus. Am Handgelenk der Polizistin hing ein kleiner Stoffbeutel mit dem Aufdruck einer Drogerie. Jetzt musste er nur noch seine Schritte ein klein wenig verlangsamen, doch Haitham stieß ihn an. Er hatte die Polizisten wahrscheinlich auch wahrgenommen.

Polizisten bedeuteten Gefahr, sie waren bewaffnet und ausgebildet, in extremen Situationen einen kühlen Kopf zu bewahren und in kürzester Zeit die bestmögliche Entscheidung zu treffen. Hassan hoffte, dass diese zwei in Uniform in seinem Sinne reagierten. Er hielt den Atem an und spürte das Blut in seinen Adern rauschen.

Jetzt!

Hassan stolperte und prallte gegen den Uniformierten. Dessen Kollegin sprang zur Seite. Sofort hatte sie die Hand am Griff der Pistole.

Gut!

»Er hat eine Waffe!«, schrie Hassan und deutete auf Haitham.

Bevor der auch nur reagieren konnte, blickte er in zwei Mündungen.

»Keine Bewegung«, schrie die Polizistin. »Hände dahin, wo ich sie sehen kann. Sofort!«

Haitham blieb wie erstarrt stehen, während Hassan sich abfing. Er schenkte seinem Widersacher einen grimmigen Blick, dann rannte er los.

»Das gilt auch für Sie!«, schrie ihm die Polizistin hinterher, aber dann passierte es.

»Vorsicht!« Als Hassan die Stimme des jungen Polizisten hörte, blickte er im Rennen über die Schulter. Haitham hatte tatsächlich die Pistole gezogen. Fast automatisch schlug der Polizist zu. Haithams Waffe polterte zu Boden, und er brüllte vor Schmerzen. Wahrscheinlich auch vor Wut, denn durch sein vorschnelles Handeln hatte er Hassans Flucht ermöglicht. Die Polizisten konzentrierten sich nur noch auf ihn.

Hassan hoffte, dass die Seitenstraße keine Sackgasse war. Das Geräusch von Polizeisirenen schwoll schon an. Er musste so schnell wie möglich weg. Die Seitenstraße führte in eine Fußgängerzone mit Kopfsteinpflaster. Er erblickte ein französisches Café und einen Irish Pub, daneben eine Pizzeria und schräg gegenüber einen arabischen Feinkostladen.

Das war gelebte Integration.

Hassan rannte weiter, bis er nicht mehr konnte. So lange, bis ihm schlecht wurde. Das Geräusch der Polizeisirenen erstarb langsam, er verlangsamte sein Tempo. Wahrscheinlich suchten die Bullen jetzt zu Fuß nach ihm. Hinter einem Müllcontainer kotzte er den Döner wieder aus. Eigentlich schade drum, dachte er.

»Was wird das hier?«, fragte eine Männerstimme.

Als Hassan aufblickte, sah er einen Mann in Jogginghose und Pullover, die Fäuste in die Hüften gestemmt.

»Tut mir leid«, sagte Hassan. »Ich mache die Sauerei weg. Haben Sie einen Eimer mit Wasser?«

Der Mann neigte den Kopf zur Seite. »Sie schwitzen ja.«

»Hab wohl was Falsches gegessen.«

»Soll ich besser einen Rettungswagen rufen?«

»Nein, nein.« Hassan winkte ab. »Es geht schon wieder.«

»Sicher?«

Hassan nickte. Er wartete, bis der Mann wieder ins Haus gegangen war, dann ließ er sich an der Wand hinabgleiten. Das war knapp gewesen. Verdammt knapp. Das nächste Mal würde er bestimmt nicht so viel Glück haben, davon war er überzeugt.

Als sein Puls sich beruhigt hatte, blickte er auf und entdeckte ein Graffito: Lieber stehend sterben als kniend leben. Das gefiel ihm. War bestimmt eine Textzeile aus irgendeinem Lied. Nur leider hatte er diese Wahl nicht, für ihn hieß es, kniend oder stehend sterben. Aber wenn er aufstand, hatte er zumindest eine minimale Chance, das hier zu überleben.

Sein einziger Ausweg war eine Erpressung, und dafür brauchte er ein Druckmittel. Damit kannte er sich aus, schließlich war das sein Alltagsgeschäft. Da so viel davon abhing, würde er es nicht alleine schaffen, er brauchte Hilfe. Und er hatte da auch schon jemanden im Sinn.

Sie musste nur mitspielen.

31

Hamburg, 12:44 Uhr MEZ

ALS WIEBKES MOBILTELEFON klingelte, saß sie natürlich am Steuer und hielt in dem Moment an einer roten Ampel neben einem Streifenwagen. Und natürlich saß dort ein autovernarrter Polizeibeamter drin, der sich fast die Nasenspitze an der Seitenscheibe platt drückte, als er den Ford Mustang Mach 1 sah, den Bellheim ihr geliehen hatte. Ein seltenes Stück, wie er betont hatte, bevor er den Fahrzeugschlüssel in ihre Hand fallen ließ und sie darauf hinwies, dass sie keinen einzigen Kratzer verursachen und auch keine Radarfotos auslösen sollte. Bisher war sie kratzerfrei unterwegs, aber mit den Radarfotos ... das war eine andere Geschichte. Es machte einfach zu viel Spaß, das Gaspedal durchzutreten. Der Mustang war kein Ferrari, aber ein rassiges Pferd für Perfektionisten, die gleichzeitig Träumer waren. Und damit war es eigentlich kein Fahrzeug für jemanden wie Bellheim, den Wiebke für einen Technokraten hielt. Er war in seinem Handeln effizient und nur auf die Sache ausgerichtet, da war kein Platz für Spaß. Der Mustang war aber Spaß. Um bequem von einem Ort zum anderen zu kommen, reichte auch ein Mercedes oder BMW, dafür brauchte man keinen Mustang.

Wiebke war beinahe dankbar, dass Bellheim in diesem Punkt

anders war als erwartet. Jeder hatte so seine kleinen Überraschungen.

Die Ampel sprang auf Grün. Wiebke beschleunigte und bog in Richtung Hauptbahnhof ab, der Streifenwagen fuhr geradeaus. Jetzt hatte das Klingeln des Mobiltelefons natürlich aufgehört. Sie blickte auf das Display, das ihr keine Rückrufnummer anzeigte. Selber schuld, wenn die Rufnummer unterdrückt ist, dachte sie. Sollte es wichtig sein, würde es wieder klingeln. Und das war es anscheinend, denn der Rufton begann erneut. Wiebke nahm das Gespräch an.

»Wo sind Sie?« Die weibliche Stimme klang etwas gehetzt und atemlos.

»El-Sayed?«, fragte Wiebke.

»Wer sonst? Gibt es neben Bellheim noch jemanden, der Ihre Nummer hat?«

Wiebke runzelte die Stirn. »Haben Sie gerade schon mal angerufen?«

»Warum sollte ich? Ich habe Besseres zu tun, als dauernd anzurufen.«

Wiebke nahm das Telefon vom Ohr. Auf dem Display wurde eine Nummer angezeigt. Auch Bellheim schickte seine Nummer immer mit. Wiebke hatte ihn mal gefragt, ob er nicht Angst hätte, über die Mobilfunknummer aufgespürt und verfolgt zu werden, aber Bellheim hatte gelacht und gemeint, diese Nummer würde den Verfolger zu einer verlassenen Schneiderei in Ulan-Bator führen. Eine schöne Stadt, hatte Wiebke erwidert, sie wäre schon einmal da gewesen. Bellheim hatte gefragt, ob er wissen wolle, warum, worauf Wiebke den Kopf geschüttelt hatte.

Was sie auch jetzt tat.

Außer der El-Sayed und Bellheim fiel ihr kein Mensch ein, der diese Nummer hatte. Jedenfalls keiner, der noch lebte. Offenbar hatte sich jemand verwählt. Sie zuckte mit den Schultern.

»Hallo?«, drang es aus dem Lautsprecher. »Sind Sie noch dran?«

»War kurz abgelenkt.«

Mittlerweile hatte Wiebke einen Parkplatz gefunden. Sie hielt die Verbindung zur Polizistin aufrecht, auch wenn sie Afsaneh schon von Weitem auf dem Bahnhofsvorplatz sah. Die Ermittlerin der Mordkommission trug einen knielangen hellblauen Mantel, dazu einen eng anliegenden dünnen Rollkragenpullover, enge Jeans und knöchelhohe, flache Stiefeletten. Ein wunderschöner Anblick, wie Wiebke fand. Aber dafür war gerade keine Zeit.

Sie sprach die Hamburgerin von hinten an. »Ich bin da.«

Afsaneh wirbelte herum und ließ dabei ihr Smartphone fallen. Wiebke fing es geschickt auf.

»Erschrecken Sie mich nicht so!«, sagte Afsaneh.

»So sehen wir uns wieder«, sagte Wiebke.

»Ich kann nicht sagen, dass mir das gefällt.«

»Unter anderen Umständen vielleicht?«

»Was?«

Wiebke versenkte ihre Hände in den Taschen ihres Hoodies. »Wo müssen wir denn hin?«, fragte sie.

»Ungefähr in diese Richtung.« Afsaneh deutete die Straße hinunter. »Mein Kollege ist schon da und wartet auf uns.«

Wiebke hielt die Polizistin am Arm fest. »Mir gefällt es nicht, wenn sich der Plan ändert. So etwas geht schief. Und ich brauche Ihnen nicht zu sagen, was schiefgehen in diesem Geschäft bedeutet.«

»Was meinen Sie damit?«

»Ihren Kollegen. Das war nicht besprochen.«

Afsaneh riss sich los. »Er ist aber derjenige, der den Schlüssel hatte. Und er ist bestens ausgebildet, war mal Leiter der Spezialkräfte, bevor ...«

»... er meine Schwester traf«, beendete Wiebke den Satz.

Ihr wurde schwindelig. Sie musste sich an Afsaneh festhalten, um nicht Bekanntschaft mit den Pflastersteinen zu machen. Afsaneh stützte sie.

»Geht es Ihnen gut?«

»Manchmal nicht. Und manchmal geht es mir schlechter.« Besonders dann, wenn es dunkel war. Wenn Wiebke alleine im Bett lag und die Gedanken und Erinnerungen sie wie Geister heimsuchten. Immer dann ging es ihr extrem schlecht. Dann wollte sie nicht mehr da sein.

»Es ist nur ...« Sie zögerte. »Das mit meiner Schwester ist für mich unerträglich. Und dann ...«

»Ich verstehe. Er erinnert Sie an das schreckliche Ereignis.«

Wiebke überlegte, ob die Polizistin überhaupt wusste, dass Saskia noch am Leben, dass sie entführt worden war. Möglicherweise würde diese Information eh nur zu Verwirrung führen.

»Die letzte Zeit hat mich Kraft gekostet. Sehr viel Kraft«, sagte Wiebke.

»Kann ich mir vorstellen.« Beinahe sah es so aus, als wollte Afsaneh Wiebke in den Arm nehmen. Die Polizistin zögerte und versenkte dann die Hände in den Taschen der Jeans. »Sollen wir nachher noch einen Kaffee trinken gehen?«

»Sie und ich?«

»Wir haben viel zu besprechen. Da würde ein Mann nur stören, oder?« Ein Lächeln huschte der Polizistin über die Lippen. »Fange wir mal damit an, dass es mir leidtut.«

»Was meinen Sie?«

»Als wir uns das erste Mal trafen, vor dem LKA hier in Hamburg, da war ich nicht besonders freundlich.«

Das hatte Wiebke schon vergessen. Sie teilte Menschen in zwei Kategorien ein: Sonne und Mond. Bei den Sonnenmenschen überwogen die positiven, freundlichen Charakterzüge, bei den Mondmenschen eher die dunkleren Eigenschaften. Wiebke zählte sich selbst zu keiner der Kategorien. Sie war die

Dunkelheit. Im Grunde ihres Herzens hasste sie andere Menschen, und wer mit einer solchen Einstellung anderen gegenübertrat, konnte Freundlichkeit weder erwarten noch einfordern.

»Hey, Yuccapalme! Gehst du mir fremd?«

Wiebke sah, dass eine uniformierte Polizistin auf sie zukam. In der Hand hielt sie eine Bäckereitüte.

»Birte«, sagte Afsaneh. »Was machst du denn hier?«

»Hab mir zwei belegte Brötchen beim Bäcker geholt. Dann hat mich jemand angesprochen und sich über eine Baustelle im Bahnhofsgebäude beschwert. Jetzt gehe ich da mal hin.«

»Alleine?«

Die Polizistin mit den Bäckereiteilchen zuckte mit den Schultern. »Was soll mir da schon passieren? Es ist nur eine Baustelle und kein Tatort.«

»Vielleicht triffst du da ja den Mann deiner Träume.« Afsaneh stupste Birte mit der Schulter an, wie es nur gute Freundinnen untereinander taten.

»Hey, du kannst doch keine Frau in Uniform angreifen. Was sollen die Leute denken?«

»Tut mir außerordentlich leid.«

»Weißt du«, sagte Birte, »mir fehlen unsere gemeinsamen Abende mit Sekt und Liebesfilmen.«

Langsam fühlte sich Wiebke wie das fünfte Rad am Wagen. Sie blickte auf ihre Uhr. Die Zeit lief davon, und es war davon auszugehen, dass der Feind fleißig Vorbereitungen traf. In der verlassenen U-Bahn-Station lag ein Geheimnis verborgen, das so wichtig war, dass deswegen ein deutscher Spitzenpolitiker ermordet worden war. Und die beiden Hühner redeten von einem Abend mit Sekt und Liebesfilmen! Offenbar hatte Afsaneh Wiebkes Blick auf die Uhr bemerkt.

»Wir müssen los«, sagte sie deshalb zu Birte. »Und du finde deinen Traummann bei der Baustelle.«

Birte hob ihre Hand und deutete auf den glitzernden Ring. Zu billig für einen Ehering, zu teuer für einen Freundschaftsring. Die Polizistin war verlobt.

»Wow! Das wusste ich gar nicht«, sagte Afsaneh mit überschwänglichem Klang in der Stimme. »Darüber musst du mir berichten. Nächste Woche?«

»Ich schreib dir 'ne Mail, okay?«

»So machen wir das.«

Birte nickte nun auch Wiebke zum Abschied zu, dann verschwand sie in der Menge in Richtung Haupteingang des Bahnhofsgebäudes.

»Sekt und Liebesfilme?« Wiebke runzelte die Stirn.

»Gibt es etwas Schöneres?«

Wiebke neigte den Kopf zur Seite. »Bier und Pornos.« Sie kämpfte dagegen an, musste dann aber doch grinsen.

»Sie können ja sogar witzig sein.« Afsaneh schüttelte den Kopf, musste aber auch etwas grinsen. »Geht es wieder?«

Wiebke atmete durch und nickte. Selbst wenn es nicht ginge, würde sie sich zusammenreißen müssen. Das hier war wichtig, extrem wichtig.

Den Dönerladen, von dem Afsaneh berichtet hatte, gab es nicht mehr. Dafür war dort jetzt der koreanische Lebensmittelladen Asia Mr Vu. Auf dem Schaufenster klebte immer noch das Wort »Neueröffnung« in roten Lettern. Das Datum lag etwas mehr als sechs Monate zurück. Ein Mann im grauen Trenchcoat stand vor dem Laden auf dem Gehweg und rauchte. Seine Hände waren in den Manteltaschen vergraben. Er sah gut aus, fand Wiebke, wirkte aber gebrochen. Er musste Schlimmes erlebt haben.

»Das ist Jann«, stellte Afsaneh ihren Kollegen vor.

Er lächelte, doch es wirkte gequält. Wiebke war nicht bewusst gewesen, dass auch sie für ihn eine böse Erinnerung der Vergangenheit war. Saskia und sie waren Zwillinge. Zweieiig, aber trotzdem gab es Ähnlichkeiten. Jann war der letzte Mensch gewesen, der Saskia vor dem einschneidenden Ereignis gesehen hatte, und er war der erste gewesen, der das brennende Auto nach der Explosion erreichte.

Jann schüttelte Wiebkes Hand. »Ihre Schwester war ein wunderbarer Mensch«, sagte er leise. »Sie sehen ihr ähnlich.«

»Das sagen viele. Ich kann Ihnen aber versichern, dass ich ihr ansonsten in keiner Weise ähnlich bin.«

»Das glaube ich gerne.« Jann vergrub die Hand wieder in der Manteltasche. Er blickte zum Eingang des koreanischen Lebensmittelladens. »Ob wir hier Antworten finden?«

»Das werden wir wohl müssen.«

»Da fällt mir ein, ich habe noch etwas für Sie.« Jann schlug den Mantel zur Seite und griff in die Hosentasche. Er reichte Wiebke einen Schließfachschlüssel. Sie nahm ihn und betrachtete das kleine Stück Metall eingehend. Der Kopf war mit Gummi ummantelt. Es sah nicht so aus, als wäre der Schlüssel jemals benutzt worden, denn der Anschlag war nicht einmal zerkratzt. Neben dem Zeichen des Herstellers war eine Nummer eingestanzt. Nummer 54.

»Danke«, sagte Wiebke und steckte den Schlüssel in die Hosentasche. Sie tat alles, um ihre Gefühle zu verbergen, aber wahrscheinlich war das Chaos in ihr auf ihrem Gesicht ablesbar.

»Alles okay mit Ihnen?«, fragte Jann.

Sie lächelte gequält und nickte. »Bewegen wir uns, bevor wir hier Wurzeln schlagen.«

Beim Eintreten ertönte eine elektronische Stimme. »Eoseo osibsio.« Willkommen. Die moderne Form des Glöckchens an der Eingangstür. Der Lebensmittelladen war aufs Modernste durchgestylt. In edlen Metallregalen befanden sich Lebensmittel, deren Aufmachung Wiebke fremd vorkam. Sie konnte nicht einmal erraten, was sich in den Dosen und Gläsern und Tüten befand. Es roch nach Gewürzen und Räucherstäbchen. Der Mann hinter der Theke schaute auf und betrachtete das eintretende Trio.

»Herzlich willkommen«, sagte er mit tiefer Stimme.

Sein Lächeln erstarb nicht einmal, als Afsaneh ihm die Kriminalmarke zeigte, was ihm bewusst machte, dass er keine Kunden vor sich hatte.

»Wie kann ich Ihnen helfen?«

»Wir haben ein paar Fragen zu diesem Gebäude hier.«

Der Verkäufer zuckte mit den Schultern. »Ich bin nur Pächter. Vermutlich müssen Sie den Eigentümer fragen.«

»Das würde ich gerne, aber laut Auskunft seiner Agentur befindet er sich auf Recherchereise im Ausland. War wohl eine kurzfristige Entscheidung, nachdem sein Haus abgebrannt ist.«

Das kam Wiebke irgendwie bekannt vor. Aber das konnte doch nicht sein! Sie war erst vor Kurzem in einen kapitalen Hausbrand involviert und konnte sich nur mit Not retten. Beinahe instinktiv griff sie in die Hosentaschen und betastete den Schlüssel. Ob das alles mit diesem gottverdammten Stück bearbeitetem Metall zu tun hatte?

»Dieses Haus gehört Carl Liebknecht?«, fragte sie Afsaneh verwundert.

»Woher wissen Sie das?« Afsanehs Gesichtsausdruck verriet Überraschung.

»Unwichtig.« Wiebke schüttelte den Kopf, als müsste sie eine Erinnerung vertreiben, und wandte sich an den Verkäufer. »Mister Vu. Sie heißen doch Mister Vu?«

»Vu TienDung«, sagte er.

»Haben Sie einen Keller?«

Vu nickte. Er deutete auf eine Metalltür, die leicht von einem bestickten Vorhang verdeckt wurde. »Das ist das Lager.«

»Ich weiß, dass es eine ungewöhnliche Bitte ist, aber wir müssen einen Blick in den Keller werfen.«

Vu blickte von Jann zu Afsaneh und dann zu Wiebke. An ihr blieb sein Blick hängen. »Das hier ist etwas bizarr. Sind Sie wirklich von der Polizei?«

»Sie glauben doch nicht wirklich, dass die Gerüchte ...?«, fragte Afsaneh. Sie stemmte ihre Hände in die Hüften.

»Doch, das glaube ich.« Wiebke nahm Afsaneh zur Seite, weil sie vor dem Ladenbesitzer nicht über Mengers Notiz sprechen wollte. Sie hielt der Polizistin den Schließfachschlüssel hin. »Shßfh. Erinnern Sie sich?«

»Von Mengers Notiz. So lange ist es nicht her, dass Bellheim mich danach gefragt hat.«

»Angenommen es stimmt, dass unter diesem Gebäude der vergessene Zugang zu einer U-Bahn-Haltestelle liegt. Angenommen, die Tunnel und Bahnsteige existieren noch. Was erwarten Sie noch bei einer U-Bahn-Haltestelle?«

Afsaneh blickte zwischen Schlüssel und Wiebkes Gesicht hin und her. »Schließfächer?« Ihre Stimme klang wie die eines Kindes, das Matheaufgaben löste und die Eltern fragte, ob das Ergebnis richtig war.

»Dieser Schlüssel wurde von Liebknecht an Saskia weitergegeben. Dieses Gebäude gehört Liebknecht. Was hier verborgen liegt, ist so wichtig, dass Menschen dafür sterben mussten. Menger hat kurz vor seiner Ermordung einen Hinweis hierauf gegeben. Shßfh heißt Schließfach. Da bin ich mir absolut sicher, und deswegen glaube ich auch, dass es hier einen vergessenen Zugang gibt.«

»Ich rufe jetzt die Polizei«, warf Vu ein. »Sie sind ja vollkommen irre.«

Er wandte sich ab und griff nach dem Telefonhörer. Bevor Wiebke überhaupt reagieren konnte, stand Jann schon neben Vu und legte die Hand auf das Gerät. Vu starrte ihn an.

»Wahrscheinlich können Sie irgendwelche Martial-Arts-Moves«, sagte Jann. »Vielleicht ist es auch nur ein Klischee, dass alle Koreaner das können. Ist mir egal. Ich hatte Jiu-Jitsu in der Polizeiausbildung, bin aber schon durch die Gelbgurtprüfung gefallen, weil ich die Verbeugung vergessen habe. Ich bin also kein Gegner für Sie.«

»Was wollen Sie, verdammt?«

»Nur einen Blick in Ihren Keller werfen.«

»Aber warum? Was soll das Schauspiel hier von wegen Polizei?«

»Das ist kein Schauspiel. Wir sind wirklich Polizisten, auch wenn das jetzt für Sie nicht glaubhaft ist.«

»Wollen Sie Geld? Ist das ein Überfall?«

Jann hob die Hände, als würde man ihn mit einer Waffe bedrohen. Betont langsam machte er einen Schritt nach hinten. »Wenn das ein Überfall wäre«, sagte er, »würden wir uns nehmen, was wir wollen, und verschwinden.«

Vu zögerte. Anscheinend dachte er über das nach, was Jann gesagt hatte. »Sie wollen nur in meinen Keller?«

Jann nickte.

»Dann bin ich Sie los und sehe Sie nie wieder?«

»Ich mag kein asiatisches Essen«, sagte Jann. »Ich werde diesen Laden nicht mehr betreten.«

»Gehen Sie doch einfach so, okay?«

»Das geht nicht. Es ist wichtig, dass wir uns einmal den Keller ansehen. Bitte.«

Vu schüttelte den Kopf. »Sie wissen selbst, wie verrückt das klingt?«

»Ziemlich gut sogar.«

»Okay. Ich komme aber mit.«

Der Asiate führte sie eine Treppe hinunter bis zu einem Raum, der voller Regale mit Lebensmitteln und Gewürzen war. Der Boden war glatt und bestand aus Rigips.

»Gibt es einen Grund für den Gipskarton auf dem Boden?«, fragte Jann. »Das kenne ich nur als Leichtbauwand.«

»Ich habe das so übernommen. Auch die Regale«, sagte Vu.

Wiebke betrat den Raum und blickte sich um. Hier musste irgendetwas sein.

»Sie haben den Keller gesehen. Können wir wieder hochgehen?«

»Warten Sie einen Augenblick«, sagte Wiebke.

Sie hatte etwas gespürt, konnte aber nicht genau sagen, was es war. Sie lief noch einmal am Regal in der Mitte vorbei. Gab hier der Boden etwas nach? Sicher war sie sich nicht, sie wusste aber, dass dies die einzige Chance war, Antworten zu bekommen. Und dafür musste sie den Eingang zur vergessenen U-Bahn-Haltestelle finden.

Wiebke lehnte sich an ein Regal und begann damit, ihre Schuhe und Socken auszuziehen.

»Was machen Sie da?«, fragte Afsaneh.

Wiebke blickte auf.

»Wonach sieht es denn aus? Und warum starren Sie so? Haben Sie lackierte Zehennägel erwartet?«

»Ich habe gar nichts erwartet.«

Wiebke umrundete wieder das Regal in der Mitte. Dieses Mal spürte sie es deutlicher. Der Boden gab eindeutig nach. Nur ganz minimal, als ob sich darunter ein Hohlraum befinden würde. Oder der Zugang zu einer U-Bahn-Station.

»Helfen Sie mir mal«, bat sie Jann. »Ich möchte das Regal zur Seite schieben.«

»Davon war nie die Rede!«, protestierte Vu. »Sie wollten den Keller sehen, und das haben Sie. Gehen Sie jetzt bitte.«

Jann packte mit an. Vorsichtig, sodass kein Glas der eingemachten Mungbohnen zu Boden fiel, schoben sie das Regal zur Seite. Da, wo es gestanden hatte, war eine leichte Kuhle erkennbar.

»Spüren Sie das auch?«, fragte Wiebke.

Jann nickte. »Irgendwie schwammig.«

»Was?« Vus Wangen bekamen rote Flecken, die schon nach kurzer Zeit den Hals erreichten.

»Da ist ein Hohlraum«, sagte Jann.

Vu fuchtelte mit den Händen. »Ganz sicher nicht, sonst hätte der Verpächter mir das gesagt.«

»Haben Sie einen Vorschlaghammer?«, fragte Wiebke.

»Sie wollen doch nicht ernsthaft …« Der Asiate blickte abwechselnd in die Gesichter der drei ungebetenen Gäste. Niemand lachte oder grinste, sie meinten es wirklich ernst. »Und wer zahlt mir den Schaden?«

»Hören Sie«, sagte Afsaneh. »Möglicherweise befindet sich unter Ihrem Keller der vergessene Eingang zu einer alten U-Bahn-Station.«

»Ich verstehe nicht.«

»Das ist eine der letzten urbanen Legenden Hamburgs. Suchen Sie mal im Internet danach.«

Vus Gesichtszüge entspannten sich. Einen Atemzug später lächelte er sogar. »Dann wäre mein Laden eine Attraktion.«

»Genau. Ihr Laden würde deutlich bekannter werden.«

»Das bedeutet viele Kunden.« Der Asiate bewies Geschäftssinn. »Ich hole Ihnen einen Vorschlaghammer.«

Während sie auf das Werkzeug warteten, zog Wiebke ihre Socken und Schuhe wieder an. Als Vu mit einem Vorschlaghammer zurückkam und diesen Wiebke reichte, sagte er: »Ich verklage Sie, wenn da nichts ist.«

Wiebke nahm den Hammer.

»Worauf warten Sie?«, fragte Afsaneh.

Wiebke wusste es selbst nicht. Hatte sie Angst? Die Antworten, und damit die Wahrheit, lagen ihr buchstäblich zu Füßen. Das Problem mit der Wahrheit war, dass man nicht immer das bekam, was man erhoffte.

32

Berlin, 13:08 Uhr MEZ

ALS DER KLINGELTON seines Handys erklang, griff Bellheim nach dem Gerät. Obwohl er die Nummer nicht kannte, ging er ran, aber ohne sich mit Namen zu melden. Auch am anderen Ende wurde kein Ton gesagt, nicht einmal Umgebungsgeräusche waren zu hören. Als er die Verbindung gerade unterbrechen wollte, hörte er ein leises Wimmern.

»Wer ist da?«, fragte er.

Dieses Mal erklang ein Schluchzen.

Der Anruf fühlte sich an wie aus einem Horrorfilm. Bellheim mochte keine Horrorfilme, die Realität war ihm schon grausam genug. Trotzdem, irgendwas verursachte ihm eine Gänsehaut im Nacken.

»Wer ist da?«, fragte er noch einmal.

»Ich weiß, wer es war.« Er kannte diese Frauenstimme.

»Anka? Was ist los?«

»Er war es. Er hat ihn umgebracht.« Ihre Stimme war dünn wie Herbstlaub, nicht mehr als ein Flüstern.

»Bist du dir sicher?«, fragte er.

»Wie soll ich sicher sein? Ich fühle es.«

»Warum fühlst du es?«

Wieder ein Schluchzen. Dann putzte Anka sich die Nase.

»Er ist so anders. Als das mit Herbert in den Nachrichten kam, hat er einfach nur zum Fernseher gestarrt.«

»Sie waren Freunde«, sagte Bellheim.

»Nein«, sagte Anka. »Sie waren mehr als das. Das hat er mir versichert.«

»Worauf willst du hinaus?«

»Ach verdammt!« Ankas Stimme wurde lauter und fester. »Er hat mir Angst gemacht. Mein eigener Ehemann hat mir Angst gemacht. Kannst du dir das vorstellen?«

Bellheim kannte André Böhm beinahe so gut, wie er sich selbst kannte. André war schon immer ein Aufreißer gewesen. Wie oft hatte Bellheim früher die Eskapaden seines Freundes vor der jeweils aktuellen Freundin gedeckt? Manchmal wusste Bellheim auch nicht, welche der Frauen gerade die aktuelle Freundin war. Wahrscheinlich wusste das André selbst nicht immer. Aber trotz alldem hatte André die Frauen geachtet. Niemals hätte er einer Frau Angst gemacht. Nicht der André, den er kannte.

»Das reicht aber nicht als Beweis seiner Schuld.«

»Er war es.«

Bellheim schloss die Augen und dachte kurz nach.

»Ich muss dir etwas erklären. Ich muss dir verraten, was dein Mann tut.«

»Er ist im Entwicklungsministerium für Südostasien zuständig. Für den dortigen Aufbau einer Infrastruktur.«

»Das ist nicht, was er wirklich tut.«

Zuerst herrschte Stille am Telefon. Er hörte sie schwer atmen. Anka war nicht dämlich, eher das Gegenteil. Sie war gutgläubig, aber das konnte man ihr nicht vorwerfen. Sie hatte sich in einen Mann verliebt, der so nicht existierte. Einen Mann mit Geheimnissen. Und zwar einer ganzen Menge davon. Anka hörte zu, wie Bellheim ihr alles erklärte, und er merkte, dass sie es sich schon gedacht hatte. Aber sie hatte vor der Wahrheit

Angst gehabt, genau vor diesem Moment. Und deswegen war ihre Reaktion am Ende seiner Erklärung mehr als vorhersehbar.

»Du lügst mich an!«

»Warum sollte ich?«

»Ich weiß es nicht.« Sie schluchzte. »Ich weiß gerade gar nichts mehr.«

Bellheim wartete einen Moment, bevor er etwas sagte.

»Die Wahrheit fühlt sich manchmal kalt an.«

»Nein! Es fühlt sich wie Fremdgehen an. Ich habe den einen Mann geheiratet, aber einen anderen Mann gebumst. So fühlt es sich an.« Sie schnaubte. »Wie konntet ihr mir das antun? Warum er? Warum ich?«

»Danach wird selten gefragt. Vielleicht beruhigt es dich zu wissen, dass er dich nicht von Anfang an belügen musste. Ich war es, der André zu dem machte, was er jetzt ist. Wenn du wütend bist, dann lass diese Wut an mir aus.«

»Warum erzählst du mir das jetzt? Warum gerade in diesem Moment?« Ihre Stimme vibrierte.

»Weil du wissen musst, was passiert, wenn das stimmt, was du deinem Ehemann anlastest.«

»Ich verstehe nicht ...«

»In unserem Geschäft«, sagte Bellheim so trocken wie möglich, »können wir es uns nicht leisten, einen Verräter am Leben zu lassen.«

Es dauerte einige Augenblicke, bis Anka antwortete. »Und André ist in deinen Augen ein Verräter?«

»Warum sonst sollte er Herbert Menger ermordet haben?«

»Darüber muss ich nachdenken.« Sie unterbrach die Verbindung.

Bellheim lehnte sich zurück. Es blieb ihm keine Zeit zum Nachdenken. Zum ersten Mal hatte sich der Feind zeigen müssen. Wenn Bellheim jetzt nicht zuschlug, war die Chance vertan. Doch er zögerte. André war sein Freund. Das ließ man nicht so einfach hinter sich. Und trotzdem musste er jetzt handeln.

Die Frage war nur, wie zutreffend Ankas Vermutung war, denn mehr als eine Vermutung war es nicht. Und trotzdem musste er eine Entscheidung treffen.

Er rief Dogan über eine sichere Mobilfunkleitung an.

»Ich habe einen Auftrag für dich«, sagte er und nannte dem Kurden die Adresse.

»Aber das ist doch ...«

»Böhms Adresse. Ich weiß.«

»Bist du dir sicher?«

Nein, verdammt, bin ich nicht. »Ich bin mir sicher.«

»Und wie?«

»Lass es von mir aus wie einen Raubüberfall aussehen.«

»Du weißt, was das bedeutet?«

»Natürlich weiß ich das.« Bellheim starrte das Telefon an, mit dem er kurz zuvor mit Anka gesprochen hatte. »Beide müssen zum Schweigen gebracht werden.«

Er unterbrach die Verbindung. Er hatte gewusst, dass dieser Tag einmal kommen würde, als er den Posten angenommen hatte. Aber er hätte niemals gedacht, dass sein erster Mordauftrag einem guten Freund und Mitarbeiter und seiner wunderschönen, liebreizenden Frau gelten würde.

Seltsamerweise fühlte es sich allerdings befreiend an. Wie etwas, was man lange vor sich hergeschoben und jetzt erledigt hatte. Wenn er früher gehandelt hätte, wäre das alles nicht passiert, davon war er überzeugt. Es blieb jedoch abzuwarten, ob all diese Entscheidungen zu einem guten Ende führen würden. Bellheim spannte die Kiefermuskeln an, bis sie schmerzten. Hätte, wenn und aber brachten ihn jetzt nicht weiter. Die Entscheidungen waren getroffen, es gab kein Safe-Game, das man im Fall des Misserfolgs laden konnte, um einen neuen Versuch zu starten. Trotzdem überlegte er manchmal, ob alles besser gelaufen wäre, wenn er sich vor einem halben Jahr anders entschieden hätte. Ehrlich währt am längsten, hatte seine Mutter immer zu ihm gesagt. Für Ehrlichkeit hatte er jedoch den falschen Beruf.

33

Hamburg, sechs Monate zuvor,
16:44 Uhr MEZ

ES WAR GRAUSAM zu sehen, wie das Feuer einen einst beinahe perfekten menschlichen Körper verwandelte. Vom Gesicht war nicht viel übrig geblieben, Arme und Beine waren verkrampft und blieben auch nach dem Tod in dieser Stellung. Das hatte etwas mit verdampfter Flüssigkeit in den Muskeln zu tun, aber ganz genau wusste Bellheim das nicht. Was er wusste, war, dass er nicht hier sein wollte.

»Und Sie können das?«, fragte der Kriminalbeamte. Er hatte eine teure Digitalkamera um den Hals, die ihn klar als Mitglied der Spurensicherung auswies.

Bellheim blickte in das vom Feuer entstellte Gesicht. Nicht einmal der Ansatz der Gesichtszüge war zu erahnen. Vor ihm auf der Metallpritsche sollte Saskia Meinert liegen, Opfer eines wie auch immer motivierten Anschlags. Aber hier konnte auch Lieschen Müller oder ein feminin wirkender Max Mustermann liegen. Das Feuer und die Explosion hatten nicht viel übrig gelassen, nicht einmal Geschlechtsteile.

Der Mann von der Spurensicherung wischte sich übers Gesicht. »Hören Sie! Sie sind nur hier, weil irgendein Sesselfurzerpolitiker irgendwen im Senat kennt, der sich wiederum vom Chef des Landeskriminalamts den Arsch lecken lässt.«

»Was genau wollen Sie mir damit sagen?« Bellheim hob eine Augenbraue.

»Dass ich es nicht gut finde, dass Sie hier sind. Ich wusste nicht einmal, dass Jungs vom Bundesamt für Verfassungsschutz das Wort Mordermittlung buchstabieren können. Macht ihr sonst nicht so geheime Sachen wie Akten sortieren?«

Bellheim hatte ein paar Kontakte spielen lassen müssen, um in die Leichenhalle zu kommen. Dieses Mal hatte er die BfV-Karte gespielt.

»Mein Vorgesetzter hat es Ihrem Vorgesetzten schon erklärt«, begann er. »Der Mord an einem Mitglied des Regierungsapparats fällt zumindest im Bereich der Informationsgewinnung in die Zuständigkeit des Bundesverfassungsschutzes.«

Der Polizist schüttelte den Kopf. »Davon habe ich noch nie etwas gehört.«

»Haben Sie denn schon einmal im Fall eines so gelagerten Mordes ermittelt?«

Der Polizist wischte sich mit den Fingern durchs Haar und schwieg. »Ach ... Fuck!«

»Sehen Sie. Deswegen können Sie das nicht wissen. Und außerdem ...« Bellheim deutete auf die Leiche. »Möchten Sie wirklich unbedingt die Identifikation durchführen?«

Auch wenn vieles darauf hindeutete, dass es sich bei der Leiche um Saskia Meinert handelte, war dies nicht eindeutig bestätigt. In Deutschland war per Gesetz geregelt, dass die Identität jedes Toten zweifelsfrei feststehen musste. Eine eindeutige Identifizierung erfolgte zumeist über Fingerabdrücke, aber die waren hier nicht mehr vorhanden. Das zweite eindeutige Identifikationsmerkmal war das DNA-Muster.

»Machen Sie ruhig«, sagte der Kriminalbeamte.

»Das Bundesamt stellt Ihnen das Ergebnis der DNA-Identifizierung auch zum Zwecke der weiteren Ermittlungen zur Verfügung.«

»Ich bin starr vor Glück.«

Bellheim ignorierte den Beamten und wandte sich der Leiche zu. Was sollte er hoffen? Dass es Saskia war, weil dann alles einfacher war, oder dass es nicht Saskia war, weil sie dann noch lebte? Das war ein typischer Fall einer Lose-lose-Situation.

Wer bist du? Nur dieser eine Gedanke war in Bellheims Kopf. Er sprach ihn nicht aus, wie das so oft in den Krimiserien passierte, wo Rechtsmediziner und Ermittler gerne mal als komplett irre dargestellt wurden. Wer fragte schon einen Toten? Das war ähnlich dämlich wie die Frage »Schläfst du schon?«. Zumindest bestand bei der aber die Möglichkeit einer Antwort.

Bellheim holte das Gerät aus seinem Aktenkoffer. Es war quadratisch und sah wie ein zu hoch geratener Laptop aus, und tatsächlich konnte das Gerät aufgeklappt werden. Zum Vorschein kamen ein Bildschirm und eine Tastatur.

»Was ist das denn?«, fragte der Mann von der Spurensicherung.

»Ein DNA-Schnelltester.«

»Ein was?«

»Entwickelt von den Amerikanern. Können Sie sich an das Hickhack bei der Identifizierung von Bin Ladens Leiche erinnern?«

»Grob.«

»Mit diesem Gerät ...« Bellheim drückte eine Taste, und an der Seite öffnete sich eine Klappe. »... kann innerhalb von etwa zehn Minuten ein DNA-Abgleich stattfinden.«

In der Klappe befand sich ein mobiles Analysegerät, nicht größer als eine Zigarettenschachtel. Unter einer Schutzkappe befand sich eine Nadel, mit der Bellheim in den Leichnam stach.

»Was machen Sie da?«

»Was glauben Sie denn?« Bellheim steckte die Schutzkappe

wieder auf die Nadel und drückte das Handgerät in die dafür vorgesehene Halterung. Nachdem die Klappe wieder geschlossen war, begann die Analyse.

Die bangen Minuten zwischen Hoffnung und Gewissheit zogen sich endlos hin.

»Wissen Sie, was mich wundert?«, fragte der Polizist, der sich einen Lolli in den Mund geschoben hatte und lässig an der Front mit den Kühlfächern lehnte.

»Er schmeckt nicht nach Erdbeere?« Bellheim blickte nicht einmal vom Gerät auf. Natürlich wusste er, dass permanentes Anstarren den DNA-Schnelltest nicht beschleunigen würde, aber er brauchte einen Punkt, auf den er sich fixieren konnte. In solchen Situationen verlor er sich manchmal in seinen Gedanken. Fixpunkte in der Realität gaben ihm hingegen Halt. Er hätte sich auch mit dem Polizisten unterhalten können.

Aber Bellheim hasste dämliche Menschen.

»Was? Erdbeere? Wovon reden Sie?«

»Der Lolli. Soll doch nach Erdbeere schmecken. Tut es aber nicht. Die Industrie gibt uns vor, was wie schmecken soll. Ich nenne es den Chili-con-Carne-Effekt.«

»Den Chili-con-Carne-Effekt?«

»Mögen Sie Chili?«

»Unbedingt. Am liebsten mit Nachos.«

»Aber wahrscheinlich nur das fertige Chili aus der Tüte. Haben Sie je das echte Zeug probiert? Das wird Ihnen wahrscheinlich nicht schmecken, weil Sie zu wissen glauben, wie Chili con Carne schmecken muss.«

Der DNA-Schnelltester machte ein Geräusch.

»Ich hoffe, Sie haben verstanden, was ich damit sagen wollte. Für eine Diskussion habe ich keine Zeit«, sagte Bellheim. Die Analyse war zu siebenundneunzig Prozent abgeschlossen.

Der Polizist lutschte weiter an seinem Lolli. Ganz so, als ob er es müsste. Vermutlich ein Ersatz für Zigaretten.

»Mich wundert etwas anderes«, sagte der Polizist.

Bellheim schaute ihn auffordernd an.

»Sie machen zur Identifizierung einen Vergleich der DNA-Muster. Richtig?«

»Korrekt.«

»Dann brauchen Sie also Vergleichsmaterial.« Der Mann von der Spurensicherung deutete auf den Schnelltester. »Die überwiegende Zahl an Datensätzen der DNA-Analyse-Datei stammt von Straftätern. Warum sollte das Muster einer Mitarbeiterin des Entwicklungsministeriums gespeichert sein?«

Achtundneunzig Prozent. Er musste aufpassen, denn für den Fall der Fälle durfte er seinen Einsatz nicht verpassen. Sonst wäre das hier alles umsonst gewesen. Manchmal hasste er die Gründlichkeit der deutschen Polizei – und das Trennungsgebot.

»Was soll ich Ihnen erzählen?« Bellheim blickte dem Polizisten direkt ins Gesicht. Dicke Augenringe und tiefe Falten zeugten von einem harten Beruf, heftigen Erlebnissen und wenig Schlaf. »Das Bundesamt für Verfassungsschutz sammelt schon seit 1949 von allen Menschen, die in Deutschland einen festen Wohnsitz haben, die DNA-Muster.«

»Was?«

»Jeder hat sich im Laufe seines Lebens schon einmal impfen lassen. Selbst heutige Impfgegner wurden als Kinder geimpft. So bekommen wir die Muster ganz automatisch.«

»Hören Sie auf mit dem Scheiß!«

Bellheim legte den Kopf schief. »Kleiner Scherz. Alle Außendienstmitarbeiter der Ministerien müssen ein Muster abgeben. Das erleichtert im Katastrophenfall die Identifizierung der Mitarbeiter.«

»So wie jetzt?«

Bellheim blickte schnell zum Bildschirm. Hatte er den kritischen Punkt schon verpasst? War alles umsonst? Nein. Aber beinahe. Es würde bis zur vollständigen Analyse nur noch wenige Augenblicke dauern. Saskia Meinert war einer Gruppe auf der Spur gewesen, deren Handeln die Stabilität und Sicherheit innerhalb der Länder der Europäischen Union, und damit den Fortbestand des Bündnisses, erheblich gefährdete. Das Ziel der Gruppe konnte nur die vollständige Zerschlagung der EU sein, und zwar in jedem Bereich, angefangen beim Handel über polizeiliche Zusammenarbeit bis hin zur gemeinsamen Politik. Die Frage war, wem so etwas nützen würde und wer in der Lange war, einen solchen Angriff zu koordinieren und durchzuführen. Nutznießer einer Zerschlagung der EU gab es viele, aber die Anzahl reduzierte sich auf drei Nationen, wenn man sich die Frage stellte, wer dazu in der Lage war. Übrig blieben die üblichen Verdächtigen: die Vereinigten Staaten von Amerika, die Russische Föderation und die Volksrepublik China.

Die Zerschlagung der EU würde aber auch zum Zerfall des NATO-Militärbündnisses führen. Dies wiederum nützte den USA nicht wirklich, es sei denn, die alten grauen Männer am Potomac River opferten dieses Bündnis, um höhere Ziele zu erreichen. Bellheim wurde klar, dass er zu wenig wusste. Ganz klar gesichert war aber, dass Saskia Meinert dieser Verschwörung auf der Spur gewesen war. In Stockholm hätte eine Person mit dem Codenamen Onestone ihr Informationen liefern sollen. Doch der Feind war auch da gewesen und hatte gewusst, um was es ging. Damit war Bellheim klar gewesen, dass es einen Verräter in den eigenen Reihen geben musste.

Jetzt! Das Ergebnis der DNA-Analyse blinkte kurz auf. Negativ. Die Tote war nicht Saskia Meinert. Bellheim drückte eine Taste. Sekundenschnell wurde das Ergebnis überschrieben und das DNA-Muster vertauscht. Jetzt war Saskia Meinert tot, bewiesen durch das Ergebnis des DNA-Schnelltests. Er hoffte, dass die Täuschung lange genug halten würde. Der Feind musste glauben, dass sein Plan erfolgreich war. Nur so konnte

Bellheim das Leben von Saskia Meinert schützen. Nur so konnte der Verräter enttarnt und unschädlich gemacht werden.

»Und? Ist das Ergebnis da?«, fragte der Polizist.

Bellheim presste die Lippen aufeinander und nickte knapp.

»Ist es, wie Sie befürchtet haben?«

»Ja. Die Tote ist Saskia Meinert.«

Eine Möglichkeit ließ Bellheim allerdings von diesem Tag an nicht mehr los.

Was war, wenn Saskia ihn getäuscht hatte?

Was war, wenn Saskia Meinert die Verräterin war?

34

Hamburg, 13:36 Uhr MEZ

SCHON NACH DEM ersten Schlag mit dem Vorschlaghammer war Wiebke klar gewesen, dass ein Geheimnis unter ihren Füßen lag. Ein paar Schläge später war sie durchgebrochen. Vu hatte Taschenlampen geholt, mit deren Lichtkegeln sie einen Treppenabgang ausleuchteten. Auf den staubbedeckten Stufen waren undeutliche Spuren zu erkennen. Schuhabdrücke, auf die sich wieder Staub gelegt hatte. Wie lange war es her, dass jemand hinabgestiegen war? Monate? Oder Jahre?

»Was ist das denn?«, fragte Vu. Er zitterte, was deutlich an der abgehackten Bewegung des Lichtstrahls seiner Taschenlampe zu erkennen war. »Unglaublich!«

»Ich sagte Ihnen doch, dass es interessant werden würde.« Jann klopfte dem Koreaner auf die Schulter.

»Ich gehe alleine«, sagte Wiebke.

»Auf keinen Fall.« Afsanehs Entschlossenheit zeichnete sich in ihrem Gesicht ab. »Und fangen Sie jetzt keine Diskussion an. Die führt zu nichts und kostet nur Zeit.«

Wiebke blickte die Treppe hinunter, die Stufen verloren sich in der Dunkelheit. Staub tanzte im Schein der Taschenlampe.

Sie fragte sich, ob sie dort unten endlich Antworten statt weiterer Fragen finden würde. Der Schließfachschlüssel wog schwer in ihrer Hosentasche. Hoffentlich würde sie endlich erfahren, warum Saskia entführt worden war. Der ganze Schweiß, die Tränen, das Blut. Die Toten.

»Gehen wir«, sagte Wiebke. »Aber er bleibt hier, um unseren Rückzug zu sichern.« Sie deutete auf Jann.

Dieser hob die Hände. »Ich habe auch kein Interesse, da runterzugehen.«

Der Treppenabsatz mündete in einem Gang. Die Wände waren mit hellblauen Kacheln gefliest, und am hinteren Ende hing eine große Pinnwand, an der vergilbte Zettel angepinnt waren. In einer Tabelle standen Namen und der jeweilige Ort, an dem die Menschen zum Arbeiten eingesetzt werden sollten. Die Zettel bewegten sich leicht.

»Spüren Sie das?«, fragte Wiebke.

»Was?«, fragte Afsaneh.

»Den Lufthauch. Spüren Sie den?«

»Nein.«

»Wir müssen vorsichtig sein.« Wiebke folgte dem Gang weiter. Wo es einen Lufthauch gab, musste es irgendwo einen zweiten Eingang geben. Und jemand hatte ihn geöffnet.

Der Gang führte tatsächlich zu einem Bahnsteig. Er war nicht vergleichbar mit einem Bahnsteig für Personenverkehr, wie man ihn heute von verschiedenen U-Bahn-Stationen kannte, aber lang genug, um vier oder fünf Waggons Platz zu bieten. Schienen waren nicht mehr vorhanden, die Tunneleingänge waren zugemauert. Das hier war ein vergessener Mikrokosmos.

Direkt neben einem Durchgang, der wahrscheinlich zum anderen Eingang führte, war eine ganze Wand mit Schließfächern.

Wiebke spannte die Muskeln an. Gleichzeitig machte ihr der Durchgang Sorgen. Wohin führte er? Wie leicht war er von außen zugänglich?

»Was ist?«, fragte Afsaneh.

»Sie werden gleich hier sein.«

»Wer?«

Wiebke schloss für einen kurzen Moment die Augen. Es würde wieder Tote geben. Die Frage war nur, wie viele sie retten konnte. Die Chancen standen schlecht, selbst für Wiebke.

»Taschenlampe aus!«, zischte Wiebke so eindringlich, dass Afsaneh das Licht ausmachte, ohne Fragen zu stellen.

Nimmt man einem Menschen einen seiner Sinne, so werden alle anderen geschärft. Kommt noch Adrenalin hinzu, sei es aus Angst oder Kampfbereitschaft, fährt der menschliche Körper zu Höchstleistungen hoch.

Zuerst war da nur das Rauschen in ihren Ohren, begleitet von einem hellen Ton. Es war kein Tinnitus, aber möglicherweise eine Vorstufe davon. Wiebke verdrängte das Geräusch und konzentrierte sich auf das, was vor ihr lag. Und dann hörte sie die Schritte und die Stimmen. Zuerst nur als unverständliches Wispern, doch als die Schritte näher kamen, verstand Wiebke das Gesagte.

»... könnte gefährlich sein. Einsturzgefahr ... nicht weitergehen. Hören Sie, was ich sage?«

»Das ist unglaublich!« Es war die Stimme von Afsanehs Kollegin. Wie hieß sie noch gleich? Wiebke fiel es nicht ein. Die Frau würde wahrscheinlich gleich tot sein.

»Hören Sie, Sie dürfen hier nicht rein«, sagte der Mann.

»Wer sagt das?«

Es dauerte, bis der Mann antwortete. Wahrscheinlich suchte er eine Ausrede. Er wollte die Polizistin nicht beseitigen, denn eine im Dienst getötete Polizistin fiel auf. Die Kollegen würden am letzten bekannten Standort mit ihrer Suche beginnen. Den Rest konnte man sich denken.

»Gefahrenstellen im Bereich des Bahnhofs fallen unter die Zuständigkeit der DB-Security. Sie haben hier also nichts zu suchen«, sagte der Mann.

Wiebke blickte vorsichtig um die Ecke. Auf der anderen Seite des Bahnsteigs stachen drei Lichtlanzen durch die Dunkelheit. Sie kamen also näher. Und dann sah Wiebke sie. Drei Männer mit Bauarbeiterhelmen, einer davon trug einen Anzug. Neben diesem lief die Polizistin. Mehr Details waren im vagen Schein der Lampen nicht zu erkennen.

»Das ist doch ...«, flüsterte Afsaneh.

Wiebke legte ihr die Hand auf den Mund. »Ich weiß.« Sie hatte die ganz kleine Hoffnung, die Frau doch noch retten zu können.

»Was ist das hier?« Die Stimme von Afsanehs Kollegin hallte von den Wänden.

»Ich kann Sie ja doch nicht umstimmen, oder?« In der Stimme des Anzugträgers erklang Resignation. Niemand konnte ihm vorwerfen, dass er es nicht versucht hätte.

»Das beantwortet meine Frage nicht.«

»Okay, ich zeige es Ihnen.«

In der Dunkelheit zeichnete sich nun ein helles Quadrat ab. Ein Tablet-PC. Der Anzugträger hantierte auf dem Display herum, ging zu einem der anderen Männer und deutete in eine Richtung. Der Arbeiter bewegte sich dorthin. Kurz darauf war ein Quietschen zu vernehmen.

»Was war das?«, hörte Wiebke die Polizistin fragen.

»Werden Sie gleich sehen. Gleich sehen Sie alles.«

Ein lautes Krachen zerriss die Stille, gefolgt von einem elektrischen Summen. Dann schaltete sich plötzlich das Licht an. Wiebke zuckte sofort zurück und drückte Afsaneh gegen die Wand. Die vergessene U-Bahn-Station war nun hell erleuchtet.

»Hätte nicht gedacht, dass der Strom hier unten noch funktioniert«, sagte der Mann im Anzug.

»Das ist ... unglaublich«, sagte die Polizistin erneut.

Wiebke wagte wieder einen Blick hinter der Deckung hervor.

Der eine Arbeiter stand neben einem Stromkasten, der andere direkt hinter der uniformierten Polizistin. Der Anzugträger lenkte sie ab.

»Früher war das mal eine Haltestelle für Stadtarbeiter, müssen Sie wissen«, sagte er.

Das war wohl ein Zeichen. Der Arbeiter hinter der Polizistin legte blitzschnell einen flexiblen Draht um ihren Hals. Sie hatte nicht einmal Zeit, überrascht zu sein, und begann sofort im Todeskampf zu zappeln.

»Birte! Nein!« Afsaneh schrie. Sie tänzelte aus der Deckung hervor, ihre Pistole in der Hand. Nur einen Wimpernschlag später ertönte ein Schuss. Das Projektil zerschlug eine Fliese knapp neben dem Kopf des Anzugträgers. Einen Atemzug später schossen die Männer zurück. Birtes lebloser Körper sackte zu Boden. Wiebke stürmte vor. Etwas anderes blieb ihr gar nicht übrig, denn Afsaneh konnte es nicht mit drei Feinden gleichzeitig aufnehmen. Wiebke sprang ins Gleisbett, während Millimeter neben ihr Projektile einschlugen. Betonsplitter stachen in ihre Wangen. Sie rollte zur Seite. Einer der Arbeiter stand zu nah am Rand des Bahnsteigs. Wiebke packte seinen Knöchel und zog ihn zu Boden. Er schlug mit dem Kopf auf die Kante, sodass ein hässliches Knacken erklang, gefolgt von einem erstickten Schrei. Noch bevor der Mann zu Wiebkes Füßen lag, war er tot. Wahrscheinlich Genickbruch. Diese Bedrohung war ausgeschaltet, und jetzt hatte sie auch noch eine Pistole.

»Sie ist noch nicht tot!« Das war die Stimme des Anzugträgers.

Wiebke blickte vorsichtig über die Kante des Bahnsteigs. Die beiden Männer kauerten auf dem Boden und nutzten Birtes Körper als Schutzschild. Der Anzugträger presste die Mündung seiner Pistole gegen ihre Schläfe.

»Sie muss nicht sterben«, sagte er.

»Sie hat nichts damit zu tun!« Afsanehs Stimme war fest wie ein Fels in der Brandung.

Wiebke zog die Augenbrauen zusammen. Das war eine Falle. Afsaneh durfte unter keinen Umständen ihre Deckung verlassen, was sie aber in diesem Moment tat. Mit erhobenen Händen und ohne Waffe.

»Geht einfach. Niemand wird euch verfolgen.«

Das konnten die Männer nicht. Wiebke war das bewusst. Afsaneh sollte es auch wissen. Diese Männer waren ebenfalls wegen des Inhalts des Schließfachs hier. Würden sie ohne Beute zu ihrem Auftraggeber zurückkehren, wäre das höchstwahrscheinlich ihr Todesurteil.

Die Männer konnten nicht gehen.

»Nein!«, schrie Wiebke. Fast gleichzeitig wirbelte sie aus ihrer Deckung.

Es war schon zu spät. Die Männer schossen. Der Klang des Feuers hallte von den Wänden. Afsanehs Körper wurde zurückgeschleudert, prallte gegen die Fliesen und rutschte daran hinunter. Sie hinterließ eine blutige Spur auf der Wand und blieb leblos liegen.

Wiebke schoss zurück. Es war wie Tontaubenschießen. Die Männer waren ohne echte Deckung. Dem einen Arbeiter jagte sie zwei Projektile in den Oberkörper. Als der Anzugträger schoss, hechtete Wiebke aus dem Gleisbett, rollte sich ab und schoss kniend. Der Anzugträger humpelte zum Durchgang, Blut floss aus seinem Oberschenkel. Wiebke hatte ihn also getroffen. Jetzt war er im Vorteil und sie ohne Deckung. Sie sprang auf ihn zu und wirbelte zur Seite, als ein Projektil knapp an ihrem Kopf vorbeifegte. Dann hatte sie den Mann. Mit voller Wucht schlug sie seinen Kopf gegen die Wand. Er stemmte sich gegen sie, daher rammte sie ihm ihre Faust unter den Rippenbogen. Er stöhnte auf, die Gegenwehr erschlaffte kurz. Das reichte ihr. Wiebke hämmerte seinen Kopf ein zweites Mal gegen die Wand. Nun erschlaffte sein ganzer Körper und sackte ihr vor die Füße. Schwer atmend blieb er liegen. Wiebke presste ihm ihren Schuh auf den Kopf.

»Wer hat euch geschickt?«, schrie sie ihn an.

Keine Antwort. Sie erhöhte den Druck.

»Wer euch geschickt hat, will ich wissen!«

Wieder keine Antwort.

»Wenn du nicht redest, zerquetschte ich deinen Kopf wie ein Insekt.«

»Bitte ...« Er flehte ganz leise. »Ich weiß nichts.«

»Ist noch jemand von euch Arschlöchern hier?«

Er versuchte, den Kopf zu schütteln.

Sie drückte ihren Fuß noch fester nach unten. »Lügst du mich an?«

»Nein.« Der Mann würgte.

Wiebke nahm den Fuß von seinem Kopf, dann trat sie zu. Die ganze aufgestaute Wut lag in diesem Tritt. Danach war sie aber keineswegs versiegt. Wiebke trat wieder zu, und wieder und wieder, bis der Mann sich nicht mehr regte. Danach hockte sie sich neben Birtes Körper und suchte am Hals vergeblich ihren Puls. Eine dünne, blutrote Linie zog sich über ihren Kehlkopf. Das war ein grausamer Tod.

»Ich habe Schüsse gehört«, ertönte Janns Stimme. Er kniete neben Afsanehs Körper. »Ist sie ...? Verdammte Scheiße! Was ist hier passiert?«

»Wir waren zu spät. Nur ein paar Minuten, aber zu spät.« Wiebke zog den Schließfachschlüssel aus der Hosentasche. Ihr Herz schlug heftig, und ihr Mund wurde trocken. Sie war am Ziel, jedenfalls hoffte sie das. Die Wand mit den stahlgrauen Schließfächern lag vor ihr. Es waren an die hundert, vielleicht mehr. Eine leichte Staubschicht hatte sich auf das Metall gelegt. Sie suchte nach der richtigen Nummer. Einige Ziffern waren verblichen, doch sie fand das Fach mit der Nummer 54. Atemlos steckte sie den Schlüssel und versuchte, ihn zu drehen. Er klemmte, es war keine Drehung möglich. Verdammter Mist! War sie hier doch nicht richtig? Waren die Toten wieder sinnlos? Wiebke rüttelte am Schlüssel, dann gab er nach. Ein metallisches Klicken später konnte sie die Schließfachtür nach außen schwingen lassen.

Das Fach war leer. Wiebke griff trotzdem hinein. Hier musste etwas sein. Sie tastete jeden Winkel ab, und dann spürte sie etwas. Ganz hinten, in einem Spalt, war ein länglicher Gegenstand. So akkurat angepasst, dass er nur dort versteckt worden sein konnte. Wiebke griff mit zwei Fingern danach. Vorsichtig zog sie ihn hervor. Es war ein Speicherstick. In dieser Umgebung wirkte er wie aus der Zeit gefallen und trotzdem zugleich unscheinbar. Die Daten darauf waren es wahrscheinlich nicht. So viele Menschen waren hierfür gestorben. Wiebke hoffte nur, dass sie zumindest nicht umsonst gestorben waren. Sie drehte sich zu dem Durchgang und setzte sich in Bewegung.

»Warte mal!«, rief Jann ihr hinterher. »Du kannst nicht einfach so gehen. Das hier ist ein Tatort.«

Wiebke wandte sich zu ihm um. »Du hast meine Schwester getroffen, oder?«

»Was hat das damit zu tun?«

»In ihrer und meiner Welt gelten andere Gesetze. Ich habe keine Zeit für sinnlose kriminalpolizeiliche Ermittlungen.«

»Sinnlos?« Ihm stand die Wut ins Gesicht geschrieben. »Du kanntest Afsaneh und mochtest sie, das kannst du nicht leugnen.«

Darüber hatte Wiebke sich keine Gedanken gemacht. Sie hatte sich abgewöhnt, jemanden zu mögen, auch wenn es immer mal wieder passierte. Bei Uwe Templer war es zum Beispiel passiert, ebenso bei David. Bei ihm war es sogar mehr als nur mögen gewesen.

»Ja, wahrscheinlich«, sagte sie zu Jann. »Wahrscheinlich habe ich sie gemocht.«

Wenn sie den Gefühlen Raum gab, merkte sie, wie sehr Afsanehs Tod schmerzte.

»Wie kannst du da von sinnlosen Ermittlungen reden?«

»Die Polizei wird den wahren Mörder nicht fassen. Ihr werdet in die Irre geleitet und den Brotkrumen zum falschen Verantwortlichen willig folgen. Einfach deshalb, weil ihr keine andere Möglichkeit habt, auch nur im Ansatz den wahren Verantwortlichen zu ermitteln.«

»Aber du findest den wahren Verantwortlichen.« Janns Stimme war voller wütendem Sarkasmus.

»Wahrscheinlich nicht.«

»Hör mit der verdammten Scheiße auf! Wenn du gehst, muss ich dich festnehmen. Du hast drei Männer getötet.«

»Drei mehr oder weniger, wo ist da der Unterschied?« Wiebke zuckte mit den Schultern, dann wurde sie ernst. »Wenn du versuchst, mich aufzuhalten, werde ich dich stoppen. Ich habe keine Zeit für Erklärungen. Ich habe keine Zeit für dich. Lass mich einfach gehen und vergiss, dass du mich getroffen hast. Das ist besser für dich.«

Er ließ die Schultern hängen. Nach einer kurzen Weile nickte er knapp. Wiebke wandte sich zu dem Tunnel, aus dem die Männer gekommen waren. Der Weg führte sie wahrscheinlich zu einer Baustelle im Bahnhofsgebäude. Das war der kürzeste Weg zu Bellheims Auto.

»Sie hat über dich gesprochen, weißt du?«, rief Jann ihr hinterher. »Deine Schwester hat über dich gesprochen.«

Wiebke zögerte. Sie musste weiter und dringend mit Bellheim reden. Außerdem würde es hier bald von Polizei und Presse nur so wimmeln.

Aber Saskia hatte über sie gesprochen? Mit einem Fremden? Was hatte sie gesagt? Wiebke wollte es als unwichtig abtun, konnte es aber nicht. Sie musste unbedingt wissen, was Saskia gesagt hatte.

Wiebke drehte sich noch einmal zu Jann um. Der stand einfach nur da und schüttelte den Kopf.

»Was bist du nur für ein Mensch«, sagte er. »Ich verstehe nun, warum Saskia dich nie wiedersehen wollte.«

Nein, das hatte sie nicht gesagt. Nicht zu ihm. Doch seine Worte trafen sie wie Faustschläge, ihre Seele schmerzte. Wiebke wollte etwas sagen, doch sie presste ihre Zähne fest aufeinander. Das war es, was Jann wollte: sie in eine Diskussion verwickeln, bis die Bullen hier waren.

Wiebke tastete nach dem Speicherstick in ihrer Hosentasche. Den Schlüssel hatte sie im Schloss des Schließfachs Nummer 54 stecken lassen. Er war so lange so wichtig gewesen und hatte nun keine Bedeutung mehr. Sie wandte sich dem Durchgang zu.

Draußen verschmolz sie mit den Menschen, die durch den Bahnhof hetzten. Manche wunderten sich über die Baustelle, einige schimpften über die Abwesenheit von Arbeitern. Doch dann kamen die Polizisten. Wie ein Schwarm drängten sie durch die Menge und liefen in das Loch in der Wand. Nun blieben zahlreiche Menschen stehen, die Baustelle war plötzlich interessant geworden.

Wiebke ließ das alles hinter sich. Sie hatte Wichtigeres zu tun. Mal wieder die Welt retten zum Beispiel.

35

Nowaja Semlja, später

BELUSCHJA GUBA WAR eine Ansammlung von bunten Flachdachbauten. In der Nähe befand sich ein kleiner Militärflughafen. Zoja wunderte sich, dass so viele Menschen auf der Straße waren. Sie versteckte sich vor den russischen Soldaten, die überall patrouillierten.

Tatsächlich hatten sie es geschafft und waren endlich hier. Was hatte Vlad gesagt? Fragen Sie im Tschum nach Rebrov. Aber was war Tschum? Sie hätte die Menschen hier fragen können, aber sie tat es nicht. Misstrauen war zu spüren, denn sie war eine Fremde, die mit kritischen Blicken beäugt wurde. In Beluschja Guba kannte vermutlich jeder jeden. Wussten die Einwohner von dem Krieg, der unweit in der Wildnis stattgefunden hatte? Waren deswegen so viele Soldaten unterwegs? Um sie zu suchen? Zoja war nicht sicher, wollte es aber auch nicht darauf ankommen lassen.

»Weißt du, was Tschum ist?«, fragte sie Anastasia.

Die schüttelte den Kopf. Die junge Frau wirkte so sehr verschüchtert, dass Zoja beinahe glaubte, sie sei noch nie in einer Stadt gewesen. Wahrscheinlich waren es die Menschen, die Anastasia ängstigten.

»Kennst du hier jemanden?«, fragte Zoja.

Ein zögerliches Nicken.

»Führst du uns hin? Wir brauchen einen Platz zum Ausruhen.«

Die Anstrengung der letzten Stunden hatte deutlichen Tribut gefordert. Jeder Schritt war eine Qual. Zoja schmerzte jeder Muskel ihres Körpers, sie hatte das Gefühl, als könnte sie ewig schlafen. Und sie hatte Hunger.

Anastasia hielt sie am Arm fest.

»Was ist?«, fragte Zoja.

Die junge Frau zeigte auf einen Militärjeep, der vor einem Gebäude gegenüber gehalten hatte. Wahrscheinlich eine Polizeistation. Ein Mann stieg aus. Zoja blieb das Herz stehen. Helados! Das verdammte Schwein hatte sie aufgespürt. Okay, das war eigentlich keine große Kunst. Beluschja Guba war die größte Siedlung auf der Insel, und nur von hier fuhren Schiffe in Richtung Festland. Wenn man von der Insel flüchten wollte, musste man schlussendlich hier landen. Trotzdem hatte Zoja gehofft, dass der Feind länger brauchen würde.

Helados' Anwesenheit machte die Sache nur noch komplizierter. Sie und Anastasia mussten vorsichtig sein.

»Verdammt«, murmelte Zoja. Sie zog Anastasia schnell hinter ein Wohngebäude, als Helados in ihre Richtung blickte. Ob er sie wahrgenommen hatte? Zoja presste sich gegen die Hauswand und wartete ein paar Atemzüge. Dann blickte sie vorsichtig um die Ecke zum Jeep. Helados stand nicht mehr dort. Hatte er die Polizeistation betreten? Oder näherte er sich ihnen?

»Wir müssen uns verstecken. Weißt du, wo dein Bekannter wohnt?«

Anastasia schüttelte den Kopf.

»Ihr habt euch immer nur bei euch getroffen?«

Ein Kopfnicken.

Verdammte Scheiße! Zoja war klar, dass sie sich hier nicht

ewig verstecken konnten. Beluschja Guba hatte sich in ihren Gedanken wie die Lösung angefühlt, doch jetzt wurde es zur Falle.

»Wer sind Sie?« Die Stimme einer alten Frau mit verkniffenem, aber freundlichem Gesicht schreckte die beiden auf.

»Niemand«, sagte Zoja schnell.

»Ich verstehe«, sagte die Alte. »Mir machen die vielen Soldaten auch Angst. Die sind wegen euch hier, oder?«

Zuerst wollte Zoja fragen, wie sie darauf kam, aber sie ließ es bleiben. Hier kannte jeder jeden, also mussten ungewöhnliche Vorgänge mit Fremden zu tun haben.

»Wir brauchen Hilfe.« Zoja bemerkte selbst die Verzweiflung in ihrer Stimme.

»Niemand wird euch helfen. Die Angst ist zu groß.«

»Vor den Soldaten?«

Die Alte schüttelte den Kopf. »Vor dem, was die Männer zu tun bereit sind, um Mütterchen Russland zufriedenzustellen. Was hier passiert, bleibt den Augen der Welt verborgen.«

»Und was passiert hier?«

»Grausame Dinge.«

Diese beiden Worte wogen schwer. Zoja fragte nicht weiter, denn Details waren nicht vonnöten.

»Jemand hat mir gesagt, dass ich zum Tschum soll und nach Rebrov fragen. Wissen Sie, was und wo und wer das ist?«

»Das Tschum ist eine Spelunke. Da treffen sich die Seeleute, um zu saufen.«

»Klingt, als wäre das der richtige Ort für uns.«

»Ganz sicher nicht. Verbrecher sind das.«

So etwas wie Hoffnung keimte in ihr auf. Eine Erinnerung? Zoja glaubte, gelernt zu haben, dass immer da, wo die Obrigkeit mit harter Hand die Bevölkerung unterdrückte, sich ein Untergrund aus Schmugglern und Dieben etablierte. Mehr oder minder rechtschaffene Menschen wurden in die Illegalität gezwungen, um das zurückzubekommen, was im Leben am meisten zählte.

Die Freiheit.

Diese Frauen und Männer waren Zojas einzige Möglichkeit, von dieser verfluchten Insel wegzukommen. Aber dazu fehlte ihr etwas Essenzielles, denn Schmuggler begehrten außer ihrer Freiheit noch etwas anderes: Geld. Und das hatte sie nicht. Sie reiste mit nicht einmal einem Penny in der Tasche. Konnte sie vielleicht an Ehre und Menschlichkeit appellieren? Nein. Das würde den Schmugglern nur ein müdes Lächeln entlocken. Es ging ums nackte Überleben. Wahrscheinlich nicht nur, weil die Russen mit grausamer Hand durchgriffen, sondern weil die Natur feindlich war und die Vorräte knapp und teuer. Und mit Ehre und Menschlichkeit stopfte man keine hungrigen Mäuler.

»Da, schaut«, sagte die Alte.

Zoja blickte zur Straße. Die Soldaten wurden immer mehr, und sie begannen, die Menschen zu kontrollieren. Die meisten Männer und Frauen zeigten bereitwillig, aber im Angesicht der vorgehaltenen Maschinenpistolen deutlich verängstigt den Soldaten ihre Gesichter. Dann gab es einen Tumult. Zwei vermummte Männer gerieten mit mehreren Soldaten in Streit. Einer der Vermummten wurde gegen eine Hauswand geschubst, man riss ihm den Schal vom Kopf.

»Ugolovnoye!«, schrie einer der Soldaten. Verbrecher!

Der zweite Vermummte zog eine Pistole. Schüsse hallten von den Hauswänden. Der Vermummte floh, und jetzt schossen die Soldaten. Mehrere Salven zerfetzten den Rücken des Fliehenden. Der Überlebende wurde abgeführt.

»Da hast du einen wie Rebrov«, sagte die Alte zu Zoja und schüttelte den Kopf. »Aber jetzt kommt endlich mit.«

»Wohin?«

»Zu mir.« Die Alte blicke sich um, als würde sie sich vergewissern, dass niemand sie beobachtete. »Dort finden euch die Soldaten nicht. Jedenfalls nicht so schnell.«

»Aber du sagtest, dass niemand uns helfen würde, weil die Angst zu groß sei«, sagte Zoja.

»Wovor soll ich in meinem Alter noch Angst haben? Vor dem Tod?« Sie zeigte ein zahnloses Grinsen. »Schnell jetzt.«

Sie führte Zoja und Anastasia zu einem roten Flachdachbau. Im Hausflur roch es nach Essen und feuchten Wänden. Die Wohnung der Alten war zweckmäßig karg. Alte Teppiche lagen auf dem Boden, im Ofen brannte ein Feuer und spendete angenehme Wärme. Anastasia hockte sich sofort davor.

»Lass mich mal was nachlegen, Kleine«, sagte die Alte. Sie legte ein Scheit aufs Feuer. »Wird gleich noch wärmer. Nimm dir auch eine Decke.«

Anastasia schenkte ihr einen dankbaren Blick.

»Deine Freundin redet nicht viel, oder?«, sagte die Alte zu Zoja.

»Sie ist stumm.«

»Das wusste ich nicht.«

»Woher auch.« Zoja hielt die Alte am Arm fest. »Ich muss mit dir reden. Allein.«

»Ich wollte gerade Tee machen. Hilfst du mir?«

In der Küche zündete die Alte den Gasherd an, dann stellte sie einen verbeulten Teekessel auf die Flamme.

»Ich habe nur schwarzen Tee«, sagte die Alte.

»Ich möchte keinen.«

»Wolltest du Danke sagen, dass ich euch helfe?«

Zoja schwieg. Irgendwann schüttelte sie den Kopf. »Ist es immer so?«, fragte sie. »Das, was gerade passiert ist.«

»Nein, meist leben wir friedlich mit den Russen. Wer hier draußen ist, braucht einander.«

»Warum ist das gerade passiert?«

Die Alte starrte sie eindringlich an. »Tust du nur so, oder weißt du es wirklich nicht?«

»Was meinst du?«

Der Teekessel pfiff.

»Gibst du mir mal die Dose da oben?«

Zoja schob ein Glas mit Zucker beiseite und griff nach einer Blechdose mit Kremlaufdruck. Der Deckel hatte schon an manchen Stellen Rost angesetzt, aber der Tee duftete frisch. Die Alte nahm mit den Fingern einige Teeblätter und ließ sie ins kochende Wasser fallen.

»Der Mann ist wegen euch gestorben«, sagte die Alte beinahe beiläufig. »Die Soldaten sind hier nicht so aufmerksam. Wie gesagt, man braucht hier einander. Aber wenn ein Geheimdienstoffizier hier ist, weil wieder mal Fremde auf der Insel gelandet sind, müssen die Soldaten gehorsam sein. Leben und sterben lassen. So ist das hier.«

»Soll ich mich jetzt schlecht fühlen?« Zoja stellte die Teedose zurück an ihren Platz.

»Jeder hier hat seine Geschichte. Du hast deine und wahrscheinlich einen Grund, warum du hier bist.«

Zoja blickte zu Boden. Kurz war sie versucht, der alten Frau zu erzählen, dass sie sich nicht erinnern konnte, dass sie nicht wusste, was sie auf diese Insel getrieben hatte. Sie schwieg jedoch lieber. »Ich muss ins Tschum«, sagte sie dann. »Ohne Anastasia.«

Die Alte hob eine Augenbraue. »Du willst deine Freundin hierlassen?«

»Sie gehört hierher. Ich nicht.« Ihr fiel das Schlucken schwer. »Außerdem ist es zu gefährlich.«

Die Alte lachte. »Hast du gesehen, wie sie dich anschaut? Voller Hoffnung! Sie gehört nicht hierher. Du bist ihre Möglichkeit, diese Insel zu verlassen.«

Zoja dachte an den kurzen, aber intensiven Kuss. Da war mehr zwischen ihr und Anastasia.

»Würdest du sie aufnehmen? Nur bis ich zurückkomme?«

»Du kommst nicht zurück. Versprich nicht, was du nicht halten kannst, denn ein Versprechen, das nicht gehalten werden kann, ist eine verdammte Lüge.«

Draußen dröhnten Dieselmotoren. Zoja schob die Gardinen zur Seite. Immer mehr Mannschaftswagen trafen ein, Soldaten sprangen von den Ladeflächen und schwärmten aus.

»Die suchen mich«, sagte Zoja. »Ohne mich kann Anastasia überleben. Mit mir zu gehen wäre der sichere Tod.«

»Wie kommst du darauf, dass ein Leben ohne dich nicht auch das Ende für die Kleine bedeutet?«

»Sie wird drüber hinwegkommen. Anastasia ist eine starke Persönlichkeit. An dem, was sie erleben musste, wären viele Menschen schon längst zerbrochen.« Jeder Satz hörte sich wie eine verdammte Entschuldigung an, wie eine Rechtfertigung. Zoja musste sich nicht rechtfertigen. Sie hatte niemanden um Hilfe gebeten und auch nicht um Freundschaft. Warum rechtfertigte sie sich dann? Wer verdammt war sie?

»Du kämpfst mit deinen eigenen Dämonen. Ich sehe es in deinen Augen.«

»Bist du eine gottverdammte Schamanin, oder was?« Zoja spürte nun Wut, die in ihr kochte. »Meine Probleme gehen niemanden etwas an.«

Die Alte schwieg. Sie nahm den Teekessel und goss das nun bernsteinfarbene Wasser durch ein Sieb in eine volkstümlich kobaltblau und weiß verzierte Kanne. Keramik aus Gschel.

»Tu, was du tun musst, aber versprich deiner Freundin nichts, was du nicht halten kannst.«

Zoja nahm die Keramikkanne und ging damit ins Wohnzimmer. Anastasia lag in Decken eingerollt vor dem Ofen und atmete gleichmäßig. Zoja stellte die Kanne auf dem niedrigen

Tisch ab und kniete sich neben sie. Mit einem Finger strich sie ihr eine Strähne aus dem Gesicht.

»Sie schläft«, sagte sie leise zu der alten Frau. »Das hat sie verdient.«

»Sieht aus, als hätten die Götter dir den Abschied erspart.«

Zoja erhob sich. »Sieht so aus, dass deine Götter mir wirklich wohlgesinnt sind.«

»Das wird sich noch zeigen«, sagte die Alte. »Ich erkläre dir den Weg zum Tschum.«

Es war nicht weit, aber es war trotzdem ein langer Weg. Immer wieder musste Zoja den Soldaten ausweichen, die rigoros jeden kontrollierten, der ihre Wege kreuzte. Gegenwehr gab es keine, nicht einmal Proteste. Wahrscheinlich hatte die Kunde vom Zwischenfall schon die Runde gemacht. Die Atmosphäre des Misstrauens und der Angst, die wie eine Glocke über der Stadt zu hängen schien, war deutlich spürbar. Und das alles wegen ihr. Zoja war wie ein Fremdkörper in den fragil funktionierenden Mikrokosmos eingedrungen. Sie hatte das Zusammenspiel empfindlich gestört. Wie jedes Mal. Als ihr dieser Gedanke kam, wusste sie nicht, was er zu bedeuten hatte. Vielleicht, weil sie schon immer ein Fremdkörper gewesen war? Als ihr vergessenes Ich und jetzt als Zoja.

Endlich erreichte sie das Tschum. Es lag etwas außerhalb des Hafens und der Stadt an der breiten Zufahrtsstraße. Ein einzelnes Gebäude, das mit bunten Lampen beleuchtet wurde und etwas heruntergekommen und altbacken wirkte. Ganz so, als wäre es aus der Zeit gefallen. Zoja löste sich aus der Deckung. Es waren keine Soldaten zu sehen, was sonderbar war, schließlich wimmelte es in der Stadt von ihnen. Sie überquerte die breite Straße, suchte auf der anderen Seite Deckung und beobachtete die Umgebung. Sie wollte sichergehen, dass niemand sie gesehen hatte. Erst dann ging sie zur Eingangstür. Von drinnen kam kein Geräusch, aber der Gastraum war beleuchtet. Durch die halb blinden Fenster erkannte Zoja, dass Menschen an den Tischen saßen und tranken. Trotzdem war keine ausgelassene Stimmung spürbar.

Sie betrat das Tschum. Dunkle Gestalten saßen an kargen Tischen und tranken. Vor manch einem stand eine dampfende Schüssel mit Suppe. Es gab sogar vereinzelt Hamburger mit Pommes. Hinter der Theke stand ein einäugiger Mann mit Halbglatze. Er inspizierte Zoja von Kopf bis Fuß, und damit war er nicht der Einzige. Viele Gäste hatten ihre Köpfe gehoben und beobachteten jede ihrer Bewegungen. Sie lehnte sich an die Theke.

»Hier kommen nicht oft Frauen her, oder?«, sagte sie zu dem Einäugigen.

»Wie kommst du darauf?« Seine Stimme klang wie Metall auf einem Reibeisen.

»Ich habe das Gefühl, dass mir alle auf den Arsch oder auf die Titten starren«, sagte Zoja.

Der Wirt verzog das Gesicht. »Was willst du?«

»Ein Freund sagte mir, dass ich hier Hilfe finden würde.«

»Hier hast du keine Freunde«, stellte der Wirt trocken fest. »Verschwinde einfach.«

»Ich soll hier einen Rebrov treffen. Kennst du ihn?«

»Hab ich mich nicht klar ausgedrückt?« Plötzlich wich der Wirt von seiner Theke zurück. Die Angst stand ihm ins Gesicht geschrieben.

Bevor Zoja auch nur im Ansatz reagieren konnte, lehnte ein Mann neben ihr an der Theke.

»So trifft man sich wieder«, sagte Helados.

Sie erkannte sofort, dass sie in einer Falle saß, aus der es kein Entkommen gab.

»Der Wirt ist Rebrov, richtig?«

»Sind Wirte das nicht immer?« Helados lachte. »Draußen warten Soldaten. Trinken wir vorher zusammen?«

»Warum?«

»Es gibt nicht viele Menschen, die mich so fordern. Sie haben ein spezielles Talent. Ich möchte Ihnen Respekt zollen, bevor Sie bei Dadaboev landen.«

Er gab dem Wirt ein Zeichen, und dieser stellte sofort eine Flasche Wodka und zwei Gläser auf den Tisch.

»Sind die nicht etwas zu groß für Schnaps?«, fragte Zoja. Es waren normale Wassergläser.

»Nutzen Sie die Gelegenheit, es wird Ihre letzte sein.« Er schraubte die Flasche auf und goss ein. »Auf die Gesundheit, oder wie sagt man das bei Ihnen zu Hause?«

Zoja rührte ihr Glas nicht an.

»Warum trinken Sie nicht?«

»Wir wissen beide, wie das hier enden wird«, sagte sie.

Helados nickte und trank das Glas in einem Zug aus. »Wo ist eigentlich Ihre Freundin?«

»Wen meinen Sie?«

»Sie wissen genau, wen ich meine. Verraten Sie es mir, oder sollen wir die ganze Stadt umkrempeln?«

»Die Frage wird sein, was es Ihnen wert ist«, antwortete Zoja. »Was glaube Sie, wie viel sich die Menschen hier noch von Ihnen bieten lassen?«

Helados runzelte die Stirn.

»Hier draußen braucht man einander. Leben und sterben lassen.« Die Worte der alten Frau klangen aus Zojas Mund wie eine Drohung. »Sie werden mich wegschaffen und meine Freundin töten. Aber was dann? Die Menschen hier werden die Übergriffe nicht vergessen. Und irgendwann wird es einen entscheidenden Moment geben, nicht morgen oder nächste Woche, aber irgendwann. Dann werden die Menschen hier eure Soldaten nicht leben, sondern sterben lassen. Ist es das wert?«

»Warum beschützen Sie sie?«

»Warum nicht? Sie hat mit der ganzen Sache nichts zu tun.«

Helados spielte mit dem leeren Glas, dann lachte er.

»Es ist nur ein Mädchen«, sagte er.

»Dann ist es jetzt eine Sache zwischen Ihnen und mir?«

»Sie werden mir wohl vertrauen müssen.« Er blickte auf die Armbanduhr. »Gehen wir. Der Pilot wartet.«

Zoja erinnerte sich an den Militärflughafen ganz in der Nähe. Sie war freiwillig zu dem Ort geflohen, von dem sie nach Moskau deportiert werden sollte. Das war beinahe schon Ironie.

Sie ging voran auf den Ausgang zu, dicht gefolgt von Helados. Draußen warteten mehrere Soldaten vor ihren Jeeps. Die Dieselmotoren tuckerten. Auf der anderen Seite der Straße hatte sich eine Traube Schaulustiger gebildet. Hoffentlich war Anastasia nicht darunter. Das Mädchen könnte etwas Unüberlegtes machen. Scheinbar hatte Helados den gleichen Gedanken, denn er scannte förmlich die Menge nach bekannten Gesichtern und potenziellen Angreifern.

»Freunde von Ihnen?«, fragte er Zoja mit einer vor Sarkasmus triefenden Stimme.

»Ich habe keine Freunde«, sagte sie.

»Wissen Sie, was das Schöne ist? Ich verrate es Ihnen. Sie haben uns mit Ihrer Flucht einen großen Teil des Widerstandsnetzwerkes der Nenzen offenbart.«

»Ich weiß von keinem Widerstandsnetzwerk.«

»Brauchen Sie auch nicht. Hauptsache ist, dass wir die kleinen Scharmützel nun mit einem Schlag beenden können.«

Er schickte ein paar Soldaten ins Tschum.

»Sie werden meine Freundin suchen, oder?«

Helados nickte. »Natürlich werde ich das. Jede Gegenwehr muss bestraft werden. Und hier draußen gibt es nur eine Strafe für Verräter.«

Im Tschum hämmerten Schüsse. Jeder einzelne fühlte sich für Zoja an, als wäre sie selbst getroffen worden. Sie war wie Strandgut hierhergespült worden und hatte die Geschehnisse in Gang gesetzt. Jeder einzelne Tote, ob russischer Soldat oder Einheimischer, ging auf ihr Konto.

Helados unterdrückte ein Grinsen. »Die spielen meine Melodie«, sagte er.

Doch dann passierte es. Ein Wort durchschnitt die Geschehnisse. Ein Wort, das in jeder Sprache anders klang, aber überall die gleiche wuchtige Bedeutung hatte.

»Svoboda!« Freiheit.

Es erklang nicht nur aus dem Tschum, sondern brandete von den Schaulustigen zu den Soldaten hinüber. Männer und Frauen mit Gewehren in den Händen lösten sich aus der Gruppe. Sie feuerten sofort. Beinahe gleichzeitig wankten tödlich getroffene Soldaten aus dem Tschum zurück auf die Straße, dicht gefolgt von Rebrov und seinen Gästen.

Bevor Helados überhaupt reagieren konnte, nutzte Zoja die Chance. Sie rammte ihm die Faust in den Magen, wirbelte herum und trat ihm mit dem Schuh gegen die Schläfe. Er taumelte zurück.

»Verdammte Schlampe!« Er zog seine Pistole.

Zoja rannte los zu den Jeeps. Schüsse peitschen an ihr vorbei. Ein Soldat stellte sich ihr in den Weg. Sie schlug einen Haken und rammte dem jungen Mann ihre Faust gegen die Kehle. Röchelnd sackte er zusammen. Dann hatte sie einen der Jeeps erreicht. Die Reifen drehten durch und spritzten Schneematsch auf, als Zoja beschleunigte. Im Rückspiegel sah sie, wie Helados ihr mit einem anderen Jeep folgte. Er war der Jäger, sie die Beute. Leben und sterben lassen. Hier gab es nur ein Ende.

Sie oder er.

36

Zwischen Hamburg und Berlin,
15:02 Uhr MEZ

WIEBKE RASTE ÜBER die Autobahn, beinahe so, als müsste sie fliehen. Überall, wo sie hinging, folgten ihr Tod und Zerstörung. Sie hatte versucht, davor wegzulaufen, musste nun aber feststellen, dass man seinem Schicksal nicht entkommen konnte. Es war schlimmer als zuvor.

Ihr Mobiltelefon klingelte.

»Wie ist es gelaufen?«, fragte Bellheim. Seine Stimme füllte den Innenraum des Autos.

»Ich habe den Inhalt des Schließfachs. Es ist ein Datenstick.«

»Und sonst?«

»Es gab Tote.«

»Das stand zu befürchten.«

»Die Polizistin wurde erschossen.«

»Afsaneh El-Sayed?« Bellheim machte eine kurze Sprechpause. »Unschön«, sagte er dann.

Unschön? Mehr nicht? Würde Bellheim das bei ihrem Tod auch sagen? Wieder wurde Wiebke klar, dass die nüchterne Betrachtung schrecklicher Dinge das Schlimmste war, was Menschen einander antun konnten.

»Haben Sie die Daten auf dem Stick schon ausgewertet?«

»Sehr witzig.« Wiebke schüttelte den Kopf. »Ich bin zu sehr damit beschäftig, nicht von der Polizei erwischt zu werden.«

»Wo sind Sie gerade?«

»Keine Ahnung. Auf der Autobahn irgendwo zwischen Hamburg und Berlin.«

»Im Auto ist ein USB-Anschluss. Auf der Mittelkonsole neben dem Bildschirm.«

Wiebke kramte den Stick hervor und steckt ihn in die Konsole. Die Straßenkarte auf dem Bildschirm verblasste. Stattdessen tauchte eine Verzeichnisstruktur auf. Der Stick enthielt nur eine einzige Datei, die schlicht mit einem Datum und den Buchstaben FzB benannt war. Das Datum lag zirka ein Jahr zurück. Es war eine Flash-Movie-Datei.

»Gehen Sie ins Menü und aktivieren Sie Übertragung, dann sehe ich hier, was Sie auf dem Bildschirm sehen. Okay. Danke. Nur eine Datei?«

»Die muss es in sich haben, wenn so viele Menschen dafür sterben mussten.«

»Spielen Sie das Video ab«, sagte Bellheim.

Wiebke lenkte das Auto auf einen Autobahnrastplatz. Nur drei Lkw und ein Pkw standen dort. Ein älteres Ehepaar machte Pause und hatte auf dem Metalltisch eine Decke ausgebreitet. Das Essen war säuberlich in Kunststoffbehälter verpackt.

Wiebke startete das Video.

Die Qualität war etwas grobkörnig und verrauscht. Das Zimmer, in dem das Video aufgenommen worden war, wurde nur durch eine Stehlampe beleuchtet. Eine Frau hatte offenbar ihr Spitzenunterhöschen über den Schirm geworfen, sodass alles in rötliches Licht getaucht war.

»Hoffentlich wird die Aufnahme besser«, sagte Bellheim.

Im Hintergrund lief leise Musik. Schemenhafte Körper waren zu erkennen, die sich im Takt der Klänge tanzend rekelten. Das Ganze erinnerte Wiebke an ein dekadentes römisches Gelage. Vielleicht weil ein Berg Weintrauben mitten auf dem

Tisch stand. Oder waren es die goldenen Kelche, aus denen die schemenhaften Gestalten tranken?

»Kennen Sie den Film *Die 120 Tage von Sodom?*«

»Hört sich schon scheiße an«, sagte Wiebke. »Wer ist das da auf dem Sofa?«

Jemand hatte den Slip vom Lampenschirm genommen, sodass nun mehr Einzelheiten zu erkennen waren. Da saß ein nackter Mann mit einer goldenen venezianischen Maske. Vor ihm kniete ein junger Mann.

»Alles gut?« Die Stimme war dunkel und kam aus dem Off.

»Sie haben nicht zu viel versprochen. Die Jüngelchen sind geschickt mit Mund und Zunge«, sagte der Mann auf dem Sofa.

»Nur das Beste für meine Kunden«, sagte die dunkle Stimme. »Noch etwas Wein?«

»Was wollen Sie dafür? Soll ich die Pressefreiheit opfern?« Ein beinahe irres Lachen.

»Nein, nur das Lobbyregister verhindern.«

»Das tue ich doch so oder so.«

Wiebke runzelte die Stirn. Was schaute sie sich da an? Pressefreiheit opfern? Lobbyregister verhindern? Klang nach schmutziger Politik.

»Der Typ mit der Maske verschachert gerade unsere Demokratie«, warf Bellheim ein.

»Lobbyismus auf unterster Stufe.« Wiebke schaute genauer hin. Jetzt meinte sie, etwas erkennen zu können. »Ich weiß, wo das aufgenommen wurde.«

»Und ich weiß, wer der Typ mit der Maske ist.«

»Felix zu Breitenberg«, sagte Wiebke.

»Touché«, sagte Bellheim. »Das Video wurde im *Club Frivol* aufgezeichnet.«

»Sie sind auch nicht schlecht«, sagte Wiebke.

»Ein Lob aus Ihrem Mund? Den Tag kreise ich mir im Kalender ein.«

Sie kamen sich auf professionelle Art näher. Das gefiel Wiebke nicht, denn näherkommen bedeutete verletzlicher sein. Wie häufig war sie schon von Menschen enttäuscht worden, die ihr nähergekommen waren? Darauf hatte sie keinen Bock mehr.

»Der Kreis schließt sich«, sagte Bellheim. »Der *Club Frivol* gehört dem Al-Marabi-Clan.«

Wiebke runzelte die Stirn. »Ob der Besuch von diesem amerikanischen Politiker etwas mit diesem Video zu tun haben könnte?«

»Videos«, sagte Bellheim. »Es gibt sicher noch mehr. Wir müssen an die Dateien kommen. Ich fürchte, ich weiß, was die Gegenseite mit den Aufnahmen vorhat.«

»Sie wollen Marionetten in Schlüsselpositionen. Erpressbare Marionetten.«

»Kurz vor den Bundestagswahlen. Das ist sehr ungünstig.«

»Sie haben etwas vor.«

»Kümmern Sie sich um die übrigen Daten, falls es welche gibt. Ich kümmere mich um den Rest.«

Bellheim unterbrach die Verbindung. Wiebke starrte noch einige Zeit auf den Bildschirm, obwohl das Video längst zu Ende war. Sie wusste schon, wie sie Zugang zum Al-Marabi-Clan bekommen würde. Das erste Mal seit Monaten auf der Siegerstraße zu sein fühlte sich gut an. Trotzdem blieb da eine ungute Vorahnung.

37

Berlin, 15:56 Uhr MEZ

FITZGERALD MOCHTE es normalerweise, alleine zu sein, doch jetzt fühlte sich die Einsamkeit bedrückend an. Er hatte versagt, und von allen Menschen dieser Welt war er es, der von sich behaupten konnte zu wissen, welche Konsequenzen ein Versagen in seiner Welt nach sich zog. Normalerweise war er es, der diese Konsequenzen durchsetzte. Er gehörte zu den Old Men, einer Gruppe altgedienter Agentinnen und Agenten, die es nicht lassen konnten, die Geschicke der Welt zu lenken. Und Fitzgerald war nicht irgendwer. Er gehörte zur Führungsriege der Organisation.

Aber manchmal reichte selbst unvorstellbare Macht nicht aus. Jetzt würde es ihn treffen. Es war nur eine Frage der Zeit gewesen. Jeder Mensch machte irgendwann Fehler. Und trotzdem hatte Fitzgerald immer gehofft, dass er verschont bleiben würde.

»Wiederholen Sie das noch einmal«, sagte er.

Fitzgerald wollte nicht glauben, was ihm der Anrufer gerade berichtet hatte.

»Die Polizei ist hier mit einem Durchsuchungsbeschluss der Generalbundesanwaltschaft. Sie haben schon damit begonnen, die Büros zu durchwühlen.«

Jetzt hatte es auch *Alpha Intelligence Marketing* erwischt. Erst die gescheiterten Missionsvorbereitungen auf Nowaja Semlja und nun das.

»Vernichten Sie so viele Beweise, wie es Ihnen möglich ist«, befahl Fitzgerald.

»Das ist ein Witz, oder?« Der Anrufer klang erbost. »Ich sitze hier auf dem Klo, um mit Ihnen telefonieren zu können. Wie soll ich irgendwelche Beweise vernichten, wenn die Polizei neben mir steht?«

Im Hintergrund polterte es. »Fuck!«, entfuhr es dem Anrufer, dann war die Leitung tot.

Fitzgerald legte den Telefonhörer neben sich auf den Tisch. Das war die volle Breitseite. Wo hatte er nur den entscheidenden Fehler gemacht? Vielleicht hätte er diesen Felix zu Breitenberg nicht zu Kristine Stiller schicken sollen. Sie hatte ja bei *Alpha Intelligence Marketing* angebissen. Fitzgerald hatte extra eine starke Frau als Chefin auftreten lassen. Als ob Kristines Homosexualität ein Geheimnis wäre. Nicht für Fitzgerald, nicht für die Old Men. Trotzdem versteckte Kristine ihr Verlangen vor der Öffentlichkeit. Ein, zwei Videos mit Frauen in entsprechenden Situationen hätten gereicht, um sie in der Hand zu haben. Das war wahre Macht: über Aufstieg und Fall anderer Menschen mit nur einem Fingerschnippen bestimmen zu können.

Sein Telefon vibrierte. Er las die Nachricht:

Fernseher einschalten!

Noch mehr schlechte Neuigkeiten? Die Sprecherin blickte mit ernster Miene in die Kamera.

»Guten Tag und willkommen zu den Kurznachrichten.« Sie atmete tief ein und aus. »Hamburg. Bei einer Schießerei am Hauptbahnhof kamen drei mutmaßliche Terroristen und zwei Polizeibeamtinnen ums Leben. Über die näheren Umstände schweigt das Landeskriminalamt aus ermittlungstaktischen Gründen. Fest steht, dass die drei Männer eine

Bombe in den Katakomben unter dem Gebäude platzieren wollten.«

Eine gute Lügengeschichte, dachte Fitzgerald. Er hatte wohl die deutschen Nachrichtendienste unterschätzt. Gleichzeitig zog sich sein Magen zusammen. Sein Versuch, an die von Professor Liebknecht gestohlenen Daten zu kommen, war also auch gescheitert. Warum hatte man ihn nicht darüber informiert? Stand er schon auf dem Abstellgleis?

»Berlin«, sagte die Nachrichtensprecherin. »Ein Mitarbeiter des Entwicklungsministeriums und seine Frau wurden tot aufgefunden. Mutmaßlich wurden sie Opfer eines Raubmordes. Das Ehepaar hinterlässt zwei Kinder.«

André Böhm und Anka. Beinahe schade um ihn, jedoch definitiv um sie. Fitzgerald glaubte nicht an die Raubmordgeschichte. Natürlich, es gab Zufälle, aber dies war doch zu merkwürdig.

»Uns erreicht gerade noch eine Eilmeldung«, sagte die Nachrichtensprecherin. »Vor Kurzem ist ein Video im Internet aufgetaucht, das den angehenden Spitzenpolitiker Felix zu Breitenberg zeigen soll. Angeblich erinnert das Video an die österreichische Ibiza-Affäre.«

Natürlich erinnerte das Video an die Ibiza-Affäre. Was einmal funktioniert hatte, funktionierte immer wieder.

»Aktuell prüfen Ermittler des Bundeskriminalamts die Echtheit des Videos, doch schon jetzt werden Stimmen laut, die seinen Rücktritt fordern. Es scheint, als würde sogar der Rückhalt in der eigenen Partei schwinden. Der Parteivorsitz kommentierte die aktuelle Situation nicht.«

Fitzgerald schaltete den Fernseher aus. Wie lange hatte er für den Aufbau seines Netzwerkes gebraucht? Fast ein ganzes Leben. Jetzt wurde dieses Werk an einem einzigen Tag zerstört.

Viel blieb ihm nicht mehr zu tun. Eventuell konnte er noch ein paar Spuren verwischen.

Fitzgerald erhob sich. In der Schublade des Nachtschränkchens lag eine Pistole. Es fühlte sich ungewohnt an, eine Waffe in der Hand zu halten. Zu lange war es her, dass er persönlich im Einsatz gewesen war. Hoffentlich konnte er damit noch umgehen.

38

Berlin, 18:41 Uhr MEZ

WARUM AUSGERECHNET hier?«, fragte Hassan.

Er saß auf dem Beifahrersitz von Bellheims Auto. Hassan hatte Wiebke mit unterdrückter Nummer angerufen und sie dringend um Hilfe gebeten, als sie auf dem Rückweg nach Berlin gewesen war. Irgendwas von einem Tribunal und von Todesstrafe hatte er gefaselt. Hassan hatte sie angefleht. Gut, hatte Wiebke gedacht, dich brauche ich so oder so.

»Du weißt, wer ich bin, und ich weiß, was du bist. Also jammere nicht rum«, sagte sie.

Hassan schüttelte den Kopf. »Ich habe dich kontaktiert, weil ich deine Hilfe brauche, nicht, weil ich sterben will.«

»Du bekommst meine Hilfe, aber zuerst ziehen wir das durch, verstanden?« Wiebke blickte zum *Club Frivol* hinüber. Nur ein Fahrzeug stand auf dem Parkplatz. Neben dem Kennzeichen aus Wiesbaden klebte ein Barcode. Dies war offensichtlich ein Mietwagen.

»Heute ist geschlossen«, sagte Hassan.

»Kannst wohl Gedanken lesen.«

»Nein, dein Gesichtsausdruck hat dich verraten.«

Sie schenkte ihm einen finsteren Blick. Hassan gefiel ihr nicht. Ihr gefiel es nicht, mit ihm zu arbeiten, aber es gab keine andere Möglichkeit. Das Video von Felix zu Breitenberg war in diesem Club aufgenommen worden, da war Wiebke ziemlich sicher. Bellheim glaubte, dass es noch mehr Videos gab von anderen Personen des öffentlichen Lebens. Von Politikern und Richtern, von Managern und Bankiers. Kurz: von Menschen in Schlüsselpositionen. Sie waren erpressbar, und der Al-Marabi-Clan hatte etwas damit zu tun.

»Was machen wir eigentlich hier?«, fragte Hassan.

Wiebke startete das Video und beobachtete seinen Gesichtsausdruck.

»Woher ... aber ...«, stammelte Hassan.

»Du kennst das Video also?«

Seine Gesichtszüge verfestigten sich, bis nur noch blanke Wut zu erkennen war. »Bin ich deswegen hier?« Er deutete auf den Bildschirm in der Mittelkonsole. »Nur deswegen?«

»Meine Dienste sind teuer. Wie solltest du dir mich denn sonst leisten können?«

»Du laberst wie eine Hure.«

Wiebke schnellte vor, kaum dass er ausgesprochen hatte. Sie packte den Kragen seines Hemdes und zog ihn zu. Er packte ihre Hand, hatte aber nicht die Kraft, den Griff zu lockern.

»Noch ein Wort!« Sie drohte ihm unverhohlen. »Wer ist hier die Hure?«

»Hör auf mit dem Scheiß!«

»Ich habe dich was gefragt.«

Sie starrten einander an. Hassan erkannte, dass Wiebke kein Problem damit haben würde, ihn umzubringen.

»Ich«, sagte Hassan kleinlaut. »Ich bin die Hure.«

Sie drückte noch einmal fester zu. »Sag das nie wieder. Betitel nie wieder eine Frau als Hure! Haben wir uns verstanden?«

Er nickte. Mittlerweile hatte sein Gesicht eine dunkelrote Färbung angenommen. Wiebke stieß seinen Hinterkopf gegen die Seitenscheibe. Er rang nach Luft und rieb sich den Hals.

»Noch mal«, sagte Wiebke betont ruhig. »Kennst du dieses Video?«

Hassan nickte.

»Wurde es hier aufgenommen?«

Wieder ein Nicken. »Ich habe es aufgenommen.«

»Warum hast du das gemacht?«

»Keine Ahnung. Papa wollte es.«

»Geilt er sich daran auf, oder was macht er mit den Aufnahmen?«

»Ich weiß es nicht«, sagte Hassan. »Er sammelt die Aufnahmen in einem Safe.«

»Es gibt also mehr als nur dieses Video?«

»Ist das ein Verhör? Arbeitest du für die verdammten Bullen?«

Wiebke merkte, dass die Aggressionen in ihr brodelten. Hassan war aber nicht der, den sie zur Strecke bringen wollte. Trotzdem, lange durfte die Sache nicht mehr dauern. Sie hatte das Gefühl, sich bald nicht mehr im Zaum halten zu können.

»Weißt du, wo der verdammte Safe ist?«

»Papa würde wissen, wer die Datenträger aus dem Safe genommen hat und mich eigenhändig umbringen. Aber erst, nachdem ich eine sehr lange Zeit vor Schmerzen geschrien habe.«

Für Diskussionen hatte Wiebke auch keine Zeit. Sie öffnete die Fahrertür. »Dann rechne dir deine jetzigen Chancen aus«, sage sie.

»Warte! Ich dachte, du hilfst mir.«

»Tue ich, wenn ich die Datenträger habe.«

»Was willst du damit?«

»Ich habe Freunde«, begann Wiebke. »Mächtige Freunde. Wenn du mir hilfst, werden die sich um dich kümmern.«

»Können die mich verschwinden lassen?«

»Die können dir eine neue Identität geben und dir so einen Neuanfang schenken. Irgendwo in Südafrika oder so.«

Hassan blickte mit verkniffenen Augen zum Club. Offenbar rechnete er tatsächlich seine Chancen aus. Sein linkes Auge zuckte die ganze Zeit.

»Du hältst dein Wort?«, fragte er.

»Was soll ich jetzt anderes sagen?«, fragte Wiebke.

»Ich riskiere dabei alles.«

»Noch mehr, als dass sie dir an den Kragen wollen, geht irgendwie nicht, oder? Das ist das Paradoxe an der Todesstrafe. Wenn du etwas getan hast, was dir den Tod beschert, ist alles andere egal. Dann kannst du auch in die Vollen gehen.«

»Du kennst Papa nicht.« Hassan blickte in den Fußraum, dann stieg er aus dem Auto. »Wir gehen durch den Seiteneingang. Von da kann ich die Alarmanlage ausschalten.«

Wiebke behielt das Gebäude die ganze Zeit im Auge und achtete auf jede Kleinigkeit. Auch wenn der Club heute geschlossen war, bedeutete das nicht, dass nicht doch jemand da war. Schließlich stand ja auch der Mietwagen hier auf dem Parkplatz. Ein Zufall? Daran glaubte Wiebke schon lange nicht mehr. Im Vorbeigehen berührte sie die Motorhaube, die sich kalt anfühlte und nicht auf eine Fahrt vor Kurzem hindeutete. Ein Blick durch die Seitenscheibe verriet, dass im Innenraum keine persönlichen Sachen waren. Typisch Mietwagen also. Aber warum stand der hier?

»Der Fahrer hatte bestimmt eine Panne oder einen Unfall mit einem der Mädchen«, sagte Hassan, der Wiebke offenbar beobachtet hatte.

Wiebke nickte. Beides möglich. Es konnte aber auch sein, dass sich der Fahrer drinnen versteckte und auf sie wartete. Der Feind war nicht zu unterschätzen.

Hassan umrundete das Gebäude. Sie waren da, wo Wiebke vor Kurzem gestanden und über das Fallrohr auf die Terrasse geklettert war. Dort in der Nähe war auch eine graue Metalltür. Daneben stand einer dieser Standaschenbecher, die man häufig vor Bürogebäuden fand. Aufgerauchte Zigaretten lagen verteilt auf dem Boden. Typisch, dachte Wiebke. Manche Menschen konnten nicht mal die einfachsten Dinge oder waren schlicht ignorant bis zum Umfallen. Viele waren ja überfordert damit, die Überreste ihres Fast-Food-Mahls mit nach Hause zu nehmen und dort in die Mülltonne zu schmeißen, und ließen sie deswegen dreist an Ort und Stelle liegen.

Hassan hatte die Tür aufgeschlossen. Drinnen war ein Sicherungskasten in die Wand eingelassen. Er tippte ein paar Ziffern ein, und die Anzeige für die Alarmanlage schaltete von Grün auf Rot. Wiebke betrat den Flur. Eine Gänsehaut kroch ihr über den Rücken. Der Boden, die Wände und sogar die Decke waren mit dem gleichen alten Teppich verkleidet. Es roch muffig und nach verschüttetem Alkohol. Manchmal fragte sie sich, wie Männer in einer solchen Atmosphäre überhaupt geil werden und einen Steifen bekommen konnten. Aber vielleicht ging es ja auch gar nicht um die Atmosphäre, wenn Männer ins Bordell gingen. Vielleicht ging es nur um Macht über die Frauen. Wiebke widerte das an.

»Wo ist der Safe?«, fragte sie.

»Oben. Im Büro.«

Der Flur führte in einen großen Barbereich. An den Wänden hingen gerahmte Bilder von Frauen in deutlichen Posen. Das war keine Kunst, das war Pornografie. Eine Treppe führte in die erste Etage. Von dem Flur gingen regelmäßig Türen ab. Hassan steuerte die letzte Tür am Ende an. Ein Schild mit der Aufschrift »Privat« klebte auf dem Türblatt. Wiebke hielt Hassan am Arm fest. »Kennst du die Kombination?«

»230873 und dann die Raute«, sagte er. Dann verriet sein Gesicht Ärger darüber, dass er seinen Trumpf so leichtfertig ausgespielt hatte.

»Keine Sorge, ich halte mein Wort.«

Er atmete tief ein und aus, nickte und öffnete die Tür. Es war überraschenderweise ein typisches Büro, es hatte nur einen Schönheitsfleck: Auf dem Teppich lag ein Mann mit halb weggeschossenem Kopf.

»Papa!«, schrie Hassan und stürmte ins Zimmer.

»Nicht«, rief Wiebke.

Doch zu spät. Ein Schuss ertönte, das Projektil zerfetzte Hassans Hals. Sein lebloser Körper sackte zusammen und schlug dumpf auf den Teppich.

Jetzt musste es schnell gehen. Wiebke hechtete ins Zimmer. Ein zweiter Schuss ließ die Türzarge förmlich explodieren, sodass Holzsplitter auf sie niederregneten. Der Schütze stand hinter dem Schreibtisch. Wiebke packte eine Vase und schleuderte sie in Richtung Schreibtisch. Statt zu fliehen, hechtete sie auf den Schützen zu, womit der Schütze nicht gerechnet hatte. Der dritte Schuss schlug in der Wand ein, wo er Wiebkes Bewegung vermutet hatte. Manchmal war Angriff doch die beste Verteidigung. Wiebke sprang. Sie rammte beide Füße gleichzeitig gegen seinen Oberkörper. Ein erstickter Schrei erklang, die Waffe polterte zu Boden. Der Mann taumelte und knallte gegen die Wand. Noch bevor er sich bewegen konnte, hatte Wiebke seinen Kragen gepackt und schleuderte ihn auf den Bürostuhl.

Sie starrten sich an.

»Die berühmte Wiebke Meinert.« Seine Stimme klang erstickt. Er hatte Mühe zu atmen und offensichtlich Schmerzen. Wahrscheinlich ein Rippenbruch.

»Und wer sind Sie?«, fragte Wiebke.

Der alte Mann sah beinahe jämmerlich aus, wie er da zusammengesunken in seinem Trenchcoat auf dem Stuhl saß. Die von Altersflecken übersäten Hände zitterten, obwohl er sichtlich um Fassung bemüht war. Beinahe tat ihr der alte Mann leid. Aber nur beinahe. Sie brauchte nur die beiden Leichen anzusehen, um eines Besseren belehrt zu werden.

»Wer, verdammt, sind Sie?«

Er richtete seine Krawatte. »Ich bin derjenige, der Ihnen Saskia wiedergeben kann. Nennen Sie mich Fitzgerald.«

Wiebke wurde schwindelig, ihre Gefühle fuhren Achterbahn. Dieser Mann war gefährlich, das war mit jeder Faser ihres Körpers zu spüren. Sie kannte solche Menschen nur zu gut. Ein Fehler reichte, um ihm wieder Oberwasser zu geben.

»Sprachlos?«, fragte er.

»Was wollen Sie?«

»Das gefällt mir«, sagte er ruhig. »Sie haben eine direkte Art und kommen sofort auf den Punkt.«

»Sie aber nicht. Also, was wollen Sie?«

»Die Daten aus dem Safe. Aber das wussten Sie schon, oder?« Er schenkte ihr ein arrogantes Lächeln.

»Sie haben den Mann erschossen, der die Kombination kannte. Oder glauben Sie, er war so dämlich, sie mir zu verraten?«

»Ich weiß nicht, wie dämlich diese libanesischen Penner sind, aber der Alte hat versucht, mich zu hintergehen.«

»Das war der Clanchef?«

Fitzgerald nickte. »Ich habe ihn freundlich gebeten, den Safe zu öffnen. Das wollte er auch tun, wobei meine Waffe an seinem Kopf den Rest der Überzeugungsarbeit geleistet haben dürfte. Und trotzdem wollte er mich hintergehen. Hat nach einem Messer gegriffen, das neben dem Safe lag. Südländer und ihre Messer.« Er schüttelte den Kopf. »Sie kommen damit sogar zu einer Schießerei. Also, wie dämlich, schätzen Sie, sind die?«

»Dämlich genug, sich mit Ihnen einzulassen, würde ich sagen.« Wiebke wollte kein Gespräch. Sie wollte ihre Schwester zurück, aber ihr war bewusst, dass sie bei Fitzgerald mit Zwang und Gewalt nicht weiterkam. Sie musste mitspielen. Und das wusste er. Sie sah es in seinen Augen. Diese pure, arrogante Überlegenheit.

»Wo ist meine Schwester?« Ihre Stimme vibrierte.

»An einem geheimen Ort natürlich, aber ich kann Ihnen versichern, dass es Saskia gut geht. Sie hat sogar ein paar Kilo zugenommen. Sie wissen schon. Gutes Essen, wenig Bewegung.«

»Wagen Sie es nicht, sich über mich lustig zu machen.« Sie spürte das Glühen des Zorns auf ihren Wangen.

»Das verstehen Sie falsch«, sagte Fitzgerald. »Ich habe absolute Hochachtung vor Ihnen. Sie haben meiner Organisation beträchtlichen Schaden zugefügt, und das beinahe im Alleingang. Ich verstehe nun, welche Faszination Sie auf David ausgeübt haben.«

Alleine die Nennung dieses Namens verursachte ihr Schmerzen in Herz und Seele. In diesem Moment wurde Wiebke klar, dass sie ihn geliebt hatte. Erst im Verlust und am Ende erkennt man das Wichtigste.

»Sie hätten mit ihm weggehen sollen.«

»Wagen Sie es nicht, seinen Namen in den Mund zu nehmen!«

Die Zornesröte breitete sich über den Hals bis in ihre Brust aus. Vorsicht, mahnte sie sich. Das war es, was der Alte wollte. In der direkten Konfrontation war er gnadenlos unterlegen. Sie könnte ihn beinahe mühelos unter ihrer Schuhsohle zerquetschen, und das musste ihm auch bewusst sein. Aber jemand, der voll von unkontrollierbarem Zorn ist und zuschlägt, macht schnell Fehler. Das war es, worauf Fitzgerald aus war: Er wollte sie provozieren, um ihren Zorn zu entfachen.

»Ich habe ein paarmal mit ihm über sie gesprochen. Ich habe ihn gefragt, warum er Sie aus den Flammen von Professor Liebknechts Villa gerettet hat.«

»Das haben Sie nicht.«

Fitzgerald neigte den Kopf zur Seite, als wollte er damit sagen: Mädchen, sag mir nicht, was ich getan habe.

»Das haben Sie nicht«, wiederholte Wiebke. Und damit offenbarte sie ihm ihre Schwäche. Sie hatte die Deckung runtergenommen.

»David sagte, dass Sie ihn an seine ermordete Frau erinnern. Zu dieser Erinnerung noch Ihre raubtierhafte, aber durchaus erotische Ausstrahlung. Das passt, wenn man auf Sadomaso steht.«

Es reichte. Wiebke schleuderte mit einer schnellen Bewegung Dinge von der Schreibtischplatte. Papiere segelten durch die Luft, Stifte knallten gegen die Wand, eine Kaffeetasse zersprang.

»Hören Sie verdammt noch mal auf!«, schrie sie ihn an.

»Sie wollen mich jetzt am liebsten umbringen, richtig?« Er wartete einen Atemzug. »Aber dann bekommen Sie Ihre Schwester niemals zurück. Sterbe ich hier, stirbt Saskia.«

Wiebke dachte fieberhaft nach. Fitzgerald war nicht der Typ für Außeneinsätze. Nicht mehr. Man war zwar nie zu alt für solche Dinge, aber sein Kleidungsstil war einfach zu fein dafür. Lederschuhe, wahrscheinlich persönlich angepasst und handgenäht. Kein Agent, außer vielleicht im Film, würde im Einsatz solche Schuhe tragen. Es sein denn ... Wiebke setzte sich betont lässig auf die Schreibtischkante. In ihr brodelte die Wut, aber sie zwang sich, ihre Gefühle zu unterdrücken.

»Lassen wir die Spielchen«, sagte sie. »Wo ist Saskia?«

»So läuft das nicht. Sie kennen doch den lateinischen Rechtsgrundsatz: Quid pro quo.«

»Ganz genau. Sie geben mir Saskia, und dafür lasse ich Sie leben. Ein faires Angebot, wie ich finde.«

Fitzgerald sprang förmlich aus dem Stuhl. Wiebke stieß ihn mit dem Fuß gegen die Brust, sodass er zurücktaumelte. Er stand unter Druck, und Menschen unter Druck machten Fehler. Jetzt hatte er einen gemacht.

»Passt Ihnen das nicht?«, fragte Wiebke. Sie merkte, wie ihre

Wut langsam versiegte, doch an ihren Platz trat die Ungeduld. Sie wollte wissen, wo Saskia ist, und zwar JETZT!

»Wissen Sie überhaupt, mit wem Sie reden?«

Diese machtgewohnten Männer mit ihrer Annahme, dass alle auf sie hören mussten, kotzten Wiebke an. Befehl und Gehorsam funktionierten nur, wenn man ein Teil des Systems war und sich diesem unterwarf. Wiebke unterwarf sich aber nur, wenn es Spaß machte und sie es wollte. Mit Sicherheit würde sie sich keinem alten Mann mit ledriger Haut unterwerfen. Wiebke war nicht mehr Teil des Systems und hatte auch nicht vor, es wieder zu werden.

»Es ist mir scheißegal, was oder wer Sie sind. Mir ist es egal, ob Sie Ihren Arsch mit Seide oder Recyclingpapier abwischen. Im Endeffekt läuft alles auf dasselbe hinaus: Mich können Sie nicht für Ihre Machtspielchen missbrauchen.« Wiebke atmete tief ein und aus. Sie setzte alles auf eine Karte. »Was ich will, ist meine Schwester.«

»Dann tun Sie, was ich sage!« Fitzgerald blickte auf seine Taschenuhr, dann aus dem Fenster. Von hier aus konnte man den Parkplatz sehen. »Ich will die Daten. Sie bekommen Ihre Schwester.«

»Zeitdruck?« Wiebke deutete auf die Molnija. Sie hatte ein wunderschönes Ziffernblatt. Diese Uhr war ein ganz besonderes Stück, wahrscheinlich der Lohn für hohe Verdienste. Längst vergangener Ruhm, konzentriert in einer Taschenuhr.

»Ich bin ein Mann, der seine Zeit nicht zu verschenken hat.« Er steckte die Taschenuhr zurück.

»Dann kürzen wir das doch ab. Sagen Sie mir, wo Saskia ist.«

»Und wenn ich nicht abkürzen möchte?«

»Das wird sehr wehtun, und am Ende bekomme ich, was ich will. Sie nicht.«

»Weshalb sollte ich auf Ihr Angebot eingehen?«

»Ganz einfach«, sagte Wiebke. »Wenn Sie persönlich auf

dem Spielbrett erscheinen, hat Ihre Organisation Sie fallen lassen. Ihr Leben retten Sie nur, indem Sie die Daten besorgen.«

»Vielleicht warte ich auf Unterstützung?«

»Der Einzige, der kommt, wird Ihr Henker sein.«

Er schüttelte den Kopf. »Sie wissen nichts. Gar nichts.«

»Ich weiß genug, alter Mann.«

Eine dunkle Limousine mit getönten Scheiben fuhr auf den Parkplatz. Der Fahrer blieb mit laufendem Motor stehen. Fitzgerald presste die Lippen so fest aufeinander, dass sie nur noch ein dünner, blasser Strich waren. Er schüttelte kaum merklich den Kopf.

»Unser Deal ist geplatzt«, sagte er. »Selbst wenn ich wollte, könnte ich Ihnen nicht mehr verraten, wo Ihre Schwester ist. Sie hatten zwei gute Karten, mussten aber trotzdem eine dritte nehmen. Jetzt sind Sie über zehn Punkte. Pech gehabt.«

Fitzgerald deutete zur Tür. »Darf ich?«

Wiebke zögerte.

»Mit einem hatten Sie recht, Frau Meinert. Ich bin schon tot.« Er deutete zum Parkplatz.

»Darauf kann ich mich verlassen?«

Er nickte. Wiebke zuckte mit den Schultern. Fitzgerald nahm die Klinke in die Hand, zögerte für einen Moment und öffnete dann die Tür. Der Flur musste ihm wie der Gang von der Todeszelle zum elektrischen Stuhl vorkommen. Er war ein Todgeweihter.

»Ich grüße Ihre Schwester, wenn ich Sie sehe«, sagte Fitzgerald, aber seine Stimme zitterte. Wahrscheinlich hatte er so vielen Menschen das Leben genommen, dass er selbst geglaubt hatte, unsterblich zu sein. Unzerstörbar. Bis er doch der eigenen Vergänglichkeit ins Gesicht blickte.

»Ich kenne den Code«, flüsterte sie.

Fitzgerald zögerte, aber dieses Mal lächelte er. »Gut gespielt,

Frau Meinert. Das ist ein Naturell, ein la Grande.« Beinahe traurig blickte er zu Boden. »Zumindest waren Sie eine würdige Gegnerin.«

Das war kein Lob, dafür war er ein zu guter Spieler. Es war seine letzte Chance, lebend aus der Sache herauszukommen. Aber Wiebke hatte es tun müssen. Sie hatte Fitzgerald verraten müssen, dass sie die Daten bekommen würde. So hielt sie sich im Spiel, und nur so konnte sie mit ihm tauschen. Egal, was das für Daten waren.

Kein Leben war mehr wert als das von Saskia.

Nicht einmal ihr eigenes.

Fitzgerald verließ das Zimmer. Sie hörte seine Schritte auf der Treppe, dann ging die Eingangstür. Erst jetzt bewegte sie sich zum Fenster. Unten stand die dunkle Limousine mit laufendem Motor. Niemand stieg aus. Dann sah sie Fitzgerald über den Parkplatz zur Fahrerseite der Limousine gehen. Er blickte noch einmal nach oben. Ob er wusste, dass sie ihn durch die Gardinen beobachtete? Wahrscheinlich.

Fitzgerald beugte sich vor und sprach mit dem Fahrer. Der alte Mann blieb ruhig und wirkte beinahe überlegen. Sie hoffte, dass er den Männern unten im Auto verriet, dass sie im Zimmer war und dass sie die Daten hatte. Nur so konnte der Plan funktionieren. Fitzgerald blickte wieder zum Fenster und sprach dabei weiter. Und dann passierte es: Fitzgeralds Brust färbte sich rot. Er blickte ungläubig an sich hinab. Nur Augenblicke später knickten seine Knie ein. Das waren zwei Schuss, Kleinkaliber mit Schalldämpfer. Ein Killerkommando.

Die Beifahrertür öffnete sich, und ein Mann stieg aus. Wiebke gefror das Blut in den Adern. Sie kannte diesen Mann. Er war es, der Filmzitate klaute. Er war es, der Templer ermorden ließ. Und David.

Der Mann hatte eine Maschinenpistole in der Hand, wahrscheinlich eine Uzi. Er verbarg sie mehr schlecht als recht in der Falte seines Mantels. Zwei weitere Männer stiegen aus, nur der Fahrer blieb sitzen. Der Mann, der Filmzitate klaute, deutete an, wie sich seine Männer auf das Gebäude zubewegen sollten. Jetzt musste sie schnellstens an die Daten kommen, die im Safe waren.

Hoffentlich hatte Hassan nicht gelogen.

Schon hörte sie Getrampel unten im Flur.

Wiebke tippte die Zahlen ins Display und drückte die Raute.

39

Berlin, 19:08 Uhr MEZ

BELLHEIM WAR DIE kleine Unstimmigkeit schon aufgefallen, kurz nachdem er den Flur zu seinem Büro betreten hatte. Wobei Unstimmigkeit vielleicht ein zu schweres Wort für das war, was er spürte, denn mehr als das Gefühl einer Präsenz war es nicht. Ein Geruch. Der Duft kräftiger Holzaromen mit einer Schicht würzigem Pfeffer und einem Hauch Weihrauch. Der Geruch des Orients. Ein Parfüm.

Diesen Geruch hatte er hier noch nie gerochen. Seine Mitarbeiterinnen trugen eher blumige Düfte, manchmal aber auch Männerparfüms, so wie Saskia zum Beispiel. Er schob den Gedanken beiseite. Jemand war in sein Büro eingedrungen. Heimlich zwar, aber nicht so, dass er nicht entdeckt werden wollte. In der grauen Welt der Geheimdienste war das so eine Art Gesprächsangebot. Meistens zumindest, denn es gab auch Ausnahmen. Wenn jemand ermordet werden sollte und der Gegner vorher Überlegenheit demonstrierte, lief es ähnlich. Aber an einen Mordanschlag glaubte Bellheim nicht. Er hoffte es zumindest.

Die zweite Unstimmigkeit war der umgedrehte Bürostuhl. Bellheim verließ nie sein Büro, wenn die Rückseite der Lehne zur Tür zeigte. Keine Ahnung, warum, aber es gab ja auch Menschen, die nicht auf einer Couch sitzen konnten, wenn der Überzug heruntergerutscht war.

»Darf ich fragen, was Sie hier machen?« Bellheim blieb an der Bürotür stehen, falls es doch ein Mordanschlag werden würde.

Der Bürostuhl drehte sich, und eine ziemlich attraktive Frau blickte ihn an. Ihre Haut hatte die Farbe dunkler Schokolade und bildete einen ausgezeichneten Kontrast mit dem hellgrauen Stoff des Hosenanzugs. Dazu trug sie weinrote High Heels. Diese Farbe fand sich auch in einer Strähne ihrer Haare wieder, die sie zu einem strengen Dutt gebunden hatte. Sie lächelte und zeigte makellos weiße Zähne.

»Schön, dass Sie hier sind«, sagte sie.

Ihre Stimme hatte einen angenehmen Klang mit einer rauchigen Note im Hintergrund, die diese Frau noch interessanter machte.

»Das ist mein Büro«, sagte Bellheim. »Sie sitzen auf meinem Stuhl.«

»Welcher der sieben Zwerge sind Sie?«

»Sind Sie Schneewittchen?«

Sie lachte und bot ihm einen seiner Gästestühle an. »Setzen Sie sich.«

»Ganz sicher nicht, und wenn, dann bevorzuge ich meinen Bürostuhl. Wie gesagt, das ist mein Büro.«

Es wirkte kleinlich, war es aber nicht. Das war die ganz einfache Version eines Machtspiels. Die unbekannte Frau hatte die Machtverhältnisse zu ihren Gunsten verschoben. Jetzt bot sie ihm in seinem eigenen Reich einen Platz in der zweiten Reihe an.

Sie blickten einander eine Zeit lang an. Wie Katzen, die sich belauerten. Irgendwann gab sie nach und stand auf.

»Wenn Sie unbedingt darauf bestehen.«

»Wer sind Sie?«, fragte Bellheim.

»Vielleicht sollten Sie zuerst fragen, was ich für Sie tun kann.«

Bellheim gingen diese Geheimniskrämerei und die gespielten Andeutungen ziemlich auf den Nerv. Er wusste aber, dass er mitspielen musste, um zu erfahren, was diese Frau hier wollte und wie sie hier hereingekommen war.

»Darf ich?«, fragte die Frau und deutete unter den Tisch. Dort lag eine Laptoptasche.

»Wenn Sie jetzt Ihre Bewerbungsunterlagen hervorzaubern, muss ich Ihnen leider sagen, dass es zu spät ist. Sie bekommen den Job nicht.«

»Sarkasmus steht Ihnen«, sagte die Frau, während sie den Laptop aufklappte. Sie drehte das Gerät so, dass Bellheim den Bildschirm sehen konnte. Ein Parkplatz war zu erkennen. Die schlechten Lichtverhältnisse wurden durch den Restlichtverstärker der Kamera ausgeglichen, sodass die Szene einen leichten Grünstich hatte.

»Deutschlands schönste Parkplätze?«, fragte Bellheim. »Ich hab früher zum Einschlafen immer *Space Night* geschaut.«

Sie schüttelte den Kopf. »Warten Sie, das ist live.«

»Und was sehe ich da?«

Bevor Bellheim weitere Fragen stellen konnte, kam ein Mann im Trenchcoat ins Bild. Das Gesicht kam Bellheim bekannt vor.

»Aber, das ist doch ...«

»Arthur Bookwood«, bestätigte sie. »Manchen auch als Fitzgerald bekannt. Leiter der ExOps-Agenten in der ganzen Welt. Er war selber mal bei der CIA, eine lebende Legende. Jetzt arbeitet er für die Old Men.«

»Er ist schon lange in Pension. Ich würde mir für meinen Ruhestand ein anderes Hobby suchen. Politiker werden zum Beispiel.«

»Manche können es nicht lassen und bezahlen dafür.« Sie blickte gespannt auf den Bildschirm.

Dort sagte eine Stimme aus dem Off. »Haben Sie es?«

Kopfschütteln. »Da drin, in einem Safe.«

»Holen Sie es«, sagte die Stimme aus dem Off.

Bellheim wunderte sich über die offen gezeigte Respektlosigkeit. Immerhin war Bookwood nicht irgendwer.

»Die Meinert ist da drin. Sie kennt die Kombination. Offenbar will sie ein Geschäft.«

»Welches?«

»Die Daten gegen ihre Schwester.«

»Scheiß drauf.«

Mehrere gedämpfte Schüsse waren zu hören. Bookwood blickte ungläubig auf die Wunden in seiner Brust. Bellheim bezweifelte allerdings, dass der alte Mann das noch wahrnahm. Hühner rannten auch noch ein Stück, nachdem man ihnen den Kopf abgeschlagen hatte. Bellheim hatte kein Mitleid mit dem Mann, den sie Fitzgerald nannten.

»War er nicht ein aussichtsreicher Präsidentschaftskandidat?«, frage Bellheim.

Sie zuckte mit den Schultern. »Wir finden jemand anderes, der sich der Weltöffentlichkeit präsentieren kann.«

»Sicher?«

Die Frau legte den Kopf schief. »Hören Sie. In jüngster Zeit haben die Amerikaner erst einen Idioten gewählt und danach einen Greis, der sich in immer mehr Situationen kaum an seinen Namen erinnern kann. Aktuell funktioniert dieses Amerika nur, weil ›Mister President‹ eine starke Frau an seiner Seite hat.«

»Mehr ist das nicht?«, fragte Bellheim. »Das mächtigste Amt der Welt ist nicht mehr als ein Schaulaufen?«

»Es ist noch viel weniger. Aber darum geht es hier nicht«, sagte sie.

»Sie haben mir immer noch nicht Ihren Namen gesagt.«

Sie blickte auf den Bildschirm. Der Mann mit der Kamera stieg aus und bellte taktische Anweisungen. Offenbar hatten die Männer sich vorgenommen, Wiebke Meinert zu stellen, um an die Daten zu kommen. Bellheim ging davon aus, dass es ähnliche Erpresservideos wie das von Felix zu Breitenberg waren. Die Kamera zeigte ein letztes Mal auf den leblosen Arthur Bookwood.

»Fitzgerald«, sagte die Frau. »Ich bin Fitzgerald.«

Damit hatte sie alles gesagt.

Bellheim nickte.

»Ihre Männer werden sich an Wiebke Meinert die Zähne ausbeißen. Wenn sie die Daten tatsächlich hat, wird das den Weg zu ihrer Schwester ebnen.«

»Davon gehe ich aus, und ehrlich gesagt rechne ich damit, dass die Männer versagen.«

»Warum schicken Sie diese Leute in den sicheren Tod?«

Fitzgerald faltete die Hände. »Diese Leute stehen für den alten Kurs des alten Fitzgerald. Wenn man eine neue Frisur will, müssen alte Zöpfe abgeschnitten werden.«

»Und was ist der neue Kurs?«, fragte er.

»Zusammenarbeit. Auf Augenhöhe.«

»Deswegen sind Sie hier? Um mir Zusammenarbeit anzubieten, obwohl die Old Men die ganze Zeit gegen die Bundesrepublik gearbeitet haben?«

»Destabilisation. Wir hatten schon ein paar willfährige Sklaven gesammelt und in entsprechende Positionen gesetzt, aber Sie haben unsere Waffe beinahe unbrauchbar gemacht, indem Sie das Video dieses Breitenberg veröffentlicht haben.«

»Selbst wenn Sie die Videos anderer willfähriger Sklaven hätten ...«

Fitzgerald zuckte mit den Achseln. »Sie haben uns das Druckmittel genommen. Meine Hochachtung.«

»Was wollen Sie dann noch mit den Daten?«

»Spuren verwischen.«

»Das nennen Sie eine Zusammenarbeit auf Augenhöhe?«

»Alte Zöpfe. Sie wissen schon.«

Der Bildausschnitt hatte sich geviertelt. Man sah, wie die Killer in das Haus eindrangen, in dem sich Wiebke auf den Angriff vorbereitete. Nur einen Atemzug später bewegte sich eine der Kameras nicht mehr und filmte stattdessen eine Zimmerdecke. Im Hintergrund huschte ein Schatten vorbei. Kurz darauf passierte das Gleiche mit der zweiten Kamera.

Bellheim blickte Fitzgerald von der Seite an. Ihr Gesichtsausdruck verriet so etwas wie Überraschung. Wahrscheinlich hatte sie insgeheim doch gehofft, dass ihr Team erfolgreich gegen Wiebke Meinert war. Bis Wiebke den dritten Killer ausschaltete. Wie ein Geist, der aus den Schatten zuschlug. Schnell, leise, effizient. Die Bewegungen des vierten Mannes wurden hektisch. Offenbar floh er in ein Zimmer, doch dort lagen zwei Leichen. Er drehte sich um die eigene Achse und blickte auf einen leeren Tresor. Abrupt drehte er sich um, als ob er etwas gehört hatte. Da stand sie, schwer atmend. Der Mann wich zurück. Wiebke griff ihn mit einem Messer an und stach zu. Es ging drunter und drüber, bis der Mann zu Boden ging. Wiebke war über ihm und stach zu, wieder und wieder. Der Mann starb nicht sofort, wie es die anderen getan hatten. Offenbar war das eine persönliche Sache. Wiebke ließ ihn bezahlen, für was auch immer.

Fitzgerald klappte den Laptop zu.

»Wir wissen, wie das ausgeht. Ich will Ihnen ein Geschäft vorschlagen.«

»Welches?«

»Wiebke gegen Saskia.«

Bellheim verstand erst nicht, doch dann durchblickte er das Angebot. »Sie wird nicht für euch arbeiten.«

»Dafür kriegt sie ihre Schwester zurück.«

»Und was soll sie machen?«

»Kohlen aus dem Feuer holen. Wir hatten vor Kurzem einen

Auftrag geplant, der die Manipulation der Bundestagswahlen zum Ziel hatte. Von russischem Boden aus.«

»Nett.« Bellheim spürte die Wut in sich aufsteigen. »Und dabei sollen wir helfen?«

»Nein. Die Operation ging schon in der Vorbereitungsphase schief. Aber aus jeder scheinbaren Niederlage kann sich noch ein Sieg entwickeln.«

»Und dafür brauchen Sie Wiebke?«

»Ich fürchte, sie ist die Einzige, die momentan in der Lage ist, die Mission zu beenden.«

»Wo soll sie hin?«

»Auf eine Insel«, sagte Fitzgerald. »Nowaja Semlja.«

40

Nowaja Semlja, später

DIE KURVE KAM plötzlich, sie hatte keine Chance. Alles verschwand in einem grellen Weiß. Der Aufprall war heftig und presste ihr die Luft aus der Lunge. Für einen kurzen Moment war sie benommen, blickte dann aber sofort zurück. Der andere Jeep raste auf sie zu. Zoja drückte die Fahrertür auf, doch sie klemmte. Der andere Jeep raste immer näher. Helados würde die Kurve auch nicht schaffen. Aber das wollte er auch gar nicht, wie ihr bewusst wurde. Er will ... Zoja trat panisch gegen die Innenseite der Tür. Sie gab nach, aber nicht genug. Helados hatte mittlerweile seine Fahrertür geöffnet und war schon halb aus dem Wagen geklettert. Gleich würde er springen. Zoja trat wieder und wieder gegen die Tür. Jedes Mal gab sie ein wenig nach. Helados sprang. Ihre Fahrertür schwang auf. Zoja rollte sich gerade noch rechtzeitig aus dem Jeep. Das Geräusch von sich verbiegendem Metall umgab sie, zusammen mit einem Glassplitterregen. Gerade als sie wieder auf den Beinen war, peitschten Schüsse an ihr vorbei. Helados war gut, tödlich gut. Sie rannte die Steigung hoch. Immer wieder rutschte sie ab und riss sich die Handflächen auf. Blut tropfte zu Boden. Hinter dem Felsbrocken flachte die Landschaft ab. Sie rannte zickzack, wie ein Hase auf der Flucht vor dem Fuchs. Nur dass Helados ein Wolf war. Die kalte Luft brannte in ihren

Lungen, ihre Kräfte ließen nach. Stehen bleiben bedeutete den sicheren Tod. Da war eine Brücke, etwa zehn Meter hoch, und darunter ein schnell fließender Fluss.

Zoja rannte. Sie kam bis zur Mitte der Brücke, dann tauchte sie auf: die Frau mit den kurzen blonden Haaren. Sie zielte mit einer Pistole auf Zoja.

»Stehen bleiben!«, rief die blonde Frau.

Zoja hielt an. Aus dem Augenwinkel nahm sie wahr, dass Helados hinter ihr stand.

Sie saß in der Falle und hatte das Gefühl, als wäre sie ihr ganzes Leben geflohen, und trotzdem hatte es nicht gereicht.

»Helena!« Der Wind trug Helados Stimme herüber. »Ich hätte wissen müssen, wer dahintersteckt.«

Die blonde Frau zeigte keine Regung.

»Ich werde sie nicht gehen lassen«, sagte Helados.

»Wir haben, was wir wollten«, sagte die blonde Frau. »Aber du wirst sie nicht bekommen. Jedenfalls nicht lebend.«

Zwei gegensätzliche Pole im heftigen Widerstreit um Zoja. Wer dazwischen war, konnte nur zerquetscht werden.

Und Zoja war mittendrin.

Es gab nur zwei Möglichkeiten. Entweder wurde sie von Helena oder von Helados getötet. Sie sah keinen Ausweg. Und in diesem Moment spürte sie etwas. Eine Last, wie eine Ruine, die durch das Gewicht der Zeit in sich zusammenbrach. Ohne lautes Getöse, sondern unbemerkt von der Welt. Genauso still und leise zog sich Zoja aus ihrer Erinnerung zurück, bis nur noch ein Hauch von ihr übrig geblieben war. Zoja war eine Maske. Ein Platzhalter für das, was sie hatte vergessen wollen.

»Ich bin Zoja«, flüsterte Wiebke.

Aber das war sie nicht.

»Ich bin so müde.« Wiebke blickte zum Abgrund.

Es gab noch eine dritte Möglichkeit. Sie war schnell, wirbelte herum. Das Metall des Geländers fühlte sich kalt an.

Helena stieß mit der Pistole vor und feuerte. Auch Helados feuerte, aber nicht auf Wiebke. Zwei Projektile rammten sich in Helenas Oberkörper. Sie wurde von der Wucht des Aufpralls zurückgeschleudert.

Wiebke sprang, spürte die Freiheit und so etwas wie Glück.

Eine Sekunde lang.

Dann raubte ihr das eiskalte Wasser den Atem.

EPILOG

Berlin, zwei Wochen später

SIE LEIDET UNTER einem posttraumatischen Stresssymptom.« Saskia hörte die Stimme der Psychologin durch die geschlossene Tür. Kein Wunder. Sie war vor Monaten entführt und seither festgehalten worden. Von einem Mann, der sich Fitzgerald nannte, aber von einem Tag auf den andern war sie freigelassen worden. Von einer Frau, die sich Fitzgerald nannte. Doch es war keine einfache Freilassung, es war ein Tauschgeschäft. Saskias Freiheit für Wiebkes Hilfe bei einem Himmelfahrtskommando. In dem Moment, in dem Wiebke in ein Militärflugzeug Richtung Moskau gestiegen war, wurde Saskia freigelassen. Wobei das nicht das richtige Wort dafür war, ausgesetzt traf es besser. Wie eine Hündin, die auf einem Autobahnrastplatz zurückgelassen wird, damit die Familie in Ruhe in den Urlaub fahren kann. Und nun war sie in dieser Klinik.

Saskia blieb auf dem Flur stehen und lauschte. Das Büro der Klinikleitung lag im Westflügel des Anwesens. Hier war es ruhiger als auf den anderen Gängen, wo Pfleger und Patienten umherliefen.

»Das ist verständlich«, sagte Bellheim. »Bei dem, was sie durchmachen musste.«

»Wir haben noch lange nicht den Kern erreicht. Sie spricht im Schlaf«, sagte die Psychologin.

»Was erzählt sie?«

»Geben Sie ihr Zeit, es Ihnen selbst zu sagen.«

»Und wann soll sie es erfahren?«

»Ich sagte doch, sie leidet an einer ...«

Saskia öffnete die Tür.

Bellheim und die Psychologin blickten sie an, als wären sie beim Fremdgehen erwischt worden.

»Was soll ich nicht erfahren?«, fragte Saskia. Sie wusste es wahrscheinlich schon.

Wiebke galt als verschollen.

»Hat man ihre Leiche gefunden?«, fragte Saskia.

Die Psychologin presste die Lippen aufeinander. »Ich lasse Sie beide dann mal alleine.«

Im Gehen warf sie Bellheim einen Blick zu, der sagte: Alles, was jetzt passiert, ist Ihre Schuld.

Bellheim wartete, bis die Ärztin die Tür geschlossen hatte.

»Wie geht es dir?«, fragte er schließlich.

»Wie soll es mir schon gehen?« Sie setzte sich auf einen der dunklen Ledersessel und blickte Bellheim an. Die letzten Tage waren nicht spurlos an ihm vorübergegangen. Die Falten um seine Augen waren tiefer geworden.

»Was wolltest du mir sagen?«

Er räusperte sich. »Die Russen haben die Suche eingestellt. Es gibt Unruhen.«

»Ich weiß«, sagte Saskia. Sie blickte auf ihre Füße, die in weichen Pantoffeln steckten. »Hab es in den Nachrichten gesehen. Der russische Präsident reagiert mit einer militärischen Intervention.«

»Das ist nicht alles«, sagte Bellheim. »Das, was auf Nowaja Semlja passiert, hat das Auge der Welt auf die Insel gerichtet. Dadurch wurde die geheime Militärbasis enttarnt. Verschiedene Länder fordern Sanktionen, einige haben die Zusammenarbeit mit der Russischen Föderation aufgekündigt.«

»Weswegen? Nur weil die Russen eine geheime Militärbasis haben?«

»Von der aus Hackerangriffe initiiert wurden. Deutschland prüft zum Beispiel einen Ausstieg aus dem Pipelinevertrag. Sogar China will die Zusammenarbeit beim Bau der neuen Seidenstraße aufkündigen.«

»War es das, was Fitzgerald wollte?«

Bellheim zuckte mit den Schultern. »Ich weiß es nicht.«

»Und was hat das mit Wiebke zu tun?«

»Niemand geht davon aus, dass sie den Sturz überlebt hat. Es war auch Blut auf dem Brückengeländer. Wahrscheinlich wurde sie vorher von einer Kugel getroffen.«

Saskia musste lachen. Es war kein freudiges, sondern ein verzweifeltes Lachen. »Weißt du, was Wiebke mir mal im Streit gesagt hat?«

»Was?«

»Muss ich denn sterben, um glücklich zu sein?«

Man sagt Zwillingen eine fast magische Verbundenheit nach. Das, was ein Zwilling fühlt, fühlt auch der andere.

Und Saskia fühlte, dass Wiebke glücklich war.

Konnten Tote glücklich sein?

DANK

Nordrhein-Westfalen, 11:19 Uhr MEZ

Liebe Leserin, lieber Leser,

das, was ich Ihnen oder euch erzählen wollte, habe ich erzählt. Mir hat es unsagbar viel Spaß gemacht, die Trilogie über Wiebke schreiben zu dürfen. Und ich hoffe, das Lesen war genauso spannend und spaßig.

Ohne euch wäre es nicht möglich gewesen, *Lied des Zorns*, *Klang des Feuers* und *Echo des Verrats* zu schreiben. Dafür möchte ich mich sehr herzlich bedanken.

Danke möchte ich auch dem Piper Verlag und der AVA-Literaturagentur sagen. Danke für euer Vertrauen. In einer Zeit wie dieser ist das nicht immer selbstverständlich.

Ein Dankeschön geht auch wieder an meine Testleserin Amelie Kühn und dieses Mal auch an Jessica Pallaske, die mir etwas über die Gebärdensprache erklärt hat.

Und schlussendlich möchte ich mich bei den Menschen bedanken, ohne deren Unterstützung das ganze Projekt gar nicht möglich gewesen wäre: meine Familie. Eure Unterstützung und Geduld ist das Beste, was mir passieren konnte. Danke für die Zeit, die ihr mir eingeräumt habt.